Lim Chul Woo

Das Viertel der Clowns

LIM CHUL WOO

DAS VIERTEL DER CLOWNS

Eine Jugend in Südkorea

Roman

Aus dem Koreanischen übersetzt von

Jung Youngsun
und Herbert Jaumann

iudicium

Gedruckt mit Unterstützung des Literature Translation Institute
of Korea, Seoul (LTI Korea)

Umschlagbild:
Photographie von Han Youngsoo
Sogong-dong, Seoul, Korea 1956–1963

Original Korean edition published by Moonji Publishing Co., Ltd.
German translation rights arranged with Moonji Publishing Co., Ltd., Seoul

**Bibliografische Information
der Deutschen Nationalbibliothek**

Die Deutsche Nationalbibliothek verzeichnet diese Publikation in der Deutschen Nationalbibliografie; detaillierte bibliografische Daten sind im Internet über http://dnb.d-nb.de abrufbar.

Druck: ROSCH-BUCH Druckerei GmbH, Scheßlitz
Umschlaggestaltung: Eveline Gramer-Weichelt, Planegg
Printed in Germany
ISBN 978-3-86205-519-7

www.iudicium.de

Inhalt

Prolog 9
1 Eine Familie von Schneemännern 12
2 Die Stadt und ihre Illusionen 24
3 Baracken mit Ziegeldach 29
4 Ein Viertel voller Clowns 37
5 Spinnweben 44
6 Yangsim 52
7 Endlich zurück an der Nähmaschine 64
8 Der Vater oder nur sein Schatten 71
9 Der Traum vom Pinguin 80
10 *Neuland*. Ein Friseursalon für Männer 88
11 Das alte Schreibpult 96
12 Der Beginn meiner Irrfahrt 104
13 Das Märchen von den Sternen 110
14 Die Traubenkerne und die Liebe (I) 116
15 Die Traubenkerne und die Liebe (II) 130
16 Das Haus hinter der bengalischen Quittenhecke 135
17 Die Hütte für die Totenbahren 144
18 Der Morgenstern 149
19 Die Bruchbude bei den Bahngleisen (I) 157
20 Die Bruchbude bei den Bahngleisen (II) 162
21 Überwintern 168
22 Gwiok, der Rabe 171
23 Am Grab 179
24 Diese dumme Ohmok! 183
25 Der Frühlingsregen 191
26 Die Schlußszene 196
27 Herr Lehrer, die ‚Sardelle' 199

28 Vor jenem Haus 206
29 Ein Zimmer mit Harmonium 214
30 Eine Vollmondnacht 220
31 Der Ginkgo 228
32 Die kleine Flamme 233
33 Adieu! 237
34 Fünfzehn Jahre später 242
35 Epilog 251
Der Autor an den Leser 254

Worterklärungen und Sacherläuterungen[1] 255
Nachwort der Übersetzer 261

---

[1] Im Text mit jeweils einem Sternchen (*) neben den zu erläuternden Wörtern; die dazu gehörigen Erläuterungen dann im Anhang, jeweils mit Angabe der Seitenzahl.

Denn erst die Liebe in der Erinnerung ist es, welche beglückt.

(Søren Kierkegaard: *Entweder – Oder*, 1843)

Prolog

Viele Jahre liegen hinter mir. Dreißig, sogar noch zwei dazu. Sie sind dahingeflossen wie ein Bach, der sich durch den Wald windet, und ich bleibe allein zurück, wie bei Niedrigwasser ein Kieselstein am Ufer liegen bleibt.

In meiner Erinnerung sehe ich immer nur Rücken: die Rückseite derer, die fortgegangen sind, ob ich sie nun geliebt oder gehaßt habe, ob sie mich Sehnsucht oder Traurigkeit gelehrt haben, Schmerz oder Einsamkeit. Alle haben sich in die Vergangenheit verdrückt, niemand ist mir geblieben.

Erinnerung ist immer ernüchternd.

Obwohl ich mit aller Gewalt vor meiner Geschichte weglaufen wollte, wehte mir die Zeit in ihrem gleichgültigen Lauf ständig das welke Laub der Erinnerungen vor die Augen. Und ich bin gezwungen, mich davon zu ernähren, wie die Seidenraupe, die dazu verdammt ist, an papiertrocknen, toten Blättern herumzuknabbern.

Aber jetzt ist alles vorbei. Die Tage und Jahre haben mich aufgezehrt. Der Maulbeerbaum ist kahl, er hat seine Blätter verloren, und mein einsames Herz ist so leer wie die rötlichen Lampions der Zierphysalis.

Ja, da bin ich also wieder hier am Meer: bei den rauen Stimmen der Hafenarbeiter; dem rhythmischen Hämmern auf Eisen, das aus den Werkstätten dringt; dem dumpf dröhnenden Baß der Lastwagen und dem Metallgeruch überall. Und dann die felsigen Wellenbrecher am Wasser in diesem Hafen an der Südküste, wo es immer nach Öl stinkt und nach Fisch, im Schatten dieses automatisch blinkenden Leuchtturms, der ohne Personal auskommt …

Wie ein weggeworfenes Papiertaschentuch sitze ich hier am Boden, mit Blick auf das Meer, angelehnt an die harte, zylinderförmige Betonwand des Leuchtturms. Im Moment ist hier kein Mensch zu sehen. Auf der anderen Seite der Bucht versinkt die Sonne ungerührt hinter dem riesigen Öltank. Im Herbst werden die Tage kürzer. Bald kommt die Dämmerung, und wenn die Dunkelheit sich über das Meer zu legen beginnt, dann wird der kleine Leuchtturm seine Lichtblitze darauf werfen. In der Ferne erheben sich ein paar Möwen, eine nach der anderen, flügelschlagend in die Lüfte, *peolong, peolong**: mit einem Summen wie von zerreißender Seide. Das Meer ist heute besonders ruhig, vielleicht ein Vorzeichen, daß ein Taifun kommt? Überall im Hafen werden Abfälle angeschwemmt, auf dem Wasser schwimmen Öllachen, die in allen Farben schillern. So ist es in jedem Hafen, egal wo: Überall treiben die Abfälle mit der Strömung, wie Bruchstücke weggeworfener Erinnerungen.

Auf einer Fahrt mit einem riesengroßen Frachtschiff über den Nordatlantik sah ich einmal eine winzige Blechbüchse auf den Wellen treiben. Ich weiß auch nicht, warum mir diese seltsame Beobachtung jetzt in den Sinn kommt. Ich fragte mich damals, wie lange sie schon so auf dem Wasser getrieben hatte, gleichgültig gegen die vergehende Zeit? Und wie sie da überhaupt hineingekommen war ...? Ganz alleine tuckerte diese kleine Büchse über den endlosen Ozean, *dwittung dwittung*. Ein komischer Anblick, aber auch voller Wehmut und Traurigkeit.

Wie ich hier alleine im Schatten des Leuchtturms kauere, kommt mir plötzlich in den Sinn, daß ich auch eine Art Treibgut bin, so wie diese drollige kleine Aluminiumdose. Und wirklich, wie lange bin ich nicht einsam durch die Straßen der Welt geirrt wie ein ausgesetzter Hund?

Dann tritt mir eine Szene vor Augen, verschwommen in einem dichten Nebel aus aufgewirbeltem Staub ... Es war jener Tag im Herbst, als wir umgezogen sind. Eine sich endlos dahinwindende, ungeteerte Landstraße, *gubul gubul*. Dunkle Alleebäume auf beiden Seiten wie eine Prozession von Beerdigungsgästen mit aufgelösten Haaren, aufgestellt zum Kondolieren. Gelegentlich ein paar größere oder kleinere Dörfer, Dächer von ärmlichen Bauernhäusern, alle gleich niedrig und geduckt. Hinter trostlosen Äckern und einsamen Feldwegen ab und zu kleine Wasserbecken oder Teiche, deren ruhige, blinkende Wasserspiegel leicht zitterten, wie wenn man winzige weißliche Fischschuppen darüber gestreut hätte ...

Jedesmal wenn ich die alte, quietschende Schublade aufziehe, in der meine Kindheit aufbewahrt ist, fangen diese melancholischen Bilder als erste an zu erscheinen. Sie sind alle gleich matt und verschwommen, als würde man sie durch die trübe Scheibe eines verfallenen Hauses betrachten. Immer noch sind sie von einer dichten Staubschicht überzogen. Daran hat sich bis heute nichts geändert, auch nach zwanzig Jahren nicht. Und beim Anblick dieser verblaßten Bilder reibe ich mir unwillkürlich die Augen, als ob ich Spinnweben oder Staub daraus entfernen müßte ... Vielleicht rührt das noch immer von jenem weißen Staubvorhang her, der damals alles eingehüllt hat.

Dann weitere verschwommene Bilder: Platanen zum Beispiel, die die Straßen säumen und deren Blätter sich gerade herbstlich färben. Allerlei Bäume am Fuß der Berge im Hintergrund und in der Nähe, die farbig waren wie Blumen. Stroh wird verbrannt und überall steigt Rauch auf, der über die abgeernteten Reisfelder kriecht. Dazwischen die schöne Silhouette von rundlichen Dächern, deren Reisstroh man mit weithin sichtbarer Sorgfalt erneuert hat. Dann wieder die hauchfeinen silbrig-weißen Blüten des China-Schilfs an einem Bach entlang, oder eine große Ansammlung von Kosmeen in voller Blüte an der Mauer einer Dorfschule ...

Doch selbst solche Bilder in prachtvollen Farben fallen in meiner Erinnerung dann doch alle gleich matt und grau aus. Warum ist das so? Daran, daß die Welt damals nur grau und düster gewesen wäre, kann es nicht liegen, und es regnete auch nicht pausenlos. Eher war das Wetter wunderschön. Die Sonne strahlte vom Himmel, und der Himmel war so blau, als müßten glänzende Glaskugeln herunterfallen, wenn man in ihn hineinstechen würde. Warum ist es mir trotzdem nicht möglich, mich unter allen diesen Bildern deutlich an eine einzige Farbe zu erinnern? Von ihrer bunten, frischen Farbigkeit ist mir in der Schublade meines Gedächtnisses nur ein farbloses Schwarzweiß geblieben. Jedesmal wenn ich mich an jenen Umzugstag erinnere, muß ich den Kopf schütteln.

Dann drängen sich dieser sonderbare Geruch, der das Schwarzweiß der Bilder begleitet, und all die Geräusche in meinem Gedächtnis nach vorne. Der Motorenlärm des Lastwagens, *bureung bureung,* der hinten herauskommt und klingt wie das Stöhnen einer uralten Truhe; das traurige Muhen eines Kalbs und der Uringestank, – und dann die Stimme der Mutter, die uns immer wieder ihre Zauberformel vorsagt: „Keine Sorge! Ja, ihr braucht euch wirklich keine Sorgen zu machen!"

An jenem Tag auf der offenen Ladefläche eines schmutzigen alten Lastautos, das meine Familie in die unbekannte Stadt auf dem Festland mitnahm, wurde es mir vage bewußt, daß ich mich nun endgültig von meiner Kindheit verabschiedete. Obwohl es mir niemand gesagt hatte, war mir das instinktiv klar geworden, wie einem Tier, das einen feinen Geruchssinn besitzt. Ich stand auf der Schicksalsbrücke, auf der der erste Schritt in einen neuen Lebensabschnitt bevorstand. Die schwarzweißen Bilder in all ihrer Düsternis lieferten an jenem Tag den einzigen Farbton, in den diese unbekannte Zukunft getaucht war. Da war ich zwölf Jahre alt, und so dämmerte mir der Morgen meiner Jugend.

1 Eine Familie von Schneemännern

Der schwere Pritschenwagen bewegte sich schnaufend und ächzend vorwärts. Bei jedem dieser keuchenden Töne, die sich anhörten wie Atemstöße aus der Brust eines asthmatischen Greises, stieß der Auspuff eine Wolke aus schwarzem Qualm hervor. Man wunderte sich, daß ihm nicht im nächsten Moment der Atem ausging. Doch er ließ nicht locker und bewegte sich immer weiter.

Ich saß zusammengekauert am hinteren Rand der Ladefläche. Jedesmal wenn der Wagen über ein Schlagloch fuhr, sprang er wie ein übermütiges Hengstfohlen in die Höhe, ehe er wieder auf die Straße knallte. Ich und die anderen aus der Familie klammerten uns dann hinter uns an die niedrige Blechwand, mit der die Ladefläche eingefaßt war, aber es half nichts: die vier Körper wurden jedesmal hochgeworfen. Zuerst fand ich das alles ziemlich aufregend und sogar spaßig, und immer wenn der schwere Wagen wieder einen Sprung machte, lachten wir, ich und meine älteste Schwester Eunbun, die neben den anderen ganz dicht bei mir saß, und kreischten vor Freude. Selbst die jüngere Eunmae, die wenig älter war als ich und die nicht wußte, worum es überhaupt ging, saß da und grinste unablässig mit weit geöffnetem Mund.

Es dauerte nicht lange, dann hatten wir die Nase voll von dem verdammten Herumschleudern. Auch hatten wir das komische Gefühl im Bauch, als ob an unseren Därmen gezerrt würde und sich uns bald der Magen umdrehte. Und tatsächlich, Mutter und Eunbun mußten sich übergeben und erbrachen alles, was sie im Magen hatten. Genauso übel schien es dem Tier zu ergehen. Das Kalb, das man mit uns zusammen aufgeladen hatte, litt offensichtlich ebenso wie wir an der anstrengenden Fahrt. Nachdem wir losgefahren waren, hatte es die ganze Zeit ängstlich am seitlichen Rand der Ladefläche gestanden und etwas verloren dreingeschaut. Aber jedesmal wenn der Wagen hochsprang, setzte es seine Beine panikartig in Bewegung, um auf dem glatten Boden den Halt nicht zu verlieren. Irgendwann hielt dann der Fahrer an, und der Tierhändler, der vorne neben ihm saß, kam hochgeklettert und band das Tier mit einem Strick an einer Eisenstange fest. Von da ab zappelte das Kalb nur noch ab und zu aufgeregt mit den Beinen und stieß dabei seine ängstlichen Brummlaute aus: *ummoh – ummoh*. Am unerträglichsten aber von allem war der Gestank. Das Kalb hatte schon mehrmals im Stehen seine braunen Fladen einfach auf die Plattform klatschen lassen. Diese war am hinteren Rand, wo wir saßen, immerhin mit einem hölzernen Lattenrost belegt, aber die Aussicht machte uns fürchterliche Angst, der Schwall aus gelbbraunem Urin aus dem Bauch des Kalbes könnte sich einmal auf uns ergießen, statt unter dem Rost abzufließen. Ein Teil der bräunlichen Flüssigkeit schwappte auch immer wieder zwischen den Latten hoch, und meine Beine waren schon bis zur Hüfte naß geworden. Meine Mutter zitterte vor Angst davor, daß auch das Bündel mit unseren Decken davon naß werden könnte.

In der Kreisstadt Jangheung hielt der Fahrer einen Augenblick an, weil der Beifahrer sich eine Schachtel Zigaretten kaufte. Da verlor Mutter die Geduld und begann auf der Ladefläche nach vorne zu kriechen, um den Fahrer anzurufen.

„Was ist denn los?“

Ein Kopf mit struppigen Haaren kam aus dem Seitenfenster heraus und drehte sich nach hinten. Sein Gesicht war ganz mit Pockennarben bedeckt.

„Ich bitte Sie!“, sagte die Mutter zögernd, mit leiser Stimme. ... „Es wäre sehr nett, wenn Sie ein bißchen langsamer fahren könnten ...!“.

Sofort zogen sich die Narben auf dem Nasenrücken zusammen und das Gesicht verfinsterte sich.

„Warum denn das???“

„Meinen Kindern ist so schlecht ... Das Kalb, das man mit uns aufgeladen hat ..., der Gestank ist fürchterlich ...“

Der Mann drehte seinen Kopf noch weiter nach rückwärts, und ich sah mit Schrecken, wie er dabei ein Auge besonders weit aufriß und damit nach hinten starrte.

„Was haben Sie denn? ... Diese Frau da redet ja genauso wie eines dieser unverschämten amerikanischen Weiber! ... Ich hatte extra Mitleid mit Ihnen, weil Sie als Frau allein mit den Kindern unterwegs sind. Deshalb nehme ich Sie hier fast umsonst mit. Was gibt es also zu klagen ...? Wenn es Ihnen nicht paßt, dann steigen Sie doch ab ... sofort! Machen Sie doch, was Sie wollen! Und das Geld, das Sie bezahlt haben, gebe ich Ihnen sofort zurück. Ich muß mich sowieso hier nur herumplagen ... ich habe es eilig!“

Nachdem er zu schreien aufgehört hatte, zog er den Kopf ins Führerhaus zurück, und der Motor wurde wieder angelassen.

„*Aigo!**... Es tut mir leid. Aber was soll ich machen, meinen Kindern ist doch so schlecht ...“

So klagte die Mutter weiter, während sie auf der Ladefläche langsam wieder zurückkroch und ihre Worte vom Fahrer nicht mehr gehört wurden.

Sie genierte sich. Leichte Schamröte war ihr ins Gesicht gestiegen, aber sie lächelte, zu uns gewandt:

„Ach, Kinder, es ist nicht so schlimm, keine Sorge ... Da kann man nichts machen. Wir sind eben auf die Hilfe angewiesen. Wir müssen da jetzt durch ..."

Ich sah das melancholische und gezwungene Lächeln, das sie dabei aufsetzte, und das purpurrote Muttermal, das ihr so groß wie ein Eßlöffel an einem Mundwinkel saß. Ich wußte nicht warum, aber ich hatte ein schlechtes Gewissen und ließ meinen Blick verstohlen auf den Boden sinken. Wenn man es recht überlegte, konnten wir ja recht zufrieden sein; denn es war doch eher so, daß das Kalb der eigentliche Passagier war und wir froh sein konnten, daß wir überhaupt mitfahren durften.

Bei unserer Ankunft auf dem Festland hatten wir uns nämlich in einer ziemlich verzweifelten Lage befunden. Die Mutter war am vergangenen Markttag eigens hier drüben im Hafen gewesen und hatte mit den Leuten vereinbart, ein Transporter, es war auch so ein Pritschenwagen, solle am Tag unserer Ankunft hier auf uns warten. Doch dann war von dem Auto nichts zu sehen, und wir standen mit unserem ganzen Umzugsgepäck ziemlich ratlos herum. Zum Glück kam dann dieser Wagen, der uns mitgenommen hat.

Der fuhr jetzt mitten durch die Felder und holperte und klapperte weiter, *kung-kwang ... kung-kwang ...* Die Felder waren sehr groß. Die meisten hatten sie schon abgeerntet, auf einigen waren die Erntearbeiten gerade im Gange. Auf den kahlen Reisfeldern sah man Vogelscheuchen stehen, die da und dort alleine zurückgeblieben waren. Kinder mit kahlgeschorenen Köpfen trieben Rinder über Äcker, auf denen die hochgewachsenen Pflanzen der Mohrenhirse standen. Ich sah Hausdächer aus rostigem Blech, und hinter den niedrigen Mauern erkannte ich große Mengen Peperoni, die dort in den Innenhöfen zum Trocknen ausgelegt waren.

Manchmal verschwanden die Felder in der dichten Staubwolke, die das dahinratternde Lastauto aufwirbelte. Der Staub war so gewaltig, daß man den Eindruck haben konnte, wir schwebten über den Wolken. Das war ganz großartig, es kam einem fast so vor, als ob man in einem Flugzeug flog. Ich bemühte mich, möglichst nichts davon einzuatmen, und dabei beobachtete ich, wie die Alleebäume am Straßenrand in der Wolke verschwanden.

Der Anblick der großen Felder war überraschend für mich, und weil ich so etwas noch nicht gesehen hatte, hatte es auch etwas Geheimnisvolles. Alles, was ich zu sehen bekam, war ja eine ganz neue und frische Erfahrung, über die ich mich nur wundern konnte: angefangen bei dem kleinen Hafen, in dem wir am Morgen mit unserem Boot angekommen waren, über die vielen kleinen, dicht aneinander gedrängten Läden mit den Regalen voller Waren bis zu den hochragenden Leitungsmasten an den Straßenrändern. Unter den Mitschülern auf unserer Insel mochte es nur ganz wenige geben, die solche Masten aus Fotos in den Schulbüchern kannten oder gar mit eigenen Augen bereits gesehen hatten. Vor allem dürften es ganz wenige gewesen sein, die wie ich jetzt schon einmal mit einem Lastauto gefahren waren. Gedanken wie diese machten mich richtig stolz.

Beim Vorbeifahren an fremden Dörfern hupte der Fahrer jedesmal laut. Mit vom Staunen offenen Mund sah ich im Hof einer landwirtschaftlichen Genossenschaft eine Gruppe von Leuten stehen, und daneben mehrere mit Reis gefüllte Strohsäcke, die zu einem Berg aufgeschichtet waren.

In meinem Heimatdorf, wo wir gelebt hatten, war der Reis so kostbar wie pures Gold. Meine Heimat war Nagildo, eine kleine Insel im Bezirk der Insel Wando, auf der es weder elektrischen Strom noch Autos gab. Am Fuße der kahlen Hügel gruben eine Generation Erwachsener nach der anderen kleine Steine aus dem Boden und kultivierten ihre Äcker. Die Kinder gingen jeden Tag hinaus, um in den Tälern Gras für das Futter zu mähen und in dem sonst unbrauchbaren Gehölz in den Bergen etwas Brennholz zusammenzuklauben. Auf der ganzen Insel gab es kaum ein ebenes Gelände, und wir hatten nicht einmal genug Wasser zum Trinken. Reisfelder waren deshalb eine seltene Kostbarkeit. Es gab eine Familie in unserem Dorf auf Nagildo, die ohne Zögern als die reichste bezeichnet wurde, und der Vater von Namgil war der einzige, der sogar zwei Felder besaß.

„Macht euch keine Sorgen, Kinder! An dem Ort, wo wir hingehen, ist es mit Sicherheit besser als hier. Keine Sorge! Ihr braucht nur mit mir zu gehen."

Jener Tag, an dem die Mutter mit der überraschenden Nachricht kam, daß wir nach Gwangju* umziehen werden, war auch die Geburtsstunde ihres Refrains: „Macht euch keine Sorgen!"

„Ist das wahr, dürfen wir dann wirklich schneeweißen Reis essen?"

„Nicht nur weißen Reis. Gwangju ist eine Stadt, dort gibt es alles. Wenn man Geld hat, kann man dort sogar einen Halbtoten zum Leben erwecken. Und das Geld? Na ja, das werde ich eben verdienen.

Wir vier, wir werden schon nicht Hunger leiden. Ich werde die Zähne zusammenbeißen und alles dafür tun. Habt ihr verstanden?"

Mehr brauchte sie nicht zu sagen. Nur der Ausdruck „wir vier" machte mir Sorgen. Denn da hatte sie einen nicht mitgezählt: den Vater. Doch dagegen war das Zauberwort vom „schneeweißen Reis" erklungen, auf das sich vor unseren Augen eine Traumwelt eröffnete. Eunmae wäre es ebenso ergangen, wenn sie es verstanden hätte. Weißer Reis! Ich würde reinen weißen Reis essen können nach Herzenslust! Ich zitterte vor Ergriffenheit. Reiner weißer Reis war mein innigster Herzenswunsch, selbst süßer Rübensirup oder Reiskuchen mit kleinen roten Mungobohnen oder reife Persimonen kamen da nicht mit. Unsere gewöhnlichen Hauptmahlzeiten bestanden aus grauer Gerste, die zweimal abgekocht werden mußte, wenn man sie essen wollte, aus abgekochter Hirse mit Süßkartoffeln, *tteok** aus Mehlkuchen oder Wassersuppe mit Mais, der von der Gemeindeverwaltung zugeteilt wurde. Reis aber bekam ich nur an den wichtigsten Feiertagen überhaupt zu Gesicht: am Neujahrstag, an *Chuseok** und an den *Jesa*-Tagen*. Neujahr und *Chuseok* lagen weit auseinander, acht oder neun Monate, und Totengedenktage gab es nur zweimal im Jahr. So dauerte es furchtbar lange, bis die Feiertage da waren, und dann waren sie im Nu wieder vorbei.

Aber heute galt nur noch eins: Adieu, Bye-bye und Lebwohl! ... Lebwohl! Lebwohl! Wir fahren in die Stadt und essen Reis!

Ich hatte meine ganze Kraft in den Händen gesammelt, mit denen ich mich an der blechernen Wand der Ladefläche festhielt, und lächelte glücklich – bis ich husten mußte. Ich hatte kurz den Mund geöffnet, als sich ein Schwall aus Staub und Uringestank in meinen Mund ergoß. Die Kraft, mit der ich mich eben noch festgehalten hatte, wich vollständig aus meinem Körper, als ich meinen Kopf erschrocken nach der anderen Seite drehte und sich mir der Anblick meiner Familie darbot, die dalag wie ein Haufen schmutziger Lumpen.

Die Mutter saß mit geschlossenen Augen und hielt den Kopf von Eunmae auf ihren Knien. Daneben kauerte Eunbun und blickte schlechtgelaunt ins Leere. Alle waren sie in eine helle Staubwolke eingehüllt und sahen aus wie Schneemänner, mit marmorweißen Gesichtern. Um uns herum stieg immer mehr Staub auf, der sich wie feines weißes Weizenmehl auf Kopf und Schultern der Mutter und dem Nacken Eunbuns niederließ. Wir waren eine Familie von Schneemännern. Eine ganze Weile war es mir unmöglich, meinen Blick von der armseligen Familie abzuwenden.

Eunmae, die überhaupt nichts begriff, schlief mit offenem Mund.

Ich dachte einen Moment, ich sollte ihr doch den Mund schließen, ich konnte mich aber nicht aus meiner Erstarrung lösen. Es war mir schon damals klar: Dieser Reis! Welch verhängnisvolle Illusion der Reis für unsere Familie sein würde! Um das zu begreifen, war ich mit meinen zwölf Jahren alt genug. Auch was diese Beschwörungsformel der Mutter bedeuten sollte, die sie ständig im Munde führte, dieses „Macht euch nur keine Sorgen!", begann ich damals auch bereits zu ahnen. Es dämmerte mir, wie sehr solche euphorischen Versicherungen doch nichts anderes waren als Phantasien, die nur auf die nächste Trostlosigkeit vorausdeuteten, die mit Sicherheit auf uns zukam.

Dann ging es wieder los: Aus dem Bauch des Kalbes strömte wieder die Pisse, und auf unsere Wangen spritzten Urintropfen. Eunbun steckte rasch ihr Gesicht zwischen die Knie. Ich faßte mir mit beiden Händen an den Bauch. Darin war es eine Zeitlang ruhig gewesen, aber jetzt rumorte es wieder in den Därmen.

„Was ist denn, was hast du?"

„Mein Bauch ... ich habe Bauchweh."

„Ach du meine Güte ... Fängt das wieder an. Was soll ich bloß machen ...?"

Die Mutter sah mir ratlos ins Gesicht.

„Mußt du uns denn immer Unannehmlichkeiten machen! Wir haben doch alle das Gleiche gegessen. Aber ausgerechnet dir muß es schlecht werden. Komm her!"

Ich kroch mit schmerzverzerrtem Gesicht zu ihr. Sie schob mir rasch das Hemd hoch und massierte meinen Bauch mit ihren furchtbar rauhen Händen, die an die Rinde eines Kiefernstammes erinnerten.

In einem Lied heißt es, Mutterhände sind heilende Hände. Ich und Eunbun litten früher öfter an einer Würmerinfektion, von der wir immer heftige Bauchschmerzen bekamen. Die Mutter zog uns jedesmal die Hosen nach unten, um den Bauch freizumachen, und massierte uns. Doch ihre Hände waren regelmäßig wirkungslos gegenüber dem bohrenden Schmerz, den die Spulwürmer in unserem Darm verursachten. Die Mutter holte dann etwas von den Wurzeln eines Holunderstrauches, der in unserem Hof stand, aus dem Boden und kochte sie in einem Kräutertopf so lange, bis ein Sud entstand, den sie uns mit Gewalt in den Mund goß. Der schwarze Absud war so bitter, daß wir unsere Zunge nicht mehr spürten. Jetzt aber auf diesem Wagen, dachte ich, gibt es keinen Holunder, und wir werden wohl auch nichts von diesem Zeug trinken müssen.

„Was habe ich dir gesagt! Du sollst um Gottes willen nicht so viel in dich hineinstopfen! Ich habe das schon gefürchtet, als du auch noch die Portion von Eunmae aufgegessen hast. Aaachch Gott ...!"

„Aber ich habe nicht alles aufgegessen, es waren doch nur drei Stück ..."

„Ach, ich will nichts mehr davon hören. – Dieses Weibsstück! Wenn ich die wieder treffe ... Meine Güte! Die hat uns verdorbenes Essen verkauft. Es heißt immer: die Leute auf dem Festland, die schneiden dir die Nase ab, wenn du nur mal kurz die Augen zumachst. Das ist gar nicht falsch."

Die Mutter schnalzte ständig mit der Zunge vor Empörung und schüttelte den Kopf darüber, daß man sie betrogen hatte. Dabei war ich es gewesen, der die Mutter am Hafen anflehte, uns bitte Kürbispfannkuchen zum Essen zu kaufen. Und aus Hunger schlang ich die Pfannkuchen dann viel zu hastig hinunter. So war ich der einzige, dem es davon schlecht geworden war.

In meinem Magen knurrte und wütete es immer stärker. Die verdorbenen Pfannkuchen drängten wie ein feindliches Heer mit enormer Macht durch Dick- und Dünndarm in Richtung Ausgangstor, wo die Entscheidungsschlacht stattfinden sollte. Ich drückte mit der einen Hand gegen meinen Bauch und mit der anderen versuchte ich, den Ausgang zuzuhalten, „oh weh, oh weh!"

„*Aigoo!* Gleich kommt alles raus!"

„Ach Gott, du muß noch aushalten! Nur noch ein bißchen, Kind!"

„Aber wie soll ich es aushalten, ich kann nichts machen, es kommt gleich ...!"

Getrieben von den Bauchschmerzen und dem quälenden Druck dieses Zeugs, das unbedingt nach draußen wollte, bewegte ich mich im Sitzen auf meinen Brettern im Kreis herum wie eine Katze, die sich ihr Hinterteil an einem glühenden Brikett verbrannt hat. Dann wurde es mir schwarz vor Augen, und der Bauch wollte platzen. Es war zum Verrücktwerden. Auf einmal zog die Mutter in ihrer Aufregung eine Holzkiste voller Messinggeschirr und allerlei Töpfen zu sich heran, holte etwas heraus und zerriß es vor meinen Augen. Es waren Stücke aus festem Papier, die sie von einem größeren Sack abgerissen hatte, in dem einmal Düngemitteln drin gewesen waren.

„Hier, schnell, mach alles da drauf! Anders geht es jetzt nicht."

„Jetzt hier soll ich das machen?? Nein, das geht doch nicht!"

Verzweifelt und mit Tränen in den Augen blickte ich mich um: vor mir der stinkende Matsch, den das Kalb auf den Boden geklatscht hatte; draußen die Dächer von friedlichen Hütten eines Dorfes hinter der Staubwolke, und davor gelassen winkende Dorfkinder, die nicht wissen konnten, wie schlecht ich daran war. Und in der Gegenwart von alledem sollte ich mich auf dieses Papier entleeren? Lieber würde ich sterben.

Der Lastwagen klapperte inzwischen weiter und wurde weiter immer wieder krachend hochgeworfen, wenn er über die Schlaglöcher fuhr. Um mich herum auf ihren schwankenden Brettern die drei Frauen: die Mutter, Eunbun und Eunmae, und dahinter auch noch dieses blöde Kalb – und ich saß da vor ihren Augen in meinem ganzen Elend, und alle glotzten sie mich an.

Wie konnte ein Junge im Alter von zwölf Jahren in dieser Lage seine Hose herunterlassen und seinen Darm entleeren?! Am liebsten hätte ich laut losgeheult, während ich mich mit beiden Händen an dem rostigen Blech der Einfassung festhielt. Eigentlich beneidete ich ja das Kalb, das offensichtlich kein Problem damit hatte, sich vor aller Welt zu entleeren.

„Junge, los, mach endlich! ... Hier, komm ...!"

„Nein, ich will nicht", schrie ich laut.

Aber über Sieg oder Niederlage war bereits entschieden. Ich wußte ja: ehe der Feind den ersten Schritt durch das Burgtor tut, würde ich schon kapituliert haben.

Ich nahm also das Papier in die Hand und kroch etwas seitwärts in die Ecke, mit zusammengebissenen Zähnen, um nicht loszuschreien vor den brennenden Schmerzen. *Aigo!* Hilfe ...!

In diesem Augenblick geschah ein Wunder: Es tat einen lauten Knall.

Ppeong!!

Der Knall war so laut, daß ich für mein Trommelfell fürchtete. Mutter und Eunbun ließen sich vor Schreck auf ihren Hintern fallen. Der Wagen blieb stehen.

Mir fielen fast die Augen heraus vor Schreck. Dann tastete ich angstvoll nach meinem Bauch und dem Hinterteil. Fast fürchtete ich, der schreckliche Knall rührte daher, daß es meinen Hintern zerrissen hatte.

Aber was war das? Ich hatte gar nichts in der Hand, da war nichts herausgekommen. Und ich war erleichtert.

„Verflucht! Ich werde noch verrückt!", schrie der Fahrer vorne, und der Viehhändler neben ihm rief: „Meine Güte! Der Reifen ist kaputt. Und es ist ausgerechnet das Vorderrad."

Beide Männer stiegen aus und unterhielten sich, während sie die Reifen untersuchten. Meine Familie blickte erschrocken umher.

„Verflixt, in fünf Minuten wären wir in Yeongsanpo gewesen. Warum ausgerechnet hier!", rief der Beifahrer. „Dauert das lange, bis der Reifen geflickt ist?"

„Mein Gott, ich habe heute wirklich einen schlechten Tag!", ließ der Fahrer wütend seinem Ärger freien Lauf.

Der Mutter schien das alles ganz recht zu sein. Sie half mir auf die Beine und drängte mich, vom Wagen hinunter zu springen. Im Gras neben der Straße gelang es mir, rasch die Hose herunterzulassen, ehe ich mich hinhockte. Dann endlich konnte ich mich von der drückenden, dünnflüssigen Masse in meinen Därmen befreien.

„Sie da, hören Sie! Alles aussteigen! Ich muß den Wagen reparieren", rief der Fahrer und klappte die hintere Einfassung der Ladefläche herunter. Eunbun stieg als erste ab. Eunmae, die verstört herumstand, reichte die Mutter dem Beifahrer auf die Straße hinunter, der sie neben sich abstellte. Die drei Frauen, die es ebenso eilig hatten, verschwanden dann in Richtung eines abschüssigen Reisfeldes auf der anderen Straßenseite, um sich zu erleichtern. Ich ging auf die Männer zu und hockte mich unauffällig hinter dem Viehhändler auf den Boden am Straßenrand. Der Fahrer drehte an einem Schraubenschlüssel, um das Rad mit dem defekten Reifen abzunehmen, und der Schweiß lief ihm herunter.

„Zieht ihr um?", fragte der Viehhändler, der gelangweilt herumstand. „Nach Gwangju?"

„Ja."

„Woher kommt ihr, wo seid ihr zuhause?"

„Wando."

„Aber Junge! Habt ihr etwa ganz Wando bewohnt?"

„Es war Nagildo."

„Aha! Dann ist das ja ein richtiger Inseljunge. Ich bin heute Morgen auch auf der Insel gewesen. Dort habe ich das Kalb gekauft."

„Ach so."

Ich fand interessant, was der Mann gesagt hatte, und winkte zu dem Kalb hinauf, das noch auf der Ladefläche stand. Plötzlich war mir dieses blöde Kalb vertraut. In welchem Dorf es wohl gelebt hat? Es könnte ja sein, dachte ich, daß sogar ein Mitschüler von mir aus derselben Klasse es am Seil geführt hat. Aber dabei stieg eine Hitze in mir auf, und es wurde mir etwas eng in der Kehle.

„Ist deine Mutter eine Witwe", fragte er weiter und lächelte freundlich.

Statt einer Antwort schüttelte ich schnell den Kopf.

„Warum seid ihr dann alleine unterwegs ohne den Vater?"

„Der Vater ist in Gwangju. Er ist beschäftigt ..."

„Was macht er? Er hat seiner Frau und den Kindern den ganzen Umzug überlassen. Was für einen Beruf hat er denn?"

Der Mann gehörte offenbar zu denen, die Spaß daran haben, die Leute gründlich auszufragen.

Ich antwortete zögernd, der Vater sei Kapitän auf einem Schiff. Aber da schüttelte der Mann den Kopf.

„Kapitän? Aber wenn er Kapitän ist, warum lebt er dann nicht in einer Hafenstadt wie Yeosu oder Mokpo? Warum wartet er ausgerechnet in Gwangju auf euch?"

„Hey, Sie! Stehen Sie hier nicht rum und halten Sie das mal!", rief der Fahrer, der unter dem Wagen lag, worauf ich aufstand und machte, daß ich wegkam.

Die Mutter hatte Eunmae am Rande des Reisfelds abgesetzt, das gleich neben der Straße begann. Dazwischen floß ein kleiner Bach, in dem sie ihre Hand naß machte, um Eunmaes Gesicht damit abzuwischen. Auch ich tauchte meine Hände kurz ins Wasser.

„Mutter, ist es noch weit bis Gwangju?", fragte Eunbun, während auch sie sich das Gesicht benetzte.

„Wir sind gleich da. Zuerst kommt noch Yeongsanpo und Naju. Dann Gwangju."

„Ich habe großen Hunger, es ist schon gleich Abend."

„Mach dir keine Sorgen. Sobald wir zuhause sind, kochen wir Reis. Ihr müßt euch nur noch ein kleines bißchen gedulden."

Eunbun verzog ihr Gesicht. Ich hatte auch großen Hunger. Seit dem Durchfall war mein Magen völlig leer. Mir war klar geworden, daß wir nun schon fünf oder sechs Stunden auf dieser Schleuder von einem Lastwagen verbrachten. Das war einfach ein sehr weiter Umzug.

„Vater ..., wartet er wirklich auf uns?"

Die Miene der Mutter erstarrte, offenbar hatte sie meine Frage unerwartet getroffen. Ohne ein Wort zu sagen, streichelte sie Eunmae übers Haar. Eunbun zog die Augenbrauen zusammen und blickte mich zornig an. Ich hatte auszusprechen gewagt, was den anderen auf der Seele lag und wovor wir alle uns fürchteten.

„Ma ... ma ... Reis, Reis ..."

Eunmae verstand gar nichts. Sie war schwachsinnig. Obwohl sie vierzehn Jahre alt war, kannte sie nur zwei Worte: „Ma ... ma" und „Reis". Bedrückt und blaß geworden, pflückte die Mutter ein welkes Unkrautblümchen am Reisfeldrain und drückte es Eunmae in die Hand. Eunbun und ich starrten ungeduldig auf die Lippen der Mutter.

„Macht euch keine Sorgen ... Der Vater wird schon dort sein, und er wartet auf uns."

„Ist das wahr, Mutter?"

„Ich sagte schon, ihr braucht euch überhaupt keine Sorgen zu machen. Ihr kennt doch euren Vater."

Sie bemühte sich, ein Lächeln zustande zu bringen, und wiederholte den Satz, als ob sie selbst sich vergewissern wollte. Ich blickte stumm über die Felder hinweg und wiederholte in Gedanken diesen sonderbaren Satz: *Ihr kennt doch euren Vater.* Wer von uns Vieren konnte ihn überhaupt kennen? Selbst die Mutter ..., ob sie sein Innerstes wirklich kannte, ob sie wußte, was er vorhatte ...?

Der Schatten der fernen Berge hatte sich schwer über die vor ihnen liegenden, kahlen Felder gebreitet. Auf einmal fuhr ein Bus auf der Gegenfahrbahn mit hoher Geschwindigkeit an uns vorbei. Eine gewaltige Staubwolke hüllte uns ein, und ich steckte, am Straßenrand hockend, das Gesicht zwischen meine Knie, während ich Eunbun husten hörte.

„Was hängt ihr hier rum! ... Auf den Wagen mit euch, es geht los!", rief der Viehhändler.

Wir beeilten uns hinaufzukommen, *heogeop jigeop*, das alte Vehikel setzte sich wieder in Bewegung, nicht ohne eine Staubwolke zu hinterlassen.

Als das Auto in Yeongsanpo ankam, holte der Viehhändler das Kalb herunter, und wir fuhren ohne es weiter. Das Tier folgte dem Händler, während es ständig dumpfe Klagelaute ausstieß. Ich drehte mich mehrmals nach ihm um, bis es auf dem Markt in einer Gasse zwischen Ständen verschwunden war. An der Stelle, wo das Kalb gestanden hatte, waren ein matschiger Kotfladen und eine Urinlache zurückgeblieben.

Nachdem der Wagen den breiten Fluß auf einer Brücke überquert hatte, näherten wir uns Gwangju. Mein Herz klopfte, jedoch weder aus Freude noch aus Erregung, sondern aus Sorge und Unsicherheit. Wir näherten uns der Stadt, in der unser Vater leben sollte. ... Ich fühlte den Atem schwer werden und blickte in die Gesichter meiner Familie. Eunbun hielt sich mit aller Kraft an der Blecheinfassung fest und sah unendlich erschöpft aus. Die Mutter stützte mit der einen Hand den Kopf der schlafenden Eunmae, der mit seinen zerzausten Haaren wie die stachlige Schale einer Eßkastanie auf ihren Knien lag. Mit der anderen Hand strich sie, die Augen halb geschlossen, zärtlich über ihre Nähmaschine. So wie sich die Familie meinen Augen darbot, die immer müder wurden, bestätigte sich meine Besorgnis vor den dunklen Schatten einer bedrohlichen Zukunft. Wir fuhren einer unbekannten Stadt entgegen, die wir noch nie gesehen hatten. Dort würden wir uns ein armseliges Nest bauen.

Zufällig begegneten sich unsere Blicke, und ich sah, wie sich in Mutters Mundwinkeln ein schwaches Lächeln andeutete, als ob sie etwas sagen wollte. Aber dann verschwand die zarte Andeutung sofort wieder, und ich stellte mir vor, was ihr trauriges Lächeln hätte sagen können:

„Es ist gut. Mach dir keine Sorgen, Cheol, mein Sohn. Solange man lebt, bilden sich im Mund keine Spinnweben …"

Jetzt erklomm der Lastwagen mit Mühe eine Anhöhe. Am westlichen Himmel neigte sich die Sonne dem Horizont zu. An jenem Spätnachmittag im Herbst war ich zwölf Jahre alt.

2 Die Stadt und ihre Illusionen

Bei Einbruch der Dunkelheit erreichten wir die Stadt. Seit der Abfahrt, zuerst mit einem Motorboot von der Anlegestelle unseres Heimatdorfes hinüber zum Hafen von Haejin und von dort weiter mit dem Pritschenwagen, waren wir fast zehn Stunden unterwegs, ehe wir am Ziel unserer Reise ankamen.

Der alte Lastwagen war keuchend auf eine Anhöhe gelangt, als ich und Eunbun gleichzeitig, wie wenn wir uns verabredet hätten, in Freudenschreie ausbrachen. Vor unseren Augen lag in einer riesigen Ausdehnung nach allen Himmelsrichtungen die Stadt.

„Eunbun, das sind ja tausend Häuser, oder noch mehr!"

„Du Dummkopf! Tausend Häuser sollen das sein? Mindestens zehntausend sind das, oder mehr als hunderttausend!"

Voller Staunen und laut durcheinander rufend blickten wir in alle Richtungen. Obwohl der Wagen jetzt viel weniger schaukelte und seltener hochgeworfen wurde, klammerten wir uns noch immer an die blecherne Umfassung der Ladefläche. Aber anstelle des dauernden Angstgefühls, das ich bis kurz vorher nicht los geworden war, hüpfte nun mein Herz voller neugieriger Erwartung.

Doch als das Auto schließlich angekommen war und in die Stadt hineinfuhr, war ich einen Moment lang enttäuscht, als ich auf die schäbigen Dächer der Hütten sah, die alle gleich niedrig waren, und dann die Tonkrüge für Sojasauce auf den armseligen Terrassen hinter den Mauern aus bröckelnden Zementblöcken. Und auf den Gassen und Plätzen dazwischen lagen Abfälle verstreut …

Diese Unordnung am Stadtrand sah überraschenderweise nicht viel anders aus als die vielen Dörfer, an denen wir an diesem Tag vorbeigekommen waren.

Doch diese trüben Eindrücke wichen einem großen Staunen, sobald unser Wagen die Innenstadt erreicht hatte. Hier standen mächtige Gebäude, eines neben dem anderen wie ebenmäßige Streichholzschachteln aufgereiht, und auf breiten Straßen rollten mehrere Autos vorüber. Wir sahen Radfahrer, bis oben hin mit Lasten beladene Handkarren und mitten auf einer Straßenkreuzung einen Verkehrspolizisten, der auf einer Trillerpfeife blies und mit den Armen durch die Luft wirbelte, als wollte er tanzen. An den Straßen gab es eine Menge Läden mit Schildern davor: Apotheken, Metzgereien, Restaurants und Schneidereien speziell für Damen, einen Buchladen und einen Markt, der von Besuchern wimmelte. Immer wieder mußten wir unsere Hälse ungewohnt weit nach hinten biegen, um an hohen Gebäuden aus vier oder fünf Stockwerken hochblicken zu können. Die Leute auf den Straßen sahen ganz anders aus als wir, wie aus einer anderen Welt. Handkarren, voll beladen mit Chinakohl, wurden vorbeigezogen, und an einem Stand dicht neben der Straße saß eine Frau mit ihrem Baby auf dem Rücken und verkaufte Gebäck aus Mehl, das sie auf einem Waffeleisen herstellte.

Für uns, die wir oben auf dem Lastwagen zusammenhockten, sahen alle diese Leute irgendwie respektabel aus. Aber unsere Bewunderung stieg ins Unermeßliche, als wir an einem Kino vorbeifuhren.

„Schau mal dort, warum ist denn das Bild so groß?"

„Tatsächlich. Aber ist das nicht ein Menschengesicht, das sieht aus, als wäre es lebendig", meinte Eunbun und zeigte vorsichtig und mit angstvollen Augen auf ein riesiges Plakat.

„Jang ... Geuk ... Dae ... Hyeon ... – was bedeutet das, Mutter?"

„Das ist ein Kino, in dem Filme gezeigt werden. Du weißt doch: diese bewegten Bilder", antwortete Mutter. Eunbun hatte die Silben „Hyeon Dae Geuk Jang" im Vorbeifahren von hinten nach vorn, also verkehrt herum gelesen ... Ich war in diesem Moment so ergriffen, daß mir beinahe Tränen in die Augen gestiegen wären, und schaute erneut zu den Kinoplakaten hinauf.

„Ah, sieh nur! Richtig: Cheoi ... Eun ... Hui, ja: Cheoi Eunhui! Und Kim Jingyu auch, stimmt's?"

Eunbun klatschte begeistert in die Hände, als ob sie eine großartige Entdeckung gemacht hätte. Obwohl uns die Gesichter von Cheoi Eunhui, Kim Jimi, Sin Seongil, Cheoi Muryong und Kim Jingyu unbekannt waren, hatten wir wenigstens mal ihre Namen gehört.

Die ganze Fassade des Kinos war mit zwei riesigen Plakaten ausgefüllt. In großer fetter Schrift stand darauf: *Samryongi, der Taubstumme* und *Die Barfuß-Jugend*, zusammen mit den Gesichtern einer Frau und eines Mannes. Selbst die Nasenlöcher der beiden waren riesig. Besonders faszinierend fand ich das Gesicht von Kim Jingyu mit seinen ausgefallenen Vorderzähnen. Ich bekam Angst, er könnte mich mit seinem bösen Blick verfolgen. Überhaupt war ich ganz außer mir, auch wußte ich nicht, wohin ich schauen sollte zwischen all diesen ungewöhnlichen und schauerlichen Bildern. Ganz offensichtlich war das eine Märchenwelt. Aber was die Mutter immer sagte: daß wir bald Reis essen könnten, kam mir unter diesem Eindruck fast etwas wahrscheinlicher vor.

„... Hier werden wir also leben ..., wirklich, in dieser großartigen Stadt!“

So sprach ich leise immer wieder vor mich hin, als würde ich träumen ... Wie mit einer geheimen Zauberformel erschuf ich mir in meinem Innern eine wundervolle Traumwelt, und ich hatte die verrückte Idee, mich damit in Gedanken vor meinen Freunden zu brüsten, die im Heimatdorf zurückgeblieben waren.

Dabei verstand ich nicht, warum der Lastwagen, auf dem wir saßen, durch eine Gegend fuhr, die immer seltsamer wurde. Nachdem wir das Stadtzentrum hinter uns hatten, wurden die Häuser wieder niedriger und die Straßen wurden schmaler. Die schmutzigen Gassen und schäbigen Dächer wollten gar nicht mehr aufhören, die ganze Umgebung machte einen trostlosen und elenden Eindruck.

Plötzlich hielt der Wagen an, der Motor wurde ausgeschaltet und der Kopf des Fahrer erschien vorne im Wagenfenster:

„Hallo, Sie! Sind wir hier richtig?“

Wir standen an einem Bahnübergang irgendwo am Stadtrand, und alles war mit schwarzem Kohlenstaub überzogen. Zögernd erhob sich die Mutter halb von ihrem Sitz auf dem Lattenrost und blickte überrascht umher.

„Na ja ... ich weiß nicht ... Hier ...?“

„Sie haben doch gesagt, es ist im *Gyerim*-Viertel, in der Nähe eines Bahnübergangs!“

„Ja, richtig ... Aber hier soll das sein ...?“

Die Mutter blickte noch immer verwirrt und ungläubig umher.

„Verdammt! Das fragen Sie mich ...?“

„Seltsam ..., als ich zum erstenmal hier gewesen bin, habe ich mir vorgenommen, mir den Weg zu merken. ... Aber ich fürchte, das hier ist nicht der Ort, wo ich damals gewesen bin ...“

„Was?? Aber wo sonst außer hier gibt es einen Bahnübergang im *Gyerim*-Viertel?“

„Ja, das Haus, in das wir einziehen, liegt im *Gyerim*-Viertel. Aber ich verstehe das nicht ... Doch einen Moment: In der Nähe soll eine chinesische Schule sein, die doch bestimmt jeder Fahrer kennt ...?“

„Eine chinesische Schule?“

„Ja. Das muß hier in der Nähe sein ...“

„*Aigo!* Ich werde hier noch verrückt! Die soll im *Gyerim*-Viertel liegen?? Die liegt doch im Sansu-Viertel! Mein Gott! Diese Frau macht mich noch krank! ... Verdammt nochmal, ich habe heute einfach einen schlechten Tag ...“, schrie er wütend weiter, während er den

Kopf zurückzog und den keuchenden Motor *keureureungreung* wieder in Gang brachte.

„Meine Güte, was hat er denn …", flüsterte die Mutter. „Ich habe mir den Bahnübergang doch gemerkt und es mir immer wieder eingeprägt: der Bahnübergang im *Gyerim*-Viertel …"

Ihre Worte gingen im Motorgeräusch unter.

(Erst viel später erfuhren wir, daß die Mutter nicht ganz falsch gelegen hatte. Unglücklicherweise lag die gesuchte Gegend freilich auf der Verwaltungsgrenze zwischen zwei Stadtvierteln und gehörte deshalb zu beiden).

Dann setzte das Auto seine Fahrt fort, und wir wurden wieder stärker herumgeworfen. Ich saß mutlos auf meinem Platz am Boden. Die von dem Kalb hinterlassene Urinlache stand noch immer vor meiner Nase, schwankte in Wellen hin und her und war auch unter die Bretter geflossen, auf denen wir saßen. Eunbun und ich hatten die neugierige Beobachtung der Umgebung, durch die wir fuhren, längst wieder eingestellt und hielten uns nur noch an der Blechwand fest. Während unseres kurzen Aufenthalts an dem Bahnübergang hatten sich alle unsere Illusionen in Nichts aufgelöst.

„Ma … ma …! Reis, Reis …", quengelte Eunmae, die eben aufgewacht war. Dann drang Mutters Stimme an mein Ohr:

„Oh ja, ja! Mach dir keine Sorgen! Wenn wir zu Hause sind …, gedulde dich noch einen Augenblick!"

Der Wagen fuhr durch unbekannte Randbezirke der Stadt. Gelegentlich mußte er auf der schmalen, kurvenreichen Straße anhalten, um den Gegenverkehr vorbeizulassen, und der Fahrer hupte dabei jedesmal wie wild. Mit der Zeit wurden die Häuser weniger, und seltsamerweise waren jetzt auch wieder Felder zu sehen. Es sah aus, als würden wir uns von der Stadt entfernen.

Die Sonne war schon untergegangen, und nach dem Abendrot verschwand die Umgebung mehr und mehr in der Dämmerung. Wir fuhren eine Weile durch abgeerntete Felder, auf denen schon Dunkelheit lag. Die Straße war schmal und holprig wie ein Feldweg und stieg steil an. Es ging kurz an einem Teich vorbei, dann kamen in der Ferne ein paar schwache Lichter in Sicht. Ich war erleichtert, aber wir fuhren auch daran vorbei. Nachdem wir dann einen Bahnübergang passiert hatten, blieb der Wagen endlich auf einem freien Platz stehen. Der Platz war nicht besonders groß. Es stand nur eine hohe Straßenlaterne mit einer schwachen Glühbirne am Rande.

Ehe ich vom Wagen heruntersprang, ließ ich rasch meinen Blick in dem fremden Viertel umherschweifen. Hier also ist es … hier wird sich unsere vierköpfige Familie ihr Nest bauen müssen. Der Platz und die Umgebung lagen schon in tiefer Dunkelheit. Trotzdem bemerkte ich sofort, daß es sich hier um einen noch schäbigeren und ärmlicheren Vorort handelte als alle anderen, durch die wir gefahren waren.

Eilig luden wir die verschiedenen Gegenstände und Bündel, aus denen unser Gepäck bestand, ab. Da wir wenig hatten, war diese Arbeit schnell erledigt. Als letztes fiel der schwere steinerne Mörser mit einem Plumps auf den Boden.

„He Sie!", rief der Fahrer. „Außer mir und Buddha gibt es bestimmt niemanden, der Sie und ihre Kinder für so wenig Geld mitgenommen hätte. Ich habe das nur aus Mitleid mit Ihren Kindern getan ... Aber wie auch immer, leben Sie wohl!"

Da zog die Mutter zwei Schachteln Zigaretten aus ihrer Rocktasche, die sie schon vorher besorgt hatte. Der Fahrer nahm sie und schlug mit lautem Krachen die Tür zu.

„Wirklich sehr nett ... Obwohl er nicht so aussieht, ist er doch sehr warmherzig ...", redete sie in Richtung der Rückseite des Wagens, der schnell in der Dunkelheit verschwand.

3 Baracken mit Ziegeldach

Sobald ich von dem Lastwagen heruntergesprungen war, kamen die Bauchschmerzen wieder, und es wurde mir übel. Den Durchfall hatte ich schon hinter mir, aber nun kam die Übelkeit dazu. Ich lief eilig ins Gras am Rand des leeren Platzes hinüber und erbrach mich geräuschvoll. Die Mutter lief hinter mir her und klopfte mir auf den Rücken.

„Na, hat dein Magen sich jetzt beruhigt?"

Ich nickte, aber es wurde mir kalt und ich zitterte. Als sich die Konturen der fremden Umgebung durch die Tränen in meinen Augen hindurch deutlicher abzuzeichnen begannen, versuchte ich instinktiv, meinen Körper wieder zu straffen und in einer aufrechten Haltung zu sitzen.

„Ich glaube, jetzt ist es gut. Man fühlt sich doch erleichtert, wenn alles raus ist", meinte die Mutter. „Steh jetzt auf, wir müssen das Gepäck zum Haus tragen."

Die Mutter fing an, die herumliegenden Bündel und Gepäckstücke auf einem Haufen zu versammeln. Dann nahm sie als erstes die Nähmaschine, setzte sie sich auf den Kopf und machte sich bereit zu gehen.

„Eunbun, du mußt hier auf Eunmae aufpassen. Ich gehe inzwischen mit Cheol zu unserem Haus."

Ich nahm meine Schultasche in die eine und eine kleine Tasche mit Kleidungsstücken in die andere Hand und beeilte mich, der Mutter zu folgen. Wir überquerten den Platz und kamen zuerst auf der Hauptstraße an ein paar niedrigen Häusern vorbei, dann der Reihe nach an einem Laden, der Comic-Bücher anbot, einem Herrenfriseur und einem kleinen Gemischtwarenladen. Um die Ecke begann eine längere Gasse, die eng und jetzt am Abend ziemlich dunkel war. Der Gehweg war naß und schmutzig, und es stank fürchterlich nach Senkgrube und Schweinekot. Aus einem niedrigen Haus fiel das schwache Licht einer Glühbirne auf die Gasse. Geschirr klapperte. Vermutlich wurde gerade das Abendessen zubereitet.

„Cheol, ab jetzt hat der Spaß ein Ende, und du mußt aufpassen, hörst du?"

„Ja, ich weiß ..."

„Jedenfalls ..., du bist der Älteste in unserer Familie, hast du verstanden?"

Mit der Nähmaschine auf dem Kopf machte sie beim Gehen kleine

Trippelschritte, während sie sprach. Ich wußte nicht warum, aber es bedrückte mich, was sie gesagt hatte.

„Wir sind gleich da. Hier vorne das Haus hinter dem Hoftor aus Blech, da wohnen wir."

Dort wo die Mutter schließlich anhielt, stand das letzte Anwesen in der Gasse. Hinter den Mauern, die den Hof umgaben, lag das freie Feld.

Die Mutter drückte das blecherne Tor nach innen auf, und wir betraten den Hof. Er war viel größer, als ich draußen gedacht hatte, und rechts und links befanden sich je ein Gemüse- und ein Blumenbeet. Die Mitte des Hofes war frei, aber an den Seiten standen sich zwei recht armselige Baracken gegenüber, deren Dächer mit Ziegeln gedeckt waren. Es war unschwer zu sehen, daß hier mehrere Familien zusammenwohnten.

„Hallo, wir sind da!", rief die Mutter, als wir vor der Wohnung der Eigentümer standen. Sogleich öffnete sich eine auf den Hof gehende Zimmertür, mehrere Gesichter blickten uns an. Die Leute saßen gerade beim Abendessen.

„*Aigo!*, so spät. Ich dachte schon, Sie kommen heute gar nicht mehr."

Die Mutter grüßte zuerst die Hauseigentümerin, die nicht gerade begeistert dreinschaute. Dann setzte sie die Nähmaschine auf der schmalen Diele vor einem Eckzimmer ab, gerade über dem Blumenbeet.

Wir gingen eilig zu dem leeren Platz zurück, wo inzwischen fünf oder sechs Kinder in meinem Alter um den Haufen mit unserem Umzugsgepäck herumstanden und sich laut darüber unterhielten.

„ ... Und was ist denn mit dem Mädchen los? Die redet nur unverständliches Zeug ... Ist das eine Idiotin? Schau nur das Gesicht ... Komisch ist das ...!"

„Richtig. Die sieht ja aus wie diese Samryong im Film. Genau: ‚Die taubstumme Samryong'!"

„He, was macht ihr denn hier! Haut ab!", schrie die Mutter.

Die Kinder erschraken und zerstreuten sich. Eunbun, die auf dem Steinmörser saß und Eunmae in den Armen hielt, freute sich, als sie uns kommen sah, und stand auf. Dann faßte auch sie Mut und rief den Kinder nach:

„Geht weg! Verschwindet hier! Wir sind doch keine Zirkusclowns!"

Ich sagte nichts und schaute nur kurz zu den Kindern hinüber, die sich in einigem Abstand aufgestellt hatten und kicherten. Aber ich spürte ihre auf uns gerichteten Blicke, die alle etwas Feindseliges und

Bösartiges hatten. Ich wollte mich jedoch auf keinen Fall einschüchtern lassen und entschloß mich, eine besonders aufrechte Haltung einzunehmen.

Es dauerte nicht lange, bis wir alle Gepäckstücke und die zu Bündeln verschnürten übrigen Utensilien ins Haus gebracht hatten; denn die Familie des Hauseigentümers und ein paar andere Erwachsene unter den Mietern halfen dabei. Nachdem wir alles hineingetragen hatten, konnten wir uns endlich erleichtert auf die Diele setzen und einen Moment aufatmen. Inzwischen brannte auch Licht von einer Lampe, die unter dem Dachfirst der Vermieter hing.

„Ich bin Ihnen sehr dankbar", sagte die Mutter zu den Leuten, die das letzte Bündel auf ihren Schultern mitbrachten.

„Gleich bei unserem ersten Treffen weiß ich gar nicht, wie ich mich für Ihre Hilfe bedanken soll."

„Ach, keine Ursache. Wir leben doch hier alle zusammen unter einem Dach. Da muß man sich selbstverständlich gegenseitig aushelfen."

Und ein anderer sagte: „Wir wären ganz zufrieden, wenn Sie nachher ein paar Umzugs-*tteok* für uns hätten!"

„Ah natürlich! Ich habe schon daran gedacht, selbstverständlich!", lachte die Mutter.

„Aber um Gottes willen, die beiden dort müssen sich ja fürchterlich abschleppen", fuhr sie fort.

Wie alle anderen drehte ich mich um und sah zwei Erwachsene, die gerade den steinernen Mörser hereintrugen, ein dicker Mann und eine Frau, ein Ehepaar Ende dreißig vielleicht. Besonders die Frau schien erstaunlich kräftig. Sie war groß gewachsen, mager und knochig, und weil sie eine alte Soldatenuniform, Jacke und Hose, anhatte, sah sie wie ein Mann aus. Als sie das schwere Stück in einer Ecke des Hofes auf die Erde hatten fallen lassen, war die Aktion beendet.

„Mein Gott!", sagte der dicke Mann ganz außer Atem und wischte sich den Schweiß von seinem kahlen Schädel, „ich dachte schon, mir fällt die Zunge heraus. Warum ist das denn so schwer ..."

„Du übertreibst mit deinem Theater hier", sagte die Frau und klopfte sich beiläufig den Staub von den Händen. „Du willst ein Mann sein und bist schon wegen eines solchen Steinchens erschöpft!"

Sie sagte das in einem Ton, als ob sie ihrem kleinen Bruder eine strenge Rüge erteilen wollte. Ihrem Akzent nach kam sie aus Nordkorea, und in ihrer ganzen Haltung und der Art, wie sie ihre Schultern bewegte, sah sie tatsächlich eher wie ein Mann aus.

„Meine Güte, warum haben Sie nur dieses schwere Zeug mitgeschleppt?", schnalzte die Vermieterin, *tss tss*, und tat überrascht, indem sie den Kopf schüttelte. Die Mutter errötete leicht.

„Es wäre zu schade gewesen, den Mörser zurückzulassen. Es gibt nichts Besseres, um Gerste zu mahlen."

„Ja, natürlich, er ist sehr nützlich. Wir haben auch so einen Mörser", fuhr die Vermieterin fort. „Deshalb wäre es auch nicht nötig gewesen, ihn mitzuschleppen ..."

„Wie auch immer: Ist das hier jetzt alles, was auf dem Lastwagen mitgekommen ist? Praktisch ist es doch auf jeden Fall, wenn man nicht zu viel hat."

„Eben", sagte der dicke Kahlkopf, „Sie haben gerade so viel Gepäck wie ein Schüler, der alleine wohnt und für sich selbst kocht."

Die Blicke der im Kreis herumstehenden künftigen Nachbarn wanderten über die Umzugssachen und Gepäckstücke vor ihren Füßen. Unter den wenigen Einrichtungsgegenständen, die wir mitgebracht hatten, standen da eine kleine Truhe, ein Reisbehälter aus Holz und die alte Nähmaschine. Dazu kamen ein Bündel mit Bettzeug, zwei Bündel mit Kleidungsstücken, eine Holzkiste mit Kochtöpfen und anderem Geschirr, ein Nachttopf, verschiedene Gewürze in einem Plastiksack, ein Packen zusammengebundener Bücher und allerlei Kleinigkeiten ... – ach, und noch eins: der Mörser! Diese bescheidene Liste enthielt alle unsere Habseligkeiten und war Ausdruck der Notlage, in der wir uns befanden.

„Ja, daran sehen Sie, wie wir leben", sagte die Mutter. „Eigentlich besitzen wir auch einen richtigen Kleiderschrank, den ich in die Ehe eingebracht habe, und noch andere Geräte. Aber *aigo!* Das alles auch noch zu transportieren, wäre einfach zu mühsam gewesen ..."

Die Mutter machte viele Worte über all das, was angeblich zu viel gewesen wäre. Aber ausgerechnet dieser uralte, tonnenschwere Steinmörser mußte mitgeschleppt werden ... Ja, wir hatten einen Kleiderschrank gehabt. Er war aus dem Holz des Kakibaumes, und sie hatte ihn besonders gern. Irgendwie hatte er ihre Selbstachtung verkörpert. Ihre Eltern betrieben eine Brauerei, sie hatten auch mehrere Fischerboote, und es soll ihnen früher sehr gut gegangen sein. Deshalb konnte sie, als die kostbare einzige Tochter, auch die Mittelschule in der Kreisstadt besuchen. Wahrscheinlich stellte sie sich vor, sie würde mit dem Symbol ihrer Selbstachtung einmal vor den Frauen des Dorfes prahlen können. Der Schrank hatte deshalb in ihrem Zimmer auch immer einen Ehrenplatz. Doch drei Tage vor dem Umzug überließ sie ihn den Eltern von Namgil, um unsere Schulden damit zu begleichen.

„Macht euch keine Sorgen, Kinder! Der Schrank ist ohnehin zu alt …", sagte sie damals vor sich hin, und dabei wischte sie mit einem feuchten Lappen immer wieder über die Stelle am Boden, wo der Schrank gestanden hatte und man noch immer die Abdrücke der Schrankfüße sehen konnte.

„Eigentlich wollte ich ihn schon lange loswerden … Es ist jetzt besser so … Es ist gar nicht schlimm. Später kaufen wir uns einen noch viel größeren und teuereren Schrank …"

Ich konnte das nicht vergessen … –

„Also … Wo geht hier das Licht an?", fragte die Mutter die Vermieterin, als sie in das dunkle Zimmer betrat. Die Frau folgte ihr.

„Irgendwo da oben bei der Birne muß der Schalter sein … meine Güte …, warum brennt das Licht nicht …?"

„Wie soll das Licht brennen …: Es gibt keine Glühbirne!", lachte ihr der Kahlkopf höhnisch ins Gesicht.

„Um Gotteswillen, tatsächlich! Warum fehlt hier die Glühbirne?"

„Warum wohl! Weil der Geizhals, der gestern hier ausgezogen ist, die Birne mitgenommen hat. Der Alte hebt sogar Zigarrettenstummel von der Straße auf und raucht sie. So ein Geizkragen bringt es nicht fertig, eine Glühbirne zurückzulassen."

„*Aigo!* Die Alte, seine Frau, war noch schlimmer."

„Diese verdammten Geizkragen!", rief die Frau und schüttelte den Kopf. „Das Zeug kostet doch nicht viel!"

Ich machte mich auf den Weg, um gleich noch eine Glühbirne zu kaufen. In der Hand hatte ich das Geld, das die Mutter aus ihrer Rocktasche geholt und mir dafür gegeben hatte. ‚Eine Glühbirne bitte, eine Glühbirne', sagte ich unterwegs vor mich hin, um zu üben und ja nichts falsch zu machen, während ich die dunkle Gasse entlangging. Als ich dann in dem Laden an der Ecke zu dem freien Platz stand, fiel mir der Satz trotzdem nicht mehr ein … Vor den verwunderten Augen der Ladenbesitzerin zeigte ich mit dem Finger auf die nackte Glühbirne an der Decke.

„Das da, geben Sie mir bitte sowas. Ist das ein elektrisches Licht?"

„Aha, du meinst eine Glühbirne. Wieviel Watt?"

„Was …?"

„Na, 30 Watt oder 60 Watt?"

Ich stand einen Augenblick dumm vor der Verkäuferin, weil ich nicht wußte, was das bedeutete. Dann nickte ich einfach, jaja.

Als ich mit der Birne zurückkam, drehte der dicke Kahlkopf sie hinein. Erstaunlich: Sie brannte sofort und blendete unsere Augen mit ihrer Helligkeit.

„Meine Güte! Das sind ja 60 Watt. Da werden die Stromkosten aber steigen", sagte die Vermieterin.

„Ach was! Wenn die Kinder Bücher lesen wollen, dann braucht man 60 Watt", mischte sich die Frau in der Soldatenuniform ein. „Seien Sie nicht so kleinlich."

„Ma … ma! Reis, Reis … *heueueu*", tönte es plötzlich aus Eunmaes Mund. Sie hatte bisher nur an Eunbun geklammert dagesessen und gegrinst. Jetzt war sie wohl über etwas erschrocken.

Auf einmal richteten sich alle Blicke auf sie, es war Schrecken und Neugierde, so als sähen sie zum ersten Mal irgendein merkwürdiges Tier.

Das Gesicht der Vermieterin wurde blaß.

„Schau doch, was hat sie eben gesagt?", rief ein kleiner Junge.

„Sei still", sagte der ältere Sohn der Vermieterin, der schon auf die Höhere Schule ging, zu seinem jüngeren Bruder, der kichernd mit dem Finger auf Eunmae zeigte. Er war etwa in meinem Alter, und ich hätte ihn am liebsten an der Nase gepackt.

„Ach, ihr habt wohl alle noch kein Abendessen gehabt, oder?", sagte darauf die Frau in der Uniform barsch und in ihrem männlichen Tonfall.

„Ich mache gleich Abendessen, sobald wir das Umzugsgepäck vollends ins Zimmer geschafft haben," sagte die Mutter.

Die Frau beruhigte sie, sie brauche heute Abend doch nicht zu kochen. „Zufällig ist noch ein Rest Reis vom Mittagessen übrig. Der würde für vier Personen gerade reichen."

Obwohl die Mutter das Angebot ablehnte, verschwand die Frau in ihrer Küche. Die anderen Hausbewohner gingen ebenfalls in ihre Wohnungen zurück, und wir machten uns ans Aufräumen.

Als wir fast fertig waren, schob die Nachbarin eine große Schüssel mit Reis und eine kleinere mit Kimchi ins Zimmer. Obwohl der Reis zur Hälfte aus Gerste bestand und kalt war, aßen wir blitzschnell alles auf.

„Langsam, langsam", sagte die Mutter. „Sonst hält man euch noch für Kinder von Bettlern. Diese Frau in der Soldatenjacke hat ein gutes Herz, oder?"

„Mhm", brummte Eunbun zustimmend mit vollem Mund.

„Aber wie sie spricht, mein Gott, und wie sie sich bewegt: ganz wie ein Mann. Wie auch immer, zum Glück können wir froh sein über unsere Nachbarn."

Anschließend ging die Mutter mit uns zur Wasserstelle auf den Hof, wo wir uns wuschen. An jenem Abend sah ich zum ersten Mal diesen Brunnen mit der Wasserpumpe, aus dem man das Wasser herausholen kann, indem man die Pumpe mit den Händen auf und ab bewegt.

Der Zimmerboden war noch sehr kalt, doch dann erschien die Vermieterin mit Briketts, mit denen sie unseren Ofen heizte.

„Ich leihe Ihnen hier fünf Briketts, die Sie mir später zurückgeben", sagte sie, mit der Brikettzange in der Hand.

Ich war satt und der Müdigkeit wehrlos ausgeliefert, die mich überfiel wie ein Wasserfall. Neben Eunmae, die schon in tiefem Schlaf lag, schlief ich sofort ein.

Ich wußte nicht, wie viel Zeit vergangen war, als ich die Augen wieder aufschlug und sah, wie die Mutter und Eunbun immer noch mit den Umzugssachen beschäftigt waren.

„Eunbun, du mußt jetzt auch schlafen", drängte die Mutter, während sie die Kleidungsstücke sortierte und in die Truhe legte. „Ich mache das fertig und lege mich dann auch hin."

Eunbun schlüpfte neben mich unter die Decke.

„Mutter ..., warum ist Vater ...?", versuchte Eunbun zögernd zu fragen, und ich mußte sofort den Atem anhalten.

„Schlaf jetzt, Kind, du bist sehr müde."

„Weiß denn der Vater wirklich, daß wir hier sind?"

Die Mutter antwortete nicht. Ich hörte sie nur die Kleidungsstücke verstauen.

„Zumindest konnte er es vermuten", antwortete sie. „Wenn er davon erfährt, kocht er wahrscheinlich vor Wut."

„Dann hat der Vater dieses Zimmer also nicht für uns gemietet?" Aus Eunbuns Stimme klang nur noch enttäuschte Hoffnung. Ich drehte mich unter der Decke um und schluckte. So war das also. Die Mutter stieß immer wieder tiefe Seufzer aus.

„Eunbun, ich habe viele Monate darüber nachgedacht und mich gequält, bevor ich mich entschieden habe. Jetzt habe ich mich entschlossen, daß ich überhaupt nichts mehr von ihm erwarte. Das sollt ihr auch wissen, und ihr sollt euch darauf gefaßt machen ..."

Ihr Stimme klang jetzt erstaunlich ruhig. *Keu heug* ... Unter der Decke neben mir drang leises Schluchzen hervor.

„Er ist schließlich auch ein Mensch. Deshalb wird es ihn irgendwann zurücktreiben zu seinem Blut. Aber was soll ich machen. Alles ist meine Schuld. Ich bin die Dumme ... Dieser kaltherzige Mensch. ... *Heu yu.*"

Ich drückte meine Nase gegen die Wand und schloß die Augen. Und ich spürte die unerträgliche Traurigkeit, den Groll und den Haß gegen den Vater heiß die Kehle heraufsteigen. Der Fußboden war allmählich warm geworden. Von der Mutter waren immer wieder lange, quälende Seufzer zu hören, und mit diesen Tönen im Ohr schlief ich wieder ein.

Das war die erste Nacht, die wir unter dem Ziegeldach dieser Bruchbude verbracht haben.

4 Ein Viertel voller Clowns

Am nächsten Tag konnte ich endlich das Mietshaus und die Umgebung, wo wir von jetzt an leben mußten, erkunden und die Gesichter der Nachbarn unter die Lupe nehmen. Vom hellen Licht eines sonnigen Tages entblößt, erschien mir der Vorort jedenfalls bei weitem trostloser, als ich mir das beim Gedanken an eine große Stadt jemals vorgestellt hatte. In einer Stadt, wie ich sie mir in meiner Phantasie ausgemalt hatte, fuhren Autos und Eisenbahnzüge, da leuchteten überall elektrische Lichter, und die Nächte strahlten hell wie durch Zauberhand; und da gab es Kinos, in denen man Schauspieler wie Kim Jimi, Choei Eunhui und Shin Yeong Gyun jeden Tag sehen konnte ... Noch bis zum letzten Tag vor dem Umzug hatte ich von einer so großartigen Stadt geträumt, von einer Stadt, deren Ruhm alles überstrahlen werde.

Als ich am Morgen dieses ersten Tages aus unserem Wohn- und Schlafraum auf die Diele trat, sah alles anders aus. Ich ahnte gleich, daß meine leichtfertigen Wunschträume einem schonungslosen Untergang geweiht waren. Die Vorortsiedlung gehörte nur theoretisch zur Stadt. In Wahrheit handelte es sich um eines der entlegensten Wohngebiete am äußersten Stadtrand. Für Leute aus der Stadt lag es ganz weit draußen mitten auf dem flachen Land, es war wie Augenbutter, ein nachts ausgeschiedenes Drüsensekret, und manchmal sprachen sie verächtlich von der Siedlung, wo diese blöden Clowns wohnen ...

Diese Ansammlung der ärmlichsten und häßlichsten Dächer, dicht aneinander gereiht, sah aus wie der Schorf einer notdürftig verheilten Wunde. Von diesem trostlosen Anblick hatte die Siedlung auch ihren drolligen Beinamen. Alles zusammen waren es vielleicht zwei oder dreihundert Anwesen, d.h. Wohngebäude inmitten kleiner Höfe und einer niedrigen Mauer drum herum. Es herrschte große Armut, die meisten Gebäude waren nichts als Baracken, notdürftig zusammengenagelte Bretterbuden, deren Holz allmählich verfaulte. Dazwischen provisorische Notquartiere aus leichten Zementblöcken, die unverputzt herumstanden.

Am Eingang der Siedlung lief eine Bahnlinie vorbei, und insgesamt machte es den Eindruck, als wäre die Eisenbahn eigentlich die Hauptsache, an die sich die dicht nebeneinander stehenden Häuser und Hütten anschlossen, so wie gekochte Gerstenkörner an einer Reiskelle kleben. Die Bahnlinie verlief in einem Bogen um die

Siedlung herum, die von ihr zur Hälfte eingeschlossen wurde wie von ausgebreiteten Armen. Mehrmals täglich krochen Züge in Richtung Suncheon, Yeosu oder Busan vorüber, langsam, mit schweren, schwarzen Waggons. Wegen der Züge, die Tag und Nacht fuhren, klappernd und laute Notschreie ausstoßend, hatte man keinen Tag und keine Nacht Ruhe. Tagaus, tagein, beim Essen, beim Schlafen und wenn man auf dem Abort hockte, immer mußte alles zusammen mit diesem pfeifenden, ratternden Zuglärm, verrichtet werden: essen, schlafen und ausscheiden.

Selbst in unseren Träumen wurden wir von diesem alles beherrschenden Thema eingeholt: wenn wir träumten, wir würden uns in einem Flugzeug hoch in den Himmel erheben, um davon zu fliegen, dann machte das Flugzeug dabei fürchterlichen Lärm mit seinen klappernden Rädern; oder wenn wir im Traum auf einer Mundharmonika bliesen, hörten wir mit Sicherheit auch dabei das ohrenbetäubende Pfeifen einer Lokomotive heraus. Wir träumten sogar einmal, unsere Zähne würden alle auf einmal plötzlich wackeln und einen Riesenlärm verursachen, nachdem wir vor dem Einschlafen wegen unserer schlechten Zähne geweint hatten ...

Das Gebäude in dem Anwesen ganz am Rande der Vorortsiedlung, in dem wir wohnten, war besonders armselig und verkommen. Es sah aus, als würde es sofort zusammenfallen, wenn jemand einmal mit dem Stiel einer Hacke dagegenstieße. Daß das Dach mit regulären Ziegeln gedeckt war, paßte überhaupt nicht dazu. Es hieß, eines der beiden Gebäude auf dem Anwesen soll früher einmal ein Kuhstall gewesen sein. In dem anderen, dem Hauptgebäude, gab es Zimmer mit kleiner Küche, und in einem wohnte die Familie der Besitzer des Anwesens und Vermieter der Gebäude. Das Haus, in dem wir wohnten, war also der frühere Kuhstall, den man zu zwei Ein-Zimmer-Wohnungen umgebaut und notdürftig mit Ziegeln gedeckt hatte.

Das Anwesen lag ganz am Rande der Siedlung. Wenn man durch das Hoftor ging, befand man sich am Ende der Gasse sogleich neben dem freien Feld. Etwas weiter entfernt war ein Friedhof, es war der größte und bekannteste der Stadt. Er lag auf einer Anhöhe, die ganz bedeckt war von den niedrigen, mit Gras bewachsenen Grabhügeln. Aus der Ferne sah das aus wie eine riesige Ansammlung von Bienenwaben. Am Rande des Friedhofhügels war eine kleine Hütte zu sehen, in der man die Totenbahren für die Begräbnisse aufbewahrte. Der Ort erregte so großes Schaudern, daß selbst Erwachsene es vermieden, ihm zu nahe zu kommen. Dahinter und noch etwas höher lag ein kleiner Teich. In der Nähe am Fuß eines anderen Hügels stand eine Mauer aus roten Ziegeln und dahinter ein großes Backsteingebäude: eine zu einem Gefängnis gehörige Farm.

In den beiden Häusern des Anwesens mit den Ziegeldächern, in das wir als Mieter eingezogen waren, lebten vier Familien. Die Familie der Eigentümer bewohnte drei Zimmer des Hauptgebäudes, des *Anchae**. Das Ehepaar, von dem der Mann in dem Viertel arbeitete, hatte zwei Töchter und zwei Söhne, es war insgesamt also eine sechsköpfige Familie. Im gleichen Gebäude rechts wohnte das Ehepaar Ahn in einem Zimmer, links gegenüber stand ein Zimmer leer. Herr Ahn, wohlgenährt und kahlköpfig, war der Inhaber des Friseurladens *Neuland* an der Hauptstraße, die von dem großen Platz abging. Seine Frau arbeitete in einer Textilfabrik. Man wußte nicht, warum das Paar noch keine Kinder hatte.

Das andere Gebäude, das *Haengrangchae**, hatte insgesamt vier Zimmer. Links vom Eingang wohnte die chinesische Familie Wang in zwei Zimmern. Sie hatten zwei Kinder, das ältere war ein Mädchen und hieß Aehui, sie war in meinem Alter; das jüngere Kind, ein Sohn, hieß Deogjae. Rechts lag ein Lagerraum, in dem Getreide und Werkzeuge aufbewahrt wurden, und daneben um die Ecke wohnten wir zu viert zusammen in einem Zimmer. Insgesamt lebten also in dem armseligen Anwesen vier Familien mit zusammen sechzehn Personen, verteilt auf zwei Gebäude.

Hier nun fing unser neues Leben an, und während der allerersten drei oder vier Tage nach dem Einzug waren alle in meiner Familie so verwirrt, daß wir um unseren Verstand glaubten fürchten zu müssen. Alles, was wir im Alltag sahen und hörten und was uns begegnete, war neu und fremd. Wir machten deshalb viele Fehler, und es blieb oft nichts übrig, als aus fehlgegangenen Versuchen zu lernen. Durch diese Erfahrungen lernten wir allmählich die Tricks, mit denen wir uns an die Regeln des Lebens in der Stadt anpaßten.

Gleich am Tag nach dem Einzug bestellte die Mutter als erstes fünfzig Briketts und einen großen Sack Reis. Wir sahen zum ersten Mal die Briketts und standen mit starrem Staunen vor diesen großen schwarzen, zylinderförmigen Klötzen, die vor der Küche aufgestapelt waren. Die Tatsache, daß wir jetzt wie andere auch unseren Reis auf dem Brikettfeuer kochen konnten, verschaffte uns das Gefühl, daß wir uns jetzt auch zu echten Stadtmenschen qualifiziert hätten. Andererseits merkten wir sofort, daß diese Briketts auch lästig waren. Die Mutter, die sich von der Vermieterin über den Gebrauch der Briketts hatte unterrichten lassen, ließ mich und Eunbun an den Herd kommen, um uns mehrmals zu erklären, wie man damit umgeht. Trotzdem kamen wir in den folgenden Tagen immer wieder nicht damit zurecht.

Die runden Zylinderklötze hatten oben Löcher, das waren die Ausgänge der Röhren in ihrem Inneren, und wenn man die beiden Briketts im Herd aufeinanderstellte, mußte man darauf achten, daß diese Röhren durchgehend offen blieben, damit die Luft von unten nach oben durchziehen konnte. Wir schafften das auch einigermaßen, aber trotzdem ging das Feuer ständig aus, weil wir die Lüftung des Herdes zu früh schlossen oder weil wir nicht rechtzeitig ein neues Brikett hineinstellten. Jedenfalls mußten wir wegen dieser Briketts fast jede halbe Stunde wie aufgeregte Mäuse durch die Zimmertür raus und reinflitzen, nur um den Zustand des Herdfeuers zu beobachten, und die Mutter wurde auf diese Weise jede Nacht um ihren ruhigen Schlaf gebracht.

„O Gott! Das Feuer ist schon wieder aus. Die Augen sind schon wieder ganz trüb." ‚Augen' nannte sie die kleinen Luftlöcher auf den Briketts.

Oft hatte Eunbun große Schwierigkeiten, mit der Brikettzange umzugehen, und wenn sie dann ein neues Brikett fallen ließ, so daß es zerbrach, hatte sie Tränen in den Augen.

„Ja, sehr schade", sagte die Mutter. „Ein solches Brikett kostet nicht wenig."

„Ach Mutter, das ist wirklich schwer. Wenn man das alles können muß, nur um den Reis zu kochen, wie soll man dann überleben ... Aber die Leute hier können das, die sind wirklich geschickt."

Allmählich lernten auch wir es, und so waren diese Sorgen bald verschwunden.

Einen großen Aufruhr gab es, als ich einmal oben an der Decke mit der nassen Hand das Licht anschalten wollte und einen Schlag bekam. Ein anderes Mal luden wir Schande auf unsere Familie, als die Mutter den Nachttopf von Eunmae in dem Gemüsebeet neben dem Hauptgebäude ausgeleert hatte. Gleich schrie der Vermieter, es stinke nach Urin. Überhaupt sei es unmöglich, wie wir mit der Wasserpumpe auf dem Hof umgingen, wo immer das ganze Wasser weg sei, und am Abend gingen wir immer raus und rein, ohne jemals das Hoftor zu verriegeln. Auf diese Weise hatten sie immer an unserer Familie etwas auszusetzen. Dennoch waren auch solche Klagen über unsere Fehler ein Weg, wie wir am Ende irgendwie zu Stadtmenschen geworden sind.

Eines Morgens lag ich halbwach im Zimmer und hörte Stimmen von draußen im Hof.

… „Schon wieder hängt auf der Wäscheleine alles voll! …"

… „Ja, ich habe unsere Decke aufgehängt, weil doch die Sonne so schön warm war", hörte ich die Mutter sagen. „Ach, wenn Sie keinen Platz mehr haben für Ihre Wäsche, dann hänge ich eben die Decke dort hinüber."

„Na gut, aber warum haben Sie überhaupt jeden Tag so viel Wäsche? Warum muß eine vierköpfige Familie eigentlich doppelt so viel waschen wie andere Familien. Warum sehe ich diese Decke hier jeden Tag auf der Leine hängen?"

„Na ja, mein Kind macht sich eben naß im Bett …"

„Es macht sich naß? Es ist doch schon älter – und kann immer noch nicht das Wasser halten?" Die Vermieterin wußte ganz genau, um wen es sich handelte. Aber sie stellte sich unwissend, und ich haßte sie dafür.

„Meine kleine Tochter, ab und zu macht sie sich naß", wiederholte die Mutter.

„Meine Güte! Mit vierzehn Jahren hat man früher schon ein Kind zur Welt gebracht! … *Aigo!* Es ist ein Jammer …! Hoffentlich hört das niemand."

So wie sie sich beklagte, offenbarte sie deutlich ihren üblen Charakter und daß sie ihre Worte nicht im Zaum halten konnte. Ich dreht mich unter der Decke um. Neben mir lag nur Eunmae, ihre Schwester war offenbar zur Toilette gegangen.

„Eigentlich wollte ich das gar nicht sagen", hörte ich die Frau fortfahren. „Aber ich bin, offen gesagt, sehr enttäuscht von Ihnen."

„Wie bitte? Was … was meinen Sie damit?"

„Aber jetzt ist es zu spät. Hätten Sie mir von Anfang an die Wahrheit gesagt, als Sie hierher kamen, um den Wohnraum zu mieten, dann wäre ich jetzt nicht so enttäuscht. Wahrscheinlich halten Sie mich für kaltherzig. Aber das alles ist pädagogisch ungünstig, ich meine für die Kinder … Und wer weiß denn, was Ihre Tochter für eine Krankheit hat? Man kann ja nicht wissen, was dahintersteckt, nicht wahr?"

„Moment mal, reden Sie jetzt von meiner Tochter Eunmae?"

„Ja …, aber von mir ist das nicht. Das redet man eben in dem Viertel … Sie soll Epilepsie haben. Da könnte doch etwas passieren … ich meine, wenn die Kinder das einmal miterleben …?"

„Was? Epilepsie? Wer … wer schwätzt denn solchen Unsinn? Mein Gott! Wofür halten uns diese Leute?"

Die Stimme der Mutter war lauter geworden, und die Vermieterin schien aus Verlegenheit zu schweigen.

„Dann ist es nicht diese Krankheit?"

„Aiguu! Natürlich nicht. Als meine Tochter drei Jahre alt war, bekam sie plötzlich eine Art Nervenkrankheit und war sterbenskrank. Es war meine Schuld. Ich war so dumm und habe sie zu so einem falschen Akupunkturarzt gebracht, einem Schwindler, der sie mit seiner langen Nadel oben in das verlängerte Rückenmark gestochen hat. Er konnte ihr gerade noch das Leben retten, aber seitdem ist sie in diesem Zustand ..."

Ich hörte, wie ihre Stimme unter einem Weinkrampf erstickte.

„Mein Gott ... Was reden Sie bloß ... Nur weil wir Fremde sind ... Sie wissen gar nicht, wie das einem das Herz zerreißt ... ..."

„Aigu! Beruhigen Sie sich doch ... Ich habe doch nur erzählt, was die Leute sagen ..."

Ich zog mir die Decke über den Kopf, hielt mir mit beiden Händen die Ohren zu und fing an, mit geschlossenen Augen das Einmaleins aufzusagen: ... 2mal 1 = 2, 2mal 3 = 6, 2mal 4 = 8 ..., meine arme Mutter ... meine arme Eunmae ...

Jedesmal wenn ich an Eunmae dachte, wurde mir das Herz schwer, als läge ein Bleigewicht darauf. Ich wußte nicht genau, seit wann das so war. Aber Eunmae war die Quelle meines Kummers.

Aus dieser Quelle floss ohne Unterlaß das dunkelrote, schwärzliche Wasser meines Kummers, das sich mit der Zeit über die Gesichter und Herzen meiner Familie ergossen und sie schwarzrot eingefärbt hatte. Deshalb hegte ich den unsinnigen Verdacht, wonach Eunmae auch die Ursache für dieses unansehnliche purpurrote Muttermal gewesen sein mußte, das ihr unübersehbar neben dem Mundwinkel saß.

Eunmae war zwei Jahre älter als ich, aber ich habe sie nie als meine ältere Schwester bezeichnet. In unserem Heimatdorf mußte ich ihretwegen immer den Spott der anderen Kinder ertragen. Ich schämte mich dafür, daß ich eine solche Schwester hatte, aber ich haßte sie nicht. Wie hätte ich sie hassen können – es war doch Eunmae, die von nichts wußte und die selbst nicht schimpfen, nicht klagen und auch nicht hassen konnte. Wenn die Familie draußen auf dem Feld war, blieb Eunmae den ganzen Tag alleine im Zimmer eingeschlossen. Man hatte ihr eine Schnur um den Bauch geschlungen und diese an dem Eisenring, der sich an den Türschnallen befand, festgebunden.

Offen gesagt, manchmal kam mir dennoch der Gedanke, daß es besser wäre, wenn sie stirbt. Aber wenn ich dann diese unendlich unschuldigen Augen und ihren Hundeblick sah, tat mir das Herz weh.

Geistig war sie auf dem Stand eines ein- oder zweijährigen Kindes stehengeblieben. Alles, was sie konnte, war essen, trinken und ihre Ausscheidungen verrichten. Nein, noch etwas: lachen und weinen, das konnte sie auch, und sehr selten kam es vor, daß sie auch einmal etwas wie einen Notschrei ausstieß – *euaak!* –, wie ein erschrockenes Tier, und dann bekam sie einen Anfall und gestikulierte wie wild mit Händen und Füßen, und wir mußten sie dann alle festhalten und auf den Boden drücken, während sie mit allen Vieren zappelte. Sie hatte eine unglaubliche Kraft in ihren Gliedern. Zum Glück kamen solche Anfälle selten vor.

„Tja, die Kinder schlafen noch ... Ich muß hinein, sonst kommen sie noch zu spät in die Schule."

Mit diesen Worten verschwand die Vermieterin, etwas kleinlaut, in ihrem Haus. Dann hörte ich eine ganze Weile nur das Geräusch des laufenden Wassers vom Brunnen. Die Mutter war nun wohl allein und kümmerte sich um die Wäsche. Ich konnte sie zwar nicht sehen, wußte aber genau, daß sie dabei weinte, still und lautlos. Jetzt haßte ich die Vermieterin, und den Vater haßte ich noch mehr.

Ja, der Vater hatte uns im Stich gelassen. Es war ihm wohl egal, ob wir, seine vierköpfige Familie, zugrunde gingen. Wütend begann ich, etwas vor mich hin zu murmeln. Eunmae stöhnte leise und wälzte sich im Schlaf. Auch sie haßte ich, wenn sie, die von nichts wußte, nur mit halbgeöffnetem Mund herumlag und schlief.

„Du dummes Mädchen! Es wäre besser, wenn du tot wärst ..." Ich stellte mir vor, mit aller Kraft ihren dünnen Hals mit beiden Händen zuzudrücken. Dabei erschrak ich: Was für ein schlechter Kerl bin ich!

Ich zog meine Gummischuhe an und ging zum Brunnen hinaus. Ich ließ das Wasser in die Waschschüssel laufen, und gerade als ich mein Gesicht waschen wollte, hielt ich inne und sah, wie sich der Himmel auf dem Wasser spiegelte. Es war ein klarer Herbstmorgen, und am Himmel war kein einziges Wölkchen zu sehen. Er war so blau, als hätte sich Tinte ohne Rest darin aufgelöst. Ich hockte mich vor die Schüssel auf den Boden und schaute eine Weile geistesabwesend auf das Wasser. Plötzlich tauchte ein Gesicht darin auf und verschwand wieder. Ach – der Vater hat uns also für immer vergessen ...! Eine Träne fiel ins Wasser, und zuerst zitterte der Himmel etwas, ehe er in Stücke zerbrach.

5 Spinnweben

„Mutter, es ist nur noch wenig Reis übrig!", rief Eunbun mit einer Schüssel in der Hand, nachdem sie in den großen Tonkrug geschaut hatte. Die Mutter war eben dabei, ein Stück Stoff auf die schadhafte Ferse einer Kindersocke zu nähen, und machte große Augen.

„Aber das kann doch nicht sein, ein paar *doe** müßten bestimmt noch da sein."

„Schau doch, in ein paar Tagen ist nichts mehr davon da!"

Nachdem die Mutter in den Krug geschaut hatte, machte sie ein verblüfftes Gesicht.

„Meine Güte, tatsächlich! Ich verstehe das nicht"

„Aber in unserem Haus gibt es eine Maus", meinte Eunbun listig, „ich kenne sie, die frißt nach und nach alles weg."

„Was meinst du? Was für eine Maus soll das sein, die hier hereinkommen kann?"

„Frag doch Cheol! Der ist sogar ein besonders großes Exemplar von einer Maus!", rief Eunbun spitz und warf mir einen grimmigen Blick zu.

„Ich soll Reis gestohlen haben? Wann soll das gewesen sein?"

„Wer außer dir sollte so etwas tun? Ich habe es doch mehrmals beobachtet."

„Du lügst."

„Du bist der Lügner! Ich weiß doch, daß du heimlich die ungekochten Reiskörner aufißt. Gestern habe ich gesehen, wie du ganz unauffällig welche aus deiner vollen Hosentasche geholt hast."

„Aber ich habe das nicht jeden Tag gemacht, nur einmal gestern ..."

„Vorgestern auch. Ich habe dich doch dabei erwischt."

„Verdammt ... du bist ..."

„Hört jetzt auf damit", sagte die Mutter. „Wenn ich recht überlege, habe ich das letzte Mal mehr als 3 *doe* Reis für diese Einzugs-*tteok* gebraucht. Trotzdem! Der Reis ist zu schnell weg. Eine schlimme Sache, da müssen wir etwas unternehmen."

Die Mutter stieß einen tiefen Seufzer aus und machte eine verzweifelte Miene, und meine Schwester und ich sahen nicht weniger betrübt drein.

„Wenn das so weitergeht, müssen wir noch alle Hunger leiden", sagte die Mutter. „Auch von der Gerste, die wir mitgebracht haben, ist nicht mehr viel übrig."

Ich sah dunkle Schatten auf dem Gesicht der Mutter und bekam

Angst, daß wir in eine kritische Lage geraten waren. Selbst auf unserer Insel mußten wir eigentlich nicht hungern. Wenigstens mangelte es nicht an Gerste. Auch Süßkartoffeln und Hirse gab es reichlich. Zuletzt konnten wir auch ab und zu mit dem vom Staat rationierten Weizenmehl einen Brei kochen. Vor allem beruhigte uns die Tatsache, daß das Elternhaus der Mutter sich im Nachbarort befand. Hier und jetzt aber befanden wir uns in einer absolut fremden Stadt. Es war niemand da, den wir um Hilfe bitten konnten. Natürlich gab es den Vater – und warum nur dachte die Mutter nicht daran, sich an ihn zu wenden? Wußte er überhaupt, daß wir hier waren? Dieser Gedanke beschäftigte mich ständig, ich wagte aber nicht, sie danach zu fragen. Schließlich wußte ich ja bereits, daß zumindest für sie der Vater nicht mehr existierte ...

„Kochen wir uns Nudeln zum Mittagessen", meinte die Mutter und holte zwei Münzen aus ihrer Rocktasche, um sie Eunbun zu geben.

„Geh, Eunbun, und kaufe welche."

Ich verzog das Gesicht; denn ich hatte das Gefühl, ich würde schon jetzt den unangenehmen Mehlgeschmack im Mund nicht mehr loswerden. In den letzten Tagen mußten wir schon öfter das Reisgericht durch eine Nudelsuppe ersetzen, deren Brühe aus Wasser und Sacharin bestand. Auf der Insel waren die Nudeln etwas Kostbares gewesen und ich aß sie sehr gern. Inzwischen aber hingen sie mir zum Hals heraus.

„Nein, Mutter, nicht schon wieder Nudeln!"

„Meine Güte! So groß kann der Hunger nicht sein. Wann war das, als du unbedingt Nudeln essen wolltest?"

Als Eunbun fort war, setzte sich die Mutter an die Nähmaschine, die in der der Feuerstelle entgegengesetzten Ecke des Zimmers stand. Sie klappte den Deckel auf und ölte die Maschine sorgfältig. Sie hatte das schon am gestrigen Abend gemacht, und es war ganz unnötig, es heute erneut zu tun.

„Das ist nicht so schlimm! Macht euch keine Sorge! Solange der Mund lebendig ist, bilden sich keine Spinnweben ..."

Dieser ständig wiederholte Satz gründete sicher auf der Tatsache, daß die Mutter sich auf diese Maschine verließ. Als sie mit unserer vierköpfigen Familie aufs Festland in die Stadt zog, mit nichts als der kleinen Geldsumme, die sie für den Verkauf von ein paar steinigen Feldern bekommen hatte, da wagte sie das im festen Glauben an die Nähmaschine und das Geschick ihrer Hände.

Schon in unserem Heimatdorf war sie für ihre Geschicklichkeit als Näherin bekannt. Beim *Hanbok** sowieso, aber auch bei Änderungen an Herren- und Damenkleidung im europäischen Stil leistete sie mit ihren Händen Hervorragendes. Sie hatte das auch ihrer Schwägerin zu verdanken, die vor ihrer Heirat in Seoul das Schneiderhandwerk ein wenig gelernt hatte und von der sie sich Bücher auslieh. Allein mit der Hilfe dieser Schwägerin eignete sich Mutter auch eine große Fertigkeit im Nähen nach Schnittmustern an, und fast alle Frauen in unserem Dorf profitierten von ihren Künsten. Natürlich nähte die Mutter auch unsere ganze Kleidung mit den eigenen Händen. Ihr größter Wunsch war es, einmal in einem Winkel der Stadt eine winzige Schneiderei in der Größe eines Handtellers zu besitzen, klein aber fein. Wenn sie das Geld für den Laden zusammenhätte, würde sie voller Stolz ein Schild vor die Tür hängen. Zumindest um die Zeit, als sie sich zum Umzug in die Stadt entschloß, war die Hoffnung noch recht lebendig, der Wunsch könnte doch mehr als eine Illusion sein.

Schon am Tag nach dem Einzug machte sie die ersten Schritte in diese Richtung. Sie lud die Vermieterin und die unmittelbare Nachbarin, Frau Wang, zu Einzugs-*tteok* auf die schmale Diele vor unserem Wohnraum ein. Dabei breitete sie auf der Diele ihren kostbarsten Hanbok aus Satin aus und ließ ihn von den Frauen bestaunen.

„Sie können mir auf jeden Fall vertrauen und mir die Arbeit überlassen", empfahl sich die Mutter, die immer sehr zurückhaltend war und sich jetzt zum ersten Mal nicht zurückhielt und aus ihrem Stolz auf die eigenen Fähigkeiten keinen Hehl machte.

„Sehen Sie, mit welchen feinen Stichen das genäht ist! *Aigo*, sehen Sie nur diesen Kragen! Jedesmal wenn ich einen Kragen an eine Jacke nähe, ist es schwierig. Aber dieser hier ist wirklich gelungen!"

„Haben Sie denn auch andere Kleider hergestellt?"

„Ja, ich kann das sehr gut. Als meine Nichte geheiratet hat, hat sie ihr Kleid bei einem Damenschneider machen lassen. Ich habe auch etwas für sie genäht, und nachher sagten die Leute, was ich gemacht habe, sei doch gelungener als die Sachen aus der Schneiderei."

„Aber das kann doch nicht sein", zweifelte Frau Wang. Beide hatten etwas skeptisch dreingeschaut, weil sie die Versicherung der Mutter für übertrieben hielten.

„Beim *Hanbok* ist es natürlich möglich, weil der nicht modeabhängig ist", fuhr Frau Wang fort.

„Aber die übrige Kleidung ist doch von der jeweiligen Mode abhängig, und mit einer Technik, die man nur so vom Zuschauen kennt, kann man das nicht schaffen. Doch ich werde es auf jeden Fall den Nachbarn weitersagen. Falls sie etwas zum Ändern haben, kann man das zu Ihnen bringen. Und sie werden sicher auch nicht so viel dafür berechnen wie üblich."

„Sicher", antwortete die Mutter. „Von Nachbarn will ich nicht so viel verlangen. Ich will mit meiner Arbeit nur ein bißchen zum Haushalt beitragen ..."

Aber auch nachdem zwei Wochen ins Land gegangen waren, bekam die Mutter keine richtigen Aufträge. Einzelne Frauen aus der Nachbarschaft brachten höchstens ein paar alte Kleidungsstücke zum Ändern. Andere baten sie, kurze Baumwollhosen für ihre Kinder zu nähen, die diese beim bevorstehenden Herbstsportfest anziehen sollten. Da sie zwar arm, aber desto gewitzter waren, bedankten sie sich anschließend mit großen Worten und scheinheiligen Komplimenten, statt etwas dafür zu bezahlen.

„Schon wieder hast du umsonst gearbeitet, Mutter", sagte dann Eunbun. „Auf die Dauer wird das nicht gehen."

„Ach, das macht nichts! Keine Sorge! Am Anfang muß man das so machen, um durch die Mundpropaganda bekannt zu werden. Das wird schon, mit der Zeit werde ich bestimmt anständige Aufträge kriegen."

Trotz solch ermutigend gemeinter Worte sah die Mutter traurig und besorgt drein.

„Mutter, Mutter!"

Eunbun, die zum Einkaufen geschickt worden war, kam plötzlich ganz außer Atem und laut schreiend ins Zimmer gerannt.

„Was hast du, Mädchen! Ist jemand gestorben?"

„Mutter, ich habe einen Job!"

„Was? So plötzlich? Was redest du da ...?"

„Hinter der chinesischen Schule ..., da gibt es eine Fabrik für süßes Gebäck. Du kennst sie doch auch ... Sie haben mir gesagt, ich kann heute noch anfangen ..., wirklich!"

Eunbun redete laut und war ganz aufgeregt mit ihrer Packung Nudeln in der Hand. In dem Laden, erzählte sie, in dem sie die Nudeln gekauft habe, habe sie zufällig den Inhaber der Gebäckfabrik getroffen. Die Ladeninhaberin habe sie mit ihm bekannt gemacht. Dabei habe er sie dann gefragt, ob sie nicht bei ihm arbeiten wolle.

„Ist das wahr? Hat dir der Fabrikant wirklich gesagt, du kannst beim ihm arbeiten?"

„Ja, wirklich. Er hat gesagt, sie hätten sowieso zu wenig Leute, und da sei es gut, daß er mich getroffen habe."

„Das ist ja wunderbar, ein richtiger Glückstag für uns!", rief die Mutter baff vor Erstaunen und Freude. Und zur Feier des Tages durften wir gleich die Nudeln mit Sojasauce und Sesamöl essen. Meine Schwester würde also Geld verdienen, dazu noch in einer Gebäckfabrik ... Was für eine tüchtige Schwester ich hatte, zu der ich voller Bewunderung aufschauen konnte, während sie mit geröteten Wangen neben mir saß und voller Freude ihre Nudeln verspeiste. Gleich nach dem Mittagessen machte sie sich auf, um in die Fabrik zu gehen, nicht ohne die Ermunterungen der Mutter, die wieder neuen Mut gefaßt hatte:

„Ich wußte es. ... Ihr braucht euch keine Sorgen zu machen!“

Sobald sie das Geschirr abgewaschen hatte, wickelte sie jenen *Hanbok*, den ganzen Stolz ihrer Schneiderkunst, in ein Tuch und machte sich bereit auszugehen.

„Ich habe gehört, Eunbun hat eine Arbeit gefunden?“, fragte die Vermieterin, die im Hof gerade Peperoni zum Trocknen auslegte.

„Ja“, sagte die Mutter glücklich lächelnd. „Ich weiß auch noch nichts Genaueres. Die Frau im Nudelladen hat ihr die Arbeit vermittelt. In der Gebäckfabrik haben sie zufällig jemand gesucht.“

„Hier in der Nähe soll das sein? Wo soll es hier eine Gebäckfabrik geben?“

„Irgendwo in der Nähe der chinesischen Schule, sagt sie.“

„Ah, dieses Haus! Aber das ist doch keine richtige Fabrik ... Das ist ein ganz kleiner Betrieb in zwei Zimmern. Ohne Genehmigung stellen sie dort irgendwelche billige Süßigkeiten her ...“

„Ach so ... keine Fabrik?“

„Es heißt, sie zahlen ganz wenig und lassen die Frauen hart arbeiten ... Und pünktlich bezahlen sie auch nicht! ... Was habe ich noch gehört? Ja, für das Einwickeln von zwanzig Bonbons zahlen sie einen Won. Meine Güte! Auch wenn man den ganzen Tag einwickelt, schafft man nicht mehr als 2.000 Stück, aber davon kann man sich doch nicht einmal eine Mahlzeit kaufen. Ein Brikett kostet doch schon 13 Won.“

„Ach so ..., ich ...“. Die Stimme der Mutter war mutlos geworden, und die Enttäuschung war ihr deutlich anzusehen.

„Na ja“, meinte die Vermieterin, vorläufig kann sie dorthin gehen. Besser als zu Hause bleiben. Aber Sie können ja mal die Sergeantin Kang fragen wegen einer Stellung in der Textilfabrik, in der sie beschäftigt ist.“

„Wen meinen Sie? Wer ist die Sergeantin Kang?“

„Die Frau von Herrn Ahn, dem Barbier, die Nachbarin in unserem Haus! Sie war früher bei der Armee als Sergeantin. In der Fabrik soll sie einen Aufsichtsposten haben, sehr einflußreich, sagt man.“

„*Aigu!* Das wäre schön, wenn Eunbun in einer solchen Fabrik arbeiten könnte. Meinen Sie, sie haben eine freie Stelle für sie?"

Wieder ergriff die Hoffnung von ihr Besitz, und sie war bereit, sich zu freuen.

„Na ja, es ist nicht leicht, überhaupt etwas zu bekommen. Aber trotzdem, wer weiß? Sie können sie später danach fragen, wenn sie nach Hause kommt. – Aber was haben Sie da in der Hand? Haben Sie etwas vor?"

„Ja, ich will gerade weggehen. Vielleicht finde ich auch eine Arbeit."

„Sie haben sich gestern auf dem Markt schon umgesehen, habe ich gehört. In fast allen *Hanbok*-Läden nacheinander? Vielleicht sollten Sie auch einmal zum *Dae-in*-Markt gehen. Dort gibt es besonders viele *Hanbok*-Läden."

„Ja, ich wollte sowieso dorthin."

„Hoffentlich finden Sie ja einen Laden, der Ihnen Arbeit gibt ...", rief die Vermieterin ihr nach, als sie schon am Hoftor war. Ich glaubte, sie hielt unsere Mutter irgendwie für unbeholfen.

Ich blieb mit Eunmae allein zu Hause zurück. Ich sollte auf Eunmae aufpassen, damit sie nicht alleine aus dem Zimmer ging. Das war eine ziemlich langweilige Angelegenheit.

„Ma ...ma. Reis ..., Reis ..."

So hörte ich sie ständig jammern. Ich ging in die Küche und mischte einfach den Rest Nudeln vom Mittagessen mit Wasser und Sacharin. Dann drückte ich ihr die volle Schüssel in die Hand und ging auf die Diele hinaus. Auf den leeren Hof fielen die schwachen Strahlen der Herbstsonne. Seit unserem Einzug waren jetzt zehn Tage vergangen, und ich konnte noch immer nicht in die Schule gehen. Wegen der Vorbereitung auf den Umzug hatte die Mutter keine Zeit gehabt, sich nach den notwendigen Schritten zu erkundigen, die für den Wechsel der Schule zu tun waren. Bevor wir die Insel verließen, hatte sie ihren Bruder gebeten, sich darum zu kümmern. Aber wir wußten nicht, warum wir noch immer keine Nachricht von ihm erhalten hatten.

Plötzlich hörte ich ein Kichern: *i hui ... i hui ...,* seltsame Laute, als ob jemand hell vor sich hin lachte. Ich schaute auf und blickte mich um. Das Kichern kam von jenseits der Mauer zum Nachbaranwesen. Es war eine Mauer aus Ziegelsteinen, die unser Haus etwa um einen Meter überragte. Deshalb mußte man nach oben schauen. Das Haus dahinter auf dem Nachbargrundstück gehörte, wie es hieß, dem stellvertretenden Leiter einer Grundschule. Auf der Mauer, über der ein Zweig eines Kakibaumes herabhing, zeigte sich plötzlich ein Frauengesicht. Es war ziemlich unansehnlich, und ich sah erschrocken genauer nach oben. Es sah wirklich sehr merkwürdig aus: Die Gesichtszüge waren ungleichmäßig, das Gesicht sah aus wie ein unförmiger Kuchen, den man nicht aus feinem Reismehl, sondern aus irgendeinem groben Getreide hergestellt und zusammengeknetet hatte. Bei den kleinen, schmalen Augen dachte man auf den ersten Blick, sie müßten jeden Moment ganz zufallen, dazu wulstige Lippen, eine besonders flache Nase, und die Wangen waren voller Sommersprossen wie Sesamkörner auf einem Reiskuchen. Dazu eine kuriose Dauerwelle, die sie sich offensichtlich frisch hatte machen lassen. Ich konnte so schnell nicht sagen, ob es sich um ein junges Mädchen oder eine Frau mittleren Alters handelte. Zu meinem Erstaunen lächelte sie ständig aus ihrem den Rand der Mauer überragenden Gesicht auf mich herunter, bis sie mir plötzlich zurief:

„Hallo! Du bist Cheol, nicht wahr?"

Ich war irritiert. Wie konnte diese häßliche Frau meinen Namen kennen?

„Sag doch, du bist doch Cheol ... *ihiihi* ... *ihihi* ...?"

Ganz verwirrt nickte ich mit dem Kopf.

„Du Dummkopf, du wirst ja rot ... das ist lustig ... *eu hihi* ..."

Aus dem schiefen Mund kicherte es immer weiter und machte mich noch mehr verlegen.

„Willst du auch davon essen? Das schmeckt gut."

Damit kam ihre Hand über die Mauer und winkte mit etwas, das sie darin hochhielt. Was sie in der Hand hatte, war ein großes Stück *nurungji*, ein Stück knuspriger, leicht angebrannter Reiskruste. Ich schüttelte abwehrend den Kopf. Darauf fing sie plötzlich laut an zu singen:

„... Ich weiß nicht warum. Aber ich mag ihn, er hat ein gelbes Hemd an und ist immer so stumm ..."

Ich war sprachlos. Ihre Stimme klang spaßig, sie war laut, es war die volltönende Stimme einer sehr selbstbewußten Sängerin, die da im Hof wiederhallte. Ich zog mich eilig ins Zimmer zurück. Aber ich hörte, wie sie das komische Lied immer weitersang, der Rhythmus und die Melodie klangen nach ihrer eigenen Erfindung:

„... Er ist nicht hübsch, aber männlich ... und ich mag ihn ..."

„Na wunderbar! Yangsim ist wieder beim Üben für ihre Karriere als große Sängerin!"

Unsere Vermieterin und Frau Wang waren auf den Hof hinausgekommen und machten Spaß. Doch der jungen Frau hinter der Mauer schien dadurch der Mut nur noch gewachsen zu sein. Sie sang weiter, und ihre Stimme klang noch voller und kräftiger als zuvor. Jetzt stimmte sie den altbekannten Schlager *Das goldene Segel* von Lee Mija an, und nachdem sie zu dem populären Lied von der *Agassi* übergegangen war, drang die energische Stimme der Frau des Vizedirektors an mein Ohr, die ihrer Hausgehilfin zurief:

„*Aigoo!* Um Himmelswillen, diese Nervensäge ist doch gerade mitten in der Arbeit beim Wäschekochen. Was machst du denn wieder, komm sofort her!"

Damit war Schluß mit der *Kameliendame*, und es war nichts mehr zu hören. Aber die beiden Frauen, die Zeugen dieser Vorführung, hielten sich eine Weile den Bauch vor Lachen.

„Oh Gott! Ich verstehe nicht, wie dieses Mädchen fünfundzwanzig Jahre alt werden konnte ... Ich kann nicht mehr ... ich kriege noch Bauchschmerzen vor Lachen!"

„*Ayulayu!* Auauau ... Diese schwachsinnige Yangsim bringt mich noch um den Verstand ... Aua! Mein Bauch tut mir weh!"

Ich saß derweil hinter der einen Spalt offenen Zimmertür und mußte auch kichern. Das also war die schwachsinnige Yangsim. Nun kannte ich endlich den Namen dieser drolligen Dame.

6 Yangsim

Yangsim. So hieß die junge Frau aus dem Nachbaranwesen mit Vornamen. Aber ich fragte mich, wie sie Mitte zwanzig werden und dabei immer noch so arglos und gutmütig bleiben konnte wie ein kleines Kind. Dennoch kann ich diese Frau nicht vergessen, so tief hat sie sich in mein Gedächtnis eingeschrieben. Bevor ich weitererzähle, möchte ich deshalb noch etwas bei ihr verweilen.

Sie galt in der Nachbarschaft allgemein als dumm oder beschränkt. Doch würde mich jemand fragen, ob mir jemals irgendjemand begegnet ist, der niemals Menschen gehaßt, gequält oder einem ein Leid zugefügt hat, dann könnte ich noch heute ohne Zögern darauf antworten: Das waren nur zwei, die arme Eunmae und eben Yangsim. Jedesmal wenn ich an Yangsim denke, kommt mir sofort etwa dieses Bild vor die Augen: ein seltsam verformter Kürbis, der oben auf der moosbewachsenen Mauer erscheint, und dazu der alte Schlager von dem *Mann im gelben Hemd*, den sie mit Aufbietung aller Kraft und ihrer laut schallenden Stimme ertönen läßt. Wenn ich heute zurückdenke, so kann ich mich an kein anderes Gesicht erinnern, das so gänzlich eigenartig aussah: der unförmige Kopf wie ein frisch gedämpfter Teig, aber nicht aus feinem Reismehl, sondern aus grobem Getreide; die sehr schmalen Augen, die immer gleich schmal waren, ob sie sie geschlossen oder leicht geöffnet hatte; die flache Nase; die dick hervortretenden Lippen, zwischen denen man die gelblichen Vorderzähne sah, und schließlich die Sommersprossen, mit denen das Gesicht übersät war … Nur daß alle diese Züge einzigartig in ihrer Unförmigkeit waren, ließ sie miteinander im Einklang erscheinen. Und diese Harmonie des Mißgestalteten erzeugte einen durchaus angenehmen Eindruck und ließ die Häßlichkeit der Einzelzüge in den Hintergrund treten.

Das Anwesen nebenan gehörte einem stellvertretenden Schuldirektor, und Yangsim war in dessen Haushalt etwas wie das Dienstmädchen für alles. Im Innenhof des Anwesens stand ein ziemlich großer Kakibaum, dessen Zweige über die hohe Mauer bis in unseren Hof herunterhingen. Im Frühjahr blühte er so herrlich weiß wie der weißeste Reis und im Herbst hingen die appetitlichen Früchte so tief in unseren Hof herein, daß wir unseren Hals damit kitzeln ließen.

Einige Zeit nach unserem Einzug war der Verkehr mit den Nachbarn etwas enger geworden. Eines Tages war die Frau des Schulleiters mit einer Näharbeit zu uns gekommen, und es ergab sich, daß sie etwas mehr über Yangsin erzählte.

„Wenn ich ausführlich von ihr erzählen sollte, würde ich nie fertig", begann sie. „Aber daß dieses dumme Ding ausgerechnet bei uns hängen geblieben ist, war irgendwie Schicksal, für uns wie auch für sie … Es war ein Winter während des Bürgerkrieges, der verdammt kalt war. Vielleicht erinnern Sie sich. Das war damals so kalt, daß man morgens die großen Tonkrüge mit Kimchi zerbrochen im Hof liegen sah. *Aigu!* Einen solchen Winter habe ich nie wieder erlebt …"

Die Frau, die unter einer eitrigen Nasenentzündung litt, saß auf unserer schmalen Diele und sprach mit einer stark näselnden Stimme, während sie eine Süßkartoffel schälte.

„Mein Mann war damals in einer Grundschule in Yeosu als Lehrer tätig. Eines Morgens hatte es so viel geschneit, daß einem der Schnee bis über die Fußknöchel reichte. Da hörte ich in aller Frühe plötzlich das Wimmern eines Kindes auf der Gasse, das nicht mehr aufhörte."

„Ja, furchtbar! … Sie meinen, das Kind war vom Weinen schon ganz erschöpft."

Der Einwurf kam von Frau Wang, der Mutter von Deogjae, die daneben saß und ebenfalls Süßkartoffeln verspeiste. Sie wollte der Erzählerin beistimmen, und obwohl sie die Geschichte schon so oft gehört hatte, daß sie sie hätte auswendig hersagen können, beeilte sie sich, sie auch selbst eifrig zu bestätigen.

„Ich wurde aufmerksam und weckte meinen Mann", fuhr die Nachbarin fort. „Er ging im Schlafanzug ins Freie und kam zu meiner Überraschung mit einem fremden Mädchen am Arm ins Haus zurück. Na ja, er sagte, die Kleine hat ausgerechnet auf den Stufen vor unserem Haustor gehockt und allein vor sich hingeweint wie ein Hündchen …"

„Meine Güte!", rief Frau Wang, „irgend so ein kleines Kind also, das Ihnen völlig unbekannt war?"

„Ja. Wenn es noch etwas später geworden wäre, wäre das Mädchen sicher erfroren, und es wäre draußen gelegen wie ein gefrorener Fisch. Es dürfte damals um die sechs bis sieben Jahre alt gewesen sein. Wir fragten sie immer wieder nach ihrem Zuhause und ihrem Namen und versuchten sie zu trösten. Aber die Kleine sprach kaum ein Wort und heulte nur. Deshalb dachten wir, irgendein Flüchtling wird das Kind vielleicht absichtlich vor unserem Haustor ausgesetzt haben."

Frau Wang, die eben eine ganze Süßkartoffel auf einmal in ihrem Mund verschwinden ließ, konnte sich vor Entrüstung kaum zurückhalten und rief erregt:

„O mein Gott! Meine Güte! Ein Mensch hat sein eigenes Kind ausgesetzt, der muß doch schlechter sein als ein Tier!"

Frau Wang war sehr gefräßig, und wenn sie moralisch erregt war, kannte sie keine Rücksichten. Die Mutter hatte die Süßkartoffeln ausdrücklich der Lehrersgattin angeboten. Aber Frau Wang hatte sich einfach dazugesetzt und war drauf und dran, voller Gier alles selbst aufzuessen.

„Na ja", meinte die Mutter, „vielleicht hat es ja einen Grund gegeben ..."

Frau Wang machte große Augen.

„Was für ein Grund sollte das sein? Wer ein Kind zur Welt gebracht hat, ist auch verantwortlich dafür, wenn es verhungert. Wer ein Kind vor dem Haus eines anderen aussetzt und dann davonläuft, das ist für mich kein Mensch."

Ich sah verstohlen zur Mutter hinüber, die etwas blaß im Gesicht geworden war. Vielleicht dachte sie an Vater.

„Das Mädchen soll irgendetwas Schriftliches bei sich gehabt haben."

„Von etwas Geschriebenem gar nicht zu reden, hatte sie nicht einmal Unterwäsche zum Wechseln bei sich. Mein Gott! Die Kleidungsstücke und das Gesicht waren schmutzig und verwahrlost, wie bei einem Bettler. Die Kleine mußte sehr viel Hunger gelitten haben. Als ich ihr einen Rest kalten Reis in heißem Wasser zu essen gab, aß sie alles sofort auf."

Das Lehrerehepaar soll danach noch tagelang nachgeforscht haben, um die Eltern der Kleinen vielleicht doch noch zu finden. Am Ende hätten sie sich entschlossen, das Kind in einem Waisenhaus abzugeben.

„Aber das war seltsam! Jedesmal wenn wir vorhatten, es am nächsten Tag in ein Waisenhaus zu bringen, bekam das Mädchen irgendeine Krankheit, obwohl sie bis dahin gesund gewesen war. Dann hatte sie plötzlich hohes Fieber, und der ganze Körper war mit roten Punkten bedeckt – und das nicht nur einmal, sondern immer wieder. Es war dann einfach eine menschliche Pflicht, das Kind nicht in diesem Zustand in ein Waisenhaus zu geben. Trotzdem nahmen wir uns jedesmal vor, wir bringen es dorthin, sobald es wieder gesund ist. Aber nachdem sie mit Medikamenten gesund geworden war, nahmen wir Yangsim am Ende eben als eine Tochter bei uns auf, und nun leben wir mit ihr, obwohl es eigentlich nicht das ist, was ich mir immer vorgestellt habe."

Die Mutter sagte: „Sie und Ihr Mann, Sie sind wirklich barmherzig wie Buddha. Man sagt das so leicht. Aber solch warmherzige Leute wie Sie beide sind heutzutage selten. Da kann Yangsim von Glück reden, daß der Himmel ihr Sie geschickt hat, gnädige Frau."

Die Gattin des Vizeschulleiters wollte sich gegen das übergroße Lob der Mutter wehren, aber es war doch unverkennbar, daß sie eine gewisse stolze Befriedigung darüber empfand. Sie fuhr dann fort zu berichten, wie schwer es für sie während der vergangenen zwanzig Jahren gewesen sei, das arme Wesen großzuziehen.

„... o Gott! Und was für üble Nachrede mußten wir immer wieder über uns ergehen lassen! Sogar Verwandte redeten hinter unserem Rücken. Yangsim sollte eigentlich ein uneheliches Kind von meinem Mann sein, hieß es, das von einem Seitensprung herrührte."

Eines aber, sagte sie, laste doch schwer auf ihrer Seele. Bei allem, was man ihnen sonst Schändliches nachsagen konnte – wenigstens auf die Mittelschule hätten sie Yangsim schicken sollen. Andererseits sei sie von Anfang an geistig so zurückgeblieben gewesen, daß man nicht einmal daran denken konnte, sie die Grundschule besuchen zu lassen.

„Mein Gott!", rief Frau Wang aus, „wenn sie geistig normal entwickelt gewesen wäre, wäre es auch nicht nötig gewesen, daß sie die Mittelschule besucht hätte. Sie haben Yangsim auch so großgezogen, und dafür ist sie Ihnen doch ihr ganzes Leben lang zu Dank verpflichtet, gnädige Frau!"

„Nein, ich erwarte keinen besonderen Dank. Sie ist jetzt fünfundzwanzig, doch in ihrem Wesen ist sie wie ein noch nicht zehnjähriges Mädchen. Von ihrer Arbeit im Haushalt gar nicht zu reden, macht sie mir bei jeder Gelegenheit Kopfschmerzen. Ich weiß nicht, wer mich mit diesen ganzen Problemen und Sorgen verstehen kann ...", seufzte sie tief auf.

In der Tat war Yangsim für alle unangenehmen Hausarbeiten da, aber sie benahm sich dabei immer wieder wie ein dummes Ding. Das war auch der Grund, daß mehrmals am Tag der Lärm von drüben auch an unsere Ohren drang und wir mit anhörten, wie Yangsim wieder einmal ausgeschimpft wurde. Entweder hatte sie dann einen Teller zerbrochen oder Wäsche sei ihr angebrannt. Der Schuldirektor, obwohl man es ihm nicht ansah, konnte sehr jähzornig sein. Manchmal schlug er sie und warf sie hinaus. Und Yangsim, die sehr großgewachsen war, saß dann wie ein kleines Mädchen auf der Gasse vor dem Haus, zappelte wütend mit ihren langen Beinen und brüllte so laut, daß man es im ganzen Viertel hörte.

In ihrer Freizeit ging sie bei uns ein und aus. „Cheol, was machst du, spielst du mit mir?" Jedesmal, wenn sie den Hof betrat, rief sie mit ihrer unbekümmert schallenden Stimme nach mir. Mir war das immer ziemlich peinlich, und ich kann nicht sagen, daß ihre Besuche von meiner Familie oder den anderen in unserem Haus mit besonderer Freundlichkeit aufgenommen wurden. Sie aber war immer guter Laune, bewegte sich ganz ungeniert und grinste ständig. Ab und zu kam sie auch zu unseren Mahlzeiten und setzte sich dann ohne weiteres mit auf die Diele, und dann stimmte sie ihre Schlager an und sang vom *Mann im gelben Hemd* oder dem *Mädchen mit den Kamelien*, laut und mit viel Gefühl.

Der älteste Sohn unserer Hauseigentümer mußte sehr viel am Schreibtisch sitzen, um sein Ziel zu erreichen, von einer der besten Universitäten aufgenommen zu werden. Deshalb wies seine Mutter, die Vermieterin, Yangsim ausdrücklich zurecht: Sie dürfe ihren Sohn nicht beim Lernen stören. Yangsim war deswegen überhaupt nicht beleidigt.

In meinen Augen war Yangsim eine Freundin, und zwar sowohl eine lästige als auch eine treue. Wenn ich ehrlich bin, hatte ich eigentlich nichts gegen sie. Vielleicht lag es daran, daß ich sehr bald Kenntnis von ihrem Schicksal hatte: daß man sie in der Kälte auf der Straße ausgesetzt hatte und daß sie nicht wußte, wie ihre Eltern aussahen und wie sie hießen. Wahrscheinlich empfand ich neben dem Mitleid auch eine Art Schicksalsverwandtschaft. Aber auch die Zuneigung, die sie mir gegenüber zeigte, war besonders herzlich. Ab und zu brachte sie mir ein Stückchen gerösteten Reis mit, das sie seitlich unter ihrem Rock versteckt hatte, oder sie kam mit allerlei Süßigkeiten, Reiskuchen, Trockenfisch usw., zu mir, und wenn sie mir das Geschenk dann verstohlen in die Hand drückte, war ich davon immer tief bewegt.

Auch wenn sie auf den Markt ging, um für das Mittagessen einzukaufen, das sie dem Lehrer dann in die Schule brachte, nahm sie mich gerne mit. Wahrscheinlich war ich unter den Kindern des Wohnviertels sowohl der erste wie auch der letzte, der sie nicht einfach einen ‚Dummkopf', sondern „meine ältere Schwester Yangsim" nannte.

Im Frühjahr ging ich mit ihr in die Felder hinaus, einmal sogar auf einen weiter entfernten Berg, um dort Farn* und andere Kräuter zu sammeln. Einmal nahm sie mich auch mit in den Hof einer Kirche, die auf einem Hügel lag. Dort fand ein Gesangswettbewerb statt, bei dem ich dabeisein sollte.

„*Hihi!* Cheol und Yangsim sind verliebt. Sie haben sich geküßt!" Viel ungerechten Spott dieser Art mußte ich mir deshalb von den anderen Kindern anhören.

Insgesamt hat mich diese Yangsim viermal beinahe zum Weinen gebracht.

Das erstemal geschah es etwa zwei Monate nach unserem Einzug. Ich kann mich noch immer lebhaft daran erinnern; denn am Tag zuvor war ich von meiner Klassenlehrerin geschlagen worden. Am Morgen des folgenden Tages erwachte ich mit einem ungewöhnlichen Gefühl, das sich gleich darauf zu Verlegenheit und Verzweiflung steigerte: Nicht nur meine Unterhose, sondern auch das Bettlaken und sogar die Decke waren von Urin durchnäßt. Zwar war mir dieses Mißgeschick, nachts ins Bett zu machen, nicht fremd. Aber im Laufe der Jahre war es immer seltener passiert, und im dritten Grundschuljahr konnte ich, wie es schien, mich feierlich von dieser Schwäche aus meiner Kindheit verabschieden.

Zuvor, als ich klein war und wir noch auf unserer Insel lebten, hatte ich immer wieder diese schrecklichen Nächte. Dann mußte ich, noch vor dem Einschlafen, ein paarmal aus dem Bett, um die Blase völlig zu entleeren, und wenn ich wieder unter meiner Decke lag, versuchte ich meinen ganzen Willen zusammenzunehmen und mir selbst Mut zu machen, wie ich das von den Sportfesten in der Schule her kannte: ‚Siegen!', ‚Du mußt Erster sein!' usw. Ich wußte nicht warum, aber diese schlimme Geschichte passierte damals ein paarmal im Monat.

In solchen Nächten hatte ich auch seltsame Träume. Ich suchte dann dringend einen Platz im Hof draußen, wo ich pinkeln konnte, und hielt meinen Pimmel, den man bei uns Peperone nannte, fest, der mir vorkam, als wäre er angeschwollen und müßte gleich platzen. Doch konnte ich keinen passenden Ort finden, um mich zu erleichtern. Manchmal dachte ich, ich hätte einen Nachttopf gefunden, und machte den Deckel auf – aber dann war es ein Tonkrug voller Sojabohnen oder Reis. Oder ich dachte, da wäre eine Senkgrube und rannte dorthin. Doch dann stand ich plötzlich im Wohnzimmer des Elternhauses der Mutter. Ich mußte in diesen Träumen hierhin und dorthin laufen, immer mit meinem Peperone, den ich fest in der Hand hielt, kurz vor der Explosion. In solchen kritischen Momenten stand ich dann plötzlich neben einer Stange in einer dunklen Gasse oder schließlich auf dem Klo in der Schule. Wie schön, ich fühlte mich gerettet und nahm meinen Pimmel, um nach Herzenslust den vollen Wasserstrahl herausschießen zu lassen. Aber was war das? Im selben Moment hatte ich das Gefühl, das Wasser floß mir über den Bauch und ich lag in der Nässe ... Und damit wurde ich sehr unsanft aus meinem Angsttraum gerissen.

An jenem Morgen vor zwei Monaten, als es wieder passiert war, war meine Mutter ernsthaft böse, und wie es Sitte war, bekam ich zur Strafe eine Wurfschaufel auf den Kopf gesetzt, eine dieser fest geflochtenen Schaufeln, mit denen man Körner in die Luft warf, d.h. ‚worfelte', um sie vom Spreu zu trennen. Sie hatte auf der einen Seite eine Vertiefung, in die mein Kopf hineinpaßte, und dann kam eine lange und breite Fläche, die mir Hals und Rücken bedeckte. Wie es die Sitte wollte, wurde man als Bettnässer damit hinausgeschickt, um um Salz zu betteln, das gegen die ‚Krankheit' helfen sollte.

„Dieser Dummkopf! Jetzt bist du zwölf Jahre alt, und noch immer machst du sowas. Ich dachte schon, das ist vorbei, und dann machst du weiter damit, sogar noch hier in Gwangju! Geh sofort raus zu den Nachbarn und laß dir Salz geben!"

Sie drückte mir rasch eine Plastikschüssel in die Hand, und dabei schrie sie voller Empörung so laut und riß ihren Mund dabei so weit auf, daß ihr Zäpfchen darin sichtbar wurde. So stand ich an jenem Morgen also im Mittelpunkt einer öffentlichen Bestrafungskomödie, die im Hof unseres Hauses aufgeführt wurde. Mit der Wurfschaufel auf dem Kopf, wurden mir Spottnamen nachgerufen, und die Nachbarn hielten sich die Bäuche vor unterdrücktem Lachen. Ich wäre am liebsten gestorben. Schließlich wurde ich mit der Schaufel auf dem Kopf und der leeren Schüssel in den Händen aus dem Haus gejagt.

Zum Glück war es früh am Morgen, und es gab noch wenige Leute, denen man auf der Gasse begegnen konnte. Dieser unförmige Apparat auf meinem Kopf reichte mir hinten bis fast zu den Beinen hinunter. Ach! — Warum hatte die Mutter dieses ekelhafte Ding nicht weggeworfen und bis nach Gwangju mitgenommen! Ich blieb unschlüssig vor dem Hoftor auf der Gasse stehen. Das Leiden über das Unrecht, das ich empfand, und das quälende Gefühl von Schmach und Schande waren so groß, daß ich am liebsten im Boden versinken wollte. Wenn ich die ganze Schüssel mit Salz füllen lassen muß, überlegte ich, mußte ich ja von Haus zu Haus gehen, durch das ganze Viertel ... Und ich mußte es zulassen, daß ich jetzt nicht mehr Cheol hieß, sondern daß man mich Bettpisser, Wasserlasser und Salzhändler rufen durfte. Die Kinder würden mich nicht mehr mitspielen lassen, und die Mädchen würden hinter meinem Rücken nur noch kichern. Ach! – ich war erledigt. Die Ehre eines Mannes von zwölf Jahren war zusammen mit seinem kostbaren Selbstwertgefühl in eine Senkgrube gefallen. Am liebsten wäre ich tot gewesen oder irgendwohin geflohen, wo niemand mich kannte ... Trotzdem, irgendwann fing ich doch an, die Gasse entlang zu trotten, mit der leeren Schüssel in der Hand. Und die Wurfschaufel über meinem Kopf begann ich nun wie eine Ritterrüstung zu empfinden, die mich aber nur ganz miserabel vor meinen Feinden schützen würde.

Das Anwesen, an dessen Hoftor ich als erstes klopfen würde, war gleich nebenan das des Vizedirektors. Die Hausfrau würde mir eine Handvoll Salz geben und dabei zum Spaß, als sei sie überrascht, ihre Augen weit aufreißen, ehe sie wiederum nach der Sitte eine Schüssel mit kaltem Wasser über meinem Rücken ausschüttete. Gut, diese Prozedur wird schnell vorbei sein, dachte ich. Aber ich brachte dann doch den Mut nicht auf, gegen das Hoftor zu drücken und hineinzugehen, und als ich noch ratlos davorstand, öffnete sich das Tor überraschend ein wenig von selbst, und wer sich zeigte, war Yangsim.

„*Ihihi* ... Cheol, du bist es? Du hast dich naß gemacht!“, und während sie grinste, sah man wieder ihre gelben Vorderzähne. Ich ließ den Kopf hängen und konnte nur schluchzen, vor übergroßer Scham und Ärger zugleich. Im nächsten Augenblick hielt sie mir etwas hin, das sie bis jetzt hinter ihrem Rücken versteckt gehalten hatte.

„Nimm das bitte und geh gleich damit nach Hause! Das habe ich heimlich aus dem Salzkrug der Hausfrau herausgeholt ... *Ihihihit.*“

Zu meiner Überraschung handelte es sich um einen Topf, bis oben gefüllt mit Salz. Sie hatte wohl über die Mauer das Geschrei um meine Bestrafung mit angehört und hatte deshalb auf mich gewartet.

„Geh schnell, bevor man uns sieht ...“

Yangsim schüttete das Salz in meine Schüssel. Dann verschwand sie in ihrem Hof. Meine Schüssel war jetzt so voll, daß ich an keinem weiteren Tor mehr zu klopfen brauchte. Mich erfüllte diese unverhoffte Hilfe mit so viel Dankbarkeit und machte mich so froh, daß mir Tränen in die Augen stiegen. Ich verstieg mich sogar zu dem Wunsch, Yangsim einst zu meiner Frau zu machen.

Im Frühjahr des folgenden Jahres rührte sie mein Gemüt zum zweitenmal. An einem strahlenden Frühlingstag, an dem auf allen Hügeln die Azaleen im Überfluß blühten, hatte sie mich zum Kräutersammeln mitgenommen. Wir gingen durch die Felder und über die Hügel und krochen sogar einen weit entfernten Berghang hoch. Dabei sammelten wir Farnkräuter, Araliensprossen usw. Yangsim war schon weiter oben und sammelte fleißig mit ihren flinken Händen große Portionen von Kräutern auch für mich. Als ich eben den Bergabhang erreichte und hörte, wie sie ihr Lieblingslied vom *Mann im gelben Hemd* ertönen ließ, entfuhr mir plötzlich ein lauter Schrei:

„*Oe* -Mama!“

Ich hatte mich gerade auf einen Stein setzen wollen und erschrak so sehr über den Anblick, der sich mir bot, daß ich nicht wußte, wohin ich sehen sollte: Eine große, gestreifte Schlange starrte mich an! Sie lag zusammengerollt direkt vor meinen Füßen, den Kopf aufrecht nach oben gereckt. Vor Schreck konnte ich mich nicht bewegen. Yangsim aber war auf meinen Hilfeschrei hin blitzschnell nach unten gerannt, um einen Stein zu holen, mit dem sie das Tier mit einem gezielten Schlag erledigte.

„Cheol, hat sie dich denn erschreckt ...?"

„Jaaa!"

„Schau nur, sie ist tot. Jetzt ist wieder alles in Ordnung. ... *Ihihi* ..."

Yangsim betrachtete mich zufrieden und lächelte mich mit ihren entblößten gelben Zähnen an. Sie war so mutig und zuverlässig, und sie, die die anderen für schwachsinnig hielten, sah heute großartiger aus denn je, für mich war sie so etwas wie ein Schutzengel.

Das dritte bewegende Erlebnis dieser Art trug sich in den Sommerferien zu. Etwa dreißig Gehminuten von unserem Wohnviertel entfernt lag der *Jat*-Hügel, von dem aus eine Militärstraße zum *Mudeung*-Berg hinaufführte. An dessen Fuß befand sich ein ganz kleines Dorf. In der Nähe floß ein Bach durch das Tal, das sehr ruhig und abgelegen war, aber eine flache, schnell fließende und nicht ungefährliche Stelle hatte. Da das Wasser unter tiefhängenden Büschen strömte, sah man es auch am hellichten Tag nicht. Deshalb war das für uns Jungen eine Art Geheimort, wo wir ungestört baden konnten. An jenem Nachmittag in den Ferien ging ich allein zu dem Badeplatz. Ich wußte nicht warum, aber der Platz war leer und es waren keine anderen Kinder zu sehen. Ich wartete noch etwas, dann zog ich mich schnell aus und rannte ins Wasser. Nackt lag ich eine Weile in dem eisklaren und frischen Bach und plätscherte mit den Füßen darin umher, als plötzlich kleine Steinchen neben mir ins Wasser fielen.

„Wer ... wer ist das?"

„*Ihihit* ... He, ich hole dein Schwänzchen, ich pflücke deinen Pimmel, deinen Pipi!"

Erschrocken drehte ich mich um. Woher war Yangsim auf einmal gekommen? Sie saß am Ufer auf einem großen Stein und lachte laut.

„Weg hier! Geh weg hier!"

Unwillkürlich bedeckte ich im Wasser mit beiden Händen meinen Pipi und ging weiter ins Wasser hinein. Dabei geriet ich durch einen falschen Schritt in eine tiefere Stelle, die ich nicht kannte, schluckte Wasser, hustete und fing heftig an zu zappeln. Ich konnte absolut nicht schwimmen. Als ich kurz unter Wasser gerutscht war, sah ich vor mir einen Moment nur schwarze Dunkelheit und dachte, das ist der Tod. Verzweifelt schlug ich mit den Armen, um dem Untergang zu entgehen, und als ich wieder zu mir kam, lag ich auf einem flachen Stein am Ufer neben dem reißenden Bach.

„Wach auf, Cheol! Ich bin es doch, ich bin es ...", rief Yangsim in heller Aufregung. Sie hatte mich um die Schultern gefaßt und hielt mich in den Armen. Ich war splitternackt, und auch sie war ganz durchnäßt. Dem Schrecken entkommen und erleichtert brach ich in Tränen aus.

„Nicht weinen, nicht weinen! Alles in Ordnung. Nicht weinen."

Dabei schlang ich meine Arme fest um sie und mußte noch lauter heulen. *Ah!* ... Dieser Geruch!

Ihre großen, üppigen Brüste bewegten sich wellenartig vor meinen Augen hin und her. Ich spürte, wie es mir schwindlig wurde, und drückte meine Nase auf das weiche Fleisch. Nicht weinen. Nicht weinen. Jetzt fühlte ich, wie ihre starken Arme mit voller Kraft meinen Körper umschlangen.

Dung dung dung dung ... Ich hörte das Klopfen ihres und meines Herzens gleichzeitig ... und dabei der unendlich wohlige und prickelnde Geruch ...

Und ausgerechnet in diesem Augenblickt mußten die Kinder kommen!

„*Waa* ...! Schau dir das an! Yangsim und Cheol lieben sich!"

Wir wollten uns erschrocken entfernen. Yangsim hob einen Stein auf und rannte auf sie los. Die Jungen rannten weg und schrien im Chor:

„*Eu Mama* ... Schau doch den Pipi von Cheol! ... Ahaha! Sein Pipi ist zornig geworden, er ist ganz steif!"

Die Kinder klatschten in die Hände und kicherten. Deshalb schaute ich erschrocken nach unten: Tatsächlich, mein Pipi war ganz schön zornig. Ich drehte mich schnell um und schlüpfte in meine Hose.

Am Abend trug natürlich Jongsam, ein jüngerer Sohn der Vermieterin, die Geschichte im ganzen Viertel herum, alle zerrissen sich darüber die Mäuler, und im Nu war alles in der ganzen Umgebung verbreitet. Als die Mutter mich sah, zog sie mich sofort ins Zimmer und gab mir Schläge auf den Rücken.

„Du Lausejunge! Warum mußt du auch am hellichten Tag nackt baden!"

„Aber nein, Mutter, ich bin doch ins Wasser gefallen und untergegangen, und Yangsim hat mich herausgezogen. Wirklich ..."

„Ach, hör doch auf. Ich will nichts mehr hören. Du bist ein Teufel.

Noch nicht trocken hinter den Ohren ... Mein Gott! Aber das Blut kann man nicht betrügen, sagt man. ... Was soll ich denn bloß machen ...?"

Die Mutter hatte ein gerötetes Gesicht und war ratlos. Dabei war ich eigentlich unschuldig. Was für einen Fehler hatte ich denn gemacht? Meine Güte! Hätte ich etwa in der Hose baden sollen? Dann wäre ich doch verrückt gewesen! Die ganze Nacht war ich traurig und heulte unter meiner Decke. War die Mutter so böse, weil sie mich nicht mehr mag? ... Vielleicht hatte auch der Vater uns deshalb im Stich gelassen und eine Nebenfamilie gegründet, weil er mich nicht mochte? ... Warum mögen mich alle nicht? ... Oder soll ich lieber von zu Hause weglaufen und sterben? Dann werden sie schon sehen, die Mutter und der Vater, wenn es erst zu spät ist ... wenn sie dann meine Leiche in den Armen halten und kläglich weinen. ... Gedanken dieser Art machten mich auch in der Erinnerung wieder traurig.

Die vierte Szene, in der Yangsim mich zum letzten Mal zu Tränen rührte, lag ein paar Jahre nach diesem Vorkommnis. Ich ging damals gerade in die Mittelschule und hatte allmählich eine tiefere Stimme bekommen. Es war jene Zeit, in der ich mit einem Mal erwachsen wurde. Unter der Nase waren bereits Andeutungen eines spärlichen Bartes gesprossen, und Pickel zeigten sich auf der Stirn und an den Wangen. In jenem Frühling hat Yangsim geheiratet.

„*Oigu!* Aber es heißt, sie soll ja immerhin auch eine Frau sein!", lästerte die Gattin des Schuldirektors, ihre Pflegemutter, und verzog spöttisch den Mund. „Deshalb steht ihr zur Zeit der ohnehin große Mund noch weiter offen. Denn jetzt heiratet sie auch noch."

Der Mann, den man ihr als künftigen Ehemann vermittelt hatte, war ein Hausierer, der eingesalzene Fische verkaufte. Man sagte, er sei ein entfernter Verwandter ihrer Pflegemutter gewesen. Als er klein war, hatte er Kinderlähmung. Deshalb hinkte er stark mit einem Bein. Er soll aus Hampyeong oder Yeonggwang gewesen sein, hatte aber keinen festen Wohnsitz und verkaufte seine gesalzenen Fische von Haus zu Haus. Er galt als ein alter Junggeselle, war aber schon fast vierzig und zwölf Jahre älter als Yangsim. Deshalb sah er auch nicht so aus, wie ein Ehemann aussieht, sondern eher wie ihr älterer Bruder.

An dem Tag, bevor Yangsim fortging, erschien der Mann zum erstenmal. Er sah bettelarm aus, schien aber gutartig. Die Pflegemutter meinte, jemand, der nicht in einer solchen Lage wäre, hätte Yangsim auch nicht zur Frau genommen. Deshalb hatte sie mit aller Kraft versucht, eine Ehe zwischen den beiden zu vermitteln.

Yangsim ging ohne eine großartige Hochzeitsfeier und ohne Hochzeitsmahl aus dem Haus. Auf dem Kopf trug sie nur ein Bündel mit einer Decke und Kleidungsstücken, das war ihre Mitgift, die die Hausfrau ihr besorgt hatte. Niemand wußte, warum sie bei alledem immer lächelte oder grinste. Nicht nur die Bewohner unseres Anwesens, sondern auch Frauen aus dem Viertel nahmen von dem Paar Abschied.

„*Euma!* Cheol. Das tut mir jetzt aber leid, wo Yangsim dich doch täglich besucht hat!“, bemerkte Frau Wang mit gespieltem Mitgefühl.

„Steh nicht nur so herum, sondern verabschiede dich von ihr, wie es sich gehört“, wandte sich die Vermieterin spöttisch grinsend mir zu.

Unwillkürlich bekam ich ein heißes Gesicht und versteckte mich hinter den Leuten. Yangsim verbeugte sich artig vor jedem Erwachsenen, vor einem nach dem anderen, ständig lächelnd, als ob sie sich zu einem Schulausflug verabschieden würde. Am Schluß kam sie in ihrem schwankenden Watschelgang auf mich zu und nahm mich, der ich bis über die Ohren rot wurde, zur Seite. Dann flüsterte sie mir etwas ins Ohr, als ob es ein bedeutendes Geheimnis wäre:

„Cheol, hör zu: Wenn ich ein hübsches kleines Baby bekomme, dann werde ich das nicht den anderen, sondern dir allein heimlich zeigen! O.k.? *Ihihihit ...*“

Dann drehte sie sich um und ging. Mit ihrem großen Bündel auf dem Kopf folgte sie ihrem hinkenden Mann. Ich sah ihr noch eine Weile nach, wie sie sich schwankend entfernte. Damals war ich fünfzehn Jahre alt, und es war das erste Mal, daß ich verstand, was Worte wie ‚Trennung‘ und ‚Abschied‘ bedeuten und warum einen so etwas immer so traurig zurückläßt.

Danach sah ich sie nie mehr wieder. Vielleicht lebte sie irgendwo, wo sie das Lied vom *Mann mit dem gelben Hemd* singt. Gott schütze sie. Er schenke dieser ebenso unansehnlichen wie gutherzigen Yangsim Frieden und Glück!

7 Endlich zurück an der Nähmaschine

Die Mutter kam an diesem Tag lange nicht nach Hause. Ich langweilte mich inzwischen zu Tode und ging immer wieder zwischen der Diele und unserem Wohnraum hin und her. Erst als Eunmae endlich eingeschlafen war, schlich ich mich aus dem Haus und ging die Gasse hinunter. Wie ich vermutet hatte, war auf dem leeren Platz niemand zu sehen, und es würde noch einige Zeit dauern, bis die Kinder aus der Schule zurückkamen. Inzwischen hatte ich mich mit mehreren Kindern etwa meines Alters ziemlich angefreundet, und gewöhnlich trafen wir uns auf dem Platz. Man spielte Fußball, Bockspringen oder das traditionelle *jachigi*-Spiel, bei dem man mit Schlagstöcken kleine Hölzchen möglichst weit durch die Luft befördert. Ich hatte mittlerweile auch gelernt, ganz gut mit den anderen zusammen zu spielen.

Ich ging an dem kleinen Laden an der Ecke zur Hauptstraße vorbei. Im übernächsten Haus befand sich der Friseur und daneben ein Laden mit Comic-Büchern. Ich trat auf das Schaufenster zu und betrachtete der Reihe nach die Einbände der einzelnen Bücher, die im Fenster ausgelegt waren. Schon die Bilder auf den Titeln fesselten mich, ich schaute sie mir immer wieder an und konnte mich daran gar nicht sattsehen. Dann ging ich mit den Augen ganz nahe an die Scheibe heran und blickte in den Laden hinein. In den hohen Regalen war alles voll mit diesen Büchern. Ich tastete nach meiner Hosentasche und fand zwei 1-*Won*-Stücke, als sich die Schiebetür des Ladens geräuschvoll öffnete und das Gesicht des älteren Bruders von Byeonggu erschien.

„Du bist doch der Junge, der vor kurzem hierher gezogen ist, nicht wahr?"

Ich trat erschrocken zurück. Der Ladeninhaber war ein nicht mehr ganz junger Mann mit gedrungenem Gesicht. Er hatte eine Hand in der Hosentasche, trug einen buschigen Kinnbart und machte ein fröhliches Gesicht. Ich erinnerte mich an einen kleinen Streit, den wir vor kurzem hatten.

„Wißt ihr denn nicht, daß der ältere Bruder von Byeonggu ein Kriegsversehrter, ein Invalide ist?"

„Pah!", rief ein anderer. „Was für ein Invalide soll das sein! Ich habe von meinem Vater gehört, er wurde in der Armee von einem Offizier zum Krüppel geschlagen."

„Nein, er soll im Bürgerkrieg gegen die Marionettenarmee der Kommunisten gekämpft haben. Dabei hat ihn eine Kugel getroffen."

„Was redest du denn für Unsinn! Der Bürgerkrieg, das ist doch schon lange vorbei. Der war damals noch ein kleines Kind."

„Nein, ich habe gehört, er hat seine Hand verbrannt, als er in der Kantine bei den Soldaten Reis gekocht hat."

Auf jeden Fall schien es die Wahrheit zu sein, daß der Mann im Comic-Laden ein Invalide war. Schließlich wurde Byeonggu nicht müde zu versichern, daß bei ihnen zu Hause in der Kommode zwei Orden aufbewahrt würden.

„Möchtest du einen der Bände lesen?", sprach mich der ältere Bruder von Byeonggu an. „Wenn du Geld hast, komm herein."

Er lud mich lächelnd ein, aber ich zögerte, während ich mit den beiden Münzen in der Hosentasche spielte. Damit würde ich vier Bände ausleihen können. Doch ich schüttelte den Kopf.

„Was hast du denn? Hast du kein Geld?"

„Doch, das ist es nicht ..."

„Macht nichts. Schreiben wir es an, und zahlen kannst du die Leihgebühr später."

„Ich muß auf meine Mutter warten ..."

„Ach so. Du kannst auch hier draußen lesen, dann siehst du deine Mutter kommen."

Er zeigte auf einen alten *Pyeongsang** aus Bambusholz, auf den ich mich setzen konnte. Schließlich nahm ich mir zwei Bücher aus dem Regal und setzte mich auf den *Pyeongsang*. Das eine war von Lee Beomgi, das andere von Pak Buseong. Der Mann setzte sich neben mich und rauchte eine Zigarette.

Da kam der dicke Herr Ahn, unser Nachbar, aus seinem Friseurladen und verschloß die Tür hinter sich. Als Mitbewohner desselben Hauses stand ich auf und verbeugte mich artig.

„Ah! Du bist doch der Junge, der mit uns im selben Haus wohnt! Und statt zu lernen, liest du Comics ..."

„Aber lieber Ahn, wie reden Sie mit meinen Kunden? Lernen! Aus Comics kann man auch etwas lernen! – Obwohl Sie heute keinen Ruhetag haben, machen Sie schon so früh Ihren Laden zu? Wohin ist man denn unterwegs?"

In der Tat trug Ahn einen dunklen, kakifarbenen Anzug. Er war fast kahlköpfig, das dünne Haar war mit Hilfe von Pomade ordentlich gescheitelt und glänzte.

„Na ja, ich habe heute keine Kundschaft und mache eben früher Schluß. Ich bin mit einem Kumpel verabredet."

„Sie haben sich ja verdächtig fein gemacht! Ist der Kumpel vielleicht wieder eine dieser kleinen schlauen Friseurinnen wie beim letzten Mal?"

„Da nehmen Sie aber einen Unschuldigen in Haft."

„Also ich weiß nicht ..., beim letzten Mal haben Sie doch von Ihrer Frau gewaltig eins auf die Schnauze gekriegt. Und trotzdem machen Sie es wieder."

„Unsinn, was reden Sie denn. ... Wenn einer nicht einmal seiner Ehefrau ordentlich das Maul stopfen kann, dann soll er mit seinen Eiern lieber gleich den Hund füttern. Unterschätzen Sie mich bloß nicht. Aber jetzt muß ich gehen."

„Aber sind Sie wirklich sicher, haben Sie gar keine Angst ... wenn sie es doch erfährt?"

„Ach, das ist ganz unmöglich. Die alte Schachtel hat heute Nachtdienst, Hahaha!"

„Ja dann! Dann verstehe ich das natürlich. Deshalb kommen Sie so siegessicher daher!"

Ahn winkte fröhlich zurück, als er mit großen Schritten den Bahnübergang überquerte.

In diesem Moment fiel mir auf, daß der Ladeninhaber, während er noch dem sich entfernenden Ahn nachblickte, plötzlich die Gesichtsfarbe wechselte, dabei zusammenzuckte und seinen Körper anspannte. Ich folgte seinem Blick und sah eine Frau über den Bahnübergang auf uns zukommen. Sie war groß und schlank, sah aber irgendwie sonderbar aus. Ich mußte an eine Vogelscheuche aus Stroh denken. Der Körper war dürr wie ein Holzgestell, das Haar hing ihr den Rücken hinab, sie ging nach vorne gebeugt, und auf dem besonders blassen und knochigen Gesicht saß eine große Brille. Besonders seltsam war ihre Art zu gehen. Bei jedem Schritt ihrer dünnen, langen Beine schwankte ihr Oberkörper unsicher, als ob er im nächsten Moment umkippen würde.

Ich erkannte sie gleich, es war die alte Jungfer, die in dem Anwesen mit den bengalischen Quittensträuchern wohnte. Sie hieß Go Ohmok. Von dem Tor unseres Anwesens aus sah man drüben jenseits der Gasse ein Haus mit Ziegeldach, das mitten auf dem freien Feld stand. Früher war dort ein Obstgarten, deshalb hieß das Anwesen noch immer das Obstgarten-Haus. In diesem alleinstehenden Haus wohnte die Frau. Ab und zu sah man sie an unserem Anwesen vorbeigehen, aber ihr Gesicht hatte ich bis dahin noch nie wirklich sehen können; denn sie ging mit ihrer großen schweren Brille und, ich wußte nicht warum, mit tief gesenktem Kopf immer ganz schnell vorbei.

Ich wußte nicht seit wann, aber sie war schon länger zum Gegenstand meiner Neugierde geworden. Gewiß war sie anders als die Leute unseres Viertels. Sie hatte immer einen großen schwarzen Geigenkasten aus Leder dabei und einen Packen Bücher unter dem Arm. Sie trug einen langen Mantel, hatte Schminke im Gesicht und ging auf Halbschuhen mit hohen Absätzen. Zu den Leuten in unserem Viertel, die aus ihren ärmlichen Verhältnissen nie herausgekommen waren, paßte diese Go Ohmok überhaupt nicht. Dennoch hatte ich keineswegs den Eindruck, daß sie ausgesprochen extravagant oder verschwenderisch aufgetreten wäre. Vielleicht hatte das mit ihrem verknöcherten und eigenbrötlerischen Aussehen zu tun, das nur Mitleid hervorrief.

Es blieb mir nicht verborgen, daß die Frauen der Nachbarschaft hinter dem Rücken von Ohmok anzügliche Bemerkungen machten, wenn sie sie auf der Gasse gesehen hatten. Ich wußte nicht warum, aber sie war zum schwarzen Schaf des Viertels geworden.

„Mein Güte, diese *Kkaengkkaeng* – so nannten sie sie in Anspielung auf ihre kratzende Violine –, die hat wohl einen Schrank voller Kleider. Jeden Tag hat sie etwas anderes an."

„*Aigu!* Das kann man verstehen. In ihrem Alter und noch nicht verheiratet! Da muß sie sich dranhalten, um noch einen abzubekommen."

„Ja, sie kann nicht mehr jung sein, vielleicht dreißig."

„Nein, sie soll bald vierzig sein."

„Dreiunddreißig, habe ich gehört. Sie muß sehr gescheit sein. Zuerst ging sie auf die beste höhere Mädchenschule in unserer Provinz, das *Jeonnam*-Institut, und dann studierte sie. Wenn sie normal aussehen würde, hätte sie längst eine gute Partie gemacht."

„Sie soll Musik studiert haben. In der Stadt, sagt man, hat sie Unterricht gegeben in dieser Geigenkratzerei."

„Aber daß sie die Universität absolviert hat, das heißt überhaupt nichts. Ich glaube, sie sollte sich einfach etwas freundlicher und entgegenkommender benehmen, auch wenn sie so unmöglich aussieht. Wenn man ihr begegnet, grüßt sie keinen. Und wenn man sie etwas fragt, gibt sie einem keine ordentliche Antwort. Sie ist einfach arrogant, weil sie studiert hat."

„Als der Alte, der Großvater, noch rüstig war, hatten sie keinen Mangel und lebten in Saus und Braus. Diese Ohmok verhält sich eben immer noch so, als hätte sich an der Stellung der Familie von damals nichts geändert. Ich weiß nicht, ob es in unserem Viertel jemanden gibt, der damals kein Land von ihnen gepachtet hat."

„Na ja, wer hat früher nicht anständig gelebt! Wieviel Land die Familie Go besaß, und fast alles haben sie verkauft. Jetzt ist alles dahin. Es ist wohl schon fünf bis sechs Jahre her, daß der Vater von Ohmok das ganze Vermögen beim Spielen verlor, bevor er dann Selbstmord beging."

„Warum schauen eigentlich alle so grimmig auf das Haus von Ohmok? Sie befindet sich doch nach alledem in einer erbärmlichen Lage, und trotzdem versorgt sie ihren tauben alten Großvater, statt sich um ihre eigene Heirat zu kümmern. Ich finde, das ist außergewöhnlich lobenswert."

„Ja ja, man kann das Schicksal der Menschen nicht vorher wissen. Früher sagte man, wenn man von unserem Viertel in die Stadt gehen wollte, blieb einem gar nichts anderes übrig, als irgendwo den Grund und Boden der Familie Go zu betreten. Und der Zerfall der Familie geschah über Nacht."

Aber warum wurde der Mann in dem Comic-Laden so verlegen, als die knochendürre Ohmok plötzlich vor ihm auftauchte? Fragend blickte ich abwechselnd beiden ins Gesicht. Wie immer hatte sie den großen Geigenkasten und ein paar Notenhefte dabei und ging direkt vor unseren Augen vorüber, den Blick, wie gewöhnlich, auf die Erde gerichtet. Plötzlich hob sie den Kopf, und ihr Blick traf den des Ladenbesitzers.

„Guten Tag, Ohmok ... ach ... schon so lange her ...", fing er an zu stottern und lächelte verlegen.

Hinter ihrer dicken Brille waren die großen, glockenrunden Augen weit geöffnet. Dann verzog sie das Gesicht, als ob sie in einen Wurm gebissen hätte, und brachte nur kurz und zerstreut heraus:

„Ach Gott, was wollen Sie denn von mir ...?", und verschwand erschrocken in der Gasse.

Das war's wohl. Das Gesicht des Ladeninhabers grinste noch geistesabwesend und war rot geworden wie eine reife Persimone.

Mir war sofort klar: Sieh mal einer an! Der Mann ist verliebt. Wie ich das wissen konnte? Selbstverständlich besitzt ein Junge von zwölf Jahren so viel Auffassungsgabe, Gefühlsregungen bei anderen zu durchschauen. Schon in meinem Heimatdorf auf der Insel Nagil wurde ich oft von jungen Männern auf eine Erkundungsmission geschickt, wenn sie sich in der Nacht heimlich mit Mädchen treffen wollten, in die sie verliebt waren.

„Du mußt sie unauffällig ansprechen, ohne daß ihre Eltern etwas merken. Sag ihr, daß ich vor ihrer Mauer auf sie warte", und dabei hatten sie alle so ein abenteuerliches Flackern in ihren Augen. Der Mann aus dem Comic-Laden hatte den gleichen Blick, als er die klapperdürre Bohnenstange ansah.

Für einen zwölfjährigen Jungen war die Welt noch voller Rätsel.

Sehr viele Rätsel drehten sich für mich um die Frauen. Zum Beispiel konnte ich einfach nicht glauben, daß die Babys aus dem Nabel der Mutter kommen. Auch wenn ein Baby nur von der Größe einer Faust war, konnte es doch unmöglich durch den kleinen runden Nabel aus der Mutter herauskriechen. Deshalb entblößte ich ab und zu den Bauch und blickte auf meinen Nabel: Nein, unmöglich. Ich schüttelte den Kopf.

In solche Gedanken vertieft, schlenderte ich nach Hause. Ich trat in den Innenhof und erschrak: Eunmae saß auf der Erde. Als ich das Haus verließ, hatte ich die Tür von außen fest verschlossen, – aber nun stand sie weit offen. Wie hatte das Kind es geschafft, die Zimmertür aufzumachen und auf die Diele hinauszukriechen?

„Mama ... gib Reis ...Reis!"

Eunmae hielt einen alten Gummischuh von Mutter in den Händen und lutschte daran. Dabei sah sie mich an mit ihrem erstarrten, fröhlichen Grinsen. Ich zog sie an beiden Händen hoch und schleifte sie ins Zimmer zurück. Ich hatte mit einer Schnur den ringförmigen Griff der Zimmertür von innen mit der Tür des Wandschranks verbunden, aber der Türgriff war zerbrochen und die Schnur hing lose auf den Boden herunter. Das zeigte, mit welcher Kraft die Kleine gezappelt haben mußte, um sich aus dem Zimmer befreien. Jetzt schlang ich die Schnur dreimal um ihren Bauch und befestigte sie an einem Pfosten der rückwärtigen Zimmertür.

Daß in unserem Wohnraum jetzt ein wirres Durcheinander herrschte, war kein Wunder. Die Schüssel mit dem angerösteten Reis war umgekippt. Der Boden war von einem Brei aus Kot und Urin verschmiert, und der üble Geruch nahm mir fast den Atem. Auch Eunmaes Körper und Wäsche waren dreckig. Eigentlich war sie schon in der Lage, sich selbst ordentlich auf den Topf zu setzen. Ich wußte nicht, was ihr an diesem Tag dazwischen gekommen war.

Ich war wütend und schlug mit der Faust auf sie ein.

„Du Krüppel! Stirb! Du sollst sterben!"

Sie zappelte aufgeregt und weinte laut. Ich bekam Angst, rannte in die Küche und holte ein Stück Süßkartoffel. Ich gab es ihr in die Hand, und sie hörte auf zu weinen. Als ich dann in großer Eile mit dem Abwischen fertig war, kam die Mutter zurück.

Zum Glück merkte sie nicht, daß ich aus dem Haus gewesen war. Sie holte einen Hammer und schlug zwei große Nägel in die Türpfosten.

„So ist es gut. Jetzt hält die Schnur und kann nicht so leicht abgehen."

In jener Nacht gab es in unserem Anwesen, in dem vier Familien lebten, noch großen Lärm, der viel Aufregung verursachte. Herr Ahn und seine Frau, die allgemein Sergeantin Kang hieß, trugen einen heftigen Streit aus. Frau Kang war schon am frühen Abend mit dem Fahrrad nach Hause gekommen; denn der Nachtdienst sei ausgefallen. Als sie ihren Mann zu Hause nicht antraf und erfuhr, er habe den Laden frühzeitig geschlossen und sei in die Stadt gegangen, verschwand sie ohne weiteres in ihrem Zimmer und schlug die Tür hinter sich zu.

Wegen eines plötzlichen Geschreis wachte ich auf, und es war zu der Stunde, als auch eben die Sirene ertönte, die die nächtliche Ausgangssperre anzeigte. Ahn mußte erst kurz vorher nach Hause gekommen sein.

„*Aigo!*", hörte ich ihn schreien. „Nein, so war das nicht. Ich war bei einem Klassentreffen!"

Gleich darauf fiel etwas laut zu Boden ... *kung kung*, dann *peok poek* ein weiterer Gegenstand, der mit einem dumpfen Geräusch hingefallen war. Dann ein Schmerzensschrei und das Gebrüll einer Frau:

„*Aigu!*". sagte meine Mutter und hielt kopfschüttelnd die Nähmaschine an. „Verdammt nochmal, was für eine Frau ist das denn, die ihren Mann schlägt! *Tss tss tss* ... kein Wunder, daß sie nicht schwanger wird."

„Hauptgefreiter Ahn! Ich habe dich klar und deutlich gewarnt. Wenn so etwas noch einmal vorkommt, ist Schluß mit uns!"

„*Aigu!* Bitte, beherrsche dich. Hör mich doch an ..."

Zur allgemeinen Überraschung der Mithörer war es Ahn, die Hauptperson in dem nächtlichen Drama, der ein klägliches Geschrei machte. Schließlich gab es einen so lauten Krach, daß wir dachten, die Tür zur Diele müsse zerbrochen sein, jemand rannte in den Hof und fiel plumpsend zu Boden.

„*Aigu!* Dieses Weib bringt mich noch um!"

Wir standen auf und schauten auf den Hof hinaus. Der Mond ließ sein gleißendes Licht über dem dicken Herrn Ahn verströmen, der wie ein Maikäfer auf dem Rücken lag und mit den Beinen zappelte. Frau Kang stand vor ihm, schaute wutschnaubend auf ihn herab und konnte sich lange nicht beruhigen.

8 Der Vater oder nur sein Schatten

Schließlich, fast einen Monat nach unserem Umzug, kam der Vater tatsächlich. Natürlich hatten wir die ganze Zeit auf sein Erscheinen gewartet, obwohl niemand in der Familie ein Wort darüber verlor. In meiner Wahrnehmung deuteten viele Anzeichen auf diese angespannte, aber stumme Erwartung hin. Da waren die leisen Seufzer, die die Mutter immer wieder ausstieß, wenn sie bis tief in der Nacht an der Nähmaschine saß, und ebenso die traurigen Blicke, mit denen Eunbun die Mutter wiederholt heimlich von der Seite ansah, als wollte sie etwas sagen. Doch ihr Mund blieb verschlossen. Die Kehrseite der stummen Erwartung waren namenlose Angst und wachsende Ungeduld. Jedesmal wenn ich an den Vater dachte, wurde mein Herz schwer wie Blei. Aber wie nichtig und banal sollte diese Erwartung enttäuscht werden, als der Vater dann kam und keine zwei Stunden später wieder verschwunden war!

Als ich an jenem Nachmittag aus der Schule kam, war ich zuerst wie immer mit anderen Kindern auf dem großen Platz beim Spielen, *jachigi* oder das Spiel mit den Murmeln. Als wir keine Lust mehr hatten, folgten wir dem Vorschlag von einem von uns und gingen zur Bahnlinie. Wir wollten wieder ‚Nägelmesser' herstellen, und jeder legte ein paar Nägel nebeneinander auf die Schienen, um sie von den schweren Rädern des Zuges platt fahren zu lassen.

„Dieses Mal wird es ein Wundermesser", sagte Seokdu, nachdem er auf die glitzernde Schiene gespuckt hatte. „Das hier sind auch besondere Nägel."

Wir glaubten, wenn man vorher mit dem Speichel die Schiene naß macht, springen die Nägel nachher, wenn der Zug kommt, nicht so leicht weg.

„Ach was! Das sind Nägel wie alle anderen!"

„Du hast keine Ahnung! Die sind ganz neu und völlig ungebraucht. Ich habe sie gestern in der Schule hinter dem Rücken des Hausmeisters in der Werkstatt mitgehen lassen."

„Aber warum sollen daraus Wundermesser werden?"

„Weil sie nagelneu sind. Eure sind gebraucht. Deshalb liegt ein Fluch auf ihnen. Nur neue und saubere Nägel sind für Wunder geeignet."

Seokdu war sich darin ganz sicher. Und seine Nägel waren in der Tat ungewöhnlich groß und glänzten überzeugender als unsere. Dann setzten wir uns auf die Schienen und warteten auf den Zug.

„Was kann man mit dem Zaubermesser machen?“

„Es läßt sich in eine Art Magnet verwandeln. Na ja, es ist kein gewöhnlicher Magnet. Man kann damit sofort Münzen und goldene Ringe in der Erde finden. Wißt ihr, wie Einbrecher die Schlösser aufbrechen? Die haben sich auch so ein Zaubermesser hergestellt, das sie immer bei sich tragen.“

Seokdu erklärte uns das alles mit einer triumphierenden Miene, während wir bewundernd zu ihm aufblickten. Der Kerl wußte einfach alles. Das Unglaublichste wurde aus seinem Munde glaubhaft. Wie schön wäre es, dachte ich, wenn ich auch ein solches Wundermesser hätte. Dann könnte mir die Schule egal sein, und ich ginge nur mit dem Messer durch die ganze Welt, um Geld, goldene Ringe und andere Schätze aus der Erde zu holen. Wir wären endlich reich. Die Nähmaschine der Mutter würde zu einem Trödler gebracht, und Eunbun kann auf die Mittelschule gehen, statt in dieser Zuckerwaren-Fabrik zu arbeiten ... Und der Vater kann wieder bei uns leben ...

In diesem Augenblick ertönte der Pfiff aus einer Dampflok.

Jemand schrie: „Er kommt.“

Aus der Richtung des Bahnhofs Gwangju-Süd rollte ein Zug heran, dessen Kopf eine große, schwarze Wolke ausstieß. Wir verteilten uns oben auf dem Bahndamm neben den Gleisen, und sobald die vielen Räder unter den schweren Waggons dröhnend an uns vorübergerollt waren, stürzten wir alle mit Geschrei nach oben. Wir wollten sehen, ob unsere Nägel wieder so platt gedrückt waren, daß sie wie flache Messer aussahen. Aber die meisten von ihnen waren teils irgendwohin weggeflogen, teils verbogen oder zu kleinen Stücken zerdrückt. Das Zaubermesser von Seokdu, auf das wir besonders neugierig waren, war nicht zu finden, die schönen Nägel war völlig verschwunden. Deshalb legten wir neue Nägel auf die Schiene und warteten eben auf den nächsten Zug.

Irgendwoher ertönte feierliche Musik. Es war die Hymne der Chinesischen Republik im Exil, die aus dem Lautsprecher schallte. Wie auf eine Verabredung starrten wir alle sofort auf die Flagge, die über der roten Ziegelmauer auf dem Dach der auf dem Hügel gelegenen chinesischen Schule flatterte. Es war die Fahne eines fremden Landes, mit gelben Sonnenblumen auf rotblauem Grund. Wir rannten alle wie auf Kommando die Treppe hinauf zu dem halb offenstehenden Schultor und zwängten unsere Gesichter in den Türspalt, um in den Hof der chinesischen Schule zu schauen. So wurden wir Zeugen des täglichen Fahnenappells mit feierlicher Einholung der Nationalflagge. Einige hundert Schüler und ihre Lehrer waren in Reih' und Glied angetreten und sangen mit nach oben gereckten Hälsen die Hymne: ... *Sswala sswala sswalala* ..., während die Fahne langsam an dem Mast herunterkroch.

Durch die Feierlichkeit einer solchen Zeremonie wurde immer wieder unsere Neugierde geweckt, ja ihre würdevollen Abläufe erregten bei uns unbeteiligten Zuschauern eine merkwürdige Angriffslust. Und so äfften wir laut den Refrain der Hymne nach, *sswala, sswala, sswalala* ..., und schließlich intonierten wird draußen vor dem Tor mit der größten Lautstärke, zu der wir fähig waren, ein Spottlied auf die Chinesen: „Herr Wang, der Seidenhändler, ist verliebt in Maengwol ...", und unsere quakenden Stimmen und die Melodie von *Wang der Seidenhändler* vermischten sich mit den getragenen Klängen der Nationalhymne zu einer mißtönenden Katzenmusik. Wir konnten beobachten, wie die in Reih' und Glied angetretenen Schüler mit grimmigen Mienen in Richtung des Hoftors blickten. Aber wir kümmerten uns nicht darum, es war uns egal. Als die Fahne am Boden angekommen und der letzte Takt der Hymne verklungen war, stieben wir auseinander wie getrocknete Bohnen, die beim Dreschen durch die Luft fliegen, und suchten über die Treppe hinunter möglichst schnell das Weite. Erst als wir wieder am Bahnübergang ankamen, drehten wir uns nach möglichen Verfolgern um. Nur ein alter Hausmeister mit einer Gruppe von Mittelschülern, in ihrer Vaterlandsliebe tief gekränkt, liefen hinter uns her, gaben aber, wie auch sonst meistens, bald auf und kehrten wieder um. Wir gingen danach, einer nach dem anderen, nach Hause. Ich wollte zuvor noch auf Eunbun warten. Die Zuckerwaren-Fabrik, in der sie arbeitete, lag in einer Gasse ganz in der Nähe der Chinesenschule. Eunbun meinte immer, ich solle sie während der Arbeitszeit nicht durch unnötige Besuche stören. Der Chef möchte das nicht.

Ich hockte mich auf den Bahndamm. Es war Abend geworden, und es dämmerte allmählich. Ein alter Chinese, der auf einem kleinen Feld mit Chinakohl direkt unter dem Damm gearbeitet hatte, kam mit seiner Spitzhacke auf der Schulter den Damm herauf und ging langsam an mir vorbei. In diesem Viertel lebten viele Chinesen. An den Festtagen hingen seltsame rote Laternen vor den Hoftoren, und an den Mauern oder den Toren waren Papierstreifen angebracht, auf denen frei mit der Hand geschriebene chinesische Schriftzeichen zu lesen waren, deren Bedeutung ich nicht kannte. Ich habe mich lange Zeit gefragt, warum diese Chinesen genauso aussahen wie wir. Dabei gingen die alten Frauen in engen Kleidern und mit großen Ohrringen herum, was sofort auffiel, und trippelten in ihren winzigen Stoffschuhen in seltsam kleinen Schrittchen vorüber. Man sagte, die chinesischen Frauen würden immer gerne weglaufen. Deshalb würden sie sofort nach der Heirat mit Gewalt dazu gezwungen, die kleinen Schuhe zu tragen, damit sie nicht so leicht weglaufen konnten. Auch ihre Füße sollen deswegen klein und verkrüppelt gewesen sein.

„Damit können sie dann nicht mehr fortlaufen", sagte die Mutter. Während ich daran dachte, schaute ich zu dem Chinesenviertel hinüber, wo es bereits dunkel geworden war. Die Hauptstraße, die daran vorbeilief, war die einzige Verbindung unseres Viertels in die Innenstadt.

In diesem Moment fiel mein Blick auf einen fremden Mann, der gerade am Eingang zur Schule vorbeiging. Er war ziemlich schlank und groß gewachsen, trug eine schwarze Jacke und kam in einem etwas schwankenden Gang langsam auf meinen Bahndamm zu. Als ich seine langen Beine sah und die Art, wie er ging, stockte mir der Atem – der Vater! Endlich war er gekommen. Mein Herz klopfte, als ob es zerbrechen wollte, und meine Beine zitterten. Ich kroch unwillkürlich den Damm hinunter und versteckte mich hinter dem Zaun des Kohlbeetes. Er ging in einiger Entfernung an mir vorbei und überquerte den Bahnübergang. Dabei erkannte ich sein knochiges Profil. Es war mir die ganze Zeit nicht möglich, ihn anzurufen. Ich zitterte und meine Kehle war wie zugedrückt. Übergroße Sehnsucht und Traurigkeit, Angst und dabei eine grenzenlose Wut lagen bleischwer auf meiner Seele. Zuerst blieb er einen Augenblick vor dem Lebensmittelladen stehen, wahrscheinlich suchte er das Haus, in dem wir wohnten. Dann verschwand er rasch in der Gasse. Ich blieb noch eine Weile in der Hocke neben dem Chinakohlbeet sitzen. Erst als Eunbun erschien, richtete ich mich mühsam auf.

„Jetzt ist er da. ... Der Vater."

„Was sagst du?"

Eunbun hatte auf diese Nachricht hin eine Weile stumm vor mir gestanden. Ich las auf ihrem vor Schreck blaß gewordenen Gesicht die gleiche Verwirrung der kompliziert ineinander verwickelten Gefühle, die ich von mir selbst kannte. Mutlos ließ sie sich neben mir auf der Grasnarbe des Bahndamms nieder.

„Ist er allein gekommen? Hat er diese Schlampe nicht dabei?"

Eunbun hatte die neue Frau, mit der Vater jetzt lebte, zwar noch nie gesehen. Aber mit ihrer Frage tat sie so, als ob sie sie gut kennen würde.

„Er ist allein."

So kauerten wir nebeneinander auf der Erde. Der Abend war schon kühl. Eunbun rang nach Luft und kaute an ihren Fingernägeln.

„Verflucht! Was soll das ..., warum kommt er jetzt her? Es kümmert ihn doch sowieso nicht, ob wir schon tot sind ..., oder?"

Ich wußte nicht, was ich auf ihre Frage antworten sollte, und rupfte ein paar Gräser aus, die ich mir in den Mund steckte, um darauf herumzukauen. Ich spürte den Geschmack der dürren Grashalme, und meine Knie zitterten noch immer.

„Bleiben wir doch einfach hier ... Gehen wir gar nicht nach Hause", sagte ich.

„Aber warum denn das? Haben wir etwas verbrochen?", rief sie wütend und stand auf. „Nein, das kommt nicht in Frage. Komm, wir gehen."

Widerwillig ging ich hinter ihr her.

Als wir in unseren Hof traten, kamen die Vermieterin und die Mutter von Deokjae auf uns zu und fragten neugierig mit leiser Stimme: „Ach, da seid ihr ja ..."

„Eunbun, ist der Mann da drinnen wirklich euer Vater?"

Wir konnten nicht antworten und gingen nur mit gesenkten Köpfen an ihnen vorbei.

„Meine Güte, was ist nur mit diesen Kindern", tuschelten die Frauen hinter unserem Rücken. „Wenn man etwas gefragt wird, gibt man doch eine anständige Antwort ..."

Die Zimmertür war geschlossen. Durch das feste Papier der Türfüllung* schimmerte mattes Licht. Eunbun und ich setzten uns auf die Kante der Diele, möglichst lautlos, damit man uns drinnen nicht hörte. Neben uns auf den Steinen stand ein Paar große, fremde Schuhe. Mein Herz klopfte wieder stärker, erst jetzt wurde mir wirklich klar, daß der Vater gekommen war.

„... Zum Teufel! Was soll ich denn machen?", ertönte endlich seine laute Stimme. „Ich habe doch immer wieder gesagt ... Aber was hast du denn überhaupt je verstanden ...!"

Seine Stimme zitterte und klang gepreßt. Er schien sich nur mit Mühe beherrschen zu können. Von der Mutter hörte man gar nichts.

„Als meine Mutter gestorben ist, bin ich doch in unser Dorf gekommen. Ich habe dir damals immer wieder gesagt, du sollst noch warten. ... Es hatte sich irgendwie ergeben, daß ich zwei Familien ernähren muß. Deshalb kann ich mich eben nicht um alles zugleich kümmern. ... Ich sagte doch, wir sollten uns noch etwas Zeit lassen, ... dann werden wir schon irgendeine Lösung finden. Wie oft habe ich dir das schon zu erklären versucht ...!"

Die Mutter sagte noch immer nichts.

„Aber was für einen verrückten Unsinn hast du jetzt gemacht! Du bist doch kein dreijähriges Kind mehr! Mein Gott! Ich weiß nicht mehr, was ich sagen soll ... Was hast du überhaupt vor? ... Ich bin noch immer dein Mann. Trotzdem, und ohne ein Wort zu sagen, hast du die Kinder hierher geschleppt! Bist du noch bei Verstand? ... Sag jetzt endlich was!!"

Die Mutter antwortete nicht. Nur Eunmae winselte dazwischen: „Mama ...Mama ..., Reis, Reis."

„Glaubst du, das ist ein Kinderspiel? Du weißt gar nicht, wo du überhaupt bist! Ohne einen Cent hast du sogar die Kinder hierher geschleppt ... Aber vielleicht hast du ja vor, die Kinder verhungern zu lassen!"

Plötzlich war die explodierende Stimme der Mutter zu hören, und Eunbun und ich wurden beide gleichzeitig aufgeschreckt. So wütend hatte sie noch nie mit dem Vater geredet:

„Was? Warum sollte ich sie verhungern lassen?? Hast du dich jemals um uns gekümmert?

Wenn du nur gekommen bist, um uns sowas zu sagen, dann geh doch einfach wieder! Was willst du hier noch, du hast uns doch im Stich gelassen!"

„Was ... was ...? Dieses dumme Ding will mir sagen ..."

„Was willst du? Wieder mit den Fäusten auf mich einschlagen? Tu das nur, mach doch, was du willst ...!"

„Mein Gott nochmal!", schrie der Vater.

„Ja, ja ... schlag mich doch tot, ich wäre auch am liebsten tot!", schrie die Mutter. „Ich dummes Ding, ich hatte noch nie einen Mann, du warst von Anfang an nie da. Und für die Kinder auch nicht. Die denken genauso, daß sie auf der ganzen weiten Welt keinen Vater mehr haben. Und wenn wir schon verhungern oder betteln müssen, dann haben wir uns entschlossen, gleich alleine zu leben ..."

„Jetzt reicht es mir aber!"

Der Vater war aufgesprungen und trat mit den Füßen auf sie hinunter. Eunbun stieß einen Schrei aus, rannte ins Zimmer und stellte sich zwischen die beiden.

„Hör auf! Mutter ... Mutter!"

Sie nahm die Mutter schützend in ihre Arme und weinte laut. Der Vater setzte sich wieder auf den Boden, drehte beiden den Rücken zu und zündete sich eine Zigarette an. Die Mutter schob Eunbuns Arme zur Seite und sagte, sie solle aufhören zu weinen.

„Ich schäme mich vor den Nachbarn. Aber das macht nichts. Keine Sorge. – Cheo!, komm bitte herein und verbeuge dich vor deinem Vater."

Wir zögerten beide, machten aber dann gezwungenermaßen eine tiefe Verbeugung vor dem Vater, der halb mit dem Rücken gegen uns auf dem Boden saß und an seiner Zigarette zog.

„Wir haben alle Hunger. Ich decke jetzt den Tisch", sagte die Mutter und ging in die Küche. Wir blieben zu viert im Zimmer zurück. Eine Weile lastete ein verlegenes Schweigen auf uns allen, und ich wünschte mir, Eunmae würde jetzt wieder mit ihrem Jammern nach Reis anfangen. Aber sie spielte gerade mit der Schnur, die um ihre Hüfte gebunden war, und starrte ohne Pause lächelnd auf den Vater.

„Gehst du schon in die neue Schule?"

„Ja", antwortete ich kurz und abweisend.

„Gefällt es dir dort?"

„Ja."

Das war meine ganze Unterhaltung, die ich mit dem Vater hatte, bis die Mutter das mit den Schüsseln gedeckte Eßtischchen hereintrug. Der Vater schob den Tisch von sich weg und sagte, er habe keinen Appetit.

„Eßt ihr nur."

„Das kann ich mir denken", sagte die Mutter. „Sie sind natürlich von dem Essen verwöhnt, das Sie von diesem jungen Flittchen kriegen …"

Er blickte sie wütend an, sagte aber nichts und wandte sich ab. Aber Eunbun und ich wurden gleich wieder von der Angst gepackt. Ging der Streit schon wieder los? Es war unglaublich, was sich die Mutter diesmal alles zu sagen traute. Ich schaute immer wieder heimlich in ihr erstarrtes Gesicht. Sie kam mir auf einmal ganz fremd vor, wie sie ruhig auf dem Boden saß und Eunmae mit Reis fütterte. Sie war nicht mehr wie früher, als sie seine Fußtritte mit einem leisen Stöhnen ertragen und dabei immer nur geweint hatte. An die Stelle ihrer Sanftmut war eine Art giftiger Kälte getreten, mit der sie nun auf den Vater reagierte. Beim Essen sagte niemand ein Wort. Ich leerte die Schüssel mit dem Reis, hatte dabei aber keinen Geschmack. Am Ende, als die Mutter mit der Fütterung Eunmaes fertig war, geschah, was wir schon geahnt hatten: Der Vater stand auf, wir standen ebenfalls auf und folgten ihm stumm auf die Diele hinaus. Als er seine Schuhe angezogen hatte, sagte er zu mir:

„Du kommst mit!"

Dann durchquerte er, ohne sich noch einmal umzudrehen, mit großen Schritten den Hof. Die Mutter blieb mit Eunbun vor der Diele stehen. Ich zögerte und drehte mich fragend zu ihnen um.

„Geh. Der Vater hat es gesagt."

Als ich aus dem Tor kam, stand er in der Gasse und erwartete mich. Wir gingen, ich immer einen Schritt hinter ihm, die Gasse entlang bis zu dem Platz und am Friseurladen vorbei. Ich hielt immer den Kopf gesenkt und schwieg, bis wir über dem Bahndamm waren. Dann kam das Chinesenviertel, und als wir bei einer Laterne vor der Schule ankamen, blieb er stehen und drehte sich um.

„Cheol, mein Sohn!"

Auch ich blieb zögernd stehen. Seine Stimme hörte sich kraftlos an.

„Nimm deinen Kopf hoch und schau mich an!"

Widerstrebend hob ich meinen Kopf und bemühte mich, in sein Gesicht zu blicken. Doch das Gesicht des Vaters, der vor der Straßenlaterne stand, sah völlig erloschen aus, so düster wie schwarzes Kohlepapier. Ja, das war es! Mein Vater hatte kein Gesicht, er war für mich nur mehr ein großer dunkler Schatten.

„Du kannst mich nicht leiden", sagte der große Schatten.

Ich blickte auf die Erde und kaute an meinen Fingernägeln. Undeutlich von unten sah ich, daß der Vater sich in Bewegung setzte, als wollte er gehen. Im nächsten Moment spürte ich etwas in meinem Nacken. Als ich merkte, daß es seine Hand war, zuckte ich erschrokken zusammen. Durch seine Hand, die sanft über meinen Nacken strich, spürte ich die Wärme seines Körpers. Am liebsten wollte ich seine Hand abschütteln. Tränen stiegen mir in die Augen, und tief aus der Brust des Vaters drang ein langer Seufzer.

„Es ist meine Schuld ..., ich ... ich tauge nichts ..."

Mit dem Handrücken wischte ich rasch meine Tränen ab. Ständig stieg mir etwas Heißes die Kehle hoch, als ob ich Feuer geschluckt hätte. Dann nahm er mich am Arm und zog mich in einen Laden vor der Schule. Er suchte ein Dutzend Bleistifte, einen Behälter für Bleistifte, ein paar Hefte und eine Schreibunterlage zusammen und drückte mir alles in die Hand.

„Bitte, nimm das und lerne fleißig. Und gehorche den Lehrern. Hast du verstanden?"

Ich nickte nur.

„Und das Geld hier gibst du deiner Mutter. Ich kann in der nächsten Zeit nicht kommen. In ein paar Tagen gehe ich auf ein Schiff, diesmal dauert es einige Monate. Sag das auch der Mutter. ... Und jetzt geh bitte nach Hause."

Dabei gab er mir einen Briefumschlag mit Geld. Vor dem Laden verabschiedeten wir uns, er drehte sich um und ging mit großen Schritten in Richtung Stadt. Ich rannte nach Hause, und in meiner

Kehle brannte es immer noch wie Feuer. Erst auf dem Bahnübergang drehte ich mich keuchend um: Die Hauptstraße, die am Chinesenviertel vorbeiführte, lag in tiefer Dunkelheit. Der Vater war verschwunden. Wieder liefen die Tränen, während ich mit letzter Kraft unser Haus erreichte.

Die Mutter arbeitete in jener Nacht noch lange an der Nähmaschine. Mit unbewegtem Gesicht und fest geschlossenen Lippen konzentrierte sie sich ausschließlich auf ihre Stiche, einen nach dem anderen ... Ich wußte nicht, wie lange das ging, und irrte inzwischen in meinen Träumen umher, bis ich erwachte. Ich bemerkte die brennende Lampe und hörte das leise Schluchzen der Mutter. Als ich den Kopf hob, sah ich auf ihren mageren Rücken, sie hatte ihre Stirn auf die Nähmaschine gelegt. Ich wollte sofort aufstehen, aber die Hand von Eunbun suchte meine Hand unter der Decke und legte sie sacht darauf, um mich zurückzuhalten. Sie hatte zu viel geweint in dieser Nacht und konnte nur noch mit einer näselnden Stimme flüstern:

„Ich ... ich gehe ins Kloster und werde Nonne ... wirklich, das tue ich ..."

Wortlos zog ich die Decke an mich und drehte mich um.

9 Der Traum vom Pinguin

Es war ein Sonntagnachmittag. Ich saß auf dem *Pyeongsang* im Schatten des großen Kakibaums, der im Nachbargrundstück stand. Unser *Pyeongsang* stand immer in diesem Winkel des Hofes, und er war schon so alt, daß er knirschte und ächzte, als müßte er jeden Augenblick zusammenbrechen. Zwischen Haufen von herabgefallenen Blättern vor der Mauer lagen ein paar Kakis auf der Erde. Ich hob eine Frucht auf und biß hinein. Es war aber ein Wurm drin, und ich mußte sie sofort wieder wegwerfen. An dem alten Kakibaum im Hof des Vizedirektors war nur die gewaltige Größe bemerkenswert. Sonst war er nichts wert. Er sah gut aus, und die Zweige hingen voller Früchte. Aber wenn man eine Frucht öffnete, war sie voller Kerne, und überhaupt waren es einfach minderwertige, ja eigentlich ungenießbare Kakifrüchte.

„Verdammt! Schon wieder so eine verdorbene Kaki." Und ich mußte auch den Speichelrest, der damit in Berührung gekommen war, in hohem Bogen ausspucken. Dann sammelte ich ein paar Kakis vom Boden auf, um eine nach der anderen mit vollem Schwung gegen die Mauer zu werfen, daß sie auseinanderspritzten. Doch recht bald verlor ich die Lust daran. Ich wischte mit einer Hand den ziemlich groben Staub von dem *Pyeongsang* und legte mich auf den Rücken. An den Zweigen über meinem Kopf reiften weitere Kakis. Viele Blätter an dem üppig belaubten Baum waren innerhalb weniger Tage bereits gelblich geworden. Überall hatte sich das Laub herbstlich zu färben begonnen, aber über den bunten Blättern war hoch oben der blaue Himmel zu sehen. Der klare Herbsthimmel war so tiefblau, daß die Augen von der unendlich scheinenden Weite geblendet wurden. Während ich zu den dünnen Federwolken in die hohe Himmelsbläue hinaufschaute, liefen mir unwillkürlich Tränen über die Wangen.

Ich lag auch deshalb besonders gerne im Herbst auf dem *Pyeongsang*, weil mir die bunten Blätter über mir und dazwischen die gelben, reifen Kakifrüchte so gut gefielen. Am liebsten hatte ich aber den hohen blauen Himmel, in dessen weite Ferne ich durch die belaubten Zweige hindurch hinaufschauen konnte. Wenn ich so auf dem ächzenden *Pyeongsang* auf dem Rücken liegend alles nur von unten nach oben sah, kam es mir bald so vor, als ob ich mit meinem ganzen Körper in der Luft schwebte. Dann schloß ich die Augen und begann zu pfeifen. Ich pfiff gerne, wenn ich alleine war, obwohl ich eigentlich gar nicht gut pfeifen konnte. Vielleicht lag es an der Lücke zwischen meinen Vorderzähnen, daß da oft mehr Luft herauskam als ein Pfeifton.

„Puh! Meine Güte! Die schmecken aber verdammt herb."

Eunbun hatte sich neben mich gesetzt und spuckte einen Bissen von der Kaki aus, die sie sich in den Mund gesteckt hatte. Sie war soeben mit dem Abwaschen in der Küche fertig geworden. Sonst hörte ich nur noch das Geräusch der laufenden Nähmaschine unserer Mutter aus dem Zimmer. Eunmae war wohl gerade eingeschlafen.

„Ist das ein Comic-Buch?"

Ich war aufgesprungen, als ich sah, daß Eunbun ein Buch in der Hand hatte. Aber ich wurde gleich enttäuscht.

„Statt zu lernen, hast du nur Comics im Kopf", sagte sie tadelnd. „Wenn du so weitermachst, werde ich das Mutter sagen."

„Wann soll ich denn Comics gelesen haben?"

„Meinst du, ich weiß nicht, daß du in diesem Comic-Laden aus und eingehst? Und wo hast du überhaupt das Geld her?"

„Ach nein, ich habe sie mir nur ein paarmal anschreiben lassen, wirklich ..."

„Was? Als kleiner Junge läßt du schon anschreiben? Das ist ja schrecklich! Du hast das Geld aus meiner Sparbüchse genommen. Ich weiß das schon lange. Trotzdem habe ich so getan, als wüßte ich es nicht. Aber wenn du das nochmal machst, sage ich es der Mutter."

„Aigu! Deine Sparbüchse, die taugt doch nichts. Da sind doch immer nur ein paar *Won*-Stücke drin. Damit kannst du mich nicht einschüchtern ..."

Darauf hielt ich aber erschrocken den Mund, denn ich hatte mir tatsächlich schon mehrmals ein paar Münzen aus diesem billigen Sparschwein aus Plastik herausgenommen ... Aber vor allem hatte die Mutter noch keine Ahnung, daß ich auch die Schublade ihrer Nähmaschine durchsuchte ...

Die Schwester drängte mich zur Seite und legte sich auf den Bauch, um in ihrem Buch zu lesen. Es war klar, was für ein Buch das war. Es hatte keinen Einbanddeckel mehr, und sie hatte es etwa eine Woche zuvor mit nach Hause gebracht. Der Chef der Firma, in der sie arbeitete, wollte es in den Mülleimer werfen. Eunbun war stolz auf dieses Buch voller Mehlflecken, in dem einige Seiten eingerissen waren, als hätte sie damit einen besonders wertvollen Fund gemacht. Es handelte sich um ein Tier-Bilderbuch, das für die unteren Klassen der Grundschule geeignet gewesen wäre. Derart uninteressantes Zeug las sie in ihrer freien Zeit.

„Pah! Liest du schon wieder so unwichtige Sachen!"

„Nein, das ist interessant. Ich habe noch nie etwas von einem Pinguin gehört. Dabei ist es doch wirklich seltsam, daß ein Vogel mitten auf dem Eis leben kann. Sehr rätselhaft."

„Aber ich habe es dir doch schon ein paarmal gesagt: Ein Pinguin ist kein Vogel. Weißt du nicht einmal das?"

„Das kann nicht stimmen. Schau doch nur, hier: Er hat doch Flügel. Und er soll kein Vogel sein?"

Wieder beharrte sie darauf, daß der Pinguin ein Vogel sei. Ich versuchte wieder zu pfeifen. Irgendwoher wehte jetzt ein Wind, über unseren Köpfen raschelte das Laub. Aber der blaue Himmel darüber war wie leergefegt, und wenn ich zu ihm hochsah, schwankte er wellenartig hin und her.

Rororo … dok! Wieder war eine wurmstichige Kaki nebenan über das Zinkblechdach gerollt und auf die Erde gefallen. Da plötzlich kam mir der Vater an jenem Abend in den Sinn: ‚Cheol, ich weiß, du kannst mich nicht leiden, auch wenn du es nicht sagst …' Während er einen Seufzer ausstieß, sah ich wieder diesen düsteren Schatten auf der Stirn des Vaters. Ich schloß die Augen und versuchte, noch lauter zu pfeifen.

„Der Kaiserpinguin ist für mich das größte Rätsel. Warum legt er ausgerechnet im kältesten Winter seine Eier, und den warmen Frühling vermeidet er? Menschen erfrieren am Südpol sofort, weißt du das?", sagte Eunbun. Den Text auf der Seite, die sie gerade las, kannte ich bereits auswendig mit geschlossenen Augen:

„… wenn kleine Eisblöcke auf dem Meer vorübertreiben, geht der Sommer am Südpol allmählich zu Ende. Ab Ende Mai herrscht dann der Winter erbarmungslos, und es wird auch nicht mehr heller Tag. Doch während die anderen Pinguine sich in die etwas weiter nördlich gelegenen Gegenden des Meeres zurückziehen, macht sich der Kaiserpinguin bereit, auf dem kältesten Eis des Südpols seine Eier zu legen. Das Weibchen legt aber nur ein Ei, und während es sich dann auf die Suche nach Futter macht, beschützt das Männchen das Ei zwischen den Falten seines Bauches und brütet es mit seiner Körperwärme aus, während um ihn herum minus 30 Grad Kälte herrschen …"

Ich drehte mich um und legte mich auf den Bauch. Das Kinn auf die Hand gestützt, versuchte ich, verstohlen von der Seite im Buch meiner Schwester mitzulesen. Ich sah ein Foto, auf dem unzählige Kaiserpinguine in Gruppen auf der leeren und endlos weiten Eisfläche stehen. Sie stehen dort auf zwei Beinen und in gebückter Haltung, wie Menschen, die sich gerade aufmachen, in Reih' und Glied irgendwohin zu marschieren.

„Ach, ist das nicht sonderbar? Warum brütet das Männchen das Ei? Während das Weibchen Futter sucht, muß das Männchen an ein und derselben Stelle stehenbleiben, ohne etwas fressen zu können ... Wie kalt müssen die Füße des Pinguinmännchens sein! Der arme Mann! Cheol, schau dir dieses Bild an!"

Ganz ergriffen zeigte sie immer wieder auf dieses Foto, auf dem ein Pinguinmännchen aufrecht und allein auf der weiten Eisfläche steht. Er hat sein kleines Pinguinbaby vor sich auf seine Füße gestellt und blickt in die Runde.

„... Nach etwa zwei Monaten schlüpft das Junge, in aschgraue Flaumfedern gehüllt, aus dem Ei. Das Männchen hat das Junge statt auf das Eis auf seine Füße gestellt und steht gegen den Wind, um es vor der fürchterlichen Kälte zu schützen ..."

Kopf an Kopf nebeneinader auf dem Bauch liegend, starrten wir beide, Eunbun und ich, auf die Pinguinfamilie. Warum Eunbun gerade nur von diesem Foto so gerührt war, wußte ich nicht. Aber auch ich mochte das Bild. Der kleine Pinguin, wie er in seinem dichten Federkleid auf den Füßen seines Vaters stand, machte einen glücklichen und zufriedenen Eindruck. Dennoch, wenn ich das Foto betrachtete, fühlte ich plötzlich einen Stich in meinem Herzen. ‚In der nächsten Zeit kann ich nicht mehr zu euch kommen. In ein paar Tagen muß ich aufs Schiff. Und diesmal kann es mehrere Monate dauern ...' In der abendlichen Dunkelheit hatte seine Stimme leise und schwermütig geklungen, und sein Gesicht vor dem Licht der Laterne hatte schwarz ausgesehen wie ein Stück Holzkohle. Er war ein Schatten. So war das. Der Vater hatte kein Gesicht und keine Gestalt und war nichts als ein Schatten. Ich legte mich wieder auf den Rücken und pfiff.

„Aua!" – Eunbun schrie plötzlich auf und schüttelte die Hand, um die ein dichter Verband gewickelt war. Manchmal hatte sie Schmerzen. Mit leidendem Gesicht hauchte sie auf ihre verbundene Hand und murmelte besorgt:

„Ich fürchte, die Wunde fängt an zu eitern. Und wenn sie geheilt ist, bleibt wahrscheinlich eine Narbe zurück. Was mache ich nur ...?"

Ein paar Tage zuvor hatte sie sich in der Fabrik die Hand verbrannt. Sie erzählte, sie habe nicht aufgepaßt und war mit ihrer Hand in einen kochendheißen Sirup geraten. Gegen Mittag war sie aufgeregt mit ihrer verbrühten Hand nach Hause gerannt, und die Mutter legte die Hand in eine Schüssel mit *Soju**, um die Schwellung zu entwässern. Und wenn Frau Sergeantin Kang nicht zufällig zu Hause gewesen wäre, hätte die Mutter Eunbuns Handrücken auch noch mit Sojapaste eingerieben. Sie hatte die weiße Kruste, die sich auf der Sojapaste im

Krug bildet, schon immer für ein Allheilmittel gehalten, und deshalb hatte sie auch diesmal einen Löffel mit Sojapaste geholt und wollte gerade die Wunde damit bestreichen, als Frau Kang auftauchte und erschrocken die Mutter davon abhielt.

„Mein Gott, Sie wollen doch Ihre unschuldige Tochter nicht zum Krüppel machen! Wenn Sie Sojapaste auf die Wunde streichen, wimmelt es dort bald von Maden! Gehen Sie mal weg!"

Frau Kang trat mit energischen Schritten auf Mutter zu und drängte sie zur Seite. Dann holte sie aus ihrem Zimmer einen viereckigen Medizinkasten, in dem alle die wunderbaren Dinge drin waren wie Jodtinktur und Desinfektionsmittel, Verbandszeug, Pflaster, Schere, eine Pinzette usw.

„Ich weiß nicht, wie ich Ihnen danken soll", sagte die Mutter.

„Ach, keine Ursache. Als ich bei der Armee war, habe ich immer wieder solche eitrigen Wunden behandelt. Ich kann das mit geschlossenen Augen."

Und tatsächlich, wie eine Sanitäterin trug sie Salbe auf die Wunde und wickelte mit sehr geschickten Händen den Verband erneut um die verletzte Hand meiner Schwester. Ich sah nach alledem nur mit Bewunderung und großem Respekt zu ihr auf.

‚Die Gesetzlose der Wildnis', ‚Clint Eastwood' oder ‚Chef des Einsatzkommandos', das waren die Spottnamen, die die Kinder unseres Viertels ihr gegeben hatten. Und tatsächlich waren sie sehr passend. Der Western *Der Gesetzlose der Wildnis** war damals in aller Munde, jedes Kind wollte so sein wie Clint Eastwood, der Hauptdarsteller in dem Film: die fest geschlossenen Lippen, die Augen bis auf einen Spalt zugedrückt, der schmale Blick verächtlich und höhnisch auf den Gegner gerichtet, und dabei das maliziöse Lächeln um den Mund … Hätte sich Frau Kang dazu noch so eine merkwürdige Zigarre wie eine *Kimbap*-Rolle* in den Mund gesteckt und wäre sie anstatt ihres alten Fahrrads, auf dem sie immer vorbeifuhr, auf einem echten Wildpferd geritten, man hätte sie ohne weiteres für Clint Eastwood halten können.

„Eunbun! Du brauchst nicht mehr in die Süßwarenfabrik zu gehen", sagte die Mutter am Abend jenes Tages. „Da machst du Tag für Tag harte Knochenarbeit und verdienst doch nicht einmal so viel, daß man zwei Briketts dafür kaufen kann. Eher arbeitest du dich dort noch zum Krüppel."

„Ja, aber was soll ich dann zu Hause machen?"

„Möchtest du nicht ein Handwerk lernen? Schneidern oder den Beruf einer Friseurin? Man sollte heutzutage eine anständige Berufsausbildung haben. Davon kann man später gut leben. Im Moment geht es nicht so gut, aber mit der Zeit werde ich auch genügend Aufträge zum Nähen bekommen. Dann kann ich dich in einen dieser Lehrkurse* schicken.

„Wirklich? Wann denn?"

„Gedulden wir uns noch ein bißchen", meinte die Mutter mit unsicherem Blick.

Seitdem vertrödelte Eunbun ihre Zeit zu Hause. Das Versprechen der Mutter, sie in einen Lehrkurs in der Abendschule zu schicken, ließ sich natürlich nicht so bald wahrmachen. Deshalb dachte Eunbun insgeheim, sobald die Hand geheilt sein würde, werde sie eben wieder in die Fabrik gehen. –

Wieder rollte eine Kakifrucht über das Blechdach und fiel diesmal in unser Blumenbeet. Während ich zur Sonne hinaufschaute, deren Strahlen sich zwischen den Ästen brachen, richtete ich eine vorsichtige Frage an Eunbun:

„Schwester ..., kennst du eigentlich dieses Haus?"

„Welches Haus?"

„Na, das Haus, in dem der Vater wohnt ..."

„Woher soll ich das kennen? Pah! Verdammt. Wenn ich diese schlaue Pute einmal treffen sollte, kann sie was erleben! Diese Hure!"

Während Eunbun auf sie schimpfte, knirschte sie wütend mit den Zähnen.

„Aber gesehen hast du die Frau noch nicht?"

„Doch, ich habe sie mit beiden Augen gesehen."

„Wann?" Und ich drehte mich gespannt zur Seite.

„Als ich gerade neun Jahre alt war, besuchte die Mutter mit mir zusammen den Vater in Mokpo. Du warst damals noch sehr klein, deshalb hast du nichts davon mitbekommen. Vater hat damals dort am Kai in einem Haus aus roten Ziegeln mit ihr sogar einen eigenen Haushalt gegründet."

„Und hast du dann auch ihr Gesicht gesehen? Ist sie hübsch?"

„Das weiß ich nicht. Mutter ließ mich draußen vor dem Hoftor warten. Ich habe sie nur einmal flüchtig von hinten gesehen, und sie sah eben wie eine Nutte aus. Angezogen wie eine *Gisaeng*, und ihre Lippen hatte sie sich feuerrot angemalt. Vor der Diele sah ich die Halbschuhe von Vater."

„*Tschii* ... Woher weißt du, wie sie sich angemalt hatte? Du hast doch eben gesagt, du hast sie nur von hinten gesehen?"

„Trotzdem, ich weiß es eben ..., Mutter hat es gesagt. Die Frau ist eine Nutte."

Dann schimpfte die Schwester weiter und knirschte dazwischen mit den Zähnen. Daß sie diese Frau einmal gesehen hatte, hörte ich zum erstenmal. Aber vielleicht hatte sie es auch einfach erfunden. Seltsamerweise getraute sich die Mutter niemals, vor uns von Vater und dieser Frau zu reden. Doch ich hatte die Vermutung schon lange gehabt: das Murren der Großmutter, das mit Seufzern vermischt war, deutete darauf hin; dann das Tuscheln der Dorffrauen, und ab und zu erzählten mir auch die anderen Kinder auf der Insel etwas vom Klatsch der Erwachsenen weiter. Als ich noch zu klein war, um das alles zu begreifen, war der Vater für mich schon immer etwas Fremdes und Peinliches gewesen. Als Mechaniker auf einem Fischerboot verbrachte er regelmäßig mehr als ein halbes Jahr auf hoher See. Und auch dann kam er nur gelegentlich für ein paar Tage auf Besuch in unser Heimatdorf. Ein Foto von ihm aus seiner Jugend, das bei Großmutter an der Wand hing, war mir deshalb viel vertrauter als sein richtiges Gesicht. Aber ich dachte, bei einem Seemann ist das eben so. Als ich dann in die Grundschule ging, erfuhr ich im allgemeinen etwas darüber, warum das so war. Man sagte, der Vater lebe schon seit etwa zehn Jahren mit einer anderen Frau in einem eigenen Haushalt. Vielleicht war das schon so, als ich noch im Bauch der Mutter war … Schließlich erfuhr ich von der Großmutter, daß ich noch zwei Halbbrüder hatte, die der Vater mit diesem Flittchen bekommen hatte, und als er an dem Tag, bevor sie starb, nach Hause kam, weil er davon erfahren hatte, war fast wieder ein halbes Jahr nach seinem letzten Besuch vergangen. Die Großmutter brachte kaum ein Wort heraus, als sie sich noch ein letztes Mal bitter beklagte:

„Verdammter Kerl! Warum bist du alleine gekommen? Bevor ich sterbe, hätte ich gerne noch meine Enkelsöhne gesehen …"

Ein welkes, tiefrot gefärbtes Blatt fiel mir auf die Nase.

Aber wie hatte sie nun ausgesehen, die Frau, die uns den Vater weggenommen hat? Ich stellte mir eine Frau mit einem weiß gepuderten Gesicht vor, weiß wie die Schale eines Hühnereis. Schön, die Lippen feuerrot angemalt, hängt sie am Arm des Vaters und lacht übermütig. ‚Cheol, du magst mich nicht', fragte mich der schwarze Schatten wieder, in dem die Form und die Züge des Gesichts von Vater erloschen waren.

Wütend zerfetzte ich das welke Blatt und warf es beiseite. Aber warum hat der Vater uns im Stich gelassen? Ich suchte angestrengt nach Gründen. Vielleicht wegen des großen Hautflecks am Mundwinkel der Mutter, in dieser dunkelvioletten Farbe wie Brei aus Mungobohnen oder wie die Haut von Auberginen, in der Größe eines

Löffels? Ist wegen dieses unansehnlichen Flecks in ihrem Gesicht die Liebe verschwunden? Mich jedenfalls machte es immer wahnsinnig, wenn mich die Kinder deswegen auslachten. Oder war es wegen Eunmae? Diese blöde Eunmae. Am liebsten sollte sie in einer Wasserpfütze ertrinken. Nein – vielleicht war es meinetwegen? Mutter sagte ohnehin oft, daß ein böser Teufel in mich gefahren sei. Wieder spürte ich einen Stich im Herzen.

„Schwester ...: Vielleicht braucht der Vater uns einfach nicht mehr?"

„Ich möchte nichts mehr davon hören! Für mich existiert Vater nicht mehr, und für Mutter auch nicht. Und für dich und für Eunmae auch nicht."

„Aber der Vater lebt doch?"

„Was soll das für ein Vater sein? Wenn er lebt, dann braucht man einen solchen Vater nicht. Alle sind sie Diebe! Alle Männer sind Diebe! Wilde Tiere sind sie. Alle."

Meine Schwester war voller Wut. Sie redete jetzt ebenso wie die Dorffrauen, die immer solche Sachen gesagt hatten. Wieder fiel eine Kaki herunter. Stumm blickten wir, auf unserem *Pyeongsang* auf dem Rücken liegend, eine Zeitlang zum Himmel hinauf. Das Geräusch der Nähmaschine hatte einen Augenblick aufgehört, vielleicht hatte sich der Faden verwickelt.

„Ich, ich werde niemals heiraten ... wirklich."

Ich sagte nichts darauf.

„Ich werde später Nonne werden. Ich habe mich entschieden. Wirklich ..."

Sie flüsterte, und ihre Stimme klang verträumt.

„Du mußt das vor Mutter unbedingt geheimhalten. Ich habe es nur meiner Freundin Misun versprochen."

Nonne wollte sie werden. Schwester Eunbun ... Ich stellte mir vor: Eunbun von Kopf bis Fuß in so ein langes, schwarzes, auf dem Boden streifendes Kleid gehüllt, mit leicht geneigtem Kopf, geräuschlos wie ein Schatten. Auf dem Hügel in der Nähe der großen Kreuzung, von der fünf Straßen abgehen, befand sich eine kleine katholische Kirche.

„Du wirst sehen! Ich werde Nonne. Ganz bestimmt ..."

Träumerisch sagte sie diese Worte immer wieder. Noch eine Kaki fiel auf den Boden.

10 *Neuland*. Ein Friseursalon für Männer

Der verspätetet angekommene Brief des Onkels aus unserem Heimatdorf auf der Insel lautete: Die mit meinem Schulwechsel zusammenhängenden Formalitäten seien erledigt. Mein Übertritt in die neue Grundschule müsse nur noch formell angemeldet werden.

Als die Mutter meine Haare ansah, die buschig durcheinanderwuchsen und wie die stachlige Schale einer Eßkastanie aussahen, befahl sie:

„Heute ist es zu spät dazu. Wir gehen morgen in die Schule, und zuvor mußt du zum Friseur und dir die Haare schneiden lassen."

Auf die Nachricht hin, daß ich endlich wieder in die Schule gehen konnte, schlug mir das Herz vor Aufregung. Am Nachmittag brachte mich die Mutter zu dem Friseursalon des Herrn Ahn, der den Namen *Neuland* auf dem Schild trug. Ahn war gerade dabei, sein Hämatom um sein geschwollenes Auge mit einem Hühnerei zu massieren, erhob sich halb von seinem Stuhl, als er uns gesehen hatte, und rief: „Guten Tag! Aha, die neue Nachbarin!"

„Bitte schneiden sie meinem Sohn hier die Haare."

„Wird gemacht. Aber o je, wie siehst du denn aus? Du hast ja eine Frisur wie ein Partisan. – Setz dich."

Der dicke Herr Ahn legte das Hühnerei auf ein Regalbrett, nahm ein Handtuch und schlug damit kurz auf die Sitzfläche des Friseurstuhls. Dabei grinste er verlegen. Sein Gesicht war grausam verunstaltet, ein Auge war ganz blau und geschwollen, als ob ihm eine glänzende Aubergine in der Größe einer Kinderfaust neben der Nase säße. Ich mußte lachen, ich wußte, es waren die Spuren des fürchterlich lauten Streits in der vergangenen Nacht.

Aber Herr Ahn war wie immer gut gelaunt und strahlte mich an.

„Soll ich ihm einen *High collar*-Schnitt machen?", fragte er die Mutter.

„Nein, nein, einfach nur alles kurz schneiden. Ich weiß gar nicht, warum das Haar meines Sohnes so schnell wächst. Er hat es sich erst vor zwei Monaten schneiden lassen, und schon wieder ist es so gewachsen."

„Na ja, für zwei Monate ist das nicht sehr viel. Aber wir Friseure müssen auch leben!"

Er lachte, und dabei schrumpfte seine blaue Beule unter dem Auge ganz lustig zusammen. Ich zog meinen Kopf ein, um das Lachen zu unterdrücken. Mutter gab ihm schließlich das Geld für das Haareschneiden.

„Sobald du hier fertig bist, gehst du gleich nach Hause. Und paß gut auf, daß Eunmae das Zimmer nicht verlassen kann. Hörst du?"

Darauf verschwand sie eilig mit einem Bündel *Hanbok*-Kleidern im Arm, die sie in den Laden zurückbringen wollte.

Nachdem Ahn mir das Handtuch um den Hals gelegt hatte, begann er, ein großes Rasiermesser kräftig an einem herabhängenden Lederband zu reiben.

„Du kannst jetzt wieder in die Schule gehen?"

„Ja."

„Das ist gut. Alle anderen Kinder gehen in die Schule. Wenn man an einem Tag wie dem anderen zu Hause sitzt, bleibt man sofort zurück. Auch das Lernen hat eben seine Zeit. Wenn man diese Zeit versäumt, bleibt man sein ganzes Leben lang ein armer Schlucker. Was die Erwachsenen sagen, ist nicht verkehrt: Merk dir das gut!", sagte Ahn.

Währenddessen mußte ich dauernd heimlich zu seinem blauen Auge hinaufschauen und hatte Mühe, mein Lachen zu unterdrücken. Er blies immer wieder auf seinen Scherkopf und rief laut, als er meine Kopfhaut betrachtet hatte:

„*Aigu!* Dein Kopf ist ja voller Narben, alles voller Grind."

Mir wurde es heiß vor Scham. Meine Kopfhaut war wirklich durch Spuren von alten Verletzungen verunstaltet. In unserem Inseldorf gab es keinen Friseur. Es kam nur ab und zu ein alter Wanderfriseur vorbei, von dem wir uns das Haar schneiden ließen. Bezahlt wurde er mit Naturalien, mit Gerste, Bohnen, grünen Mungobohnen, Seetang usw. Wahrscheinlich kamen die grindigen Köpfe fast aller Kinder damals von dem schadhaften Scherapparat, den der Alte benutzte.

„Wenn das so bleibt, bekommst du noch eine Glatze. Reibst du deinen Kopf nicht mit Salbe ein?"

„Doch, meine Mutter schmiert Öl darauf."

„Was für Öl? Meinst du Petroleum oder Benzin?"

„Nein. Das Öl, mit dem sie die Nähmaschine einfettet."

„Du lieber Gott! Seit ich Ohren zum Hören habe, höre ich das zum ersten Mal, daß man Nähmaschinenöl auf die Kopfhaut schmiert. Sag deiner Mutter, sie soll eine Salbe in der Apotheke kaufen. Nein, wie du aussiehst! Das ist ja schrecklich! Du bist doch kein kleines Kind mehr. Oh Gott, deinetwegen muß ich nachher wieder meinen Scherkopf mit kochendem Wasser reinigen. *Tschii …*", schnalzte er kopfschüttelnd, und dabei brummte er und verzog die Nase, als würde er einen ekelerregenden Gegenstand anfassen. Die Schamröte brannte mir bis zu den Ohrläppchen. Dann fing er an, meine Haare mit seinem Scherapparat vom Hinterkopf aus zu schneiden.

„Aaaah!" Ich schrie vor Schmerzen. Ich fürchtete, er reißt mir alle Haare aus. Ich sah Sterne, und es lief mir kalt den Rücken hinunter.

„He, du übertreibst. Beherrsche dich ein bißchen, du bist doch ein Mann!"

Dabei gab er mir einen leichten Klaps auf den Kopf und fuhr mit dem Scheren fort. Doch ich konnte nicht anders und mußte weiter schreien.

„Au, Auah!" Ich hatte Tränen in den Augen, mein ganzer Körper zitterte, und ich konnte nichts dagegen machen. Ans Haarschneiden selbst dachte ich gar nicht mehr. Alle meine Nerven konzentrierten sich nur angstvoll auf die Spitzen des Scherapparats, als sich plötzlich geräuschvoll die Ladentür öffnete und der Mann aus dem Comic-Laden hereinkam.

„Mein Gott – schneiden Sie ihm das Haar oder wollen Sie das Kind zu Tode quälen? Aber Ahn, der alte Apparat, das ist doch schon eine Antiquität. Den sollten Sie endlich wegwerfen und einen neuen kaufen!"

„Ach was, so alt ist der noch nicht. Es ist noch nicht lange her, daß ich ihn gekauft habe."

„Aber warum sieht das dann so aus, als wollten Sie den Leuten damit die Kopfhaut abziehen? Um Gotteswillen, was ist denn mit Ihrem Auge passiert?"

Der Comic-Mann schaute sein Gesicht genauer an und hielt seinen Bauch vor schallendem Gelächter. Ahn zwinkerte derweil mit seinen verschwollenen Augen und machte ein zorniges Gesicht.

„*Aigu!* Schau sich einer dieses Auge an! Hahahahaha!"

„Du hast wohl Rattengift gefressen. Was gibt es da zu lachen. Ich werde noch vor Wut sterben ..."

„Ich war zwar nicht dabei", lachte der Comic-Mann, „aber ich kann mir sehr gut vorstellen, woher das kommt. Heute Nacht soll es bei Ihnen ja wieder einmal ein richtiges Handgemenge gegeben haben, das hört man schon überall, es ist in aller Munde. Oje, da haben Sie ja tüchtig etwas abgekriegt von dem *Gesetzlosen der Wildnis* bei Ihnen zu Hause."

„Ach, halt doch das Maul!"

„Was habe ich Ihnen gesagt? Sie sollten endlich damit aufhören, wie ein Blöder hinter diesen Mädchen herzurennen. Sonst werden Sie eben von Ihrer Frau zur Rechenschaft gezogen!"

„Verdammt! Ich hatte eben Pech. Dieses Weib, sie heißt Kim und arbeitet in dem Kaffeehaus *Seoul*, sie hat viel Lärm gemacht, daß sie gestern einen freien Tag hat und mit mir ins Kino gehen will und so. Wir waren dann im *Gyerim*-Kino. Und ausgerechnet an diesem Abend mußte die Nachtschicht meiner Frau gestrichen werden! Verflucht nochmal!"

„Aber wenn Sie nach dem Kino gleich nach Hause gegangen wären, wäre trotzdem nichts passiert."

„Ach, wir hatten doch diese *Double feature*-Karte, eine Eintrittskarte für zwei Filme nacheinander. Sie hat mich herumgekriegt, daß wir uns beide Vorstellungen angeschaut haben."

„Haben Sie mit ihr wenigstens Spaß gehabt?"

„Ach, hör auf damit. Ich habe nur das Geld für das Kino und dazu noch für eine doppelte Portion von dem Nudelgericht verschwendet."

„Das geschieht Ihnen ganz recht. Was haben Sie neulich gesagt: Wenn ein Mann sich von seiner eigenen Frau beherrschen läßt, soll er sich lieber seine Eier abschneiden lassen und sie einem Hündchen zum Fraß vorwerfen. Bei Ihren großen Worten habe ich schon so etwas geahnt ... *hahaha*."

„Ach was, hör doch auf!"

Ahn mußte jetzt auch selbst lachen. Während ich in dem großen Spiegel den beiden bei ihrem Gequatsche zuschaute, mußte ich mich anstrengen, nicht auch noch laut zu lachen. Der Dicke wechselte eine Schere an seinem Apparat und schnitt weiter an meinem Haar herum. Wieder hatte ich das Gefühl, meine Haare würden mir herausgerissen, aber es ging ein wenig besser als zuvor. Dann klappte er die Rückenlehne nach hinten, um mich im Liegen zu rasieren. Dabei hatte ich sein blaues Auge direkt über mir vor der Nase. Meine Verlegenheit wurde noch größer, und es fiel mir nur noch schwerer, ein Lachen zu unterdrücken.

„Aber was ich gar nicht verstehen kann", fuhr der Comic-Mann in ihrer Unterhaltung fort:

„Warum nur haben Sie Ihre Frau, ich meine die Sergeantin Kang, überhaupt geheiratet? Sie waren doch der unterste Rang und dazu noch ein ganz unbedeutender Soldatenfriseur. Wie haben Sie es überhaupt geschafft, die himmelweit über Ihnen stehende Unteroffizierin zu verführen?"

„Du hast eben keine Ahnung. Jetzt sehe ich nicht mehr so aus. Aber als ich bei der Armee war, hatte ich viel Erfolg bei den Frauen. Ich hatte einen Körper, so schön und schlank wie Shin Seongil! Ich bin es doch, der dabei der Verlierer ist."

„Das glaube ich nicht. Haben Sie mir nicht einmal erzählt, als Sie wegen einer Bruchoperation in einem Militärhospital lagen, hätten sie über hundert Briefe an Ihre Frau geschickt, die ein Untergebener von Ihnen an Ihrer Stelle für Sie geschrieben hat? Da haben Sie also Unsinn geredet."

„Pah! Was du sagst, ist Unsinn. Ich habe damals nur aus Langeweile ein kleines Spielchen getrieben. Diese Kang Malsun hat mich gebissen. Andernfalls hätte sich mein Schicksal um 180 Grad gedreht. Ich habe es dir schon einmal erzählt: Der Cousin des gemeinen Soldaten, der mir damals unterstellt war, war der Premierminister der Republik. Sobald ich aus dem Militärdienst entlassen worden wäre, hätte ich vorgehabt, meinen Untergebenen zu veranlassen, er solle mich mit seinem Cousin bekannt machen, damit dieser mir eine Stelle als Beamter des 5. Grades* verschaffen sollte ..."

„Ja ja, das höre ich jetzt bestimmt schon zum neunundneunzigsten Mal. Beim letzten Mal haben Sie gesagt, Ihr Untergebener sei der Schwager des Vizepräsidenten einer Partei gewesen ..."

„Ach, das war ein anderer."

„Meine Güte, die Ihnen unterstellten Soldaten waren ja alle mit mächtigen Figuren in der Republik Korea verwandt."

Jetzt wurde draußen zweimal gehupt. Im Spiegel sah ich flüchtig einen großen Jeep, der gerade an dem Friseurladen vorbeifuhr. Daß sich so ein Auto bis in unser Viertel verirrte, kam selten vor.

„Was ist das für ein Jeep da draußen?", fragte der Comic-Mann, der sich aufgerichtet hatte und zum Fenster hinausschaute. „Seit gestern fährt er hier ständig herein und heraus."

„Hast du es noch nicht gehört: Auf dem Grundstück, auf dem früher das Haus mit dem Granatapfelbaum stand, soll ein zweistöckiges Haus im westlichen Stil gebaut werden. Es scheint so, daß sie schon damit angefangen haben. Der Jeep soll dem Hausbesitzer gehören."

„Warum will so ein reicher Mann in einem so rückständigen Viertel ein Haus bauen?"

„Weiß ich auch nicht. Es soll kein gewöhnliches Haus werden. Auf dem Grundstück, das mehr als 500 *Pyeong** groß sein dürfte, soll ein imposantes Haus entstehen, zwei Stockwerke, auch mit einer Garage."

„Verdammt! Was der Besitzer wohl damit will? Denkt er vielleicht, wir armen Nachbarn werden an den Bauchschmerzen sterben, die wir aus Neid bekommen?"

„Mein Freund, wir müssen deswegen keine Bauchschmerzen bekommen. Du weißt doch: Man soll nicht zu dem Baum hinaufschauen, auf den man sowieso nicht klettern kann. Sonst bricht man sich unnötig den Hals."

Ich hatte auch schon davon gehört, daß an der Stelle, an der sie das Haus abgerissen haben, ein neues gebaut werden solle. Seit ein paar Tagen fuhren Lastwagen, beladen mit Baumaterial wie Sand und Eisengitter, hin und her.

Ahn kam jetzt mit einer Seifenschale in der Hand zu mir. Er rührte darin kräftig mit einem Rasierpinsel herum, bis es schäumte. Dann verteilte er den Schaum auf meinem Gesicht und begann, mich zu rasieren. Aber die Rasierklinge war stumpf geblieben und seine Handbewegungen waren ziemlich grob. Der Schaum roch stark nach der gelblichen Wäscheseife. Nach dem Rasieren führte er mich zum Waschbecken und wusch mein Haar. Dabei kratzte er so stark auf meiner Kopfhaut herum, daß es kaum zum Aushalten war.

„Was schaust du drein, als ob dir gleich die Augen herausfallen?"

Ich war eben dabei, mir mit einem Handtuch die Haare zu trocknen, als der Mann aus dem Comic-Laden plötzlich den Hals lang machte und zum Fenster hinaus zeigte in Richtung Bahnübergang. Ahn schlug ihn auf den Rücken und rief:

„*Aigu!* Du alter, hoffnungsloser Junggeselle! Da kommt ja eine für dich: diese alte Jungfer, die mit ihren Falten aussieht wie ein getrockneter Rettich."

Ahn war kichernd hinter ihm ans Fenster getreten und reckte seinen Kopf über den seines Freundes hinaus. Was da dem Friseursalon gegenüber erschien, war die Dame Go Ohmok von der traurigen Gestalt einer Bohnenstange. Sie lebte alleine mit ihrem Großvater in jenem alleinstehenden, mit Ziegeln gedeckten Haus am Rande des Viertels, wo nur noch freies Feld war.

„Aber mein Freund", spottete Ahn, „du bist ja ganz entzückt von dem Anblick! Du solltest besser gleich hinausrennen und ihr einen Kuß geben. Warum willst du sie immer nur anglotzen?"

„Halten Sie doch Ihr dreckiges Maul! Am Ende kann sie uns noch hören!"

„Aber das ist doch jetzt unwichtig, wo einer gerade an Liebeskummer stirbt."

Während Herr Ahn noch kicherte, war sie ahnungslos an seinem Laden vorbeigegangen, mit seltsam ungleichen Schritten. Sie trug ihre große, dicke Brille, in der einen Hand hatte sie ihren schwarzen Geigenkasten und in der anderen ein paar Hefte, die sie gegen ihre Brust gedrückt hielt. Mit langsamen, unsicheren Schritten verschwand sie schließlich aus unserem Blickfeld.

Dann trat auch der Comic-Mann vom Fenster weg und setzte sich mutlos auf einen Stuhl. Seine Wangen glühten und sein Blick war verschwommen nach innen gerichtet, als ob er träumte. Das letzte Mal hatte ich am Tag zuvor einen solchen Blick bei ihm gesehen.

„Komm zur Vernunft, mein Freund! Gibt es denn keine andere Frau für dich? Was fesselt dich ausgerechnet an so einer alten Bohnenstange wie dieser?"

„Wie kommen Sie darauf, daß sie alt ist? Jedenfalls ist sie ganz offensichtlich noch unverheiratet."

„Wenn eine Frau mit dreiunddreißig noch unverheiratet ist, dann ist sie alt", sagte Ahn bestimmt. „Doch offen gesagt: Ist sie überhaupt eine Frau? Sie hat überhaupt keine Hüften, sie sieht aus wie ein Gespenst, und zwischen ihren Rippen hört man höchstens ein Quietschen. Vermutlich taugt sie auch nicht zur Erfüllung der Aufgaben einer Frau."

„Mein Gott! Ist eine nur dann eine richtige Frau, wenn sie ein möglichst glattes Gesicht hat? Und ich habe sowieso nur den einen Gedanken, daß ich gerne mit ihr befreundet wäre."

„Befreundet? Daß ich nicht lache! Du brauchst mir nichts vorzumachen. Ich kenne dich doch, ich weiß genau, was du willst. Es weiß doch jeder hier, daß du letzten *Chuseok* an Ohmok eine Flasche *Sake** schicken lassen wolltest und sie dein Geschenk zurückgewiesen hat."

„Ach, hören wir auf damit, Herr Ahn! Diese Ohmok bewegt sich einfach auf einem anderen Niveau. Sie hat studiert. Mit dem, was sie im Kopf hat, können wir uns nicht messen. Ich habe halt großen Respekt vor Künstlern. Wissen Sie, wovon ich geträumt habe? Wenn ich nicht diese Verletzung an der Hand hätte, hätte ich gerne weiter Gitarre gespielt. Bevor ich zur Armee ging, sagten die Leute, daß ich Talent hätte."

Bei dieser Erinnerung betrübte sich seine Miene.

„Puh! Da kommt wieder der Künstler durch", sagte Ahn lächelnd, verzichtete aber auf weitere spitzige Bemerkungen in dieser Richtung, während der Comic-Mann wortlos den Friseurladen verließ, mit seiner verkrüppelten Hand in der Hosentasche.

„Ich dachte eben, das war nur wieder einer seiner kleinen Späßchen", sagte Ahn, als er ihn hinausgehen sah. „Aber das war es wohl doch nicht. Warum nur ... Ist er auch so einer, der zu dem Baum hinaufschaut, auf den er nicht klettern kann .... als Krüppel ...? *Aiguh*. ... Aber das geht mich nichts an. – Das Haarschneiden ist fertig, Cheol, du kannst nach Hause gehen!"

Ahn ließ sich auf einen Stuhl fallen, nahm wieder das Hühnerei vom Regalbrett und setzte die Massage seines geschwollenen Auges fort. Als ich aus dem Laden trat, hörte ich ihn hinter meinem Rücken singen: „Im Duft der Blü-hü-ten wird die Lie-hi-hie-be käuflich …"

11 Das alte Schreibpult

Als wir, meine Mutter und ich, eines Morgens unser Viertel verließen, ermahnte sie mich unterwegs noch einmal ernsthaft.

„Denk daran, im Unterricht mußt du ganz bei der Sache sein und die Augen nicht anderswo haben."

„Ja, das weiß ich."

„Jetzt haben die Späße ein Ende. Von heute an mußt du dich ernsthaft zusammennehmen! Das hier ist eine ganz andere Schule als die kleine Zwergschule auf unserer Insel. Auch die Lehrer sind viel anspruchsvoller, und die Kinder lernen, wie überall in der Großstadt, viel besser – hörst du mir überhaupt zu?"

„Ich habe doch schon gesagt, daß ich Bescheid weiß", antwortete ich mürrisch auf ihre mehrfachen Ermahnungen.

Ich befand mich an diesem Morgen, in Begleitung meiner Mutter, endlich auf dem Weg in die neue Schule. Der Weg von unserem Viertel aus war ziemlich weit, die Schule lag am äußersten Rande der Stadt. Nach dem Bahnübergang ging es etwa zehn Minuten über das Feld bis zu der Kreuzung aus fünf verschiedenen Straßen im *Gyerim*-Viertel. Von dort aus ging man an einer ärmlichen Wohngegend und einem Markt vorbei, bevor man nach weiteren zehn Minuten oder etwas mehr die Schule erreichte. Als wir das Marktgelände passierten, mußte die Mutter mehrmals stehenbleiben und laut nach mir rufen, weil ich von den dicht aneinanderstehenden Läden und den vielen Ständen und der Fülle der angebotenen Waren auf beiden Seiten der Straße fasziniert war.

„*Aigu!* Hör bitte auf, mich zu quälen! Ich weiß wirklich nicht, was für ein böser Geist dir wieder den Kopf verdreht hat. Aber das war schon immer so ..., du hast dich immer von irgendwelchen Gespenstern verführen lassen. Wie willst du dich so in der Schule konzentrieren können?", rief die Mutter laut und zog mich an den Ohren, daß die Vorübergehenden auf uns aufmerksam wurden.

Als wir uns dem Schultor näherten, begann mein Herz zu klopfen. Das Schulgebäude war wirklich riesig. Drinnen wurde ich vom Staunen über den großen Schulhof und die vielen auf zwei Stockwerke verteilten Klassenzimmer überwältigt. Die Schule in unserem Heimatdorf auf der Insel war winzig gewesen. Sie war ein Zweig der Grundschule in der Gemeinde, die etwa 10 *li** entfernt war. Aus diesem Grund hatte man ein paar Jahre zuvor diesen kleineren Zweig davon in unserem Dorf errichtet. Wir hatten dort nur ein einziges Klassenzimmer, und insgesamt gingen nicht mehr als fünfunddreißig Kinder aus unserem Dorf in diese Schule. Alle wurden in einem Raum von einem einzigen Lehrer unterrichtet. Alle zwei Jahre gab es eine Eröffnungsfeier für die neuen Schüler. Auf der linken Seite des Raumes saßen hintereinander die erste, die dritte und die fünfte Klasse, daneben die zweite und die vierte. Während der Lehrer eine Klasse unterrichtete, mußten die anderen still für sich arbeiten.

Als ich hinter der Mutter her über den großen Schulhof trottete, war ich ziemlich eingeschüchtert. Ich nahm ein gut gepflegtes Blumenbeet wahr, dazu einen Brunnen mit Trinkwasser und mehreren Wasserhähnen, verschiedene Gymnastikgeräte usw.

Das also soll meine neue Schule sein ..., ich zitterte vor Aufregung, Angst und Ungewißheit. Die Mutter, der ich dieselbe Anspannung ansah, drehte sich nach mir um:

„Von jetzt an mußt du wirklich fleißig lernen."

„Ja."

„Cheol, weißt du, warum wir unsere Heimat verlassen haben und hierher gezogen sind? Deinetwegen. Ich habe nur einen Wunsch: daß du gut in der Schule bist und Erfolg hast im Leben, den wir den anderen vorweisen können. Mehr wünsche ich mir gar nicht, hast du mich verstanden?"

Ich nickte widerwillig. Die Mutter drehte sich nach mir um, faßte meine Hand und drückte sie. In ihren Augen wurde es feucht.

Nun standen wir eine Zeitlang im Flur vor dem Lehrerzimmer, mit unseren Gummischuhen in der Hand, die wir beim Betreten des Hauses wie üblich ausgezogen hatten. Der Unterricht hatte begonnen, deshalb mußten wir warten, bis die Klassenlehrerin nach der Unterrichtsstunde zurückkam. Jetzt machte sich die Mutter Sorgen wegen des Loches in einem meiner Socken. Zwar hatte ich an jenem Morgen die Stelle an meinem Socken, die mit einem Flicken ausgebessert war, wirklich geprüft. Nun aber war die Naht wieder aufgegangen, und das Loch war erneut sichtbar.

„Was soll ich bloß machen?", flüsterte die Mutter. „Deine Klassenlehrerin ist eine Frau. Wenn sie das sieht, wird sie mich bestimmt für eine nachlässige Mutter halten ..."

„Ja, deshalb habe ich dir doch gesagt, du sollst mir neue kaufen."

„Aber Kind! Der Socken ist doch noch fast neu. Du hast nur nicht aufgepaßt, daß er nicht reißt. Zeig mir bitte noch deine Hände."

Sie wollte meine Hände nochmal sehen. Die Handrücken waren immer noch rot angeschwollen, nachdem die Mutter am Abend meine Hände, die vom Schmutz ganz dunkel waren, in Wasser eingeweicht und mit Steinchen kräftig abgerieben hatte. Das hatte so weh getan, daß ich beinahe in Tränen ausgebrochen wäre.

Schließlich stand die Lehrerin vor uns.

„Ah, Sie sind schon hier. Guten Tag! Und das ist Cheol, nicht wahr?"

„Aha ..., Sie sind die Lehrerin. Es freut mich, Sie kennenzulernen," sagte die Mutter etwas verlegen und verbeugte sich besonders tief.

Die Lehrerin war etwa Anfang dreißig, klein und etwas rundlich. In einer Hand hielt sie einen kleinen hölzernen Stock, den sie beim Sprechen hin und herschwenkte, wie sie das gewohnt war. Wenn sie ihre Hand, in der sie den Stock hielt, dicht vor meinen Augen bewegte, bemerkte ich den Duft ihrer wohlriechenden Schminke.

„Meine Güte, als Junge bist du ja noch sehr schüchtern. Kopf hoch, Cheol, ich bin deine Klassenlehrerin!"

Mißtrauisch hob ich den Kopf und sah sie an. Das Gesicht vor mir war fremd und lächelte. Auf dem Kopf hatte sie eine Dauerwelle, und sie sah etwas zu stark geschminkt aus. Vielleicht wegen ihres kantigen Kinns und den nach oben gezogenen Augenbrauen stand ihr ein merkwürdiges Lächeln im Gesicht, mit dem sie irgendwie einen gereizten und böswilligen Eindruck auf mich machte. Ich wußte nicht warum, aber dieses Lächeln machte mir Angst. Mit gesenktem Kopf bemühte ich mich währenddessen, die aus dem einen Socken herausschauende Zehe zu verstecken.

Ich hatte zum ersten Mal eine Frau als Klassenlehrer. In der Zwergschule auf der Insel Nagil wurde die Lehrerstelle immer nur mit einem Mann besetzt.

„Was macht der Vater beruflich?", fragte die Lehrerin. „Hier auf dem Antrag für den Schulwechsel ist dazu nichts eingetragen."

„Er ist zur Zeit auf dem Schiff und ist auf dem Meer unterwegs", antwortete die Mutter kleinlaut.

„Auf dem Meer?"

„Ja, er arbeitet als Mechaniker auf einem Dampfer der Übersee-Fischerei."

„Ach so, ein Seemann also. Aber warum sind Sie dann hierher gezogen? Das ist doch vom Arbeitsplatz Ihres Mannes weit entfernt."

„Nun, weil ... wegen der Erziehung. Deshalb wollte der Vater, daß Cheol ..."

„Aha, wegen der Schule. Ich verstehe."

Zu meiner Überraschung hatte die Mutter gelogen. Die Lehrerin nickte einmal kurz und lächelte dabei hintergründig, so als wollte sie sagen: Ja, ja, ich weiß schon ... Ich empfand das irgendwie als Verhöhnung. Dabei dachte ich, es ist vielleicht wegen des Lochs in meinem Socken, oder wegen dieser ärmlichen schwarzen Gummischuhe, die die Mutter noch immer in der Hand hielt.

„Sie können Cheol nun hier lassen und nach Hause gehen. Und Cheol: Du hast doch alle Schulbücher mitgebracht? Folge mir bitte."

Noch bevor die Mutter mit ihrer Verbeugung ganz fertig war, kehrte ihr die Lehrerin brüsk den Rücken und ging.

„Warum gehst du nicht?", drängte die Mutter leise. „Folge ihr, schnell," sagte sie beim Weggehen, und während ich noch zögernd stehenblieb, sah ich, wie sie ihre Hand hob und mir zum Abschied energisch zuwinkte.

Mit kleinen Schritten ging ich hinter der Lehrerin her. Als ich im zweiten Stock vor dem Klassenzimmer ankam, konnte ich vom Fenster aus unten die Mutter sehen, wie sie mit etwas mühsamen Schritten langsam über den Schulhof ging. der um diese Zeit ganz leer war.

Die Lehrerin stellte mich den Kindern vor. Sie waren mir alle fremd, und die Blicke, mit denen sie den Neuen musterten, waren forschend und belustigt. Ich kam mir vor ihnen wie ein kleiner Dorfdepp vor und fühlte, daß ich rot wurde vor Scham.

„Nun, hier haben wir zwei freie Stühle, aber es fehlt ein Pult. Was machen wir da?", fragte die Lehrerin, während sie ihren kleinen Stock hin und herschwenkte. Dann deutete sie auf den hinteren Teil des Zimmers.

„Richtig. Den kannst du nehmen. Siehst du da hinten den Tisch, auf dem ein Blumentopf mit einem Kaktus steht? Hol ihn dir und stelle ihn an den letzten Platz in der dritten Reihe. Dann setz dich. Das ist jetzt dein Platz."

Nachdem ich den Blumentopf auf den Boden gestellt hatte, trug ich das Pult an den hintersten Platz der dritten Tischreihe und setzte mich auf den Stuhl. Das Pult war schmutzig und vergammelt, es war voller Staub und übersät mit Flecken von alter Ölfarbe. Dazu wackelte es, weil ein Bein kaputt war.

Die Kinder drehten sich um und kicherten. Einer, der direkt vor mir saß, hielt sich die Nase zu.

„*Aigu!* Hier stinkt's doch nach Scheiße. Muß der denn ausgerechnet in unserer Reihe sitzen?"

Ich lief wieder rot an, und der Junge vor mir kicherte: „Du, der Tisch wurde beim Kloputzen benutzt. Riechst du nichts?"

„Puh! Hier bringt man doch nichts hinunter. Da wird es nichts mit dem Pausebrot", rief ein Dritter.

Als dann der Unterricht begonnen hatte, konnte ich mich nicht auf das Buch konzentrieren. In meinem Gefühl der Demütigung und Scham konnte ich die ganze Zeit nur zerstreut auf das verschmutzte Pult vor mir starren. Dieser Anblick des weißen Staubes und der häßlichen Farbflecken ließen in mir die finstere Ahnung aufsteigen, der Besuch dieser neuen, fremden Schule werde jedenfalls kein Honigschlecken sein. Und diese böse Vorahnung sollte sich nur allzu schnell bewahrheiten.

Es war etwa zwei Wochen später, ein paar Tage vor den Winterferien. Als wir am Morgen in der Schule waren, gingen wir alle auf den Hof hinaus. Alle waren wir bester Laune, denn an diesem Tag sollte die ganze fünfte Klasse mit neuen Tischen und Stühlen versorgt werden. Was man bisher benutzt hatte, war zu alt geworden und sollte gegen neue Möbel eingetauscht werden. Als wir die nagelneuen Sachen am Rand des Schulhofs aufgestapelt sahen, waren wir ganz begeistert. Dann mußten wir uns in einer Reihe aufstellen, und jedem wurden sein Pult und sein Stuhl zugeteilt, die wir dann in unser Klassenzimmer tragen durften. Daß das Ganze nicht ohne Lärm abging, versteht sich. Immer wieder streichelte ich mein glattes, blau lackiertes Schreibpult; denn ich hatte mehr als die anderen Ursache zur Freude darüber, daß mein alter, häßlicher Tisch endlich weg war. Nie mehr würde ich den höhnischen Spott der Klassenkameraden ertragen müssen, daß es an meinem Platz nach Klo rieche.

„Das Klassenzimmer ist mit den neuen Schreibpulten und Stühlen sehr schön geworden", sagte die Lehrerin, nachdem alles in Ordnung gebracht war und an der richtigen Stelle stand.

„Das sind kostbare Möbel, die sehr lange halten müssen. Deshalb dürft ihr sie niemals beschmieren oder beschädigen, habt ihr das alle verstanden?"

In der nächste Stunde hatten wir Zeichnen und Malen. Bilder malen fiel mir leicht, und ich fühlte mich dabei sicher.

„Cheol, aus dir wird bestimmt einmal ein Maler werden. Deine Bilder sind ausgezeichnet", hatten mich alle Lehrer gelobt, die ich in unserer Insel-Schule gehabt hatte, und an der Anschlagtafel an der Rückwand des Klassenraums war immer ein Bild von mir aufgehängt.

Jetzt holte ich gleich die Schachtel mit den Buntstiften aus meiner Schultasche. Es war die Schachtel mit Stiften in zwölf verschiedenen Farben, die der Vater vor ein paar Tagen für mich gekauft hatte. Zum ersten Mal besaß ich solche wunderbaren Malstifte. Ich legte das Zeichenpapier vor mir auf den Tisch und fing an, wie gewöhnlich eine Landschaft am Meer zu malen. Es handelte sich um die Meeresküste um meine Heimatinsel: Das Wasser so sauber und so blau, daß man meinen konnte, die Hand würde blau werden, wenn man sie hineintauchte. Darüber die Morgensonne, die strahlend über einem Bergrücken auf der anderen Seite der Insel aufging. Kleine Fischerboote fuhren aufs Meer hinaus, um Fische zu fangen. Darüber Möwen, und zum Schluß malte ich noch, wie die Fischer ruderten und das Wasser spritzte. Ich bewegte mich mit meiner Hand sehr vorsichtig, um ja keinen Stift abzubrechen.

Die vor mir saßen, drehten sich um und verzogen verächtlich den Mund.

„Pah! Bist du schon fertig? Ich habe noch nicht einmal die Hälfte gemalt!", rief einer.

„Ach du, außer deinem ewigen Meer kannst du wohl nichts anderes!"

Als darauf die Lehrerin zu mir kam, bekam ich sofort Herzklopfen.

„Das soll das fertige Bild sein? Du bist wirklich komisch. Warum hörst du mittendrin auf und sparst mit den Farben beim Malen?"

Statt mich zu loben, schüttelte sie mißbilligend den Kopf und ging mit verärgertem Gesicht an mir vorbei.

Ich konnte diese Lehrerin nicht verstehen. In der Zwergschule auf der Insel hatte niemand in starken Farben gemalt. Manche hatten nicht einmal einen Malstift gehabt. Es wurde nicht gern gesehen, daß man verschwenderisch mit den kostbaren Malstiften umging und die Farben dick auftrug. Auch die Mutter hatte mich deshalb immer wieder geschimpft:

„Mein Gott! Statt zu lernen, malst du schon wieder. Und geh sparsam mit dem Stift um! Wenn du fest drückst und die Farbe dick aufträgst, wird er schnell verbraucht sein ..."

Die Lehrerin hatte kurz den Raum verlassen. Enttäuscht, wie ich war, rührte ich mein Bild nicht mehr an, und während die anderen Kinder weiter mit dem Malen beschäftigt waren, holte ich das Messer zum Anspitzen der Bleistifte aus dem Behälter. Damit begann ich vorsichtig, meinen Namen in die neue Tischplatte einzugravieren, weil ich besorgt war, die anderen könnten mein herrliches, nagelneues Pult vertauschen und für sich beanspruchen. Ich schrieb: *Dieser Tisch gehört mir. Die Hände weg! 5. Jg. , 8. Kl. Park Cheol.* Ich gravierte die Worte sorgfältig in das Holz und pustete die entstehenden Spreißel vom Tisch.

„Frau Lehrerin, schnell! Der schnitzt mit dem Messer seinen Namen in das neue Pult!"

Als ich hörte, wie das Kind vor mir die Lehrerin rief, fuhr ich vor

Schreck zusammen. Schon kam die Lehrerin entsetzt zu mir gerannt und fing laut an zu schreien:

„Du lieber Gott, was machst du da?! Du Lümmel!"

Und sie packte mich am Hals und schlug mit ihrem Stock auf mich ein. Ich fiel auf den Boden und brach in lautes Weinen aus. Zitternd vor Angst und schuldbewußt flehte ich um Verzeihung.

„Es tut mir leid, ich bin schuld ... verzeihen Sie mir ... bitte!"

Sie war außer sich vor Wut und schlug mich auf den Kopf, auf den Rücken, auf die Beine, und zerrte mich nach vorne zu ihrem Pult. Dabei bekam ich irgendwie ihren Rock zu fassen und riß ihr ein Stück des Rocksaums ab.

„Du ekelhafter Kerl ... das ist ja ein richtiger Teufel!", schrie sie und schlug mit ihren Pantoffeln auf mich ein.

Inmitten der Schläge, die auf mich niederprasselten, blickte ich in ihr von maßloser Wut entstelltes Gesicht. Wir waren beide nicht mehr bei gesundem Verstand. Als ich kurz danach wieder zur Vernunft kam, hatte ich Mühe, mich zu erinnern, was geschehen war. Die Schläge hatten aufgehört. Im Klassenzimmer herrschte Totenstille.

„Verdammt, woher ist dieser Hurensohn nur in unsere Klasse gekommen! Raus hier! Geh mir aus den Augen!", schrie sie noch immer ganz außer Atem und schnappte nach Luft.

Ich wandte mich um und ging torkelnd wie ein Betrunkener an den Tischreihen der Mitschüler vorbei nach hinten zu meinem Platz zurück. Dann packte ich meine Sachen, eines nach dem anderen. Ich ging zur Tür, trat auf den Flur hinaus und machte die Tür hinter mir zu. Hinter mir im Klassenzimmer herrschte noch immer Grabesstille. Als ich die Treppe hinunterging, merkte ich, daß meine Nase blutete.

Plötzlich tauchten der Klassensprecher und sein Stellvertreter hinter mir auf und hinderten mich am Weitergehen.

„Du sollst kommen. Die Lehrerin hat gesagt, wir sollen dich zurückholen."

Der Klassensprecher hielt meinen Kopf nach hinten, und sein Stellvertreter zerknüllte ein Stückchen Papier und stopfte es mir in die Nase. Dann nahmen mich die beiden in die Mitte und führten mich in die Klasse zurück, wo ich mich auf meinen Platz setzte. Seltsamerweise kann ich mich kaum mehr daran erinnern, was dann geschah und wie der Unterricht zuende ging. Die Lehrerin führte mich anschließend auf die Dachterrasse, und worüber sie dort mit mir gesprochen hat, daran kann ich mich ebenfalls kaum noch erinnern. Nur daß sie sagte, ich solle meinen Fehler gestehen und ich solle sie nicht hassen, ist in meinem Gedächtnis geblieben. Ich nickte zerstreut mit dem Kopf. Viel tiefer in mein Gedächtnis eingegraben ist der ungewöhnlich klare Himmel, den ich an diesem Vormittag über mir sah, die leere Dachterrasse und dann meine Mühe, die ich mir gab, die große Zehe zu verstecken, die ständig durch das Loch in meiner Socke ans Licht treten wollte ... Das vor allem ist mir lebhaft in Erinnerung geblieben. –

Erst als ich mit schweren Schritten alleine nach Hause trottete, brach endlich mein ganzer Kummer aus mir heraus. Ich weinte hemmungslos und setzte mich an irgendeiner Straßenecke auf die Erde. Direkt vor mir befand sich irgendein privater Abort, und durch die Tür war eine offene Grube wie das dreckige Maul eines Ungeheuers zu sehen, über dem ein Fliegenschwarm summte. Obwohl die Tränen weiter flossen, war mir der eigentliche Grund meiner Verzweiflung absolut unklar.

In der folgenden Nacht machte ich mich naß im Bett. Sobald es Tag war, setzte mir die Mutter die Wurfschaufel auf den Kopf und jagte mich auf die Gasse. Es war jener Morgen, von dem ich schon erzählt habe, als Yangsim an ihrem Hoftor auf mich wartete, um mir einen Topf voll Salz anzubieten.

12 Der Beginn meiner Irrfahrt

Am nächsten Morgen wurde die Beklemmung immer größer und das Herz wurde mir schwerer, je näher ich der Schule kam. Auch meine Schritte wurden langsamer, die Kraft wich aus den Beinen, und ich hatte das Gefühl, es müßte mich jemand nach vorwärts in Richtung Schulgebäude ziehen. Dabei hatte ich nur zwei Bilder im Kopf: das wutverzerrte Gesicht der schreienden Lehrerin und die angstvollen Blicke der Mitschüler im Klassenzimmer, die stumm auf mich starrten.

Als die Schule in Sichtweite war und ich sah, wie die Kinder schnatternd in den Schulhof strömten, bog ich kurz entschlossen vom Weg ab, um in einer Seitengasse zu verschwinden. Dann lief ich planlos in die andere Richtung. Ich fühlte mich deutlich erleichtert, nachdem ich mich entschlossen hatte, nicht in die Schule zu gehen. Die Erleichterung sollte freilich nur von kurzer Dauer sein. Ohne Ziel ging ich einfach in Richtung Innenstadt. Die Straßen waren voller Autos und Menschen, die sich eifrig durcheinander bewegten. Ich beobachtete einen Zug, der langsam und keuchend über einen Bahnübergang fuhr. Dann zog mich das Schaufenster eines Fotoladens einen Moment an. Eine Zeitlang lief ich auf dem Markt umher, und anschließend erregten die bunten Reklameplakate vor einem Kino, das noch geschlossen war, kurz meine Aufmerksamkeit. Sonst hätten solche Sachen jedesmal ausgereicht, um mich in große Erregung zu versetzen. An diesem Morgen aber konnte ich nicht wirklich Anteil nehmen. Ich war nach wie vor bedrückt, und mein Herz war schwer, als wäre es mit einer Handvoll Sand angefüllt. Doch meine Schritte in die Richtung der Schule zurücklenken wollte ich auf keinen Fall.

‚Jetzt haßt du mich dafür, daß ich dich geschlagen habe. Bestimmt. Ich weiß, wie du dich fühlst. Aber du mußt wissen, was für eine böse Tat du begangen hast.' Das hatte die Lehrerin gestern auf der Dachterrasse gesagt. Ganz wie der Vater, der mich an jenem Abend nach seinem Besuch gefragt hatte, ob ich ihn jetzt haßte. Ich wußte nicht warum, aber ich haßte die Lehrerin gar nicht. Wahrscheinlich haßte ich nicht einmal den stellvertretenden Klassensprecher, der mich vor der ganzen Klasse verraten hatte. Alles, was ich fühlte, war Angst. Ich hatte Angst vor der Lehrerin, die die Schläge ihrer Pantoffeln auf mich herunterprasseln ließ, und ich hatte Angst vor ihren Augen, die wie blaue Lichter dabei geflackert hatten. Ich hatte Angst vor den Blicken der Kinder, die mich atemlos anstarrten, Angst vor dem Klassenzimmer und Angst vor diesen paar schrecklichen Minuten, die wie ein Alptraum gewesen waren.

Aber die Angst richtete sich auf die Zukunft. Vor allem daß ich wieder vor der Lehrerin und den Kindern in der Klasse erscheinen sollte, der Gedanke, mich seelenruhig vor sie hinzustellen und so zu tun, als ob nichts gewesen wäre, war mir unerträglich. Ich fühlte, ich hatte einen schönen, kostbaren Gegenstand verloren, und etwas war klirrend in mir zerbrochen, wie ein glitzerndes Kristallglas, das man nie mehr in seiner ursprünglichen Form würde zusammensetzen können. Nie mehr. Das ‚Nie wieder!' eines solchen Verlusts machte mich so verzweifelt.

Dann stand ich vor einem Bahnhof und trat in den Wartesaal. Da waren Leute, die auf ihre Züge warteten, andere kauften Fahrkarten oder gingen mit irgendwelchen Bündeln auf dem Kopf oder in den Händen durch die Sperre ... Alle diese Menschen hatten frohe, ja glückliche Gesichter, nur ich nicht. Ich war der einzige, der unglücklich war auf der ganzen Welt. Plötzlich kam mir der Gedanke, ich sollte einfach fortgehen, und ich zitterte vor Aufregung. Einfach wegfahren, irgendwohin fliehen, am besten ganz weit weg. Dorthin, wo es keinen Vater gibt und wo weder eine Lehrerin noch Kinder sind. In ein Land, wo mich keiner kennt, wollte ich mit dem Zug wegfahren. Eine rasende Sehnsucht zu fliehen ergriff mich. Auf einem großen Fahrplan an der Wand sah ich lange Listen mit den Namen von Städten und anderen Bahnhöfen. Bebend vor Aufregung las ich die vielen Namen der unbekannten Städte, in denen ich noch nie gewesen war. Sie tanzten vor meinen Augen, mein Herz war hin und hergerissen von diesem Ansturm aus neugieriger Erwartung und Angst. Aber dann sah ich Eunbun vor mir, das Gesicht Eunmaes und die Mutter, die mich an den Fußknöcheln festhielten ... Mutlos sank mir der Kopf auf die Brust, und es war mir nur noch zum Weinen zumute. Nein, ich konnte ja gar nicht wegfahren.

„Hey! Sieh mal einer an! Da schwänzt einer die Schule, nicht wahr?"

Als ich mich gedankenverloren auf einen Stuhl gesetzt hatte, war ein Mann mittleren Alters mit einer Zigarette im Mund an mich herangetreten. Er hatte mich angeredet und mir mit grimmiger Miene einen Schlag auf die Schulter versetzt.

„Nein, nein, ich bin mit meinem Vater auf dem Weg nach ...", versuchte ich zu antworten.

Eingeschüchtert und mit bis zum Hals klopfendem Herzen entzog ich mich und rannte aus dem Wartesaal.

Wieder begann ich mich die Straßen entlang zu schleppen. Inzwischen taten mir die Beine weh, und die Straßen blieben fremd und trostlos. Manchmal sahen Passanten so aus, als schrien sie mir ins Gesicht: ,Du bist ein böses Kind! Warum gehst du nicht in die Schule, wie es sich gehört!' Deshalb ging ich absichtlich durch kleinere Gassen, wo mir weniger Leute begegneten.

Ich kam zum Gwangju-Fluß, dessen schmales, aschgraues Wasser unter der Brücke dahinströmte. Als ich in das Wasser hinunterblickte, bekam ich Sehnsucht nach dem Meer auf unserer Insel Nagil, und ich hatte Heimweh nach den Kindern, aber auch nach der kleinen Schule. Warum nur war die Mutter von dort weggezogen!

Jenseits der Brücke kam ich in einen Park, der sich auf der anderen Seite auf einer Anhöhe befand. Ein paar Leute machten Rast unter einem großen Kirschbaum. Ab und zu fiel welkes Laub auf ihre Köpfe herunter.

Auf dem Platz mit der Denkmal-Pagode für den 19.04.1960* hörte ich die Laute einer koreanischen Trommel, *kungjak kungjak*, in *Hanbok* gekleidete Frauen sangen dazu, und wandernde Händler verkauften Arzneien. Ich setzte mich zwischen die Leute und versuchte vergeblich, dabei die Schultasche hinter meinem Rücken zu verstekken.

„Schau dir diesen Burschen an!", rief ein Alter mit einem Hut auf dem Kopf. „An der Schultasche sieht man doch, daß du in die Schule gehörst, und da läufst du hier herum?!"

Als er mich am Arm packen wollte, lief ich wieder davon. In einer Ecke des Parks setzte ich mich auf eine Bank und versuchte mich zu beruhigen. Überall, wohin ich auch kam, war die Schultasche das Problem. Hätte ich sie nicht gehabt, hätte ich wenigstens so tun können, als hätte ich erst am Nachmittag Unterricht.

Ziellos schlenderte ich weiter durch die Straßen, bis ich vor einem Kino haltmachte. Es gab ein ,Double Feature', eine Doppelvorführung von *Der vermißte Marinesoldat* und *Die heldenhafte Königin Min im chinesisch-japanischen Krieg*. Zufällig hatte ich 20 *Won* in der Tasche, die ich in der Schule für die Papierkosten bei Prüfungen bezahlen sollte. Doch der Reiz der Bilder auf den Reklameplakaten war stärker, und ich konnte nicht widerstehen. Der Mann am Eingang warf einen flüchtigen Blick zuerst auf meine Schultasche und dann in mein Gesicht, ehe er mir stumm mein Ticket aus der Hand nahm. Das Kino war mies und schlecht besucht, der Saale war fast leer. Auf dem Boden klebte überall Kaugummi, und es stank nach Urin. Der erste Film begann sofort, und er war sehr interessant. Pak Nosik mußte sterben und danach auch Jang Hyeki und Jang Donghui. Jeder sterbende Hauptdarsteller trieb mir Tränen in die Augen. Als der zweite Film begann, schlich ich mich weiter nach vorne, holte die Dose mit dem Pausenbrot aus der Tasche und aß. Zwar hatte ich Angst, es könnte nach *Kimchi* riechen, doch voller Aufregung aß ich alles auf, ohne zu schmecken, was ich gegessen hatte. Nach dem zweiten Film blieb ich sitzen, um mir den ersten noch einmal anzusehen. Als ich aus dem Kino auf die Straße trat, fing es bereits an zu dämmern.

„Warum kommst du so spät nach Hause? Ich habe dir doch gesagt, du sollst gleich nach dem Unterricht nach Hause kommen und auf Eunmae aufpassen. Wo hast du nur wieder gesteckt?"

Die Mutter, die draußen am Brunnen Gerste für das Abendessen wusch, runzelte streng ihre Stirn. Ich war beruhigt. Zum Glück hatte sie nichts gemerkt. Als dann Eunbun nach Hause kam, die wieder in der Fabrik zu arbeiten angefangen hatte, trug die Mutter das Abendessen ins Zimmer.

„Oh, was ist heute los? Es gibt gegrillten Makrelenhecht", wunderte sich Eunbun.

„Bitte langsam essen! Sonst bleiben euch noch die Gräten im Hals stecken", mahnte die Mutter, als sie sah, wie hastig wir uns über die Fische hermachten.

„Ist denn heute ein besonderer Tag?", fragte Eunbun.

„Kein besonderer Tag. Aber es gibt einen Grund. Ihr kennt doch den *Hanbok*-Laden auf dem *Daein*-Markt, von dem ich seit einiger Zeit ab und zu Arbeitsaufträge bekommen habe. Ich war heute im Laden, um ein paar *Jeogori**, die ich geändert habe, zurückzubringen. Die Chefin sagte, ab morgen soll ich gleich in den Laden kommen und dort arbeiten. Dann bekomme ich einen regelmäßigen Lohn."

„Wirklich?!"

Eunbun klatschte vor Freude in die Hände. Endlich hatte die Mutter Arbeit.

„Ich hatte nur eine Sorge: Wenn wir alle aus dem Haus gehen, wer soll dann in dieser Zeit auf Eunmae aufpassen? Das habe ich der Chefin gesagt und darum gebeten, daß ich vorläufig nur nachmittags im Laden arbeite. Ich würde die übrige Arbeit mitnehmen und vormittags zu Hause nähen. Sie hat zugestimmt. Trotzdem muß Eunmae nach der Mittagszeit ein paar Stunden alleine sein. Cheol, du mußt deshalb sofort nach der Schule nach Hause kommen, hast du verstanden?"

In jener Nacht waren Mutter und Eunbun nach langer Zeit wieder einmal fröhlich, und ich nahm mir vor, am nächsten Tag wieder zur

Schule zu gehen. Doch als ich dort ankam, kehrte ich doch lieber um und ging erneut in die entgegengesetzte Richtung davon.

Der Schrecken über das Ereignis zwei Tage zuvor hatte mich wieder eingeholt. Dazu kam die Angst, ich könnte wegen meiner Abwesenheit zusätzlich bestraft werden. Wieder streifte ich den ganzen Tag durch die Straßen der Stadt. Und am nächsten Tag wieder und am übernächsten Tag ebenso. Ich lungerte im Wartesaal des Bahnhofs herum, und im Wald bei dem Dorf Bamsil, weit draußen am Fuß des *Sat*-Berges, aß ich mein Pausenbrot.

Eines Tages aber kam alles heraus. Ein paar Kinder aus meiner Klasse erschienen im Auftrag der Lehrerin bei uns zu Hause. Bis dahin hatte die Mutter absolut nichts davon gewußt, daß ich fast zehn Tage lang nicht in der Schule gewesen war. Als ich auch an diesem Tag mit meiner Schultasche in den Innenhof trat, als ob ich von der Schule käme, war sie nicht zur Arbeit gegangen und wartete auf mich.

Ich brauche nicht ausführlich wiederzugeben, was an diesem Abend geschah. Die Mutter war in ihrem Kummer in eine Art Schockzustand verfallen und schlug verzweifelt auf meine Waden ein, bis sie selbst auf den Boden fiel.

„Mutter! Was hast du denn? Komm wieder zu dir!"

Eunbun war auf sie losgestürzt und hielt sie in den Armen. Ihr Gesicht war weiß wie Papier. Erst viel später wurde mir klar, daß die Mutter schon damals an ihrer Herzkrankheit gelitten hat.

„*Aigu!* Was soll ich nur machen? Solange ich denken kann, hatte ich doch nur den einen Wunsch: daß ich diesen Idioten auf jeden Fall irgendwie in die Schule schicke, damit aus ihm einmal etwas Anständiges wird. Nur deshalb nehme ich dieses miserable Leben in Kauf und führe es immer noch weiter ... *Aiguh!* Was bist du für ein nichtsnutziger Kerl. Du wirst es noch erleben, daß ich sterbe ..."

Am folgenden Tag zog und schleppte die Mutter mich buchstäblich in die Schule. Wir warteten im Flur auf die Lehrerin, die mit einer schuldbewußten Miene erschien. Ich hatte der Mutter kein Sterbenswort von den Ereignissen an jenem Tag in der Schule erzählt. Die Mutter verbeugte sich vor ihr wie eine Verbrecherin, die ihren Henker um Milde anfleht.

Die Lehrerin strich mir übers Haar und hatte ein künstliches Lächeln im Gesicht, bei dessen Anblick ich nicht wußte, ob ich erleichtert sein durfte oder mich eher schämen mußte.

„Er hat sich eben noch nicht an die Schule gewöhnt. Deshalb vielleicht. Bei Schulwechseln kommt das ab und zu vor. Aber komm jetzt mit, wir gehen hinein. Was hat er denn nur gehabt, mein lieber Cheol? In wenigen Tagen sind ja Ferien, komm!"

Es gelang mir nicht, den Kopf zu heben, und meine Knie zitterten. Die langen Winterferien standen vor der Tür.

13 Das Märchen von den Sternen

Der erste Winter, den wir in der Stadt erlebten, war besonders kalt und sehr hart. Der Wind wehte pfeifend von den abgeernteten, leeren Feldern her in unser Viertel herein und schüttelte das winzige Fenster unseres Wohnraums, so daß es Tag und Nacht bebte und klapperte. Jede Nacht versuchten wir die Ränder der Zimmertür mit einer alten Militärdecke abzudichten, aber die frostige Kälte drang durch alle Ritzen.

„Auf dem Festland ist es schwerer, den Winter zu überstehen, als ein Kind auf die Welt zu bringen", sagte die Mutter. Sie hatte draußen im Hof an der Wasserstelle Wäsche gewaschen und kam vor Kälte zitternd ins Zimmer, um ihre eiskalten Hände unter der auf dem Boden ausgebreiteten Decke zu begraben. Damit versuchte man die von der Fußbodenheizung ausströmende Wärme zu konservieren.

„Es ist wirklich furchtbar kalt, auch das Wasser aus dem Brunnen ist kalt wie Eis."

Wir froren alle an Händen und Füßen. In unserem Inseldorf kannten wir eine solche Kälte nicht. Selbst in kalten Wintern konnte man die paar Tage an den Fingern abzählen, an denen das Wasser gefror. Deshalb taten wir uns sehr schwer bei der Gewöhnung an diese unausstehliche Kälte in unserer neuen Umgebung.

„Seltsam, der Boden ist geheizt, aber im Zimmer ist es trotzdem nicht warm", sagte Eunbun.

„Weil überall kalte Zugluft hereinkommt", klagte die Mutter. „Das Ziegeldach ist so dünn wie eine Hand. Ein Strohdach ist eben noch immer das Beste ..."

Auch ich verstand nicht, woher andauernd die kalte Luft hereinkam. Ich hatte das Gefühl, neben der schlecht schließenden Tür waren auch alle Wände und die Zimmerdecke voller unsichtbarer Löcher. Jedenfalls war es im Zimmer dauernd eiskalt. Man hatte eben auf den ehemaligen Viehstall nur ein dünnes Ziegeldach gesetzt, und die ebenfalls aus Ziegelsteinen gebauten Wände und den Boden hatte man dann lediglich mit Ölpapier verkleidet. So war es kein Wunder, daß es in diesem Haus immer zu kalt war. Zum Glück war wenigstens der Boden warm, und so krochen ich und Eunbun immer auch tagsüber unter die Decke. Dennoch, obwohl wir unter der dicken Baumwolldecke lagen und darauf achteten, daß die Kälte nicht hereinkroch, sahen wir, wie manchmal ein heller Hauch aus unseren Mündern kam. Auch die Augen waren in der kalten Zimmerluft wässrig, so daß es ständig aus unserer Nase lief. Wenn wir morgens aufstanden, hatte sich in der Schüssel mit Wasser, die am Kopfende stand, damit wir nachts etwas zum Trinken hatten, oft eine dünne Eisschicht gebildet.

Auch in den Winterferien war es nach wie vor öde und langweilig. Gleich nach dem Frühstück gingen Mutter und Eunbun jetzt immer aus dem Haus, und ich mußte den ganzen Tag über mit Eunmae zu Hause bleiben. In dem engen und übelriechenden Raum nur mit Eunmae zusammen zu sein, war eine Qual für mich. Die Mutter hatte gesagt, ich solle Eunmae niemals alleine lassen. Doch kaum war eine Stunde vergangen, hielt ich es nicht mehr aus, und ich hatte Angst, mein Kopf würde explodieren. Deshalb ging ich bei jeder günstigen Gelegenheit dick vermummt aus dem Haus zu den Nachbarskindern, mußte aber natürlich während des Spielens immer wieder ins Haus zurückrennen, um nach Eunmae zu sehen.

Eines Nachmittags lag ich die ganze Zeit nur faul herum. Draußen war es so kalt, daß ich kaum wagte, aus dem Haus zu gehen. Es war ein paar Tage vor Weihnachten, und ich lag auf dem Bauch und betrachtete eine Weihnachtskarte. Die Karte war wunderschön und gehörte Eunbun, die sie von Misun hatte, die mit ihr in der Zuckerwaren-Fabrik arbeitete. Ein schönes Feld mit dicken Schneeflocken waren darauf zu sehen, und in der Ferne die Spitze eines Kirchturms. Dazu Sträucher voller roter Beeren im Wald, und ein Schlitten fuhr durch den weißen Schnee mit dem Weihnachtsmann darauf, gezogen von süßen kleinen Hirschen, die fröhlich durch den Schnee hüpften … Eine Märchenwelt wie in einem Traum. Für mich war klar: Das war das Paradies.

„Mama. … *au au.*"

Neben mir begann Eunmae wieder zu wimmern. Ich ließ mich jedoch nicht stören und wanderte allein durch den Paradieswald auf meiner Weihnachtskarte. Erst als sie zu weinen anfing, schrie ich sie an: „Ruhe! Hör auf mit dem Lärm!"

Doch sie hörte nicht mit dem Weinen auf, das an diesem Tag jedoch irgendwie kraftlos klang. Fehlte ihr etwas? Schon seit Tagen saß sie seltsam schwach an die Wand gelehnt und jammerte. Gewöhnlich konnte sie eigentlich keinen Augenblick ruhig bleiben. Mit der Schnur um ihren Bauch fest angebunden, kroch sie ständig auf allen Vieren im Zimmer umher. Mal starrte sie nach oben, als ob sie ein Loch in die Luft starren wollte, mal leckte sie ein paar Stunden lang an einem Löffel, bis sie ihn irgendwann fallen ließ und einschlief. An jenem Wintertag aber waren ihre Bewegungen langsam und schwach. Ein wenig gelblicher Schleim hing unter ihren geröteten Augen. Ich holte ein paar Stückchen angerösteten Reis vom Wandbrett herunter und schob ihr das unter die Nase.

„Da, iß das! Oder schlaf endlich, hörst du!"

Sie nahm zögernd ein Stückchen von dem Reis, warf es aber auf den Boden und begann wieder wie ein Tierchen zu winseln, *hinghing*. Was ich auf der ganzen Welt am wenigsten hören konnte, war dieses Jammern Eunmaes. Wenn ich das hörte, dachte ich, jetzt bin ich in der Hölle. Ihr Jammern klang in meinen Ohren wie eine geballte Ladung aus Trauer und Schmerz, Wut und Verzweiflung. Es war ein ewiges Lamento, gleichsam die Titelmelodie des düsteren Schicksalsdramas, das unsere Familie in seinem Bann hielt.

Ich zerknüllte ein Stück Zeitungspapier und stopfte es mir in beide Ohren. Dann blätterte ich in einem Comic-Buch, das ich am Tag zuvor ausgeliehen hatte. Ich hatte es schon mehrmals durchgelesen und konnte es beinahe auswendig. Dennoch fand ich es immer wieder interessant. Nach einer Weile drehte ich mich um, weil es allzu ruhig geworden war. Eunmae lag auf dem Boden und war eingeschlafen. Ihr Körper sah mit dem stark gekrümmten Rücken aus wie eine Garnele. Sie war klein und schmächtig, und ich wußte nicht, warum sie kaum gewachsen war. Wenn sie ausgezogen wurde, waren ihre hervortretenden Rippen und Gelenke so dünn wie Fischgräten. Wenn ich die Ohrenstöpsel herausnahm, hörte ich ihr keuchendes Atemgeräusch. Ihre halb geöffneten Lippen waren blaß, wahrscheinlich hatte sie Fieber. Am Rande des einen Auges hing noch eine Träne, die vom Weinen übriggeblieben war. Von plötzlichem Mitleid überwältigt, tat mir das Herz weh, und ich deckte sie bis zur Brust sorgfältig zu. Dann starrte ich auf ihr blasses, mageres Gesicht, das im Schlaf durchaus friedlich und hübsch anzusehen war. Aber das war eine Täuschung.

„Wenn sie normal wäre, könnte sie ein schönes Kind sein", hatte die verstorbene Großmutter oft mit Bedauern gesagt. „Warum nur mußte sie ein so unglückliches Schicksal erleiden?"

War Eunmae wirklich, wie die Großmutter immer sagte, von einem bösen Geist besessen, fragte ich mich damals. Wie schön wäre es, wenn sie eines Tages die Augen aufmachen und mich anstrahlen würde. Dann könnte ich ohne Bedenken Schwester Eunmae zu ihr sagen …

Plötzlich hörte ich die sanfte Stimme der Großmutter, die in unserem Heimatdorf am Fuß des Hügels begraben lag.

„Cheol, ursprünglich ist jeder Mensch einmal ein Stern gewesen, solange bis er zur Welt kommt. Alle lebten einmal dort oben im weiten, weiten Himmelsland ..."

Die Großmutter war es, die mir von diesem wunderbaren Geheimnis zum ersten Mal erzählt hat. In den Sommernächten saß die ganze Familie nach dem Abendessen oft im Hof auf dem *Pyeongsang*, um sich von der Hitze des Tages abzukühlen. Wenn ich meinen Kopf dann auf die Knie der Großmutter gelegt hatte und nach oben schaute, sah ich sofort den Nachthimmel ganz nah vor meinen Augen. Ah! Da waren zahllose Sterne über den Himmel verstreut, der schwarz war wie Kohlepapier und aussah wie ein riesiger Juwelenbehälter. Das Säuseln des Abendwindes, der durch die Kiefern wehte, klang zusammen mit dem fernen Brausen der Wellen, das schwach vom Meer her an unsere Ohren drang. Über den Nachthimmel zogen ab und zu ein paar leichte Federwolken, die für einen kurzen Moment die Sterne umhüllten, als wollten sie darüber hinwischen, damit sie noch heller strahlten.

So war es auch in jener Nacht, als wir zu dem klaren Himmel aufschauten und ich zu Eunbun sagte:

„Schau doch, Schwester, eine Sternschnuppe!"

„Oh wie schön! Die Sternschnuppe sieht aus, als ob sie weinen würde", rief Eunbun.

„Wohin ist sie verschwunden, und warum hat sie geweint?", fragte ich.

„Sie ist ganz allein, deshalb ist sie traurig."

„Aber wohin ist sie jetzt gefallen, so ganz allein?"

Ich schüttelte fragend den Kopf. Aber zu unserer Überraschung kannte die Großmutter das Geheimnis.

„Sie ist nicht verschwunden. Sicher kommt gerade in irgendeinem Haus ein Baby auf die Welt. Jedesmal wenn ein Stern vom Himmel fällt, wird irgendwo ein Kind geboren."

„Was ..., wirklich?!", fragte ich staunend.

„Sicher", sagte die Großmutter und fuhr mit ihrer Erzählung fort.

„Jeder Mensch ist ursprünglich einmal ein guter und kostbarer Stern gewesen, der mit den anderen Sternen droben im unendlich weiten Himmel wohnte. Eines Tages ist er als einzelne Sternschnuppe auf die Erde herunter gekommen und wurde als Kind geboren.

Aus einem der Sterne wird zum Beispiel ein Kind in einer reichen Familie. Ein anderer wird in eine arme Familie hineingeboren. Manche gelangen in Städte wie Seoul oder Mokpo, andere werden auf kleinen Inseln geboren, so wie wir. ... So ist also jeder Mensch eigentlich ein Stern, der wie alle Sterne gleich kostbar und wertvoll ist.

Bedauerlich ist nur, daß die Menschen das völlig vergessen haben, daß sie alle einmal als kostbare und leuchtende Sterne droben am ewigen Himmel gelebt haben und im Vergleich dazu nur für einen kurzen Augenblick auf die Erde gekommen sind. Aber was machen die Menschen? Sie wissen nichts von alledem und verbringen die kurze Zeit, die ihnen geschenkt ist, damit, sich ewig herumzustreiten, einander das Leben schwer zu machen und am Ende jämmerlich zu sterben …"

„Großmutter", fragte ich damals, mit großen Augen in den Himmel hinaufzeigend, „kommen die Sterne niemals wieder in den Himmel zurück?"

„Doch. Wenn ein guter Mensch stirbt, dann macht er sich ganz allein und von allen unbemerkt noch in derselben Nacht, in der er gestorben ist, zum Himmel auf, um wieder ein Stern zu werden."

„Das ist ja wunderbar! So ist das also!"

„Ja, und je mehr gute Menschen es gibt, desto schneller vermehren sich die Sterne am Himmel. Schau doch nur: Heute Abend sind es besonders viele, und sie leuchten ganz dicht nebeneinander. Es scheint so, daß heute Abend noch sehr viele Sterne auf die Erde herunter kommen werden."

Für mich war die Geschichte der Großmutter ganz wunderbar und voller Geheimnisse und Rätsel. Aus leuchtenden Sternen konnten hübsche kleine Babys werden! Begeistert fing ich an, die unzähligen Sterne, die am Himmel über mir ausgestreut waren, zu zählen: Stern 1, Stern 2 und so weiter. Es war wunderbar! Jedesmal wenn ich einem weiteren Stern eine Nummer gegeben hatte, winkte er mir mit seinen putzigen Händchen zu, die wie kleine Ahornblätter funkelten.

„Großmutter, wenn du einmal sterben wirst, gehst du dann auch gleich in den Himmel hinauf und verwandelst dich in einen Stern?"

„Du bist ganz schön frech. Doch, ja. Wenn ich einmal tot bin, blicke ich jede Nacht zu dir herunter und schaue zu, was du machst. Verstanden?"

Die Großmutter, deren Vorderzähne ausgefallen waren, versuchte ein Lächeln und klopfte mir auf den Popo.

Inzwischen ist die Großmutter nicht mehr da. Ist sie wirklich im Himmel und dort zu einem Stern geworden? Aber Moment mal: Weiß sie denn überhaupt, daß wir hierher gezogen sind? Am meisten beunruhigte mich, daß wir ja bei Tage umgezogen sind, und sie das vielleicht gar nicht gemerkt haben könnte! Denn sie schaute doch nach wie vor nur während der Nacht vom Himmel herunter, und schüttelt wahrscheinlich den Kopf, wenn sie unser früheres Haus in dem Dorf auf der Insel erblickt …

Aber das macht nichts. Großmutter hatte ja sowieso immer schlechte Augen gehabt. Deshalb schaffte sie es auch immer nicht, ohne unsere Hilfe den Faden durch das Nadelöhr zu stecken, wenn sie etwas nähen wollte. Wenn sie in den dunklen Nächten von so weit oben auf uns herunterschaut, wird unser Haus jetzt für sie nur noch wie eine winzige Bohne aussehen ... Dieser Gedanke hatte für mich schließlich auch etwas Beruhigendes.

Ich hörte, daß Eunmae mit ganz schwacher Stimme wieder zu jammern anfing, und ging zu ihr. Schweißperlen standen ihr auf der Stirn, und beim Atmen sah man, wie an ihrem dünnen Hals die Schlagader klopfte. Ah! Ob Eunmae auch einmal so ein Stern gewesen ist? Der irgendwo da oben am Himmel funkelte? Dieses dumme Wesen! Warum mußte sie ausgerechnet in unser Haus kommen? Sie hätte sich ein anderes Haus suchen sollen, ein glückliches Haus, das nicht so arm ist wie unseres. Dann wäre sie nicht krank geworden und hätte sich nicht an so einen Schwindler von Akupunkteur wenden müssen, der nichts taugte und ihr in den Kopf gestochen hat ... Nein Eunmae ..., schlau bist du wirklich nicht gewesen.

Trübsinnig nahm ich das Comic-Buch und ging aus dem Zimmer. Ob es wohl noch schneite? Der Himmel war grauschwarz.

14 Die Traubenkerne und die Liebe (I)

Ich erinnere mich noch immer lebhaft an den Tag, als ein unbekanntes junges Paar in unserem Viertel auftauchte. Es war derselbe Tag, an dem wir Kinder in dem kleinen Teich in der Nähe eine Babyleiche gefunden haben. Der tote Körper trieb auf dem Wasser.

Es war an einem Samstag. Wir waren nach dem Vormittagsunterricht nach Hause gegangen und hatten uns wie immer nach dem Mittagessen auf dem leeren Platz in unserem Viertel getroffen. Als ich ankam, waren einige schon beim Fußballspielen. Der Ball gehörte Won, der hinter unserem Anwesen wohnte. Bevor sein älterer Bruder als einfacher Infanterist des Regiments *White Horse* nach Vietnam ging, hatte er den Fußball für seinen jüngeren Bruder Won gekauft. Als Won voller Stolz mit dem Ball in der Hand vor uns erschienen war, waren wir begeistert. Alle von uns hatten arme Eltern. Deshalb hatten wir bis dahin nur mit einer leeren Blechbüchse oder einem Ballersatz, der aus einem zusammengeknüllten Seil bestand, gekickt. Bereits der bloße Anblick eines Fußballs aus echtem Leder, den auch richtige Fußballspieler benutzten, ließ unser Herz höher schlagen. Diesem Ball hatte er es zu verdanken, daß Won unter den Kindern plötzlich eine große Nummer war und eine regelrechte Machtposition besaß. Der Bengel, dem weiterhin ständig der gelbliche Rotz aus der Nase lief, befahl uns, wir sollten jetzt vor ihm stramm stehen, und so zuwider es uns war, wir mußten ihm schmeicheln und suchten ihm schön zu tun.

Als dann ein halbes Jahr nach dem Abschied von Wons Bruder vergangen war, war der Ball nicht mehr so prall wie anfangs und hatte viel Luft verloren, so daß nur noch ein dumpfes Geräusch, *peok peok*, zu hören war, wenn wir wie gewohnt damit spielen wollten. Das änderte freilich wenig daran, daß der lederne Fußball ein kostbarer Gegenstand für uns geblieben ist.

Es war um die Mittagszeit eines schon sehr heißen Tages im Frühsommer. Die stechende Sonne erhitzte unsere kahlgeschorenen Köpfe wie siedende Kochtöpfe auf dem Herdfeuer. Dennoch sprangen wir, verschwitzt, wie wir waren, mit heraushängender Zunge durch die Gegend – und genau in diesem Moment hörten wir jemand rufen:

„He ihr, schaut doch! Ein totes Baby! Da schwimmt ein totes Baby auf dem Wasser!"

Der durchdringende Schrei unterbrach unser Spiel. Ein kleiner Junge kam über den Damm herunter und rannte auf uns zu. Es war

Gilyong, dessen Vater den Miniladen an der Ecke betrieb. Neugierig umringten wir ihn.

„Wer ist da tot?"

Gilyong konnte kaum sprechen und rang keuchend nach Luft wie ein Hund, der zu viel Hitze erwischt hat.

„Wir waren ... wir wollten Frösche fangen, im Teich ... Da plötzlich, da lag ein Baby, tot ... das schwimmt auf dem Wasser ...", stotterte er in heller Aufregung.

„Was? Ein Baby? Was erzählst du denn schon wieder ...!"

„Wirklich. Die anderen dort haben es doch auch gesehen."

Er zeigte mit erschreckten Augen nach hinten, woher er gekommen war. Und tatsächlich standen dort ein paar Kinder droben auf dem Damm und schrieen.

„Gehen wir hin!", rief jemand, und mit lautem Geschrei rannten wir über das Feld.

Es war unbekannt, seit wann der Teich sich dort befand. Jeder sprach nur von dem Teich. Dabei handelte es sich um nicht viel mehr als einen miserablen Tümpel, der mit trübem, dreckigem Wasser gefüllt war. Es hieß, vor langer Zeit hätten Kinder im Sommer manchmal darin gebadet, und man habe auch Angler gesehen. Inzwischen aber gab es niemanden mehr, der auch nur eine Hand in das verpestete Wasser tauchen wollte. Der Grund für die Verschmutzung des Teiches war der Kanal, der draußen an der Stadt vorüberfloß und dessen Wasser sich ebenfalls in eine stinkende Kloake verwandelt hatte. All das, sagte man, komme vor allem von der riesigen Farm, die zu dem Gefängnis gehörte, das fernab am Fuß eines Berges lag. In diesem landwirtschaftlichen Betrieb, der von besonders hohen Mauern aus roten Backsteinen umgeben war, wurden ununterbrochen allerlei Abfälle, darunter auch menschliche Ausscheidungen, auf Lastwagen herbeitransportiert, um davon Dünger für die Felder herzustellen. Diese schmutzige Jauche von der Farm, so sagten die Leute, war dann auch in den Teich geflossen und hatte aus seinem Wasser eine giftige, stinkende Lache gemacht.

Als wir uns auf dem Feldweg dem Teich näherten und über den Damm hinuntergingen, hatten wir auch sofort den ekelhaften Gestank in der Nase. Wir schoben die Kinder, die schon dastanden, zur Seite und traten ans Ufer.

„*Aigu!* Da drüben liegt etwas!", riefen wir erschrocken.

„Ja! Das ist ein Baby!"

Ängstlich hielten wir den Atem an. Einige machten ein paar Schritte nach vorne. Mein erster Gedanke war, das wird irgendein

Fisch oder vielleicht ein totes Kätzchen sein. Um das für ein menschliches Wesen zu halten, dazu kam es mir zu klein und zu seltsam vor. Das Baby, das kleiner war als mein Unterarm, lag bewegungslos mit ausgebreiteten Ärmchen auf dem Rücken, und zwar auf einem Regenschirmdach aus blauem Plastik, ohne Metallrippen und ohne Schirmstock. Es sah aus, als ob es davon gehalten würde. Jemand hatte wohl das Baby in das Plastik gewickelt und damit ins Wasser geworfen.

„Soll das wirklich ein Baby sein?"

„Ja, das ist ein Baby. Schau doch, es macht sogar Fäustchen."

„Ist es wirklich tot? Tatsächlich, es bewegt sich überhaupt nicht."

„Meine Güte! Schau nur, den Nabel. Da ist doch etwas dran, das sich bewegt wie eine Schnur?"

„Ja wirklich, da hängt etwas wie eine Schnur an seinem Nabel", flüsterten die Kinder neugierig und zeigten mit den Fingern auf das Ding, das da auf dem Wasser trieb. Erst sehr viel später wußte ich, daß es sich um die Nabelschnur eines Neugeborenen gehandelt hat. Trotzdem wagte keiner, noch näher heranzugehen, als würden alle von einer unbewußten Angst im Nacken gepackt und von weiteren Schritten abgehalten. So standen wir noch eine Weile mit verschüchterten Gesichtern voller Angst und Abscheu vor dem toten Baby. Derweil glühte die Mittagshitze auf unseren kahlen Köpfen. Das schmutzige Wasser, auf dem dieses seltsame Stück totes Menschenfleisch schwamm, war so trüb, daß man nicht auf den Grund sehen konnte … Es war ein ebenso merkwürdiger wie gruseliger Anblick. Farbenfroh und hübsch wirkte dagegen die Plastikfolie, die auf dem Wasser schwamm. Der wie auf einem runden Einschlagtuch darauf gebettete Gegenstand glich sogar einer weißen Lotusblüte. Dennoch, nachdem wir lange genug auf den Teich gestarrt hatten, erfaßte mich mit einem Mal ein so großer Ekel, daß ich mich fast übergeben mußte. Schließlich stieg uns jetzt auch der Gestank des verseuchten Wassers in die Nase, den wir schon kannten. Nur hatten wir den Eindruck, es stank an diesem Tag, an dem wir das tote Baby gefunden hatten, noch abscheulicher als sonst.

Und es war in eben diesem Moment, als jenes junge Paar in unserem Viertel ankam. Als erstes hörte man von irgendwoher das helle Lachen einer Frau. Als wir uns unwillkürlich umdrehten, sahen wir einen jungen Mann und eine junge Frau nebeneinander den schmalen Feldweg entlang kommen, an dem für sie noch unsichtbaren, hinter dem Damm liegenden Teich vorbei. So wie sie aussahen, konnten sie das Jugendalter noch nicht lange hinter sich gelassen haben, sie mochten beide um die zwanzig Jahre alt sein. Die Frau hielt in der einen Hand einen aufgespannten Parasol, einen Sonnenschirm von rosa Farbe, in der anderen trug sie eine Reisetasche. Der neben ihr gehende Mann hatte Mühe, ein übergroßes Bündel mit Bettdecken auf der Schulter zu tragen. Beide waren Fremde, wir hatten sie noch nie gesehen. Woher sie wohl kommen, dachte ich. Offensichtlich war es kein Zufall, daß sie in unser Viertel gelangten; denn wir lagen am äußersten Rand des Stadtgebiets, und weiter draußen gab es kein anderes mehr. Man bog von der Hauptstraße in den Feldweg neben dem Damm ein, der direkt zu unserem Viertel führte.

„He, Liebling! Du mußt dich ja richtig anstrengen, ist es nicht zu schwer?", fragte die Frau ihren Begleiter.

„Ach nein, das geht schon! Das Bündel ist kein Problem."

„Du Schwindler! Der Schweiß läuft dir doch schon herunter. Machen wir eine kleine Pause hier, bitte!"

„Na gut, halten wir einen Moment."

Die beiden traten neben den Weg ins Gras, wo sie die Tasche und das Stoffbündel ablegten. Dabei gab es zwischen ihnen offenbar ununterbrochen Grund zu lautem Lachen, und überhaupt schienen sie noch nicht gemerkt zu haben, daß sie nicht allein waren. Mal flüsterten sie sich etwas ins Ohr, und der Mann schloß sie darauf in die Arme, anschließend spielte sie die Frivole und tat so, als wollte sie weglaufen.

„Ach! Schaut euch das an! Ein verliebtes Paar ... hähähä!", rief lachend einer aus unserer Gruppe.

Darauf drehten beide sich zu uns um.

„Hallo, was macht ihr denn hier?", rief der junge Mann.

Einer von uns sagte: „Hallo, da ist ein totes Baby. Es liegt da unten im Wasser."

„Was liegt da ...?"

Der Mann und die junge Frau sprangen auf und kamen mit großen Schritten über den Damm zu uns herüber. Die Frau schrie auf: *„Aigeu!* Oh Gott!" und ließ sich vor Schreck auf das Hinterteil fallen. Der Mann griff ihr sofort unter die Arme, er selbst war blaß geworden:

„Was war da los? Wer ... wer hat das getan?"

„Das wissen wir auch nicht. Wir haben es so gefunden, wie es da auf dem Wasser liegt."

„Ihr geht besser sofort nach Hause! Das hier ist keine Sehenswürdigkeit!", schrie uns der Mann aufgebracht an. Wir verstanden nicht recht, warum er so böse war, und wichen zögernd zurück. Seine

Begleiterin, die mit abgewendetem Gesicht auf den Boden blickte, brach in Tränen aus.

„Mein Gott. Wer hat so etwas Entsetzliches getan … "

Weinend kam sie den Damm herauf, und er stütze sie und versuchte sie zu trösten: Es ist gut, es ist gut. Oben angekommen, ging sie in die Hocke, hielt sich die Hand vor den Mund und mußte sich erbrechen. Wir sahen dem Mann zu, wie er eifrig ihren Rücken streichelte und ihr mit einem Taschentuch den Mund abwischte. Dann sprang er auf und kam auf uns zu.

„Los, Kerle, geht jetzt sofort nach Hause!"

Wir rannten auf den Feldweg herunter und blieben in einiger Entfernung stehen.

„Pah, der hat uns gar nichts zu sagen. Kommt, gehen wir zurück und schauen uns das Baby nochmal an."

„Nein, gehen wir lieber nach Hause", sagte ein anderer. „Warum willst du dieses dreckige, abstoßende Ding noch einmal sehen?"

„Du Feigling! Das ist weder abstoßend noch dreckig."

„Nein, lieber nicht. Sonst wirst du noch bestraft. Da kommt ein Geist in der Nacht und nimmt dich mit."

„Was für ein Geist?"

„Der Geist des toten Babys. Vielleicht will das Baby sich an dir rächen."

„Genau. Ein heulender Baby-Geist."

So jagten wir selbst uns Angst ein, wir schauten einander an, und von Panik ergriffen rannten wir den Feldweg entlang in Richtung unseres Viertels. Ein Geist! Der Geist des toten Babys! Wir gerieten rasch außer Atem und hatten das Gefühl, jemand wollte uns von hinten beim Nacken packen. Als wir mit Mühe und Not an unserem Spielplatz ankamen, drehten wir uns mit hängender Zunge um und sahen, wie das Paar mit ihrem Gepäck uns in einigem Abstand auf dem Weg gefolgt war.

An jenem Tag herrschte in unserem Viertel eine große Unruhe. Einige Erwachsene, die davon gehört hatten, gingen zum Teich hinaus. Bald darauf erschienen ein paar Polizisten aus der Stadt und befragten die Leute mit viel Getöse. Das Wer und Warum des toten Babys konnte aber nicht ausreichend ermittelt werden. Auch die Erwachsenen rätselten herum: Sicher hatte irgendeine böse Frau das Kind in den Teich geworfen. Die Polizisten, hieß es, hätten die Leiche schließlich in einen Plastiksack gepackt und mitgenommen. Nach einiger Zeit verschwand dann dieser entsetzliche Vorfall allmählich aus unserem Gedächtnis – eigentlich waren solche Ereignisse in der damaligen Zeit aber keineswegs selten.

Wie auch immer, es war jedenfalls auch der Tag, an dem das junge Paar bei uns erschienen war. Bald hatte sich die Nachricht, daß die beiden im *Haengrangchae* des Anwesens von Won untergekommen waren, überall im Viertel herumgesprochen. Daß man in den verschiedenen Stadtvierteln aus- und einzog, war eigentlich selbstverständlich in dieser großen Stadt. In unserem Viertel war das jedoch anders. Zwar gehörte es der Verwaltung nach selbstverständlich zur Stadt. Aber es lag weit draußen am Rand und hatte deshalb eher den Charakter eines dörflichen Vorortes. Die nächste Busstation etwa war weit entfernt, und bei Regenwetter mußte man länger als zehn Minuten zu Fuß knöcheltief durch den Schlamm marschieren. So kam es nicht häufig vor, daß Menschen hier zu- oder wegzogen, und aus diesem Grund war es ein interessantes Gesprächsthema der Frauen, daß dieses Paar eben bei Won eingezogen war.

„Geschwister sind die beiden also kaum?"

„Geschwister? Das sieht man doch gleich, daß das keine Geschwister sind!"

„Ich habe die beiden zunächst schon für Geschwister gehalten. Doch Wons Mutter hat gemeint, dafür würden sie sich doch etwas merkwürdig verhalten."

„Inwiefern merkwürdig?"

„Sie sagte, das Mädchen nennt ihren Begleiter zwar einen älteren Bruder. Aber offensichtlich ist er kein leiblicher Bruder. Am hellichten Tag bleiben sie vergnügt in ihrem gemeinsamen Zimmer und lassen sich ganz selten einmal draußen sehen", habe die Mutter von Won berichtet. „Selbst wenn die Sonne ins Zimmer scheint, bleiben sie liegen, und erst gegen zehn Uhr fängt das Mädchen an, den Frühstücks-Reis zu kochen."

„Der junge Mann macht den Eindruck, als habe er eben die Höhere Schule absolviert."

„Ich habe die beiden gestern auch gesehen, als sie eng umschlungen und fröhlich in Richtung Stadt gingen, wohl zum Vergnügen. Beide also …"

„Das ist doch klar …, diese Kinder! Natürlich, beide sind ein Liebespaar, und deshalb haben sie eines Nachts hinter dem Rücken ihrer Eltern ihre Sachen gepackt und sind auf und davon. Und hier sind sie jetzt zusammen."

„Genau. So wird es sein. Aus den Bündeln, die sie mitgebracht haben, kann man das schließen: nur Bettzeug und ein bißchen Küchengeschirr, um sich etwas zu kochen."

„*Eih!* Nein, das glaube ich nicht", wandte eine der Frauen ein. Die sehen doch beide nicht älter aus als um die zwanzig …"

„Ach, hör doch auf! In diesem Alter kann das alles vorkommen. Meine Mutter war siebzehn, als sie meinen älteren Bruder zur Welt brachte."

„Wenn das stimmt, dann sollten sie sich schämen. Die sind beide fast noch im Alter von unseren Kindern. Auch wenn sie Fremde sind, geben sie damit ein schlechtes Beispiel, und das können wir doch nicht ignorieren."

„Überhaupt, wie diese heutige Jugend sich verhält, ist einfach unverschämt. Sie sind beide noch nicht trocken hinter den Ohren, und schon gehen sie heimlich von zu Hause weg und leben in einem Versteck. Wenn das ihre Eltern wüßten ... *Tsss tsss.*

„Anscheinend treiben die sich den ganzen Tag in der Stadt herum und kommen erst spät nachts zurück. Woher sie nur das viele Geld haben?"

„Das haben sicher ihre Eltern mit großer Mühe verdient. Wenn sie beide mitten in der Nacht weggelaufen sind, dann sicher nicht mit leeren Händen."

„Mein Gott! Gibt es denn gar keine guten Sitten mehr! ... *Tsss tsss.*"

Wenn die Frauen aus der Nachbarschaft sich trafen, war das bei Won wohnende Paar ein beliebtes Gesprächsthema. Uns Kindern war es ziemlich unklar, was mit den in der Nacht gepackten ‚Bündeln' und dem ‚Weglaufen mitten in der Nacht' genau gemeint war. Nach allem, was die Erwachsenen sagten, ergab sich für uns nur die vage Vermutung, daß die beiden heimlich irgendetwas Schlimmes verbrochen haben mußten.

„‚Bündel bei Nacht'? Heißt das, daß man Sachen zu einem Bündel zusammenpackt?", überlegten wir, als wir auf der Gasse mit Glaskugeln spielten. „Ist also Stehlen gemeint?"

„Richtig. Die beiden haben etwas gestohlen und sich nachher in unser Viertel geschlichen, um sich zu verstecken."

„Meine Güte! Aber was wird das sein, was haben sie gestohlen?"

„Vielleicht Gold, oder ein ganzes Bündel Geldscheine? Vielleicht haben sie es in diese große Reisetasche gepackt und sind damit hierher geflohen."

„Aber warum verhaftet sie die Polizei dann nicht?"

„Na ja, vielleicht haben sie keine Beweise."

Wir konnten uns an jenen Tag genau erinnern, an dem die beiden angekommen waren. Es könnte wirklich so gewesen sein: daß in der schäbigen Tasche, die die Frau getragen hatte, oder in dem großen Bündel aus Decken, das der junge Mann auf seinen Schultern trug, ein schwerer Packen Banknoten oder ein großer Goldklumpen versteckt gewesen war ..."

Plötzlich klopfte uns das Herz bis zum Hals und unsere Augen bekamen einen funkelnden Glanz wie bei einem Filmdetektiv, der irgendeinem bedeutenden Geheimnis auf der Spur war ... Wir hörten mit dem Murmelspiel auf und gingen sofort alle zusammen zum Haus von Won, der an diesem Tag auch unter uns war, um zu erkunden, was die beiden Verdächtigen taten. Auch in der Schule wurden wir von den Lehrern angehalten: Falls ein Verdächtiger in der Nachbarschaft auftaucht: aufmerksam beobachten und ihn sobald wie möglich bei der Polizei melden.

Am Beginn der Gasse, in der Wons Haus sich befand, blieben wir eine Weile gespannt stehen. Unsere Kehlen waren trocken vor Aufregung, wir mußten schlucken, und unsere Hände waren verschwitzt. Einer sagte, wir sollten uns hier irgendwo verstecken, um nicht gleich ertappt zu werden. Wie Ermittler in einem der antikommunistischen Propagandafilme hockten wir uns in einer Reihe nieder und krochen geduckt im Entengang zu dem Haus. Uns vorsichtig umblickend gelangten wir zu der Hecke aus bengalischen Quitten, die das Anwesen umgab, und schauten durch ein kleines Loch zwischen den Zweigen in den Hof hinein. Keine Spur von irgendjemand war zu sehen. Won sagte, seine Familie sei wohl auf dem Feld bei der Arbeit, aber das verdächtige Paar müsse zu Hause sein. Als wir durch das Loch in der Hecke das halb offenstehende Fenster sahen und einen Blick in ihr Zimmer warfen, fanden wir auch dieses leer.

„Die sind vielleicht schon abgehauen."

„Ja. Spione sind wie Geister, die immer sofort alles wissen."

„Ob sie das Bündel mit ihrem Schatz auf der Flucht mitgenommen haben?"

„Oder sie haben es irgendwo versteckt, unter der Diele vielleicht oder im Herd."

Ich glaubte es ganz genau zu wissen:

„Sie haben sicher unter der Diele ein Loch gegraben. Darin haben sie es dann zusammen mit ihrem Funkgerät versteckt."

Vor kurzem war uns in der Schule ein antikommunistischer Film vorgeführt worden, in dem Spione sich so ähnlich verhalten hatten.

Nachdem wir eine Weile mit klopfendem Herzen das Haus weiter beobachtet hatten, faßten wir den Mut, uns vom Hof aus dem Zimmer des Paares zu nähern. Die älteste Schwester Wons, Yeongdan, wohnte darin, bevor sie geheiratet hatte. Kurz davor hatte sie ein regelrechtes Theater veranstaltet, indem sie mehrere Tage lang so laut weinte, daß die Dächer des ganzen Viertels zitterten. Sie hatte Streit mit ihren Eltern, von denen sie ihrer Meinung nach zu wenig für ihre Mitgift bekommen hatte, und dabei ließ sie sich im Hof auf die Erde fallen und fing laut an zu heulen. Als sie schließlich aus Wut ein Bündel Stoff in den Abort geschmissen hatte, schlug ihr Vater, Herr Nam, sie an Ort und Stelle windelweich, so wie man einen getrockneten Dorsch weich schlagen muß, ehe man ihn verzehren kann. Aus dem ganzen Viertel strömten damals die Leute zusammen, um sich an dem Schauspiel zu ergötzen. Auch an dem Tag, als sie mit ihrem Bräutigam im Taxi in die Chungcheong-Provinz zu den Schwiegereltern abfuhr, heulte Yeongdan lautstark. Vielleicht weil sie noch immer unzufrieden war mit der geringen Mitgift oder weil ihr in diesem Moment endlich klar geworden war, daß sie jetzt ihr Elternhaus verlassen mußte. Jedenfalls waren die Meinungen der Erwachsenen geteilt über die Gründe für ihren traurigen Abschied.

Es gelang uns, das aus Reisig geflochtene Hoftor geräuschlos aufzudrücken und uns in den Innenhof des Anwesens zu schleichen. Dabei hörten wir plötzlich ein helles Lachen, *kkareureu*, das eindeutig von der Rückseite des Hofes herkam. Wir faßten Mut und schlichen uns um das Haus herum, bis wir zu einem hölzernen Stützpfeiler gelangten, hinter dem wir uns versteckten und nur die Köpfe vorsichtig hervorstreckten. Dann sahen wir die Verdächtigen. Sie saßen, beide dicht nebeneinander, auf einem *Pyeongsang*, der im kühlen Schatten eines Ginkgobaumes stand, flüsterten sich immer wieder etwas ins Ohr, lachten und ließen sich offenbar etwas schmecken: Neben ihnen stand ein Bambuskorb voller Weintrauben, und die Frau steckte dem Mann immer wieder eine Traube in den Mund. Dieser streckte jedesmal seinen Mund ihrer Hand entgegen und spitzte die Lippen wie eine Karausche, eine Karpfenart, ehe er nach der nächsten Traube schnappte, um sie aufzuessen. Uns kam diese Fütterungsszene ziemlich albern vor. Die beiden aber freuten sich wie Kinder und brachen ständig in fröhliches Lachen aus.

Plötzlich fingen sie an, ihrem Spiel eine ganz überraschende Richtung zu geben. Die Frau hielt eine Rebe in der Hand und begann auf einmal, von den Trauben, die sie sich eine nach der anderen in den Mund steckte, die Kerne ins Gesicht ihres Gegenübers zu spucken, *pfuitt*. Dann machte es der Mann genauso und spuckte ihr seine Kerne ins Gesicht, *tte tte*. Immer wenn einer der beiden spuckte, versuchte der andere auszuweichen, und dabei klatschten sie vor Vergnügen in die Hände und zappelten, auf dem *Pyeongsang* sitzend, mit den Füßen vor Aufregung.

Das fröhliche und ziemlich alberne Spiel der beiden machte uns sprachlos, aber irgendwie auch neidisch, so unbeschwert und glücklich sahen sie dabei aus. Das Bündel mit dem vermeintlichen Diebesgut und das versteckte Funkgerät waren längst vergessen, und wir sahen ihnen nur noch mit Spannung zu. Dabei ließ uns ihr Spiel mit den Weintrauben allmählich das Wasser im Mund zusammenlaufen, und wir hatten nur noch den einen Gedanken, auch selbst Traubenkerne im Mund zu sammeln, um sie in irgendjemandes Gesicht zu spucken. Unwillkürlich spuckte ich immer wieder den überflüssigen Speichel auf den Boden, *ttet ttet*.

„Hee, wer ist da?"

Der junge Mann hatte uns bemerkt und schaute zu uns herüber. Wir sahen uns ertappt, es kam uns zum Bewußtsein, wo wir waren, und so rannten wir so schnell wir konnten aus dem Hof von Wons Anwesen ins Freie. Die Verfolgung des verdächtigen Paares durch die Detektive war damit beendet.

Wie immer fanden sich danach genügend andere Spiele, denen wir uns mit Hingabe widmen konnten. Vor allem spielten wir den ganzen Sommer über Fußball, auch in der größten Hitze. Dann durchsuchten wir ganze Felder mit Stöcken in der Hand nach Fröschen und Schlangen, und wenn wir müde wurden, gingen wir in die Berge zu dem Bach mit den Stromschnellen und plätscherten ganze Nachmittage mit unseren Füßen im Wasser.

Aber auch dieser Sommer, dessen Hitze besonders drückend war, ging einmal zu Ende. Es wurde wieder Herbst und dann Spätherbst. Wie verabredet, schien der Herbst auch dieses Mal von den hochgelegenen Kämmen der fernen Berge herunterzukommen. Dann färbte sich allmählich das Laub der Eichen hellbraun, und als er in die Täler vordrang, wurden auf den Feldern um das Dorf Bamsil draußen die Blätter der Mohren- und Kolbenhirse bunt. Schließlich ließ der Herbst die schwer gewordenen, reifen Reisähren auf den Feldern nahe unserem Viertel strahlen wie in einem Heiligenschein aus glänzendem Gold.

Ohne besondere Vorkommnisse glitt dieser Herbst ruhig und gelassen über die Dächer unseres Wohnviertels hinweg. Inzwischen war die Großmutter von Eunshim an einer chronischen Krankheit gestorben. Die Erwachsenen trugen sie auf einer mit Papierblumen geschmückten Totenbahre auf den Friedhof und begruben sie dort. Die Familie von Byeonggab, mit dem ich mich ständig gezankt hatte, zog in die Innenstadt, und die Mutter befestigte einen Faden an meinem faulen linken Backenzahn, um ihn mir auszureißen und ihn anschließend, wie das üblich war, auf das Hausdach zu werfen. Dort sei er, sagte sie, Futter für die Elstern.

Das junge Paar lebte weiter in unserer Nachbarschaft und erschien uns nicht mehr sonderlich verdächtig – doch, eine Neuigkeit gab es: Der Bauch der jungen Frau begann eines Tages, immer dicker zu werden. Dabei machten beide unverändert einen glücklichen und fröhlichen Eindruck. Der Mann, der sonst meistens im Zimmer geblieben war, ging jetzt immer öfter auch unter die Leute. In der Erntezeit machte er sich nützlich und half der Familie seiner Vermieter mit großem Eifer auf dem Feld. Eines Tages, als man den frisch geernteten Reis in vollen Säcken in die Stadt fuhr, wäre er beinahe mit einem Bein unter die Räder des Fuhrwerks geraten. Dieser Beinahe-Unfall trug viel dazu bei, daß er mit den Leuten in eine freundschaftliche Beziehung trat. Die Erwachsenen lobten seine Hilfsbereitschaft und meinten, er sei viel zuvorkommender und tüchtiger, als er aussah. Auch die Frau, deren Zustand immer sichtbarer wurde, kam mit schwankendem Bauch zur Wäschestelle am Fluß herunter, wo die Nachbarsfrauen ihre Wäsche wuschen. Wenn sie einander obszöne Scherze zuriefen, errötete die junge Frau, doch nicht ohne dabei scheu zu lächeln. Dann entblößte sie jedesmal ihr rosa Zahnfleisch und die gleichmäßig gewachsenen Zähne, was mir immer besonders gut gefallen hat.

Dann kam der Winter mit dem ersten Schnee. Der Bauch der jungen Frau wurde noch größer, und wir schüttelten immer wieder die Köpfe und fragten uns, wie sehr der Bauch wohl noch anschwellen wird. Als wir eines Tages zu Won gingen, um den inzwischen alt und schlaff gewordenen Lederball aufzupumpen, sahen wir die Frau am Rande des Hofes beim Wäscheaufhängen. Der ältere Bruder von Won, der bereits in die letzte Klasse der Mittelschule ging, hatte eine Luftpumpe geholt, setzte einen spitzen Aufsatz auf das Ventil und pumpte den Ball auf.

„Wenn ein Baby da drin ist, wovon ernährt es sich dann eigentlich?", fragte einer von uns.

„Na, ihr Kinder, wißt ihr denn nicht, daß sich ein Baby vom Wind und der Luft ernährt? Wovon denn sonst?"

„Wirklich, von der Luft?"

„Ja, mein Lieber, so ist das. Yonsik, der junge Mann, pumpt jede Nacht den Bauch seiner Frau auf, deshalb ist er auch immer so prall gefüllt. Hat euch das noch niemand erklärt?", sagte Wons Bruder kichernd und warf der Frau an der Wäscheleine verstohlen ein paar Blicke zu.

„Waaas …? Wirklich?“

Es klang etwas dubios, aber wir sahen keinen Grund, daran zu zweifeln. In dieser Nacht träumte ich: Yongsik hat die Frau auf den Boden gelegt, holt die Luftpumpe von Wons Fahrrad und pumpt pumpt pumpt Luft in ihren Bauch, bis er voll ist und nichts mehr hineingeht.

Schließlich waren wir traurig, als das Neujahrsfest vorüber war, und wir warteten ungeduldig auf das nächste Fest: das Fest des ersten Vollmonds im neuen Jahr, das in wenigen Tagen bevorstand.

Doch dann geschah etwas ganz Unerwartetes. Gegen Abend, kurz vor Sonnenuntergang, erschienen plötzlich etwa fünf oder sechs Fremde in unserem Wohnviertel und drangen alle auf einmal in das Anwesen von Won ein. Sofort erhob sich drinnen lautes Geschrei und Weinen, das im ganzen Viertel aus Wons *Haengrangchae* zu hören war und das nach heftigem Streit zwischen vielen Menschen klang. Als ich hinter der Mutter her in die Gasse vor Wons Anwesen kam, zerrten gerade die vier oder fünf Frauen, die unter den fremden Eindringlingen waren, die schwangere junge Frau an den Haaren aus dem Hof und überschütteten sie dabei mit Schimpfworten.

„Dieses verdammte Weib! Du Schlampe hast es gewagt, unseren Sohn zu verführen! Du hast sein Leben ruiniert!“, schrie eine der Frauen wütend. „Der einzige Sohn der Kims seit drei Generationen!“

„Töten sollte man dich! Du hast den unschuldigen Yongsik verführt, einen jungen Kerl, der die Welt nicht kennt … Unser ganzes Geld hast du gestohlen, alles, was wir aus dem Verkauf von 5 *masigi** bekommen haben, bei Nacht und Nebel … Eine Diebin ist das, schlauer als ein Fuchs!“

„Zum Glück haben wir dich endlich erwischt. Ein ganzes Jahr lang habe ich überall gesucht, um dich zu fassen!“, rief eine andere. „Sogar die Arbeit auf dem Feld mußte ich im Stich lassen. Aber glaube mir, ich sorge dafür, daß du ins Gefängnis kommst. In diesen sauren Apfel wirst du beißen!“

Die Nachbarn aus unserem Viertel drückten sich an die Seite und schauten der familiären Gewaltaktion fassungslos zu. Die Angeklagte schluchzte nur noch stumm. Mit Haaren, zerrauft wie das Nest einer Elster, und barfuß wurde sie von den zeternden Frauen weggeschleppt. Dabei blickte sie sich ständig hilfesuchend nach dem Haus um, aus dem man sie geholt hatte. Niemand wußte warum, aber Yongsik saß dort auf der Diele, von den beiden Männern bewacht, und betrachtete niedergeschlagen und mit ausdruckslosem Blick die Szene. Die vier fremden Frauen packten dann ihre Gefangene und verfrachteten sie einfach wie ein Bündel Stoff in das Taxi, mit dem sie gekommen waren. Das einzige, was es zurückließ, als es in Richtung Innenstadt verschwand, war ein leises Motorgeräusch, *bureureung …* Kurz danach sah man auch Yongsik, hinter den beiden Männern hergehend, das Viertel verlassen. Ich sah noch, wie er mit schleppendem Gang und gesenktem Kopf über den Bahnübergang ging und in die Hauptstraße einbog, wie ein kleiner gelber Hund, den man eingefangen hat.

„O Gott, ich habe das kommen sehen", sagte einer aus dem Kreis der tatenlos herumstehenden Nachbarn. „Das mußte ja passieren."

„Einer der beiden Männer, die ihn mitgenommen haben, soll der Vater von Yongsik gewesen sein."

„Versetzt euch einmal in ihre Lage. Wenn so etwas passiert, kann man als Eltern doch nur den Verstand verlieren!", seufzte ein anderer. „Sie sollen ja Großgrundbesitzer sein, in der Kreisstadt Yeong Gwang soll sogar eine Reismühle ihnen gehören. Und dieser Sohn …, seit drei Generationen wieder nur der einzige. Den haben sie mit Liebe und Sorgfalt großgezogen – und dann das! Da fängt der mit der Tochter eines armen Pächters ein Verhältnis an, und dann haut er sogar mit ihr ab. *Aiguu!* Aber kein Wunder bei diesem Mädchen, das ihm andauernd nur schön tut und mit ihm kokettiert. Da wundert einen gar nichts …"

„Aber mein Gott, übertreiben Sie nicht … Diese Leute sind auf jeden Fall völlig ohne Verständnis und erbarmungslos."

„Was können die Eltern in einem solchen Fall tun? Sie sind eben verliebt und haben ein Verhältnis miteinander … Und sind Pächter etwa keine Menschen?"

„Allerdings konmt noch etwas Wichtiges dazu", wandte einer ein: „Die beiden haben nicht nur denselben Namen, sie sollen auch von der gleichen Linie der Familie abstammen. Das ist streng verboten, auch deshalb wollen die Eltern mit aller Gewalt eine Heirat verhindern."

„Ach, egal! Die Frau tut mir so leid – was geschieht nun mit ihr? Sie ist im neunten Monat, und ihr Bauch ist so groß wie eine Wassermelone im Hochsommer …", rief eine Frau dazwischen.

„Die Eltern können in einem solchen Fall nichts dagegen tun. Dann sollen sie sie eben lassen …, wenn sie unbedingt zusammenleben wollen."

„Aber das kann man doch nicht erwarten, das ist eine Illusion. Habt ihr nicht gesehen …, die Mutter von Yongsik? … Das war schon ungewöhnlich, wie sie die schwangere Frau mit aller Gewalt an den Haaren weggeschleppt hat."

„*Heo* … Was für ein schrecklicher Fall, daß man so etwas hier erleben muß! – Und dann noch andauernd diese gräßlichen Kinder hier. Was habt ihr hier zu suchen? Los, haut ab und geht nach Hause!“

Wir Kinder erfuhren auf diese Weise jedenfalls endlich, daß diese fremden Leute die Eltern und Verwandten von Yongsik gewesen waren. Dieser Yongsik und seine Freundin, so begriffen wir, die hatten also so ein verbotenes Techtelmechtel miteinander, wie man es aus den Filmen kannte, und deswegen sind sie heimlich bei Nacht und Nebel aus ihrem Dorf weggegangen und haben sich in unser Viertel geflüchtet. Auf jeden Fall, so schlossen wir aus den Reden der Erwachsenen, hatten sie ein ganz großes Verbrechen begangen, und deswegen hatte man sie dann fortgeschleppt.

Beide sind nach diesem Ereignis nie wieder bei uns aufgetaucht. Auch das Wenige, das sie besaßen, war zurückgeblieben. Einige Zeit danach nahm Wons Mutter alles in Besitz, weshalb sich auch gleich einige Nachbarinnen mit säuerlicher Miene ihre Mäuler zerrissen: Hat die denn gar keine Ehre im Leib … Dabei haben die doch immer ihre Miete im voraus bezahlt …

Schließlich verblaßte die Erinnerung an die beiden in unserem Gedächtnis. Nur die Erwachsenen redeten hin und wieder darüber. Viele nahmen an, die Eltern von Yongsik könnten am Ende vielleicht doch einer Ehe zwischen den beiden zugestimmt haben.

Der Winter darauf war besonders kalt und lang, und es fiel sehr viel Schnee. Deshalb trieben wir uns während der Winterferien wie kleine Hunde auf den Schneefeldern herum und fuhren so lange Schlitten auf dem zugefrorenen Teich, bis es uns zuviel wurde.

15 Die Traubenkerne und die Liebe (II)

So verging der Winter, und es kam der Frühling. Ich absolvierte die Grundschule und trat in die Mittelschule über. Bei Won zogen neue Mieter ein. Der Lederfußball, den Won wie seinen Augapfel gehütet hatte, ging schließlich ganz kaputt, was wir aber dann doch nicht sonderlich bedauerten. Wie ich ging auch Won jetzt in die Mittelschule, und wir hatten nicht mehr so viel Zeit wie früher, um zusammen Fußball zu spielen.

Dann war der Sommer wieder da. Ein paar Tage, nachdem die lang erwarteten Sommerferien angefangen hatten, zogen eines Nachmittags dicke, schwarze Wolken auf, ein Anzeichen dafür, daß die Regenzeit begann. Da drang eine unerwartete Nachricht an meine Ohren.

„Hast du es schon gehört, was man überall redet: Die Frau von Yongsik soll zurück sein."

„Wirklich? Seit wann?"

„Heute gegen Mittag hat man sie in Wons Haus gehen sehen. Aber sie soll verrückt geworden sein", sagte Gilyong, ein Junge aus der Nachbarschaft.

Ich rannte aus dem Haus. Das Gerücht hatte sich tatsächlich schon im ganzen Viertel ausgebreitet. Als ich in Wons Innenhof ankam, sah ich eine Menge Nachbarinnen, die alle zusammen um eine Frau herumstanden, die auf der Diele saß. Als ich sie erkannte, wollte ich es zuerst nicht glauben. Sie sah aus wie ein Bündel dürres Stroh, die Wangenknochen traten hervor, und sie war abgezehrt und blaß wie weiße Papierblumen, mit denen eine Totenbahre geschmückt wird. Die Blicke der aus tiefen Löchern starrenden Augen schienen sich irgendwo in der weiten Luft zu verlieren. Das Haar, das sie früher lang getragen hatte, war jetzt kurz geschnitten wie bei einem dieser Besen mit kurzem Stiel. Ganz gegen die Jahreszeit trug sie einen Winterpullover und eine dicke Hose, wahrscheinlich schon sehr lange. Ihre in Pantoffeln steckenden Füße waren schmutzig, voller Ödeme und dem schwarzem Blutschorf von getrockneten Wunden.

„*Aigooo!* Wie ist das möglich! Ein so reines, hübsches Gesicht, und jetzt das ...!", klagte die Mutter von Won und konnte sich nicht beruhigen.

„Wie konnte sie so werden?", rief meine Mutter. Wo hat sie sich denn herumgetrieben und sich bis hierher durchgeschlagen?"

Wons Mutter hörte nicht auf zu schnalzen, *tss tss tss tss tss ...*, und meine Mutter wischte sich immer wieder mit einem Rockzipfel die Nase ab.

Als ich mich zwischen die Frauen gedrängt hatte, um besser zu sehen, stieg mir mit einem Mal ein übler Geruch in die Nase. Sie stank wie ein schmutziger Putzlappen, wie der sauere Dunst, der im Hochsommer aus den Mülleimern kam. Ich konnte das nicht glauben: Das sollte die Frau sein, die mit einem rosaroten Sonnenschirm in der Hand immer wieder in ein helles Lachen ausgebrochen war? Die hier in diesem Hof innig umschlungen mit Yongsik glücklich auf dem *Pyeongsang* gesessen und Weintrauben mit ihm gegessen hatte? Doch kein Zweifel, der schmutzige, stinkende Lumpen war niemand anders als sie. Das eine Jahr, das seither vergangen war, schien für sie so viel wie zwanzig Jahre gewesen zu sein, so alt und häßlich sah sie jetzt aus.

„Hey, was ist mit Yongsik passiert?", rief jemand. „Wo hast du ihn denn gelassen, während du dich alleine herumtreibst?"

„Hast du kein Zuhause? Treib dich nicht weiter herum, du solltest schleunigst zu deinen Eltern zurück! ... Aber mein Gott, wenn sie nichts sagt, kann man natürlich nicht wissen, was passiert ist ..., hast du denn auch die Sprache verloren?"

„Kommen Sie, die ist doch nicht mehr ganz richtig im Kopf. Deshalb hat es weiter keinen Zweck, sie zu fragen ... Was da abgelaufen ist, kann man sich doch denken. Diese kaltherzigen Leute haben damals nur ihren eigenen Sohn in Sicherheit gebracht und die beiden voneinander getrennt. Diese erbarmungswürdige Frau hier haben sie aus dem Haus geworfen. So wird es gewesen sein, sonst hätte sie nicht den Verstand verloren und würde sich nicht in diesem Zustand befinden. Sie war doch so jung und gesund."

„Oh mein Gott, mein Gott!, diese grausamen, herzlosen Leute. Sie haben die Strafe Gottes verdient ... Die arme Frau!"

„Immerhin, zum Glück hat sie in diesem Zustand hierher gefunden. Vielleicht hat sie sich doch an jene glückliche Zeit erinnert."

So klagten und unterhielten sich die Frauen der Nachbarschaft und stellten auch die eine oder andere Frage an die apathisch und geistesabwesend dasitzende Frau, die jedoch keinerlei Regung zeigte. Da fiel Wons Mutter etwas ein, und sie fragte laut, indem sie der Frau auf die dürre Schulter klopfte:

„Moment mal, sie mußte doch inzwischen entbunden haben ... Sag mal, wo ist denn das Baby? Das Baby?"

Darauf richtete die Frau sich auf: „Baby ... mein Baby, unser Kind ..."

Sie wiederholte diese Worte mit ihren schmutzverschmierten Lippen immer wieder und flüsterte sie wie eine Zauberformel vor sich hin. Dabei gestikulierte sie mit beiden Armen in der Luft und blickte gequält umher:

„ ... Mein Kind ... Haben Sie nicht mein Kind gesehen? Mein Baby, mein süßes Baby ... Aaah, mein Kind!"

So schrie sie laut und klammerte sich an die umstehenden Frauen, an eine nach der anderen, die erschrocken vor ihr zurückwichen.

„Mein Gott! Was hat sie nur? Jetzt hat sie wieder einen Anfall!"

„Bitte, jemand muß sie festhalten! Was hat sie denn?"

Zuerst sah sie die angstvoll zurückweichenden Frauen an, dann im nächsten Moment wandte sie sich um und rannte über den Hof zum Tor hinaus auf die Gasse. Die Umstehenden machten schnell den Weg frei, und als sie an mir vorbeilief, bemerkte ich wieder ihren abstoßenden Geruch.

„... Mein Kind, mein Kind! ... Unser Kind ..., mein süßes Kind ..."

So rief sie immer wieder, als ob es sich für sie um eine Art Klagelied handelte. Während sie rannte, hielt sie ein Kleiderbündel in den Armen und hatte bereits das Ende der Gasse erreicht. Niemand hatte die übelriechende Gestalt zurückgehalten, alle standen wir draußen auf der Gasse und blickten ihr nach. Nach dem großen Platz überquerte sie den Bahnübergang und trippelte mit kleinen, schnellen Schritten über die Hauptstraße auf den Feldweg in Richtung des Teiches. Sie lief unsicher, dann rutsche sie aus und fiel in die Furchen neben dem Weg, konnte aber wieder aufstehen und lief weiter zum Teich. Jetzt sah man sie auf den Damm klettern, der an dem Gewässer vorbeiführte, und ich fürchtete, sie könnte vielleicht ins Wasser hinunter springen. Aber dann ließ sie sich ruhig nieder und hockte sich auf die Erde, mit Blick auf den Teich, so starr, wie sie vorhin in Wons Innenhof gehockt war.

Plötzlich begannen dicke Regentropfen vom Himmel zu fallen, die Tropfen wurden immer schwerer, es schüttete wie aus Eimern, am Himmel war es dunkel geworden und man konnte nichts mehr sehen. Die Gasse leerte sich, die Zuschauer rannten nach Hause, und auch ich rannte im strömenden Regen hinter meiner Mutter her ins Haus.

Etwa eine halbe Stunde später, als es noch immer vom Himmel goß, lief ich mit einem alten Regenschirm über den Platz in Richtung des Teiches, weil ich mir Sorgen um sie gemacht hatte. Zu meinem Erstaunen saß sie, mitten im Regen, noch immer an derselben Stelle auf dem Damm. Als ich mich von hinten der regungslos hockenden Gestalt näherte, erschien mir ihr Rücken wie ein einziges häßliches Ödem zu sein, das zudem immer kleiner wurde, je näher ich ihr kam

… Dann wurde es allmählich dunkel, ohne daß der Regen, der jetzt wie feine Schnüre herabrieselte, nachließ. Die Frau hockte immer noch bewegungslos auf der Erde. Ich stand in einiger Entfernung, hielt den Regenschirm über mich und schaute lange zu dem Damm hinüber. Ich verstand nicht: Warum starrte sie dort ohne Pause in irgendeine Richtung und setzte sich dem Regen aus, offenbar ohne ihn überhaupt zu bemerken …?

„Junge, was tust du da! Es ist Zeit zum Abendessen."

Ich hörte die Stimme der Mutter, die in die Gasse gelaufen kam, um mich zu holen. Bevor ich zu ihr ging, drehte ich mich zum letzten Mal um. Die Abenddämmerung begann zusammen mit dem Regen die Felder in ein zunehmendes Dunkel zu hüllen. Hinter mir auf dem Damm war es bereits dunkel, und es war nur noch undeutlich eine kleine Erhöhung darauf zu erkennen. Zudem war es unsicher, ob sie überhaupt da war, und auch diese winzige Erscheinung wurde kurz darauf von der Schwärze der Nacht verschluckt.

Der Regen strömte die ganze Nacht weiter vom Himmel, das Radio meldete eine Starkregenwarnung für die Jeolla-Provinz Nord wie auch Süd. In jener Nacht schlief ich sehr unruhig, und die Frau erschien mir im Traum. Als die junge Frau, wie ich sie gekannt hatte, stand sie auf dem Damm mit einem zartrosa Sonnenschirm in der Hand. Die Sonne eines Sommernachmittags strahlte vom Himmel. Auf der Wasserfläche war etwas Rundliches zu erkennen, ein blaues Lotusblatt. Jetzt begann die Frau, mit ihrem Sonnenschirm in der Hand, langsam in den Teich hineinzugehen, und dabei brach sie in ihr helles Lachen aus, ein Lachen voller Glück und Fröhlichkeit, das über der ruhigen Oberfläche des Teiches erklang. Dann ergriff sie das große Lotusblatt mit ihren Händen und setzte sich mit einem geschickten Schwung darauf, und ihr Lachen ertönte dabei immer weiter. Das blaue Blatt, mit dem glücklich lachenden Passagier und dem rosa Sonnenschirm darauf, trieb langsam fort, und wie wenn der Teich ein riesiger See wäre, verschwand es am Ende in der Ferne hinter dem Horizont.

Am nächsten Tag, als der Regen aufgehört hatte, ging ich zum Teich. Von der Frau war keine Spur mehr zu sehen, und auch danach ist die Unglückliche nie wieder in unserem Viertel erschienen.

Aber gelegentlich mußte ich mich doch wieder an sie erinnern. Ich konnte die Szene einfach nicht vergessen, wie die beiden damals auf dem *Pyeongsang* in Wons Hof gesessen hatten, den Mund voller Trauben, und wie sie anfing, ihrem geliebten Yongsik die Kerne ins Gesicht zu spucken, und dabei dieses Lachen, und dieses tiefe Glück, das aus ihrem Gesicht strahlte ... – ich konnte das nicht mehr vergessen. Und dabei fragte ich mich immer wieder, was es eigentlich war, das den beiden bei diesem seltsamen Spiel damals so großen Spaß gemacht hat.

Es wird im darauffolgenden Spätsommer gewesen sein, als die Mutter wieder einmal Weintrauben in der Stadt gekauft hatte. Es waren späte Trauben, etwas dürftig und nicht gerade schön, aber sie schmeckten ganz gut. Ich war allein zu Hause gewesen, und als Mutter zurückkam, setzten wir uns hinaus auf die Diele, um die Trauben zu essen. Plötzlich war die Erinnerung an das glückliche Spiel der jungen Frau mit Yongsik wieder da, ich nahm mehrere Trauben auf einmal in den Mund, zerkaute sie und begann, die Kerne gezielt in das Gesicht der neben mir sitzenden Mutter zu spucken. Sie trafen ihr Ziel genau an der Nasenwurzel und an beiden Wangen, und ich wollte gerade ebenfalls in ein glückliches Lachen ausbrechen, als ich im selben Augenblick, klatsch klatsch!, von der Mutter mit ihrer großen Hand ein paar Ohrfeigen bekam.

„Was soll denn das! Bist du jetzt ganz verrückt geworden? Wo hast du denn ein solch schlechtes Benehmen her? So etwas tut man nicht!!"

Wieder traf mich eine Ohrfeige wie ein Blitz. Ich fühlte meine Wangen, die richtig heiß geworden waren, und sah kurz in ihr zorniges Gesicht. Dann stand ich auf und verließ das Haus. Auf dem großen Platz angekommen, schaute ich in Richtung des Teiches hinüber. Trauer hatte von mir Besitz ergriffen.

Ach ..., seufzte ich. Diese Mutter ist dumm, sie hat keine Ahnung ... Aach, ich war untröstlich, es machte mich so traurig, daß sie überhaupt kein Verständnis für dieses fröhliche Spiel glücklicher Menschen gehabt hatte.

16 Das Haus hinter der bengalischen Quittenhecke

Als ich eines Tages wieder einmal entliehene Comic-Bücher zurückgegeben hatte und anschließend den Laden verlassen wollte, hielt mich der Ladeninhaber, der ältere Bruder von Byeonggu, an der Türe zurück.

„Hallo, Kleiner, könntest du mir einen Gefallen tun und rasch jemandem etwas vorbeibringen?“

„Etwas vorbeibringen, wem denn und wohin?“

„Es ist ganz einfach. Wenn du zurück bist, darfst du dir ein Comic-Buch zum Lesen aussuchen, umsonst.“

Natürlich war ich interessiert. Er verschwand im Nebenraum und kam mit einem hübschen kleinen Päckchen zurück.

„Du kennst doch Ohmok? Die Dame, die in dem Haus hinter der bengalischen Quittenhecke wohnt. Bring ihr das bitte.“

„Ah, ach so. Das ist doch diese Tante mit der großen Brille?“

„Ja, stimmt. Aber du sollst nicht Tante zu ihr sagen, sie ist noch unverheiratet. Übergib ihr das ganz unauffällig, ohne daß es jemand sieht, verstanden?“

„Was ist da drin?“, fragte ich neugierig.

„Das brauchst du nicht zu wissen. Falls sie fragt, was das ist, sag ihr bitte, es ist ein Geschenk von mir, ein Weihnachtsgeschenk. Also, dann geh jetzt, schnell!“

Er blickte in seinem Laden umher, als ob jemand da wäre und ihn hören könnte, und flüsterte nochmal mit leichtem Erröten im Gesicht, daß es wirklich niemand sehen dürfe.

„Und falls sie nicht zu Hause sein sollte, bringst du es einfach wieder zurück. Verstanden?“

Ich verließ den Laden und lief die Gasse hinunter. Drüben mitten in den Feldern stand das einsame Haus, es war das Haus mit der bengalischen Quittenhecke. Aber was war da drin? Ich tastete das Päckchen ab. Ein Buch vielleicht? Warum hat er sich die Mühe gemacht, ein einfaches Comic-Buch so schön einzupacken? Ständig pfeifend lief ich den Feldweg entlang.

Niemand war zu sehen im Hof hinter der Quittenhecke. Das mit Ziegeln gedeckte Haus war groß und geräumig, aber es sah eigentlich nicht bewohnt aus. Der Rand des Innenhofes war von vertrocknetem Unkraut überwuchert. Auch die Wäschestelle und die Terrasse mit den Krügen für die Sojasauce waren in völliger Unordnung. Ich schob das halboffene Hoftor vorsichtig zur Seite und ging vollends in den Hof hinein.

„Hallo?"

Ich hatte meinen Mut zusammengenommen und laut gerufen, aber es kam kein Zeichen von drinnen. Ich ging ein paar Schritte weiter am Blumenbeet vorbei, bis mir eine große, über der Wäscheleine hängende Bettdecke den Weg versperrte. Als ich die Flekken auf der schmutzigen Decke sah, die einem Gemälde glichen, mußte ich kichern, und die Flüsterstimmen der Nachbarinnen kamen mir in den Sinn, die sich schon lange darüber ihre Mäuler zerrissen:

„... Meine Güte, die Brillenschlange da draußen in dem Haus mit der bengalischen Quittenhecke soll ja eine Bettnässerin sein, die jede Nacht in ihre Decke pinkelt."

„Ach Gott, das ist doch kaum zu glauben! Wie kann eine erwachsene Frau ins Bett machen?"

„Du hast keine Ahnung! Mein älterer Bruder sagt, die ist eben krank. Weil sie sich nachts im Bett naß macht, ohne es zu merken, wird sie wahrscheinlich auch nicht geheiratet haben. Wer es nicht glaubt, sollte sofort bei ihr in den Innenhof schauen. Da soll jeden Tag die Bettdecke mit den feuchten Flecken an der Wäscheleine hängen. Echt wahr ..."

Yangjae hatte das seltsame Gerücht als erster herumerzählt, und wir Kinder hatten deswegen immer amüsiert gekichert. Seitdem hatte Fräulein Ohmok jedenfalls einen neuen Spitznamen, neben „alter Besen" und „Geigenkratzerin", *kkaeng kkaengi*, hieß sie jetzt „die alte Bettpisserin". Hatte Yangjae also recht gehabt?

Ich betrachtete die Bettdecke auf der Leine, die mit deutlichen Urinspuren bemalt war, und mußte wieder kichern.

„Wer bist du? Was willst du hier stehlen?"

Erschrocken drehte ich mich um. Go Ohmok stand direkt vor mir. Ich trat einen Schritt zurück und konnte nur murmeln: „Ach nein, ich ..."

Da packte sie mich auf einmal am Handgelenk, und ihre Augen hinter der großen Brille blitzten vor Zorn.

„Gib es zu: Du bist es, der neulich auch meine Wäsche gestohlen hat. O Gott, so klein und schon ein solcher Übeltäter ...! Aber es ist gut, daß ich dich jetzt erwischt habe. Los, wir gehen sofort zu deinen Eltern."

Wäsche? Was für Wäsche?, dachte ich erschrocken. Tatsächlich hatte ich so etwas gesehen, als ein paar Kinder vor kurzem mit ein seltsamen Stück Stoff an der Spitze einer Bambusstange unter lautem Gelächter durch die Gegend liefen. Vielleicht war es ein Büstenhalter oder so etwas, was die Frauen immer unter ihrer Kleidung trugen, damit man ihren Busen deutlich sehen sollte. Der ältere Bruder von Won, der schon in die Mittelschule ging, hatte die Kinder ins Haus mit den Quitten geschickt, um das Ding aus dem Hof zu klauen. Natürlich hatte ich damit nichts zu tun gehabt, ich war daran völlig unschuldig.

„Nein. ich habe das nicht getan!"

„Lüg nicht, du böses Kind. Wir gehen jetzt sofort zu deinem Vater."

Das war zu viel an unverdienten Drohungen. Tränen stiegen mir in die Augen, und ich brach in lautes Schluchzen aus, wodurch die Frau sich ein wenig erweichen zu lassen schien.

„Weine nicht. Hör auf zu weinen, bitte. – Hast du das wirklich nicht getan?"

Aufschluchzend nickte ich ihr zu.

„Ich bin doch bloß hier", brachte ich heraus, „weil ich etwas abgeben soll."

„Etwas abgeben?"

Sie nahm das Päckchen entgegen und öffnete es etwas verwundert. Was zum Vorschein kam, war die neueste Nummer der illustrierten Monatszeitschrift mit Namen *Arirang*.

„Ach, wer schickt mir so etwas?"

Als ich sagte, von wem ich käme, wurden die Augen hinter ihrer Brille immer größer. Für eine Weile stand sie in ihrer Verblüffung ziemlich ratlos vor mir.

„Der Mann im Comic-Laden hat gesagt", versuchte ich ihr zu erklären, „ich soll Ihnen das geben. Es soll ein Weihnachtsgeschenk sein, aber es darf niemand sehen."

„*Oh ... oh!* Mein Gott, ich weiß gar nicht, was ich sagen soll. Der kennt mich doch überhaupt nicht ... *Aayuh*, was hält der von mir? Ein so unanständiges und übles Magazin soll ich lesen? *Ayu*, wie ärgerlich, *ayu ayu*. ... Meine Güte, wie müssen diese Leute mich verachten ..., mich, die glauben alle, ich sei so wie sie, ich ...*!*"

Dabei sprang sie vor Entrüstung von einem Fuß auf den anderen, und ihr Gesicht verfärbte sich in allen Regenbogenfarben. Schließlich warf sie das Heft wütend auf den Boden und brach in Tränen aus. Ich war so überrascht, daß ich meinen Augen nicht traute, und seltsamerweise war diesmal ich es, der sie zu trösten unternahm.

„Bitte, nicht weinen, Tante, ach nein, Fräulein, bitte weinen Sie doch nicht."

Sie hörte mit dem Weinen auf, und ihre Wut und Verärgerung machten einem Staunen Platz, und sie starrte mich verwundert an.

„Jaja, es tut mir leid … Ich war sehr wütend, deshalb, wegen dieses Zeugs da … Danke, daß du mich trösten willst."

Dabei lächelte sie etwas und schluckte schniefend ihre Tränen hinunter, worauf ich einen roten Kopf bekam.

„Du bist ein gutes Kind. Willst du nicht einen Augenblick hereinkommen? Ich möchte dir etwas Leckeres anbieten, auch in der Hoffnung, daß du mir dann verzeihen kannst."

Ganz unerwartet folgte ich ihr ins Haus. Im Gegensatz zu der Unordnung im Hof war das Innere des Hauses sehr schön eingerichtet. Der Fußboden im Salon glänzte, und man mußte aufpassen, daß man nicht ausrutschte. Die herumstehenden Möbel waren groß und sahen teuer aus. Go Ohmok ließ mich im Wohnzimmer auf dem Sofa Platz nehmen und stellte einen Teller mit Keksen vor mich hin.

„Bitte greif zu. Das Haus ist nicht aufgeräumt, ich bin zu faul aufzuräumen."

Dabei lächelte sie mir zu, als ob ich ein Erwachsener gewesen wäre.

„Ich sehe dich zum ersten Mal. Wo wohnst du? Und wie heißt du?"

Ihre freundlichen und so wohlklingenden Fragen waren etwas Neues für mich, und sie schüchterten mich ein.

„Cheol, ein gewöhnlicher Name. Aber er paßt sehr gut zu dir. Ich entschuldige mich, daß ich vorhin so böse war. Verzeih mir."

„Aber nein, das macht doch nichts."

„Ach Gott, du wirst ja rot. Wie schüchtern du bist, *hohoho!*"

Sie drückte mir einen Keks in die Hand. Ihre Finger waren sehr weiß und dünn, wie bei einer Kranken. Ich biß in den Keks und kaute mit geschlossenem Mund. Er schmeckte köstlich, und ich wurde etwas mutiger.

„Nun … ich … Tante … Ich dachte, glaube ich, Sie sind ein ziemlich schrecklicher Mensch."

„Ach so! Warum das denn …?"

Sie fand mein Geständnis offenbar spaßig und zwinkerte belustigt mit den Augen.

„Die Leute sagen, Sie seien sehr schwierig und böswillig, und …"

„Und was noch?"

„Hochmütig seien Sie, weil sie reich sind. Und Sie machten sich wichtig und seien arrogant. – Sind sie wirklich so reich?"

Ich fragte vorsichtig und lächelte dabei, und überhaupt bemühte ich mich bewußt, so vornehm zu reden wie die Kinder aus Seoul. Ich kannte mich aus, weil es in meiner Klasse einen Mitschüler gab, der aus Seoul kam.

„Na ja, das war einmal, und wie es heute aussieht, bin ich eher arm und allein."

„Allein?"

„Ja, ich meine, es ist niemand da, ich habe keine Freunde. Und ich weiß genau, daß sogar die Leute im Dorf mir aus dem Weg gehen und nicht mit mir verkehren wollen."

„Wahrscheinlich liegt das an Ihrem Geruch, ich meine, wie Sie riechen ..."

„An meinem Geruch?"

Zu spät wurde mir klar, daß ich einen Fehler gemacht hatte. Aber ich wollte ehrlich sein zu dieser freundlichen Frau und fuhr deshalb fort:

„ ... Nun, der ältere Bruder von Won hat gesagt, Sie machen jede Nacht Ihre Bettdecke naß, aber nicht mit Absicht ... Ich kann das verstehen, das ist eine Krankheit. Offen gesagt: Meine ältere Schwester Eunmae macht auch ins Bett."

Dabei lächelte ich überlegen, als ob es mich nichts anginge, wenn einer ein Bettnässer ist. Natürlich verlor ich kein Wort darüber, daß auch ich noch vor kurzem ins Bett gepißt hatte.

Ohmok lachte plötzlich auf.

„Meine Güte, wie gemein die Leute doch sind. Warum müssen sie so schlecht über mich reden, obwohl ich niemandem etwas getan habe? Ich verstehe das nicht."

„Aber was ist dann mit der fleckigen Decke, die draußen an der Wäscheleine hängt?"

„Ach so, die ...! Die gehört meinem Großvater. Ja, wenn man alt wird, dann passiert das eben, dann wird man so ... – ach so, jetzt verstehe ich ...!"

Sie wandte den Kopf und zeigte mit den Augen auf das Zimmer hinter ihr. Durch einen Spalt in der halb geöffneten Tür konnte ich einen Blick in das abgedunkelte Zimmer werfen, und ich sah einen Alten mit grauen Haaren gebückt auf dem Boden sitzen, der etwas auf den Knien vor sich liegen hatte, das aussah wie eine Bibel. Nun war mir endlich alles klar.

„Also deine Schwester macht auch noch ins Bett?"

Nach einigem Zögern erzählte ich ihr von Eumae. Dann erzählte ich auch von der Insel, auf der wir gelebt hatten, von dem Umzug hierher, von der Mutter, und wie geschickt sie beim Nähen war, und von Eunbuns Anstellung in der Süßwarenfabrik ... Ich berichtete alles der Reihe nach, obwohl ich nicht danach gefragt worden war. Ich wußte auch nicht, warum. Sie hörte aufmerksam alle meine Geschichten an, und hinter ihrer Brille kamen mir ihre Augen besonders groß vor. Schließlich zwinkerte sie verständnisinnig und unterbrach mich mit einer Frage.

„So ist das also ... Aber warum sagst du kein Wort von deinem Vater? Was macht der denn?"

Ihre Frage erschreckte mich, und ich zuckte zusammen.

„Mein Vater ist Kapitän auf einem großen Schiff, das in ferne Länder fährt. Mein Vater ist dort der Chef. Es heißt, er verdient auch sehr viel Geld, und das ist sicher die Wahrheit. Wenn er nach Hause kommt, bringt er jedesmal wunderbare Geschenke mit. Er ist nämlich reich. Zu Hause haben wir ein Foto von ihm, darauf trägt er eine elegante Kapitänsuniform ..."

So erzählte ich mit großem Eifer eine lange Lügengeschichte, doch als ich noch im vollen Zug war, kam mir mit einem Male der Pinguin aus dem Buch von Eunbun in den Sinn ... Der Pinguin-Vater, der ganz alleine auf dem Eis das Ei brütet. Der tapfere Vater, der das Pinguinbaby auf seinen Füßen stehen läßt und der seinen großen Rükken krumm macht, um das Kleine vor dem eiskalten Wind zu schützen ... Ich wußte nicht warum, aber das Herz tat mir weh bei diesen Erinnerungen. Aah, warum nur kam der Vater nicht endlich zurück ...! Und ebensowenig verstand ich, weshalb diese Ohmok jetzt so düster dreinschaute und mich forschend ansah.

„Aha, ja ... Aber er kommt wohl nicht oft zu euch nach Hause?"

„Er kommt sehr selten, ja. Weil er eben weit in der Welt herumfährt. ... Aber er kommt sicher bald mit viel Geld nach Hause. Und dann werden wir ein großes Haus kaufen. Und die Krankheit von Eunmae wird auch geheilt werden. Und die Mutter kann dann eine Damenschneiderei eröffnen, Eunbun kann in die Mittelschule gehen und ..."

Ich konnte nicht weiter reden, auf einmal blieben mir die Worte im Hals stecken. Warum mußte ich solche unsinnigen Lügen erzählen? Ich kam mir vor wie ein Dummkopf und bemühte mich verschämt, ihren Blicken auszuweichen.

„Nun, das ist ja schön für dich. Ich weiß nicht, ob du dir ganz bewußt bist, welch großes Glück es ist, wenn man noch Vater und Mutter hat. Ich habe niemanden mehr, und als beide noch lebten, war mir nicht klar, was das bedeutete. Seit ich alleine bin, weiß ich es. Wie sehr man sich auch immer danach sehnt, die Vergangenheit kommt nie mehr zurück, niemals mehr ... Ich beneide dich, wirklich."

Ihre Worte klangen schwermütig, und in ihrem Gesicht sah ich nun aus der Nähe viele Runzeln. Sie sah mit einem Mal viel älter aus. Ja sie hatte das Gesicht eines einsamen und verlassenen Menschen. Was hatte sie gesagt: Die vergangene Zeit kommt nie mehr zurück? Ich verstand nicht recht, was sie damit meinte. Die Zeit, das war die Gegenwart – die war mir teils gleichgültig, teils war es eine Art Dunkelheit, in der man sich nur hilflos bewegen konnte, die einen erstickte und die bitte möglichst schnell verschwinden sollte ... Ich wußte nicht, seit wann, aber ich hatte damals den innigen Wunsch, daß die Zeit, das hieß die Gegenwart, nur so schnell wie möglich verging.

Wir unterhielten uns an diesem Tag sehr ausführlich. Dabei war ich es, der am meisten redete, während sie aufmerksam zuhörte. Trotzdem erfuhr ich sehr viel über sie: Sie war viel ärmer, als ich gedacht hatte, und außerdem auch viel häßlicher, und ihr Leben viel einsamer. Unter anderem erzählte sie von dem Traum, einmal eine gefeierte Geigerin zu werden. Aber inzwischen sei ihr bewußt, daß sie diesen Traum nicht verwirklichen könne. Die vielen anderen Dinge, von denen sie sprach, waren für mich kaum verständlich. Dann durfte ich auch ihre Violine in die Hand nehmen, und als sie sogar ein kurzes Stück für mich spielte, stieg sie sehr hoch in meiner Achtung. Offensichtlich hatte sie schon seit langem jemanden gebraucht, mit dem sie reden konnte, das war mir rasch klar geworden.

„Ach, meine Schwester Eunbun hat auch einen Traum."

„Aha. Nun, es gibt wohl keinen Menschen, der überhaupt keinen Traum kennt. Und was für einen Traum hat deine Schwester?"

„Nonne. Sie will unbedingt später einmal eine Nonne werden."

„Ach Gott, warum denn das?"

„Sie will nicht heiraten. Sie sagt, alle Männer sind Diebe und man kann ihnen nicht vertrauen. Sie sind verantwortungslose Kerle und stürzen die schwachen Frauen nur ins Unglück."

„*Aigo!* Was du nicht sagst ..."

Go Ohmok lächelte ein wenig, ehe sie wieder ihre melancholische Miene annahm. Während sie die Saiten ihres Instrumentes mit einem nach Kiefern riechenden Pulver reinigte, fragte sie mich ganz direkt:

„Und was ist dein Traum? Was möchtest du später einmal werden?"

„Ich? Ich möchte ein Dichter werden."

„Weißt du denn, was ein Dichter tut?"

„Ja natürlich. Ein Dichter ist einer, der sich schöne und interessante Geschichten ausdenkt und sie den Leuten erzählt. Wer sich in einem traurigen Zustand befindet, kann vielleicht glücklich werden, wenn er eine fröhliche Geschichte zum Lesen bekommt. Ich kenne viele solcher Geschichten."

„*Ayuu!* Da bin ich aber neugierig. An was für eine Geschichte denkst du zum Beispiel?"

„Zum Beispiel von den Sternen. Früher einmal sollen alle Menschen Sterne gewesen sein. Und wenn eine Sternschnuppe herunterfällt, ist das ein Zeichen, daß im selben Augenblick gerade in irgendeinem Haus ein Baby geboren wird ..."

So begann ich mit großer Begeisterung die Geschichte von den Sternen zu erzählen, wie ich sie in unserem Heimatdorf auf der Insel von der Großmutter gehört hatte. Ohmok hörte die ganze Zeit aufmerksam zu, und ich hatte das stolze Gefühl, als würde ich schon sprechen wie ein richtiger Poet.

„O ganz großartig! Ich habe noch nie eine so schöne und bewegende Geschichte gehört. Cheol! Du wirst bestimmt ein großartiger Dichter werden, ganz bestimmt!"

Sie war plötzlich aufgestanden und schloß mich mit Tränen in den Augen in ihre Arme. Der prickelnde Wohlgeruch, der ihrem Busen entstieg, machte mich schwindlig. Dann begleitete mich Go Ohmok bis zu der Quittenhecke im Hof ihres Anwesens.

„Das Heft gib bitte dem Bruder von Byeonggu zurück, ebenso die Karte an mich, die er hineingesteckt hat," sagte sie und übergab mir das Päckchen.

„Was stand denn auf der Karte?"

„Ach, er möchte mich zur Freundin haben."

„Er ist wirklich kein schlechter Mensch. Er hat gesagt, am meisten von allen Menschen auf der Welt verehrt er die Künstler. Wenn seine Hand nicht verkrüppelt wäre, wäre er ein tüchtiger Gitarrenspieler geworden."

So sprudelte es aus mir heraus, obwohl er mich nicht darum gebeten hatte, für ihn zu werben. Sie blickte mich amüsiert an, und dabei sah sie plötzlich eigentlich ganz hübsch aus.

„Ja, wahrscheinlich ist er ein guter Mensch. Aber wahre Liebe heißt, daß man sich nicht nur einseitig, sondern gegenseitig schätzt, und daß beide füreinander Verständnis aufbringen. Vielleicht verstehst du das noch nicht, weil du noch zu jung bist. Und außerdem habe ich doch schon einen Freund: Ich habe doch dich!"

Mit einem süßen Lächeln umfaßte sie dabei fest meine beiden Hände. Ich war in diesem Moment so erfreut und glücklich, daß ich den Atem anhielt und mein Herz schneller schlug.

„Auf Wiedersehen!", rief sie mir nach. „Es hat mich sehr gefreut. Du kannst mich jederzeit besuchen, denn wir sind doch jetzt Freunde, nicht wahr?"

Ich nickte immer wieder und rannte den Feldweg hinunter.

Als dann im Laden der Comic-Mann das Päckchen sah, machte er sofort ein enttäuschtes Gesicht.

„Warum hast du das denn wieder mitgebracht?“

„Ich soll es Ihnen zurückgeben. Doch jetzt muß ich gleich nach Hause.“

„Aber Moment mal, Junge, hat sie denn gar nichts dazu gesagt, sollst du mir nicht etwas von ihr ausrichten?“

„Ach ja, ... wahre Liebe ist halt nicht einseitig, meint sie. Man muß gegenseitiges Verständnis haben oder so ... Außerdem hat sie schon einen Freund.“

Natürlich sagte ich nicht, daß ich dieser Freund war.

„So, sie hat also gesagt, sie hat schon einen Freund ...“, murmelte er mit schwacher Stimme vor sich hin, als hätte er mehrere Mahlzeiten versäumt und seit Tagen nichts zu essen bekommen. Ich dagegen hatte eine unverschämt gute Laune und machte mich fröhlich pfeifend auf den Weg nach Hause. Es war inzwischen schon Abend geworden.

17 Die Hütte für die Totenbahren

Als ich in unseren Hof kam, war alles still. Ich dachte, das ist ein Glück, daß die Mutter noch nicht von der Arbeit zurück ist, und ohne etwas dabei zu denken, öffnete ich die Zimmertür – und erschrak. Von Eunmae keine Spur, es war nichts von ihr zu sehen noch zu hören. Was war geschehen? Wo war sie hingegangen? Am Boden lag eine leere Reisschüssel, und die an der Tür festgemachte Schnur, deren anderes Ende ihr gewöhnlich um die Hüfte gebunden war, hing lose von dem Metallring herunter. Ich öffnete die Tür zur Küche, aber auch in der Küche war sie nicht. Auch unter der Diele, im Abort, im Hof, überall sah ich nach, und nirgends war sie zu finden. Nur ihre schwarzen Gummischuhe lagen auf der Erde: Sie war also barfuß weggelaufen, und ich war noch mehr erschrocken. Da kam die Mutter von Deokjae in den Hof.

„Hallo!", rief ich, „haben Sie vielleicht Eunmae gesehen?"

Sie machte große Augen.

„Mein Gott! Hast du Eunmae nicht mitgenommen?"

„Nein. Ich wollte doch nur kurz weg, nachdem sie eingeschlafen war ..."

„*Aigo!* Oh weh! Deine Mutter ist vorhin nach Hause gekommen und gleich wieder weggegangen, um euch zu suchen. Sie glaubt, du hast Eunmae mitgenommen."

„Was hat die Mutter ...?"

„Steh nicht herum und lauf schnell, um sie zu suchen!"

Es wurde mir beinahe schwarz vor Augen. Was war da passiert? Eines wußte ich genau: Ich war erst aus dem Haus gegangen, nachdem das Kind eingeschlafen war. Auf der Gasse stieß ich auf meine Mutter, die gerade aus der Richtung des großen Platzes zurückkam, wo sie uns gesucht hatte.

„Was ... *Aigu!* Was ist mit Eunmae?"

Das Gesicht der Mutter war blaß geworden. Ich war nahe daran, in Tränen auszubrechen. Da kam Herr Ahn aus seinem Friseurladen.

„Habe ich richtig gehört: Eunmae ist verschwunden?"

„Haben Sie sie gesehen?"

„Nein."

„O Gott! Wohin ist gegangen bei dieser Kälte?"

Mutter und ich rannten nun getrennt durch die Gassen in der Nähe. Es war besonders kalt an diesem Abend, weshalb auch keine Kinder draußen zu sehen waren.

„*Aigu!* Du bist ein Teufel! Du bringst mich bestimmt ein paar Jahre früher unter die Erde! ... Wo hast du dich überhaupt herumgetrieben? ... Los, wir gehen zum Teich!"

Dabei rannte sie schon den Feldweg entlang in Richtung zum Teich. Ich beeilte mich, ihr zu folgen, und es war mir ganz egal, daß ich immer wieder vom Weg abkam, zwischen die Ackerfurchen geriet und stolperte. Der Wind wehte stark, und beim Atmen bekam ich vor Kälte Schmerzen in der Nase. Wohin war sie nur gegangen bei dieser Kälte? Bestimmt auch noch barfuß ... Eunmae hatte zu Hause nur ihre dünne Unterkleidung getragen, und jetzt war sie vielleicht barfuß auf dem dünnen Eis herumgeirrt. Dann ist sie vielleicht eingebrochen ... und sie ist ertrunken ... Bei diesen schrecklichen Vorstellungen stockte mir der Atem.

„Eunmae! Eunmae!"

Mutter und ich schrien so laut, wie wir konnten, während wir am Teich entlang liefen. Auf der anderen Seite drüben fuhr ein Zug langsam und klappernd vorüber, *kungkang kungkang* ...

„Hier ist sie nicht. Wenn sie hier herumgelaufen wäre, hätte sie bestimmt jemand gesehen. Ich gehe jetzt hinüber zu den Bahngleisen, und du gehst die Hauptstraße entlang in Richtung Friedhof. Ich komme gleich nach. Los, lauf schnell!"

Dann lief sie auf dem Damm zu den Bahngleisen hinüber, und ich rannte zuerst in Richtung unseres Viertels, weil ich noch an unserem Haus vorbeigehen wollte. Und ich ging auch hinein, vielleicht war Eunmae ja inzwischen wieder zurück? Aber sie war nicht da. Dann wieder auf den Feldweg zurück und an der Quittenhecke von Ohmok vorbei. ... Was, wenn man Eunmae nicht findet? Ich habe den Fehler gemacht, ich hätte sie nicht alleine zu Hause lassen dürfen ..., es ist ganz meine Schuld ... Was soll ich bloß machen?

Während ich den Feldweg entlang rannte, liefen mir Tränen herunter, und auf der Hauptstraße war sie auch nicht zu sehen. Von der Hauptstraße aus ging es hinauf zum Friedhof. Es dämmerte bereits. Am Eingang des Friedhofs war niemand zu sehen. Hinter dem Friedhof bis hinauf zum *Jat*-Berg war freies Feld. Es war unwahrscheinlich, daß sie bis dahin gekommen war. Als ich wieder zur Straße hinuntergegangen und eine Weile ratlos herumgestanden war, begegnete ich einem alten Mann mit einem A-Rahmen* auf dem Rücken. Auf einer Anhöhe in der Nähe des Friedhofes standen schon seit langer Zeit zwei kleine Hütten, von denen die Kinder glaubten, es würden Aussätzige darin wohnen. Deshalb hüteten sie sich davor, in ihre Nähe zu kommen. Anscheinend lebte der Alte in einer der

Hütten, und ich nahm meinen Mut zusammen und rannte auf ihn zu.

„Hallo, Großvater! Haben Sie vielleicht ein kleines Mädchen gesehen?"

„Nein, mir ist niemand begegnet. Aber was hast du denn?"

Der Alte trug einen Filzhut auf dem Kopf und hatte ein ungewaschenes Gesicht mit stark verzerrten Zügen. Während er mit dem Handrücken das Wasser abwischte, das ihm aus der Nase lief, blieb er aber doch stehen und drehte sich nach mir um.

„Moment, ich habe doch etwas gesehen: ein offenbar geisteskrankes Kind, das sich da drüben herumgetrieben hat."

„Wo war das?"

„Ich weiß nicht, ob es noch dort ist. Siehst du dort drüben die Felder unterhalb der Hütte für die Totenbahren? Dort sind auf dem Feld große Haufen Reisstroh aufgeschichtet, und dort saß die Kleine zitternd vor Kälte. Ist es das Kind, das du suchst? Es sieht aus wie eine Geisteskranke ..., man muß erfrieren, jetzt mitten im tiefsten Winter ..."

Ich ließ den weiter vor sich hin murmelnden Alten stehen und rannte zu dem Feld hinter dem Friedhof hinauf, das er mir bezeichnet hatte. Aber von Eunmae war nichts zu sehen. Die Hütte stand auf einer Anhöhe über dem Friedhof. Darin wurden nach einem Begräbnis immer die leeren Totenbahren aufbewahrt. Sie war mit alten Ziegeln gedeckt, und die Wände waren aus schwarzen Brettern. Deshalb sah sie ziemlich schäbig aus. Wir Kinder glaubten, ein Geist wohnte in der Hütte, und es schauderte uns, wenn wir sie nur aus der Ferne sahen. Aus diesem Grund hatte sich noch nie ein Kind auch nur in der Nähe der Hütte aufgehalten.

Die Abenddämmerung hatte sich verstärkt, und der Wind wehte noch kräftiger. Sollte ich die Mutter rufen? Mit zusammengebissenen Zähnen ging ich vorsichtig hinauf zur Hütte, und es fehlte nicht viel und ich hätte mir in die Hose gemacht. Meine Knie zitterten, bis zur Hütte waren es noch vier bis fünf Schritte. Dann konnte ich vor Angst nicht mehr weitergehen und rief mit zitternder Stimme:

„Eunmae ..., Eunmae! Bist du da?"

Als ich mich gerade umgedreht hatte und rasch wieder davonlaufen wollte, hörte ich flüchtig ein schwaches Stöhnen:

„Eu eu ... mama ..."

Eunmae!! Sicher, das war Eunmae. Ich rannte wieder nach oben in die Richtung, aus der die Stimme gekommen war.

„Eunmae! Eunmae!"

Tatsächlich, sie war es. Sie lag hinter der Hütte unter dem Vordach völlig zusammengekrümmt auf der Erde, der Anblick war erbärmlich. Offensichtlich war sie in eine Pfütze gefallen, während sie herumgeirrt war. In ihrer dünnen Unterwäsche war sie völlig durchnäßt und über und über von Schmutz bedeckt. Durch die Risse in der Kleidung sah man ihre mageren Knie und Waden. Die nackten, schmutzstarrenden Füße waren blau gefroren und voller Kratzwunden. Ich umarmte sie und brach in lautes Weinen aus. Ich hatte das Gefühl, ein Stück Eis in den Armen zu halten.

„Du dummes Ding, was tust du hier? ... Du Idiotin!", schrie ich aus Verzweiflung auf sie ein. Aber die arme Eunmae sah mir nur erschöpft ins Gesicht. Dann grinste sie etwas, bevor ihr die Augen zufielen. Der kleine, dünne Körper, zart wie eine Seidenraupe, zitterte vor Kälte. Plötzlich fuhr mir der Gedanke durch den Kopf, sie könnte gleich sterben. Ich nahm alle Kraft zusammen und lud sie mir auf den Rücken. Dann richtete ich mich auf. Sie war leicht, trotzdem zitterten mir die Knie, als ich auf den Weg hinunter kroch. Eunmaes beide Ärmchen hingen schlaff über meine Schultern herunter und schwankten hin und her wie bei einer Vogelscheuche im Wind. Mir war schwindlig.

„Nicht sterben! Meine Schwester Eunmae! Ich entschuldige mich ... verdammt, ich bin schuld. O weh, o weh."

Während ich laut weinte, trippelte ich weiter. Es war das erste Mal, daß ich sie „Schwester" nannte. Auf dem Weg fiel ich immer wieder nach vorne auf die Knie und mußte mich mühsam wieder aufrichten. Als ich auf die Hauptstraße herunter kam, sah ich die Mutter auf uns zueilen.

„*Aigu!* Eunmae! Was ist los mit dir? Mach die Augen auf ... Eunmae!"

Die Mutter nahm Eunmae auf ihren Rücken und rannte nach Hause. Herr Ahn, die Mutter von Deogjae und die Vermieterin kamen uns entgegengelaufen. Zu Hause holte die Mutter alles, was wir an Decken hatten, heraus und deckte Eunmae damit zu. Sie schien das Bewußtsein verloren zu haben. Mutter zog ihr dann die Unterkleidung aus und rieb und massierte das kleine nackte Körperchen, das wie Espenlaub zitterte, mit ihren Händen.

„O mein Gott! Der Körper ist ganz blau gefroren!", rief die Vermieterin.

Deongjaes Mutter brachte eine Schüssel mit heißem Wasser herein und sagte mit großer Sorge:

„Sie müssen ihr in die Nase hauchen, damit sie wieder zu atmen anfängt."

Die Mutter blies ihr darauf abwechselnd in die Nasenlöcher und rieb sie mit einem mit heißem Wasser befeuchteten Handtuch am ganzen Körper ab. Wir blieben die ganze Nacht hindurch wach und saßen um Eunmae herum. Als sie schließlich zu sich kam, war es schon Morgen, aber der Blick ihrer Augen war schwach und leer.

18 Der Morgenstern

Drei Tage später ging meine Schwester Eunmae in den Himmel.

An jenem Tag schneite es in dicken Flocken, es war der erste Schnee in diesem Winter. Als ich aus dem Schlaf erwachte und die Zimmertür öffnete, war die Außenwelt in ein weißes Blumenbeet verwandelt.

Oh - es schneit! Der erste Schnee. Ich lief in den Hof hinaus, warf den Kopf zurück und schaute zum Himmel hinauf. Flocken wie kleine Baumwollblüten schwebten in unendlicher Zahl herab. Der Himmel wie auch die Erde hatten sich in ein Blumenbeet verwandelt, das immer nur noch mehr von Baumwollblüten eingehüllt wurde. Die Flocken kitzelten mich an den Wangen, und ich öffnete den Mund und ließ den Schnee hineinschweben. Ich hatte Schnee gerne, und das war der erste Schnee, auf den ich sehnsüchtig gewartet hatte, bis die Flocken mich im Mund kitzeln würden. Es war auch das erste Mal, daß ich so viel Schnee auf einmal sah; denn auf unserer Insel hatte es kaum geschneit.

Doch die Freude war von kurzer Dauer. Es schneite ununterbrochen, und ich fand es sehr schön. Doch als ich dann draußen auf der Dielenkante hockte, war mir das Herz doch schwer geworden. Ich konnte das leise Sprechen meiner Mutter im Zimmer hinter meinem Rücken hören. Sie öffnete die Zimmertür und blickte auf den Hof hinaus.

„Es sieht so aus, daß dieses Jahr ein gutes Jahr wird. Und wenn der erste Schnee reichlich ist, ist das ein Zeichen, daß die Welt friedlich sein wird."

Sie sprach leise, und ihre Stimme klang zögernd und erschöpft. Ich wußte, sie hatte wieder die ganze Nacht hindurch neben Eunmae gewacht. Seit jenem Tag, an dem sie krank geworden war, war sie immer bei ihr geblieben. Sie hatte die Arbeit aus dem *Hanbok*-Laden einfach mit nach Hause genommen, und wenn möglich, nähte sie auch neben Eunmae. Wenn ich auf meinem Lager kurz erwachte und flüchtig die Augen aufschlug, sah ich sie im schwachen Licht der Lampe arbeiten und wie sie dabei Eunmae keinen Augenblick aus den Augen ließ.

„Ach Mutter, hör doch endlich auf zu arbeiten und schlaf ein wenig. Ich kann doch auch auf Eunmae aufpassen", sagte Eunbun.

„Schon gut! Mach dir um mich keine Sorgen, schnell, schlaft wieder ein. Ich habe doch erst vor kurzem in dem *Hanbok*-Laden angefangen. Ich darf denen im Geschäft keine Unannehmlichkeiten machen."

Der Zustand Eunmaes wollte sich absolut nicht bessern. Mal hatte sie ein paar Stunden lang hohes Fieber, mal schien sie sich etwas erholt zu haben. Dann stieg das Fieber wieder. So ging das alle drei Tage. Wenn das Fieber anstieg, war ihr Körper wie eine Feuerkugel. Der Schweiß rann ihr herunter, wie wenn es regnen würde, und immer wieder verlor sie für einen Augenblick das Bewußtsein. Wenn sie dann wieder erwachte, war es nicht mehr wie früher. Sie starrte dann abwesend irgendwohin in die Luft und ließ die Augenlider auch gleich wieder zufallen.

„Eunmae, *mama*, Reis essen, bitte ...!", rief, nein schrie die Mutter ihr zu. Doch es kam nur ein schwaches Stöhnen aus ihrem Mund. Sie konnte fast nichts mehr essen. Wenn man ihr löffelweise Wasser in den Mund träufelte, floß mehr als die Hälfte wieder heraus. Ihr Magen mußte leer sein, dennoch hatte sie häufig Stuhlgang, der ganz durchsichtig war.

„Meine Güte!", rief die Vermieterin, als sie sie sah. „Das Kind ist in kürzester Zeit nur noch die Hälfte."

„Sie muß ja furchtbar leiden, ihre Lippen sind schon ganz schwarz!"

„Ich mache mir auch Sorgen um Sie", fügte sie in Richtung auf die Mutter hinzu. „Sie kommen bei all der Anstrengung überhaupt nicht zum Schlafen. Wenn Sie auch noch ins Bett müßten, wäre das doch ganz schlimm ..."

Gleich am ersten Tag waren die Vermieterin und einige Nachbarinnen bei uns vorbeigekommen. Aber sie waren gleich wieder draußen, wahrscheinlich wichen sie vor dem fürchterlichen Gestank zurück, der im Zimmer herrschte. Inzwischen pflegten sie nur noch vom Innenhof aus ein paar Blicke zu uns herein zu werfen, ohne ein Wort zu sagen. Nur beim Geschirrabwaschen an der Wasserstelle hörte man sie sich leise unterhalten.

„Es ist seltsam, daß sie dauernd so hohes Fieber hat. Vielleicht ..."

„Man sollte das Kind endlich ins Krankenhaus bringen."

„Aber warum denn ins Krankenhaus ...?"

„Wäre es vielleicht nicht doch besser ..., obwohl es einem so leid tut. ... Aber wenn es am Leben bleibt, ist das für die Mutter doch eine unendliche Quälerei ..."

„So ist es. Wenn die Kleine sowieso nicht als gesunder Mensch leben kann, ist es für sie selber und auch für die Familie ..., das ist dann wirklich besser."

Ich hatte das Gefühl, es lastete auf dem ganzen Anwesen um uns herum eine düstere Atmosphäre. Es war so, als erwartete man eine heimliche Verschwörung, die man aber unbedingt verbergen wollte. Das war die traurige Realität. Ich wußte, was die Nachbarn insgeheim ahnten und erwarteten, und vielleicht waren es nicht nur sie. Vielleicht spielte auch meine Familie mit dem Gedanken an dieses Unaussprechliche, es wagte nur niemand, das schreckliche Wort in den Mund zu nehmen. Eunbun etwa, und auch ich … ach! und möglicherweise sogar die Mutter? Nein, dachte ich, ich nicht, ich doch nicht …, was für ein entsetzlicher Gedanke ist das denn? Der kommt bestimmt vom Teufel, der da in mir steckt … Ich fuhr zusammen und schüttelte abwehrend den Kopf. Trotzdem erhob der schreckliche Gedanke wie eine Schlange immer wieder lautlos den Kopf. Ich wußte nicht genau, seit wann, aber irgendwann vermied ich es, Eunbun direkt ins Gesicht zu blicken. Ich hatte Angst, Eunbuns Gesicht zu sehen, wenn sie mit einem nassen Handtuch Eunmaes Gesichtchen abwischte. Auch vor dem vom Weinen geschwollenen Gesicht der Mutter hatte ich Angst, wenn sie sich damit abmühte, der Kranken einen Löffel mit Medizin in den Mund zu befördern. Jedesmal, wenn ich einem Blick von jemandem aus der Familie begegnete, hatte ich das Gefühl, ich müßte ersticken. Aber was sollte man machen? Schon ein flüchtiger Blick in die erschöpften Gesichter mit den geröteten Augen von Mutter und von Eunbun klärte mich über den schrecklichen Zustand auf. Jeder wich dem Blick des anderen aus, und keiner wagte zu sagen, man sollte Eunmae lieber doch ins Krankenhaus bringen …

„Schau nur, diese Vögel. Woher kommen nur diese schönen Vögel", murmelte die Mutter.

Ich hob den Kopf und blickte auf den Kakibaum. Es schneite auf ein paar rote Kakifrüchte ganz oben auf dem Baum, und die dem Schnee ausgesetzten Früchte waren nun eine Beute der Vögel. Es waren zwei hübsche kleine Vögel mit weißen Federbüschen auf dem Kopf, die dort oben saßen. Häufig kamen Vögel von den Bergen in der Nähe unseres Viertels herunter, aber diese dort sah ich zum ersten Mal. Sie hüpften in den Zweigen herum und waren eifrig in ein Spiel vertieft, bei dem sie aneinander stießen und mit den Flügeln flatterten. Es war ein seltsamer Anblick.

„Richtig. Es sind die gleichen fremden Vögel, die damals an dem Tag gekommen sind, als mein Vater starb … Sicher, das waren die gleichen …"

Als ich die Mutter flüstern hörte, hatte ich das Gefühl, etwas wie eine Schnur sei auf einmal gerissen. Ich drehte mich erschrocken um.

Gebannt starrte die Mutter auf den Baum. Vögel! Natürlich, ich ahnte, was die Vögel zu bedeuten hatten.

„Wenn ein Mensch in der Familie dem Tod nahe ist, kommen als erste die Vögel der Vorfahren geflogen und kündigen den Tod an. Sie werden von den verstorbenen Vorfahren aus dem Jenseits geschickt. So war es auch, als mein Vater auf dem Totenbett lag. Am Morgen seines Todestages sah er ein paar Vögel in den Hof fliegen und sich auf die Diele setzen. Darauf verlangte er heißes Wasser, um sich darin sauber zu waschen, und in derselben Nacht starb er."

Die Mutter hatte uns oft solche Geschichten erzählt. Seit Generationen waren diese mysteriösen Erzählungen von den Vögeln der Vorfahren in ihrer Familie überliefert worden. Und wie wenn auch dieses Mal die Voraussage eingetroffen wäre, starb Eunmae noch am selben Tag.

Wie schon gesagt, an jenem Tag spielte ich draußen im Freien. Es schneite pausenlos in dicken Flocken, und der Schnee reichte einem bald bis zu den Fußknöcheln. Alle Kinder und die Hunde aus dem Viertel kamen aus den Häusern und machten Lärm. Wir bauten einen großen Schneemann, warfen mit Schneebällen und schlitterten auf dem gefrorenen Teich herum.

Als ich zum Abendessen nach Hause kam, lag Eunmae schon in den letzten Zügen. Die Mutter hielt sie in den Armen und rief *Eunmae, Eunmae!*, Eunbun hielt ihre beiden Füßchen in ihren Händen und heulte laut.

„Ach, Cheol! Was sollen wir machen!", rief die Mutter. „Deine zweitälteste Schwester will uns verlassen ... Eunmae, mach die Augen auf. Du mußt deinen jüngeren Bruder noch einmal sehen ... Bitte, Eunmae ..."

Ich ließ mich auf die Knie fallen. Die Mutter schrie wie eine Wahnsinnige auf den kleinen Körper Eunmaes ein, den sie mal schüttelte und dann wieder an den Händen massierte, und immer wieder rieb sie weinend ihr Gesicht an der Wange der Sterbenden ... Die Tränen der Mutter flossen über das Gesicht Eunmaes, das weiß war wie Papier.

„Meine Tochter, mein Kind, meine arme Tochter! Vergib deiner schlechten Mutter ... So muß ich dich gehen lassen ... Nicht einmal ins Krankenhaus ließen wir dich bringen, um dir wenigstens eine Spritze geben zu lassen. Eunmae, ich habe dich einfach sterben lassen ... Aahh! ... Eunmae, sag etwas ... Eunmae ...!"

Nur zwei Worte sollte sie sagen, bat die Mutter, und mehr als zwei Worte konnte sie ja gar nicht, nur ihr ewiges *Ma ma Reis*, und wie gerne hätte ich diese Worte jetzt wieder gehört, ein letztes Mal.

Plötzlich rief Eunbun: „Die Augen sind auf! Eunmae hat die Augen aufgemacht! Mutter!!"

Tatsächlich, das schwere Atmen und fürchterliche Keuchen hatten auf einmal nachgelassen, als wäre nichts gewesen. Eunmae hatte die Augen geöffnet und blickte zu uns hoch. Ich konnte meine Tränen nicht mehr zurückhalten, wischte meine Augen mit den Handrücken und drückte mein Gesicht ganz dicht an Eunmae, so wie das auch die Mutter und Eunbun taten. Auf diese Weise lagen die vier Gesichter meiner Familie in diesem Moment so eng zusammen wie die Trauben einer Weinrebe. Ich sah, wie sich ihre Pupillen einen Moment lang leicht bewegten und ihre Augen gleich darauf langsam etwas feucht wurden. Diese klaren, reinen Augen! Ich werde sie in Ewigkeit nicht vergessen! Es waren die Augen eines Rehs, eines sterbenden Rehbabys, so klar und durchsichtig waren sie. Es waren die Augen eines Säuglings, der niemals etwas Böses getan hat und weder Traurigkeit noch Schmerz kennt ... Schließlich fielen diese Augen zu, ganz sanft. Das war das Ende.

Die Mutter saß noch sehr lange bei ihr und massierte ihre Arme und Beine.

„*Oooh ... oooh!* Wirklich, du gehst jetzt ... Jetzt gehst du für immer ... Leb wohl, meine Tochter. Vergiß diese schlechte Welt und werde im Jenseits gesund wiedergeboren. Leb wohl, bitte, bitte, leb wohl! Meine Tochter Eunmae, leb wohl!"

Jene Nacht verbrachten wir neben der toten Eunmae ohne Schlaf. Draußen schneite es die ganze Nacht, und der Schnee blieb liegen. Der Wind wehte über die Dächer hinweg und schüttelte mit kräftigen Stößen die nackten Äste der Bäume.

In aller Frühe erschienen zwei Arbeiter, die die Mutter bestellt hatte, mit einem Sarg. Als der Sarg mit Eunmae darin zugenagelt wurde, *ddang ddang*, verlor Eunbun einen Augenblick lang das Bewußtsein. Jemand von den herumstehenden Nachbarn gab ihr kaltes Wasser zu trinken, worauf sie wieder zu sich kam. Auch Herr Ahn und zwei andere Männer aus der Nachbarschaft folgten dem Sarg mit einer Schaufel.

„Ihr beide braucht nicht mitzukommen. Geht ins Haus, damit ihr euch nicht erkältet!", bat die Mutter.

Als der Handkarren mit dem Sarg das Hoftor verließ, rief Eunbun mit verweinter Stimme:

„Der Vater ..., müssen wir es nicht dem Vater mitteilen?!"

„Ein kaltherziger Mensch", antwortet die Mutter und wandte sich entschlossen ab. „Ich habe telefoniert: Er sei auf das Schiff gegangen, und niemand weiß, wann er zurückkommt."

Eunbun und ich blieben vor dem Tor auf der Gasse zurück. Es war früher Morgen, und die Umgebung lag noch in schläfriger Dämmerung. Wir sahen zu, wie der Handkarren sich auf dem verschneiten Feldweg allmählich entfernte. Der Friedhof war von dort nur ein paar Minuten entfernt. Vom vielen Weinen waren unsere Stimmen heiser geworden.

„Es wird nicht so leicht sein, in dem gefrorenen Boden ein Grab auszuheben, und dazu noch der frische Schnee", sagte jemand.

„Ich habe gehört, man hat zufällig eine halb ausgehobene Grube gefunden. Auf diese Weise wird es leichter sein, sie zu beerdigen."

„*Aigu!*, ihr tut mir so leid", sagte die Vermieterin und klopfte uns auf den Rücken.

„Hört auf zu weinen und geht ins Haus."

Nachdem auch die Nachbarinnen nach Hause gegangen waren, blieben wir noch lange auf der Gasse stehen. In der Ferne über dem Friedhof war in der Morgendämmerung ein heller Lichtschein zu sehen: Vielleicht hatten die Männer, um sich zu wärmen, ein Holzfeuer angezündet.

Als wir im Zimmer zurück waren, kam es uns leer und verlassen vor, wie das Innere eines dunklen Sarges. An die Stunden zuvor erinnerte nur der üble Geruch von Krankheit, Schweiß und Urin. Während wir den Geruch von Eunmae immer schwer erträglich fanden, erzeugte er jetzt nur noch eine unerträgliche Sehnsucht und Traurigkeit.

„Eunmae!" Eunbun nahm die Decke Eunmaes in die Arme und begann wieder zu schluchzen. Ich stand vorsichtig auf und ging aus dem Zimmer, zog die Gummischuhe an und verließ das Haus. Den verschneiten Feldweg entlang ging ich, im Schein des Feuers über dem Friedhofshügel, zur Hauptstraße, wo ich mich erschöpft umdrehte. Dann stapfte ich eine Weile ziellos weiter durch den tiefen Schnee, bis mir bewußt wurde, daß ich vor der Hecke mit den bengalischen Quitten stand. Ich glaube, mir war es in meinem ganzen Leben noch nie so klar gewesen, wie einsam und verlassen ich auf der Welt war und wie sehr ich jemanden zum Reden brauchte, wenn ich nicht sofort in tausend Stücke zerbrechen sollte.

Inzwischen war ich bereits im Innenhof unterwegs, und schließlich rüttelte ich an der Haustür. Zunächst war nichts von drinnen zu hören. Ich hockte mich neben die Haustür und weinte. Ich konnte keinen Gedanken fassen, am liebsten wollte ich sterben.

„Wer ist da? Ach du bist es, Cheol!"

Die Tür ging auf und Ohmok stand vor mir im Schlafanzug.

„Mein Gott, in aller Frühe! Was ist los? Komm doch bitte herein, schnell!“

Ich weiß nicht, wie ich, ihrer Aufforderung folgend, ins Haus gekommen bin. Als ich mich neben dem warmen Ofen auf das Sofa gesetzt hatte, ließ ich meinen Kopf laut weinend auf ihre Knie sinken.

„Was hast du denn? Ist etwas passiert? Sag es mir, Cheol.“

„O weh, o weh! Eunmae, meine ältere Schwester, ist gestorben. Und ich ... ich bin schuld. Wenn ich nur zu Hause geblieben wäre, wäre es nicht passiert ... Es ist meine Schuld.“

Meine Tränen flossen, ich konnte mit dem Weinen so lange nicht aufhören, bis Ohmoks Knie völlig naß waren.

„Cheol, mein armer Cheol ...“

Sie umschloß meinen gebeugten Rücken mit ihren Armen und fiel in mein Schluchzen ein. Deshalb wurde ich vollends von meinem Schmerz überwältigt, und ich mußte nur noch lauter heulen. Dann irgendwann war das Weinen zu Ende, die Tränen waren aufgebraucht, und ich hörte auf.

„Cheol, ich kann verstehen, wie traurig du sein mußt ...“

„Es war meine Schuld. Die Mutter hatte gesagt, ich solle auf Eunmae aufpassen ... Alles ist meine Schuld. Ich werde in die Hölle kommen. Gott wird einem schlechten Kind wie mir niemals vergeben.“

Ich brach erneut in Tränen aus. Nachdem ich eine Weile geweint hatte, wurde ich müde und konnte mich etwas beruhigen. Go Ohmok bot mir heißes Zuckerwasser an.

„Nein, du sollst das nicht denken, Cheol. Gott hat Eunmae in den Himmel geholt, und weder Cheol noch sonst jemand ist daran schuld. Es ist das Schicksal. Keiner kann in das Schicksal eingreifen, so wie er es gerne hätte. Verstehst du mich?“

Das Schicksal. ... Natürlich konnte ich nicht begreifen, was das sein sollte. Dennoch hatte ich das Gefühl, es irgendwie doch zu verstehen, wenn ich in ihre großen traurigen Augen sah. Sie führte mich ans Fenster. Über dem Friedhof drüben sah man nach wie vor den Feuerschein. Das scharlachfarbene Licht leuchtete in der Morgendämmerung. Es war so schön wie ein Ahornblatt.

Ohmok zeigte zum Himmel hinauf.

„Du hast mir erzählt, alle Menschen seien einmal Sterne gewesen. Schau sie dir an, die Sterne! Auch Eunmae ist jetzt ein Stern geworden. Ich bin ganz sicher.“

Ich blickte zum Himmel über dem Friedhof hinauf. In der Tat war dort oben alles voller Sterne. Aber inmitten der unzähligen Sterne sah ich den Morgenstern, der funkelte wie ein Edelstein.

„Ah! Das ist meine Schwester Eunmae! Bestimmt ist das der Stern von Eunmae!“

In meinem Inneren hätte ich am liebsten geschrien. Meine Augen waren von den nassen Tränen wie verklebt, und ich mußte ständig zwinkern. Aber ich wollte den leuchtenden Morgenstern grüßen und mich verabschieden:

„Leb wohl, Schwester Eunmae!“

Inzwischen war der Himmel im Osten hell geworden und hatte eine rosa Farbe angenommen.

19 Die Bruchbude bei den Bahngleisen (I)

Wir Kinder nannten die alte Oma eine Hexe. Niemand wußte, wer von uns ihr den bösen Namen zum ersten Mal nachgerufen hatte. Aber weil er so gut zu ihr paßte, mußten wir zum Beispiel sofort an die Alte in unserem Viertel denken, sobald wir bei der Lektüre eines Märchens auf eine Stelle stießen, an der von einer Hexe die Rede war. Und auch umgekehrt: Wenn uns auf der Gasse zufällig unsere Alte begegnete, erinnerten wir uns gleich an die furchterregende Hexe in dem Buch und bekamen einen entsprechenden Schreck.

Ihre Hütte, das Hexenhäuschen, befand sich gleich neben der Bahnlinie. Das dicht bei den Bahngleisen gelegene, winzig kleine Grundstück war gerade groß genug, um die niedrige Bruchbude aufzunehmen. Das Häuschen stand darauf wie eine rundliche Muschel, und drinnen gab es einen Wohnraum und eine Küche. Zudem war es so alt, daß das Dach ganz schief war, weil sich der Kasten auf einer Seite gesenkt hatte. Ein tragender Pfeiler stand schon schräg, sodaß man fürchtete, die Bude müßte demnächst zusammenfallen. Man sagte, ihr Mann habe die Hütte mit seinen eigenen Händen gebaut, als er noch jung war. Wenn das stimmte, mußte sie gut und gerne fünfzig Jahre alt sein. Der Mann soll dann an einer chronischen Krankheit gelitten haben und war schon lange tot. Aber uns Kindern fiel es schwer zu glauben, daß diese ungepflegt und furchterregend daherkommende Hexe auch einmal, wie andere Frauen, einen Mann gehabt haben soll. Jedenfalls lebte sie nun alleine in der Bruchbude bei den Bahngleisen.

Der große leere Platz in der Nähe der Bahnlinie war unser gewöhnlicher Spielplatz, nirgendwo sonst hatten wir so viel Platz zum Spielen. Wenn wir nach der Schule nach Hause kamen, erwarteten uns von den Erwachsenen ohnehin nur irgendwelche Zurechtweisungen und Verwünschungen, und wer das nicht mehr hören konnte, warf sehr gerne seine Schultasche rasch auf die Diele und rannte zum Spielplatz hinüber. Dort machten wir Bockspringen oder spielten mit bunten Glaskugeln oder Stabschlagen, auch Fußball usw. Wir waren darin meist so vertieft, daß wir die Zeit vergaßen.

Auf der einen Seite war der Platz von den Bahngleisen und dem Bahnübergang begrenzt, während die andere Seite an den Hinterhof der Hexe mit dem Gemüsegarten reichte. Ich sagte ‚Hof', aber eigentlich handelte sich um etwas, das nicht größer war als ein Taschentuch. Immerhin, die Alte baute dort Gemüse der Saison an, Peperoni,

Chinakohl, Rettich und Sesampflanzen. Aber die Beete waren eben so winzig klein, daß man meinen konnte, sie würden alle zusammen völlig zugedeckt, wenn sich jemand darauf setzte. Und obgleich das Gärtchen auch nicht gerade schön anzusehen war, verehrte sie es wie eine Gottesgabe und hütete es wie ihren Augapfel.

Und das winzige Gemüsegärtchen war auch der Anlaß für den beständigen Streit, in dem wir mit der Hexen-Oma lagen. Bei unseren Spielen auf dem Platz flogen immer wieder ein Ball oder ein Stöckchen, das mit dem Stab geschlagen wurde, ungewollt in den Garten hinein, und kaum hatten wir begonnen, nach dem Ball oder dem Stöckchen zu suchen, da hatte die Oma, so als hätte sie nur darauf gewartet, bereits den Bretterverschlag zu ihrem Hexenhäuschen aufgerissen und ihr häßliches, finster dreinblickendes Hexengesicht erscheinen lassen.

„Diese verdammten Kinder sind eine Mäuseplage! Halt, stehengeblieben! Wartet nur, wenn ich euch einmal erwische, breche ich euch die Beine!"

Darauf zerstoben wir gewöhnlich in alle Richtungen, wie getrocknete Erbsen, die man auf den Boden geworfen hat. Die Alte, die uns meistens noch ein Stück mit lautem Geschrei hinterherlief, sah dann aus wie eine hungrige Wildkatze. Mager bis auf das Skelett, mit hervorstehenden Backenknochen, warf sie laut schimpfend mit feurigen Blicken um sich und glich dabei einer bösen Hexe aus dem Märchenbuch. Als einer der Jungen einmal mit Steinchen auf einen Papierdrachen warf, der an einem Mast in der Höhe hängen geblieben war, um ihn so wieder freizubekommen, traf durch Zufall ein Stein den im Hof stehenden Porzellan-Nachttopf der Alten. Daraufhin wurde so wütend auf das Kind eingeprügelt, als ob dessen Steinwurf die Tat eines Schwerkriminellen oder Halbirren gewesen wäre, – und der zuschlug, war nicht etwa die alte Hexe selbst, sondern der Vater des Kindes. Die Alte war sofort zu dem Haus seiner Eltern gerannt, in der einen Hand den zerbrochenen Topf, und mit der anderen schleppte sie den Jungen, den sie am Hals gepackt hielt, und schrie dabei aus Leibeskräften, den Nachttopf müsse man ihr unbedingt ersetzen …

Sobald wir Kinder die Alte auch nur von Ferne sahen, schlichen wir uns möglichst unbemerkt davon und suchten jedenfalls sofort das Weite, so sehr war sie uns verhaßt. Nur hinter ihrem Rücken, wenn sie uns nicht bemerkte, schüttelten wir unsere Fäuste gegen sie oder verspotteten sie, indem wir ihren schwankenden Entengang nachahmten. Trotz allem aber war es uns unmöglich, auch nur eine

Sekunde auf unsere Zusammenkünfte auf dem großen Platz in der Nähe ihrer Hütte zu verzichten, und so mußten wir mit den täglichen Beschimpfungen, die wir von der Alten zu hören bekamen, leben. Jedesmal liefen wir weg, und jedesmal kamen wir wieder an der gleichen Stelle zusammen.

Durch Zufall erfuhr ich eines Tages zu meiner großen Überraschung, daß die Alte einen Sohn hatte. Es war ein Nachmittag im Sommer, als ich mich nach der Schule alleine auf dem Weg nach Hause befand. Meine Stimmung war am Boden, und entsprechend schleppend waren meine Schritte. Für meine Mathe-Arbeit, die wir ein paar Tage zuvor geschrieben hatten, hatte ich nicht mehr als 18 Punkte bekommen. Zur Strafe für die schlechte Note mußte ich mit ein paar anderen zusammen auf Befehl des Klassenlehrers die Toiletten putzen: Der Boden in den Toiletten wird so sauber gewischt, hieß es, daß man ein Reiskorn aufheben und essen kann! Deshalb hatte ich an diesem Nachmittag dort in allen Ecken herumgewischt, und es hätte nicht viel gefehlt, und der fürchterliche Gestank hätte noch den Geruchssinn meiner Nase zerstört. Unter derart trüben Gedanken näherte ich mich erschöpft unserem Haus, als ich plötzlich von zwei knochigen Händen am Arm gepackt wurde, einfach so, wie man ein Scheit Holz anfaßt. Erschrocken drehte ich mich um, und als ich ins Gesicht der alten Hexe blickte, hätte ich vor Entsetzen beinahe in die Hose gepinkelt.

Aiku! Jetzt hat sie mich erwischt, dachte ich. Ich hatte nämlich ein paar Tage zuvor etwas Böses verbrochen: Einen besonders schönen Kürbis bei ihr am Zaun hatte ich einfach mit einem Pfahl durchbohrt und war weggelaufen. Wie war sie nun dahinter gekommen, daß ich das gewesen bin? Hat Won mich verraten? Oder Samsik? Aus Angst vor der drohenden Strafe fing ich an zu schluchzen. Doch was war das? Die Alte grinste mir ins Gesicht!

„Es ist doch schön, sich auch einmal so zu begegnen. In welche Klasse gehst du eigentlich?"

„In die fünfte."

Jetzt würde sie mich sicher gleich in die Schule schleppen und dem Lehrer alles erzählen ...

„Dann hast du sicher schon mal einen Brief geschrieben, oder nicht?"

„Einen Brief ..., einen Brief, sagen Sie?"

Ich wußte nicht, worauf sie hinauswollte, und machte nur große Augen. Sie aber ließ meinen Arm nicht los und zog mich einfach bis in ihren Hof, wo sie mich auf der Kante der schmutzstarrenden Diele neben ihr hinsetzen ließ. Dann lüftete sie ihren schmutzigen Rock, und ich dachte, meine Güte, was soll das nun wieder bedeuten, und hielt vor Angst die Luft an. Aber sie zog aus einer Tasche in ihrer abgetragenen Unterkleidung, ihres *gojaengi**, ein Papier und breitete es vor mir aus. Sie drückte sich dicht an mich und bat mich:

„Bitte, Kind, lies mir diesen Brief da laut und langsam vor. Ich habe ihn von meinem Sohn erhalten. Ich bin eine Analphabetin, da kann man nichts machen, und ich kann ihn absolut nicht verstehen."

Ich hatte eigentlich nur den einen Gedanken, endlich dem festen Griff ihrer Hand zu entkommen. Aber es blieb mir nichts anderes übrig, ich nahm den Brief in die Hand und begann stotternd zu lesen:

„Liebe Mutter!

Sie haben das große Unglück, ganz alleine ohne Ihren Sohn in der Heimat leben zu müssen. Ich, Chilman, einer der schlechtesten Söhne auf der Welt, möchte Ihnen mitteilen, daß es mir gut geht und ich dank Ihrer Gebete bei guter Gesundheit bin ..."

Nach dieser Einleitung füllte der Brief noch volle drei Seiten. Der Kugelschreiber, mit dem er geschrieben war, hatte an mehreren Stellen Löcher in das Papier gestoßen. Als ich den Brief langsam durchlas, konnte ich ihm entnehmen, daß der Schreiber seit vier Jahren als Matrose auf einem Schiff der Hochseefischerei zur See fuhr, das mehrere Monate oder ein halbes Jahr auf dem Meer bleiben konnte, ohne einmal an Land zu gehen. Zur Zeit halte er sich in der Nähe des Nordpols auf, wo im Hochsommer gigantische Eisblöcke wie ganze Berge herumschwammen. Deshalb müsse er auch jetzt noch dicke Kleidung, Winterstiefel und warme Handschuhe tragen, sonst drohten Frostbeulen, die Haut springe auf und die Schmerzen seien unerträglich usw.

„... jedenfalls, meine liebe Mutter, halten Sie bitte noch drei Monate durch, bis ich bei Ihnen bin. Ich habe vor, mit dem Geld, das ich gespart habe, unser Haus von Grund auf zu renovieren und ein neues Zimmer dazu zu bauen. Bevor der kommende Winter vorüber ist, werden Sie eine Schwiegertochter bekommen! Ich bitte Sie inständig, liebe Mutter! Haben Sie noch etwas Geduld, auch wenn Sie ein so schweres Leben haben. Ich werde Sie dann verwöhnen. Bleiben Sie bis dahin gesund und ohne Sorgen!

Ihr Sohn Chilman."

Damit endete der Brief. Ach ja, ein Seufzer der Erleichterung kam aus meiner Brust, und ich hob den Kopf. Die Alte erschreckte mich wieder: Sie weinte! Über die unansehnlichen Runzeln ihrer Wangen, die fein geschnittenen, getrockneten Rettichschnitzeln glichen, rannen die Tränen herunter, und dabei sagte sie vor sich hin:

„Natürlich, mein Sohn, mein liebes Kind, du brauchst dir kein bißchen Sorge um deine alte Mutter zu machen. Bleib du nur gesund und komm heil zurück. Oh mein gutes Kind, Chilman, Chilman ..."

Die Alte krächzte und heulte, als ob ihr eine Gräte im Hals stekkengeblieben wäre. Ich wollte vorsichtig aufstehen, um mich unbemerkt von ihrer Seite zu schleichen, aber ihre Hand packte mich sogleich mit festem Griff am Arm und zog mich wieder auf die Diele zurück. Dann ging sie in die Küche und brachte etwas mit. Es war ein Stück Kuchen, aber nicht aus weißem Reismehl, sondern aus grobem Weizenmehl gebacken. Sie drückte mir das Kuchenstück in die Hand und klopfte mir ein paar Mal fest auf den Rücken.

„Danke, Kind. Iß das. Ich danke dir sehr."

Darauf lief ich mit dem Kuchen in der Hand davon und suchte hastig das Weite. Erst als ich an einer Stelle war, wo mich die Alte nicht mehr sehen konnte, atmete ich tief aus. Doch jetzt war der Kuchen ein Problem. Zwar hatte ich Hunger. Aber als ich an ihre gelbblassen Augenbrauen dachte, an das tränenfeuchte, runzlige Gesicht und die wie Rechen aufgespannten knochigen Hände, da war der Appetit auf den Kuchen tausend Meilen weit weg. Da kam gerade der Hund von Jaegu vorbei und schnüffelte umher. Du kommst mir gerade recht, dachte ich, und warf ihm den Kuchen hin. Dann rannte ich ins Haus.

20 Die Bruchbude bei den Bahngleisen (II)

Die Zeit verging schnell.

Der Sommer ging vorüber, und es kam der Herbst. Bald darauf war der Winter da, und eines Tages im frühen Winter sahen wir auf dem Heimweg aus der Schule einen fremden jungen Mann, der im Gemüsegärtchen der Alten den Bretterzaun ausbesserte. Das also war Chilman, der einzige Sohn der Alten. Die Nachricht von seiner Anwesenheit sprach sich rasch in den Gassen unseres Viertels herum. Er sei immer mit dem Fischdampfer auf dem Meer unterwegs gewesen und habe bis jetzt nicht heiraten können, obwohl er schon weit über dreißig war. So hatte er ziemlich viel Geld zurückgelegt, und damit sei er jetzt zurückgekommen, um die Bude der Mutter in Stand zu setzen. So hörte man es überall von den Nachbarn, und tatsächlich war einige Tage lang aus der Hütte Hämmern und Klopfen zu hören, *kung dak kung dak dak*. Ein Zimmermann und ein paar Arbeiter waren mit Sägen und anderen Werkzeugen beschäftigt. Das Dach wurde mit richtigen Ziegeln gedeckt, und die schadhaften Stützbalken wurden durch neue ersetzt. Schließlich war das Häuschen in einem tadellosen Zustand, und sofort hörte man die Leute sagen, nun werde sich der alte Junggeselle auch endlich verheiraten.

Wenn man der Alten jetzt auf der Straße begegnete, sah man ihr runzliges Gesicht strahlen. Die Frauen aus dem Viertel brachten ihre Freude zum Ausdruck, wenn sie ihnen über den Weg lief.

„Wie schön muß es für Sie sein, daß Sie jetzt endlich eine Schwiegertochter bekommen."

„Wie das Sprichwort sagt: Auf Regen folgt Sonnenschein. Nun sind Sie ja wirklich mit Glück gesegnet."

„Na ja, viel ist es nicht, was ich mir wünsche: vor allem viele Enkelkinder und ein Leben in Frieden", pflegte die Alte darauf zu antworten. Dabei entblößte sie die Reihe ihrer gelben Zähne, die aussah wie ein löchriger Maiskolben, und ihr zufriedenes Lächeln schien kein Ende zu nehmen.

Am Tag vor der Hochzeit, es war ein paar Tage vor Weihnachten, fing es schon am Mittag in schönen, großen Flocken an zu schneien. Es war der Schnee, auf den wir alle gewartet hatten. Die Schneeflokken von der Größe einer Kinderfaust verwandelten die ganze Welt im Nu in ein weißes Salzfeld, wie man es am Meer findet. Zufällig war dieser Tag auch unser letzte Schultag vor den Winterferien, und sobald wir aus der Schule zurück waren, rannten wir mit freudigem

Geschrei aus dem Haus. Auf dem Platz bauten wir Schneemänner und bewarfen einander mit Schneebällen. Hanmuk blutete deswegen die Nase, und Yongcheol fiel in einen Graben. Dennoch wälzten wir uns wie kleine Hunde im Schnee herum, der inzwischen ohne Pause vom Himmel auf uns herabfiel. Die Welt um uns sah jetzt wie ein einziges weißes Zeichenpapier aus.

Ab und zu fuhr ein Eisenbahnzug mit lautem Trompetengeschrei an dem Platz vorüber, und an der Stelle der Bahnlinie, an der die Züge immer ihren weißen Dampf ausspuckten, war kein Schnee liegen geblieben, und die Schienen waren schwarz. Wir schauten auch häufig in Richtung der neben der Bahnlinie stehenden Hütte der Alten, aus der schon den ganzen Tag köstliche Gerüche in unsere Nasen stiegen: von Reis- und Pfannkuchen, also von *tteok*, der Duft von gebratenem Fleisch usw. Dazwischen das vergnügte Lachen der Frauen in der Küche, *hahaha hohoho,* und beim Gemüseschneiden auf dem Hackbrett, *ddodeurak ddodeurarak*. All das schallte wie ein fröhliches Konzert zu uns herüber.

„Cheol, komm jetzt schnell zum Abendessen!"

Die Mutter hatte schon das Essen auf den Tisch gestellt und kam, um mich hereinzuholen, und erst jetzt hörte ich auf, an meinem Schneemann weiterzubauen, und wandte mich zum Gehen. Als wir den Platz verlassen wollten, begegneten uns vor dem Häuschen der Alten ein paar Männer, und einer von ihnen war Chilman. Er verbeugte sich artig vor der Mutter.

„Guten Abend!"

„Guten Abend. Sie sind also der jugendliche Bräutigam, der sich morgen verheiratet. Haben Sie denn heute noch was vor?", fragte die Mutter lächelnd, worauf er leicht errötete und sich lächelnd am Hinterkopf kratzte.

„Ach, ein paar Freunde aus meiner Heimat vom Land sind gekommen, die ich heute Abend tüchtig freihalten werde."

Der junge Mann hatte eine gedrungene Gestalt, sein Gesicht war braun gebrannt, und schon auf den ersten Blick machte er einen sympathischen Eindruck. Er verschwand daraufhin in lauten Gesprächen mit seinen Freunden über den Bahnübergang in Richtung Stadt.

„*Aiguh!* Das ist aber einmal ein netter junger Mann. Heutzutage ist so etwas selten. Na, jetzt kann die Alte aus Hampyeong aber endlich ihre Beine ausstrecken und sich das Leben etwas angenehmer machen", sagte die Mutter. Offensichtlich war sie neidisch auf die alte Hexe.

Es schneite bis spät in die Nacht weiter in großen Flocken. Wie jeden Abend hörten Eunbun und ich auch diesmal ein Hörspiel im Radio, das um halb neun begann, und wie jeden Abend verließ ich auch damals das Zimmer, als nach der Sendung die Werbung kam, um draußen zu pinkeln. Ich hatte mir das als tägliche Aktion vor dem Einschlafen angewöhnt. Das hieß aber nicht, daß ich früh am Morgen nicht noch einmal den auf der Diele bereitstehenden Nachttopf benutzen mußte. Vielleicht war mein Pipi einfach zu klein.

Während ich das Wasser in den Topf rinnen ließ, schaute ich zum Himmel hinauf, und große Schneeflocken fielen auf mein Gesicht. Ein herrliches Gefühl. Wo sich die Feen wohl verstecken werden bei dieser schwarzen Dunkelheit am Himmel? Ich glaubte nämlich, diese Feen, die ihre Haare auf dem Kopf zu kleinen Knoten gebunden hatten wie die ausgestreckten Fühler einer Schnecke und die wunderschöne Röcke anhatten wie die bunten Flügel der Libellen – diese Feen, glaubte ich, waren es, die das weiße Schneepulver vom Himmel herunter warfen. Aber wenn sie das die ganze Nacht hindurch tun, wird es ihnen sicherlich ganz schön kalt … Bei diesem Gedanken lief das Wasser *jwal jwal* endlich ungehindert in den Eimer.

Plötzlich hörte man das Schnaufen und Klappern eines am großen Platz vorüberfahrenden Zuges, *dalgeurak dalgeurak dalgeurak dalgeurak*, und gleich anschließend das laute Quietschen, das man hört, wenn ein Zug plötzlich zum Stillstand gebracht werden muß. Das Geräusch kam wohl aus der Richtung des Bahnüberganges am Eingang zu unserem Viertel. Ich schüttelte den Kopf. Ich hatte das noch nie gehört, daß ein Zug offenbar im Schnee abgebremst wurde. Deshalb ging ich gähnend schnell wieder ins Zimmer zurück.

„Mutter, der Schnee liegt inzwischen so hoch!“

„Das ist ein gutes Zeichen: Schnee bei der Hochzeit, Glück in der Ehe. Der einzige Sohn der Frau aus Hampyeong scheint ja ein richtiger Glückspilz zu sein.“

„Ach so, dann hat es bei eurer Hochzeit wohl auch viel geschneit, als du Vater geheiratet hast?“, fragte Eunbun.

„Pah! Was redest du! Leider überhaupt nicht. Wenn es damals geschneit hätte: Würde ich dann in diesem Zustand leben?“

Ich hörte die Unterhaltung zwischen der Mutter und der Schwester nur noch von ferne, und ihre Worte begleiteten mich bereits in die Welt meiner Träume.

Am folgenden Morgen wurde ich in aller Frühe von ungewohnt aufgeregten Stimmen, die von draußen kamen, geweckt. Vor der Tür herrschte noch die dunkle Morgendämmerung, als man erregtes Flüstern hörte.

„O mein Gott! Der Himmel ist so grausam, daß er einen solchen Blitz am Hochzeitstag herabschleudert!", hörte ich die Mutter in ihrer Ratlosigkeit sagen.

„Hat der Lokomotivführer denn geschlafen?", fragte der Vermieter anklagend mit heiserer Stimme. „An der Unfallstelle ist doch keine Kurve. Vor allem muß er doch gewußt haben, daß dort ein Bahnübergang ist. Wenn er jemand auf den Schienen gesehen hätte, hätte er den Zug doch sofort stoppen müssen!"

„Mein Gott! Nein, es war wohl doch nicht die Schuld des Lokführers. Es war mitten in der Nacht, und es schneite so stark, daß man die Hand vor den Augen nicht sehen konnte. Der hat sicher nicht mal im Traum gedacht, daß um diese Zeit sich noch jemand auf den Schienen aufhält ... Der tote Chilman, er muß den Verstand verloren haben! *Aigo!* Und was macht jetzt seine Mutter!" So klagte die Vermieterin und schlug sich verzweifelt auf die Beine.

„Du lieber Gott! Auch wenn er stockbetrunken war, verstehe ich nicht, daß ein kräftiger Bursche wie er mitten im Schnee eingeschlafen sein soll, nur ein paar Meter von seinem Haus entfernt!", sagte ein anderer Nachbar dazwischen.

„Ja, das ist eben der merkwürdige Punkt. Der Lokomotivführer sagt, er habe genau gesehen, daß da jemand, Chilman also, nicht geschlafen habe, sondern mitten auf den Gleisen gehockt und dort mit beiden Händen umhergetastet habe, als würde er etwas suchen. Sobald er ihn gesehen habe, *aiku!* habe er sofort die Bremse gezogen. Aber da war es schon zu spät ..."

Zwischen den Gesprächen von draußen hörte ich Eunbun immer wieder weinend vor sich hinsagen: „O Gott! Meine Güte!"

Ich lag unterdessen mit angehaltenem Atem unter meiner Decke und hörte die Gespräche der Erwachsenen regungslos mit an. An Schlaf war nicht mehr zu denken, und mein kleines Schwänzchen war voll Pipi und darüber sehr zornig. Das runzlige Gesicht der Alten und das sonnenverbrannte, gutartige Gesicht Chilmans tanzten beständig vor meinen Augen im Kreis. Schließlich konnte ich es nicht mehr aushalten, nahm mein Schwänzchen in beide Hände und sprang aus dem Bett. Ich stieß die Zimmertür mit dem Fuß auf und rannte hinaus. Doch noch auf der Diele begann das Pipi herauszuströmen, und die Herumstehenden, darunter Mutter und Schwester, beobachteten mich nur sprachlos mit offenem Mund. Ich weiß nicht warum, aber an jenem Morgen befahl mir die Mutter nicht, ich solle gehen und um Salz betteln.

Gleich nach dem Frühstück eilte ich zum Bahnübergang. Erwachsene standen herum und waren in erregte Gespräche vertieft. Ich hatte es mit Mühe geschafft, meinen Kopf in eine Lücke zwischen die Menschentraube zu stecken. Von Chilman war nichts zu sehen. Auf dem Bahnübergang waren noch ein paar Stellen mit Blutflecken zu erkennen. Es sah so aus, als blühten dort leuchtend-rote Kosmeen. Sein Körper, sagte man, wurde in Stücke gerissen, die auf den Gleisen herumgelegen hätten. Man habe die Teile in einem Strohsack gesammelt und ins Haus getragen.

Ich konnte das alles nicht glauben. So ein starker Körper voller Kraft, mit diesem schüchternen Lächeln, als meine Mutter ihn als „jugendlichen Bräutigam" angesprochen hatte, diese Stimme, mit der er sich laut mit seinen Freunden unterhielt, und sein heiteres, glückliches Lachen – wie konnte ein solcher Mensch plötzlich in einzelne Stücke zerfetzt auf dem Bahnübergang liegen?

„Mein Gott! Was für ein Unglück! Hätte er sich bloß zwanzig Schritte weiter geschleppt, hätte er noch sein Hoftor erreicht ...", sagte jemand.

„Ein böser Geist muß ihn geritten haben. Nur ein paar Stunden später, und er hätte seine Braut in Empfang nehmen können!"

„Was macht man jetzt mit der Frau aus Hampyeong? Wie sie sich über ihre Schwiegertochter gefreut hat! *Aigo!* Die arme Frau. Es tut mir so leid!"

Die Frauen aus dem Viertel fanden kein Ende. Sie schnalzten, schluchzten und wischten immer wieder die geröteten Augen mit dem Rockzipfel ab.

Es war wohl so: Chilman war alleine tief in der Nacht auf dem Weg nach Hause. Eigentlich vertrug er den Alkohol nicht gut, aber er trank ein Gläschen nach dem anderen, das seine Freunde ihm einschenkten. Dann war er auf dem Nachhauseweg, mit Mühe, weil der Schnee bis zu den Fußknöcheln ging. Man wußte nicht warum, aber mitten auf dem Bahnübergang muß er sich fallen gelassen haben. Warum? Er hätte nur noch zwanzig Schritte gehabt, wirklich nicht mehr. Dann hätte er sich am Hoftor aus Reisig festhalten und es schütteln können. „Mutter, ich bin da!", hätte rufen können. Warum nur hat er es getan? Armer, dummer Chilman ...!

Und was hatte er überhaupt hier gesucht, in tiefer Nacht, in der alle Welt schlief, mitten auf dem Bahnübergang, und hatte sich hingesetzt mitten in den Schnee? Warum nur, du dummer Chilman?

Am Ende wurde also die armselige Totenbahre mit den Überresten Chilmans über den Bahnübergang zum Friedhof getragen. Die köstlichen *tteok* und die anderen Speisen, die man für die Hochzeit vorbereitet hatte, konnte man für das Beerdigungsmahl gut gebrauchen. Seit jenem Tag aber blieb das Hoftor aus Reisig, das zur Hütte bei den Bahngleisen gehörte, fest verschlossen.

Die Zeit ging wie gewöhnlich schnell über die Dächer unseres Viertels hinweg. Jener besonders schneereiche Winter ging vorüber, und die Winterferien gingen auch zu Ende. Es kam der Frühling, und viel früher als die Schwalben zurück waren, kamen wir wieder auf dem großen Platz zusammen und spielten Fußball oder Stabschlagen. Auch in den winzigen Gemüsegarten der Alten zog der Frühling ein, und keines von uns Kindern nannte die Hütte mehr die Bruchbude der alten Hexe. Jedesmal wenn der Fußball oder der Stab oder Büchsen aus Versehen in das Gärtchen flogen, blickten wir mit langen Hälsen und erschrockenen Gesichtern über den Zaun. In einer Ecke lagen noch Reste der frischen Dachziegel herum, und wir krochen manchmal auch in den Hof hinein. Doch vermutlich wegen der Geräusche, die wir dabei machten, öffnete sich die Türe nicht mehr. Ab und zu drang schwacher Husten nach draußen. Aber die donnernde Schimpfkanonade der Frau aus Hampyeong hörten wir niemals wieder.

21 Überwintern

Jener Winter, in dem Eunmae starb, war sehr kalt und dauerte lang.

Meine Erinnerung an unseren Kampf gegen die Kälte in dem engen Zimmer während der paar Monate in jenem Winter ist noch heute deutlich genug.

Wenn ich die Zimmertür aufmachte, sah ich draußen große Eiszapfen wie Haifischzähne vom Rand des alten Vordachs herunterhängen. Deshalb stellte ich mir manchmal vor, wir wären im Bauch eines riesigen Fisches eingeschlossen.

Dazu kam noch, daß es ständig schneite ... Wenn ich nachts in unserem Zimmer, in dem man sich vor der eindringenden Kälte kaum schützen konnte, zugedeckt und mit der Decke über dem Kopf im Bett lag, hörte ich die Stromleitung auf dem Dach stöhnen, und der Schneesturm wütete so stark, als wollte er unser Haus wegfegen.

In solchen Nächten erinnerte ich mich an Eunmae, die noch nicht lange tot war. Jetzt bleibt der Schnee, dachte ich, auch auf ihrem Grab liegen. Wie kalt und fürchterlich muß es für sie in der dunklen Erde sein! Bei solchen Gedanken hätte ich am liebsten geweint, und wenn draußen dann der Schnee gegen das kleine, auf die Gasse hinausgehende Fenster gepeitscht wurde, sträubten sich mir die Haare. Vielleicht ist Eunmae da draußen und will sich bemerkbar machen, indem sie mit den Fingernägeln an der Scheibe kratzte? Gedanken dieser Art steigerten meine Angst, und mein Herz klopfte dann wie wild.

Einerseits vermißt man jemanden sehr, auf der anderen Seite fürchtet man sich, daß es einen schaudert. Ich habe diese merkwürdige Erfahrung damals zum ersten Mal gemacht. Wegen Eunmaes Tod herrschte in unserem Haus eine Zeitlang eine einsame und schwermütige Stimmung. Am bedrückendsten war der Kummer der Mutter. Daß sie Eunmae vor ihrem Tod nicht einmal zum Arzt in ein Krankenhaus bringen ließ, war die Ursache für quälende Selbstvorwürfe. Obwohl ich und Eunbun das nicht sagten, war auch in unseren Herzen ein Stachel des schlechten Gewissens geblieben. Vielleicht waren wir drei Hinterbliebenen ja zugleich die Mitschuldigen an ihrem Tod ... Ich ahnte, daß das tiefsitzende Schuldbewußtsein uns niemals verlassen werde, wie eine schicksalhafte Fessel, die um unsere Fußknöchel geschlossen ist. Vielleicht würde es für uns keine Nacht mehr geben, in der wir jemals wieder friedlich einschlafen könnten. Aber, wie Ohnmok gesagt hatte: Vielleicht war

Eunmaes Tod Schicksal gewesen, und wir bemühten uns mit aller Kraft, es so zu sehen. Man kann im Laufe der vergehenden Zeit auch so etwas vergessen, so wie Bäume, bei denen gerade an Stellen mit schmerzhaften Beschädigungen der Rinde neue Knospen sprießen, deren Zweige dann üppige Blätter treiben. Dennoch behalten die Bäume ihre Verletzungen im Gedächtnis, die Wunden bleiben sichtbar, und soviel Zeit auch vergeht, ihre Spuren werden unzerstörbar als Narben im Inneren der Jahresringe bewahrt.

Auf jeden Fall mußte unser Leben weitergehen. Bereits am nächsten Tag ging die Mutter wieder zur Arbeit in das *Hanbok*-Geschäft auf dem Markt. Auch Eunbun arbeitete weiter in der Süßwarenfabrik. Als das neue Jahr herankam, war die Mutter sehr beschäftigt. Sie nahm oft Arbeit mit nach Hause und schnitt und nähte die ganze Nacht durch. Tagsüber faulenzte ich immer alleine; denn ich brauchte nicht mehr auf Eunmae aufzupassen. Ich bekam dafür keine Schelte von der Mutter, aber erleichtert fühlte ich mich auch nicht. Ab und zu nahm ich an einer Schneeballschlacht auf dem gefrorenen Teich teil oder ich schlitterte etwas auf dem Eis umher. Aber irgendwie hatte ich kein rechtes Interesse daran. Deshalb kam es vor, daß ich mich unauffällig von den anderen zurückzog und traurig nach Hause ging.

So verging der Winter, und es kam der Frühling. In diesen Monaten gab es bei uns ein ziemlich erfreuliches Ereignis. Eunbun arbeitete inzwischen in einer Textilfabrik, und das hatte sie in erster Linie der Sergeantin Kang zu verdanken.

„Eunbun hat noch keinen festen Vertrag als Angestellte", sagte Frau Kang der Mutter, die sie ebenso glücklich wie ratlos anstrahlte, in ihrer gewöhnlichen kühlen Art. „Sie sollte sich deshalb besser noch nicht zu sehr freuen. Erst nach einem halben Jahr Probezeit wird darüber entschieden, und wenn sie Glück hat, wird sie fest angestellt."

„Aigo! Schon eine befristete Anstellung ist so schwer, sagt man, wie wenn man einen Stern vom Himmel holen will. Wie kann ich Ihnen Ihre Hilfe nur vergelten!"

„Die brauchten sowieso einen Angestellten – dann kann das auch Eunbun sein. Deshalb habe ich mich für Eunbun eingesetzt. Allerdings, wenn sie die Mittelschule absolviert hätte, wäre es kein Problem, später eine feste Anstellung zu bekommen."

In jener Nacht hellten sich die Gesichter in unserer Familie nach langer Zeit wieder auf. Die Freude der Mutter war besonders groß, und die Töne der Nähmaschine klangen daher besonders heiter.

„Ab jetzt geht es allmählich bergauf bei uns. Gott wird uns beistehen. Beißen wir also fest die Zähne zusammen, gemeinsam werden wir es schaffen!"

Die Mutter verlor bei diesen Worten ein wenig ihre Zurückhaltung und machte eine richtig unternehmungslustige Miene. Natürlich, Eunbun wurde nicht fest angestellt, und es war völlig unsicher, ob sie in der Zukunft jemals einen festen Vertrag bekommen würde. Dafür war eben der Besuch der Mittelschule die Voraussetzung, Eunbun hatte jedoch nur die Grundschule besucht. Aber auf jeden Fall war die neue Anstellung eine schöne Sache, und eine Weile herrschte bei uns eine euphorische Stimmung, so als ob sich gleich eine Zaubertür vor uns öffnen würde, die in eine glänzende Zukunft führte ...

22 Gwiok, der Rabe

Die Winterferien waren vorüber, und ich kam in die sechste Klasse der Grundschule. Ich erwartete von niemandem und nichts etwas und legte jeden Tag gleichmütig meinen Weg zwischen zu Hause und der Schule zurück. Es interessierten mich weder die neuen Klassenkameraden noch der neue Klassenlehrer. Diese nervöse Anspannung der meisten meiner Mitschüler, die wie besessen waren von der Sorge um die bevorstehende Aufnahmeprüfung in die Mittelschule, blieb mir fremd.

Der Klassenlehrer, der schon älter als vierzig war, wurde allgemein als besonders tüchtig gelobt. So sei es auch sein Verdienst, hieß es, daß jedes Jahr mehr als zehn Schüler seiner Klasse in die angesehenste Mittelschule aufgenommen wurden. Ein paar der Begabtesten meiner Klasse gingen sogar täglich in aller Frühe zu ihm nach Hause, um von ihm noch zusätzlich privat unterrichtet zu werden. Offenbar war dieser Lehrer ausschließlich an den Leistungen seiner Schüler interessiert, und alles andere an uns kümmerte ihn überhaupt nicht. Jede Woche wurde eine Prüfungsarbeit geschrieben, und täglich mußten wir zwei Portionen Pausenbrot in Blechdosen (*dosirak*) in die Schule mitnehmen, denn wir kamen immer erst sehr spät nach Hause.

Aufgrund der Zensuren in der ersten Prüfung nach den Ferien wurde die Sitzordnung im Klassenzimmer festgelegt. Den Platz am nächsten zur Tafel erhielt der Beste, dann kam der zweite, dann der dritte etwas weiter hinten, und so fort. Wie zu erwarten fand ich mich ganz hinten wieder. Wir hatten zuerst mit unserer Schultasche im Flur zu warten, bis einem nach dem anderen sein Platz zugeteilt wurde.

„Du setzt dich dort hinten auf den Platz bei der Tür, neben Heo Gwiok!", wies der Klassenlehrer mich an. Mit einer schuldbewußten Miene nahm ich unter dem hämischen Gekicher der Mitschüler an dem bezeichneten Ort Platz. Als die zweite Stunde gerade zu Ende ging, betrat jemand unauffällig durch die Hintertür den Raum und setzte sich neben mich. Das also war Gwiok. Als ich ihn mir anschaute, wurde mir klar, warum die anderen zuvor gekichert hatten.

Er war groß und dünn wie ein Hirsestengel. Dabei ging er mit gekrümmtem Rücken wie ein alter Mann und sah überhaupt aus wie eine Vogelscheuche. Er war zwei Jahre älter als wir und sollte eigentlich bereits auf die Mittelschule gehen. Stets hing ihm ein Tropfen von gelblichem Schleim aus der Nase, seine Kleidung war abgetragen und mehrfach geflickt, und zudem war sein Körpergeruch besonders unangenehm.

Den Spitznamen Gwiok, der Rabe, hatte er bekommen, als der Lehrer einmal den hygienischen Zustand unserer Hände und Füße kontrollierte und prüfte, ob wir uns den Hals gewaschen hatten.

„*Aigo!* Du wäscht dir nicht einmal das Gesicht, wenn du in die Schule kommst", rief er entsetzt. „In deinem dreckigen Zustand siehst du aus wie ein schwarzer Rabe!"

Seit diesem Tag nannten wir den Jungen nur Gwiok, den Raben.

Ich mochte Gwiok eigentlich vom ersten Tag an nicht. Irgendwie war etwas mit ihm nicht in Ordnung. Obwohl er in die sechste Klasse ging, konnte er kaum schreiben, und selbst das Lesen machte ihm Schwierigkeiten. Deshalb erhielt er noch einen zweiten Spitznamen: Ondal, der Dummkopf. Trotzdem hatte er beständig ein Lächeln im Gesicht und ertrug mit philosophischem Gleichmut all die Kränkungen, die ihm angetan wurden.

Auch wenn wir ihn als schwarzen Raben behandelten, waren wir in den Pausen doch alle heimlich neidisch auf ihn. Seine Eltern waren so arm, daß sie ihm kein Pausenbrot mitgeben konnten, und so war er berechtigt, die staatliche Brotzuteilung für benachteiligte Kinder zu erhalten. Er bekamm deshalb jeden Tag sogar sechs Portionen, und dieses von den Amerikanern gespendete Brot aus goldgelbem Maismehl ließ mir jedesmal das Wasser im Mund zusammenlaufen. Wir Kinder beobachteten mit scheelem Blick, wie er die Brötchen mit seinen dreckigen Händen wie mit den Krallen eines Raben sich in den Mund steckte und sie sich schmecken ließ, nicht ohne dabei immer wieder den ihm aus der Nase tropfenden Schleim geräuschvoll hochzuziehen. Während wir mit Stäbchen unser *dosirak* aßen, konnte man unser Bedauern in unseren Gesichtern lesen, daß wir nun leider nicht so arm wie dieser Gwiok waren.

Mein *dosirak* bestand aus nichts anderem als aus gekochter Gerste ganz ohne Reis, dazu altem, sauer gewordenem *Kimchi* und gebratenen Sardellen. Ich hoffte insgeheim, daß mein Banknachbar mir einmal etwas von seinen Brötchen abgeben werde. Doch daran dachte er kein einziges Mal. Dafür aß er immer zwei, und die restlichen vier Stücke wickelte er mit in das Tuch, in dem er seine Schulbücher trug.

Wenn ich ihn fragte: „Warum ißt du die anderen nicht auf? Möchtest du sie vielleicht gegen ein *dosirak* von mir eintauschen?", lehnte er mein Angebot kalt ab.

„Nein, das kann ich nicht. Die esse ich doch nachher auf dem Nachhauseweg."

Ich wußte aber, daß Gwiok das restliche Brot für seine Familie mitnahm.

Er war stets der Arme und Bedürftige. Unsere Schule lag in einem Viertel am Stadtrand, deshalb waren die meisten arm. Doch keiner war so arm wie Gwiok, und keiner wohnte so weit draußen wie er und mußte einen so weiten Weg zu Fuß gehen, um zur Schule zu kommen.

Seine Hütte befand sich in den Bergen hinter dem *Jat*-Hügel. Um sie zu erreichen, mußte er zuerst die Felder hinter unserem Viertel durchqueren, dann über den steil ansteigenden *Jat*-Hügel und schließlich noch eine ganze Weile das Tal entlang. Dort standen ein paar mit Reisstroh gedeckte Lehmhütten, in denen Bauern wohnten, die aus Brandrodungen gewonnene Holzkohle herstellten und sie auf den Märkten verkauften. Diesen über 15 *li* weiten Weg legte er jeden Morgen zu Fuß zurück, was dazu führte, daß er immer – erschöpft und außer Atem – in die Klasse kam, wenn bereits die zweite Stunde zu Ende ging, um sich dann wie ein Dieb auf seinem Platz zu schleichen.

Ich und Gwiok schwänzten am häufigsten die Schule. Das war auch der Punkt, an dem wir am besten zusammenpaßten und echte Bankgenossen waren.

Seit meinem Schulwechsel im vergangenen Jahr war es bei mir eine Art Sucht geworden, mich immer wieder vor dem Schulunterricht zu drücken. Wenn ich jetzt an diese Zeit meiner Irrfahrten zurückdenke, kommt mir dafür nur ein Wort wie Geistesgestörtheit in den Sinn. Ich kann das absolut nicht erklären, und ich verstehe nicht, weshalb ich die Schule, die Lehrer und meine Mitschüler derart abgelehnt habe. Auch den Vater habe ich gehaßt, weil er uns im Stich gelassen und auf dem Meer herumgefahren war. Auch die hohlen Augen der Mutter, die täglich bis spät in der Nacht an der Nähmaschine arbeitete und danach völlig erschöpft nach Hause kam, sowie auch die Erinnerung an die unschuldigen Rehaugen Eunmaes. Alles das gefiel mir eigentlich überhaupt nicht. Ich war wie besessen von dem Gedanken, daß wir Verdammte waren, daß wir von aller Welt im Stich gelassen würden und daß keine Familie in einer solch katastrophalen Lage leben mußte wie die meine. Diese Verbitterung richtete ich gegen den Vater, gegen die ganze Welt – und vor allem gegen mich selbst. Alles machte mir Angst, nichts konnte mich locken, alles war mir verhaßt. Hätte ich die Möglichkeit dazu gehabt, so hätte ich mich am liebsten an allem gerächt. Dieses seltsame Virus hatte meine Seele im Alter von dreizehn Jahren befallen.

So irrte ich umher. Mit der Schultasche in der Hand lief ich ziellos durch die Straßen, ich war im Park, auf dem Bahnhof, im Kino. Manchmal aß ich auch draußen vor der Stadt, wo niemand war. Dann lag ich stundenlang im Gras neben einem schweigsamen Grabhügel und pfiff vor mich hin. Mal rauchte ich Zigarettenstummel zu Ende, die ich auf der Straße gefunden hatte, mal stahl ich Geld aus der Geldbörse der Mutter und ging ins Kino. Je häufiger ich im Unterricht fehlte, desto mehr wurde ich von dem Lehrer dafür geschlagen, und in dem Augenblick, in dem er mich schlug, empfand ich neben den Schmerzen auch ein Gefühl der Lust. Die Schmerzen beschworen sofort das Gesicht des Vaters herauf, ebenso die Mutter und Eunbun und die unschuldigen Augen der armen Eunmae. Je mehr die Schmerzen durch die brutalen Schläge in meinem Körper zunahmen, desto stärker wurde der merkwürdige Drang, mich eines Tages an irgendetwas zu rächen für den Vater, für die Mutter, für meine große Schwester wie auch für Eunmae.

Es fällt mir schwer, es einzugestehen, welchen Kummer ich meiner Mutter in dieser vierjährigen Phase meiner Verirrungen bereitet habe. Ganze zweiunddreißig Jahre meines Lebens habe ich diese unauslöschliche Narbe mit mir herumgetragen. Jene vier Jahre waren schließlich auch die Ursache für ihre Krankheit, die sie ins Grab gebracht hat.

Eines Nachmittags Anfang April, an dem es plötzlich sehr kalt geworden war, ging ich gleich nach der Schule mit Gwiok ins Dongyang-Kino. In der ersten Pause hatte ich ihn damit gelockt, ich würde ihn ins Kino mitnehmen, wenn ich dafür zwei von seinen Maisbrötchen bekäme. Auf dem Weg ins Kino bekam Gwiok jedoch Bedenken, und seine Schritte zögerten.

„Was hast du? Willst du doch nicht ins Kino?"

„Wenn ich später nach Hause komme, werde ich von meinem Vater ausgeschimpft. Er hat gesagt, ich soll nach der Schule sofort nach Hause kommen. Er will heute den großen Brennofen anzünden für die Holzkohle."

„Ach, das geht schon …". suchte ich ihn zu beruhigen. „Das ist so eine *Double feature*-Vorführung, also mit einem Ticket für zwei Filme nacheinander. Aber wir schauen dann eben nur einen an."

Ich war auch deshalb besorgt, mein Begleiter könnte gleich nach Hause gehen, weil an diesem Tag besonders schauerliche Horrorfilme auf dem Programm standen und ich Angst hatte, sie alleine anzusehen. Gwiok zögerte noch etwas, ehe er schließlich doch mitkam. Er selbst hatte bis dahin erst einen einzigen Film gesehen, *Pinocchio*, einen Zeichentrickfilm, den man uns gemeinsam in der Schule vorgeführt hatte. Auch deshalb konnte er wohl der Verlockung nicht widerstehen, ein zweites Mal einen Film anzuschauen.

In wußte, daß Kinder in diesem Vorstadtkino auf dem Marktgelände für eine Eintrittskarte zwei Filme sehen konnten. Das Geld hatte ich von der Mutter bekommen. Ich hatte sie angelogen, daß ich es für ein Schulbuch ausgeben müsse. Mit dem Geld kaufte ich auch noch ein *bungeo-ppang,* ein Waffelgebäck, für Gwiok, der an Ort und Stelle vor Dankbarkeit beinahe gestorben wäre.

Dann aber erlebten wir von Anfang bis Ende nichts als Angst und Schrecken in dem minderwertigen, nach Urin stinkenden Kinosaal. Beide Filme, in denen Do Geum Bong die Hauptrollen spielte, waren fürchterliche Gespenstergeschichten. In dem ersten mit dem Titel *Friedhof im Mondschein* reißt ein Phantomweib mit langem offenen Haar um Mitternacht einer Leiche die Augen heraus, bevor sie schmatzend deren Schenkel abnagt. Dann springt das blutige Skelett auf und verfolgt sie schreiend: ‚Meine Beine! Gib mir meine Beine zurück!' Der zweite Film hieß *Die Schöne ohne Kopf,* und er war noch schauerlicher. Do Geum Bong wird der Kopf abgehackt, und dann rennt sie ohne Kopf herum, um sich zu rächen … Das war so grauenhaft, daß man fürchten mußte, die Leber schrumpfte einem zusammen auf die Größe einer Bohne.

Als wir aus dem Kino kamen, war es schon dunkel. Es hatte Graupelschauer gegeben, die Erde war mit Eisregen bedeckt, und es war kalt wie mitten im Winter. Wir trotteten unseren Weg entlang, auf dem es überall von Gespenstern und blutigen Leichen nur so wimmelte. Hinter einem Telegrafenmast an einer Straßenecke erschienen Vampire aus dem Film, den wir eben gesehen hatten, um unser Blut auszusaugen. Wir verloren fast den Verstand. Ich empfand es als großes Glück, daß jemand bei mir war, mit dem ich meine Angst teilen konnte.

Endlich erreichten wir das Hoftor, wo ich zu Hause war. Nun mußten wir uns trennen. Ich stellte mir vor, was Gwiok noch vor sich hatte: das menschenleere Feld, dann der Friedhof, vor dem man sich schon am hellichten Tage schauderte, den *Jat*-Hügel, und nicht zu vergessen das lange, dunkle Tal. Windböen peitschten auf der Gasse um uns herum.

„Cheo … Cheol …"

Gerade als ich das Tor öffnen wollte, packte mich Gwiok angstvoll am Arm.

„Was ist los? Du mußt jetzt schnell nach Hause. Geh, beeile dich!"

„Du willst, daß ich ganz allein gehe …?“

Er zitterte vor Angst und sah mich flehentlich an. Dabei konnte er seine Tränen kaum noch zurückhalten.

„Wie denn …, wie soll ich jetzt alleine gehen? In dieser Dunkelheit, wo alles schwarz ist. Ich habe Angst …, Cheol …“

„Ach, dummes Zeug! Hör auf damit. Da gibt es nichts, wovor man Angst haben muß. Du bist doch schon fünfzehn!“

„Bitte! … Laß mich bei dir übernachten, nur diese Nacht!“

Wirklich, es fehlte nicht viel, und er hätte losgeheult. Und als ich mir seinen nächtlichen Weg durch die Felder und Berge vorstellte, den er ganz alleine vor sich hatte, und alle die Gefahren dabei, schauderte es mich bei dem bloßen Gedanken. Dennoch sagte ich kaltherzig Nein! und schüttelte dabei energisch den Kopf. Das aber hatte den Grund, daß ich noch ein ganz anders gelagertes Problem vor mir hatte als er.

Die Mutter würde nämlich, sobald sie mich sieht, meine Schultasche durchsuchen, um zu sehen, ob ich das Schulbuch auch wirklich gekauft habe. Und dann wird sie mir wie gewöhnlich mit ihrem Bambusstock ein paar Schläge auf die Waden geben, und der körperliche Schmerz würde dabei viel geringer sein als die Qual, ihre Tränen und Seufzer wieder mitansehen zu müssen. Da konnte es meine Lage doch nur noch erschweren, wenn ich auch noch in Begleitung dieses schmutzigen Raben auftauchen würde …

„Ich bleibe ganz still dort in der Scheune, und niemand wird etwas merken. Dann gehe ich morgens gleich weg. Bitte …“

„Nein, ich sagte schon, das geht nicht. Diese Filme sind doch bloß Erfindungen, davor brauchst du doch keine Angst zu haben. – Also, ich gehe jetzt rein.“

Ich ließ ihn stehen und ging in den Hof. Schnell verschloß ich das blecherne Tor hinter mir. Draußen hörte ich ihn noch eine Weile bitten und klagen, *eo heo heong* … Mutter …, *eo heo heong* … Cheol, Cheol, bitte …, laß mich herein!“

Ich aber blieb hart und antwortete nicht mehr. Mit der Zeit hörte man sein Schluchzen und seine Bitten in Richtung des Deiches schwächer werden und sich entfernen. Dann war es still. Ich wußte, er hatte einen Nachhauseweg von drei Stunden vor sich.

Wie ich befürchtet hatte, bekam ich meine Schläge auf die Waden und mußte die Klagen und die von Tränen begleiteten Seufzer der Mutter anhören. Ich weinte noch eine Weile unter meiner Decke, bevor ich einschlief.

Danach fehlte ich erneut ein paar Tage in der Schule, und als ich wieder in der Klasse auftauchte, war von Gwiok, meinem Banknachbarn, nichts zu sehen. Zuerst dachte ich, er würde eben wieder einmal fehlen, was häufig vorgekommen war. Doch auch nach zehn und nach vierzehn Tagen kam er nicht.

Ich bekam es mit der Angst: Vielleicht war er in jener Nacht doch noch von Gespenstern verschleppt worden? Oder der Rabe Gwiok wurde in ein böses Monster verwandelt und war auf dem Weg zu mir, um sich zu rächen?

Eines Tages, als der Klassenlehrer die Anwesenheit der Schüler kontrollierte, erfuhr ich dann die Lösung des Rätsels.

„... Ach, ich wollte euch noch sagen, daß Heo Gwiok an eine andere Schule wechseln mußte. Aus privaten Gründen war es ihm nicht möglich, sich von euch zu verabschieden."

Nachts sei ein Feuer ausgebrochen, hörte ich nachher die Klassenkameraden flüstern. Dabei sei das ganze Dörfchen abgebrannt, und danach habe die Verwaltung befohlen, daß alle Leute den Ort zu verlassen hätten. Utae sagte, er habe gesehen, wie Gwiok und seine Familie ihre Sachen auf einen Karren geladen und irgendwohin weggefahren seien ... Ich spürte in diesem Moment einen stechenden Schmerz in der Herzgegend. Gwiok habe ich nie wieder gesehen.

Etwa drei Jahre danach stieß ich durch Zufall auf den Ort, wo die Hütten gestanden hatten und wo auch Gwiok gewohnt hatte. Yangsim aus dem Nachbarhaus war vorbeigekommen und fragte, ob ich mitkommen wolle, um wilde Trauben zu pflücken. Zufällig hatte Eunbun einen freien Tag, und wir gingen zu dritt über den *Jat*-Hügel bis zum *Mudeung*-Berg hinauf. Es war ein heiterer Herbsttag. Die Bäume im Tal ließen ihre bunten Blätter geräuschlos eines nach dem anderen fallen. Aus den Büschen strömten wohlriechende Düfte, wie sie typisch sind für den Herbst.

Als wir über eine mit Pinien bewachsene Anhöhe in ein schattiges Tal hinabgestiegen waren, blieben wir stehen: In einer Senke am Fuß eines steilen Hügels sah man Reste von verkohlten Mauern und zusammengefallenen Dächern, daneben auch mit schwarzem Ruß bedeckte Trümmer von Öfen und zerbrochene Steinplatten. In einem mit Unkraut bewachsenen ehemaligen Hof lagen zerbrochene Töpfe herum, darunter auch ein vergessener Gummischuh, der halb von Erde bedeckt war.

„Mein Gott, in diesem verlorenen Loch hier muß früher eine kleine Siedlung gestanden haben, wo Leute wohnten!", rief Eunbun.

„Das waren Hütten, in denen Holzkohle hergestellt wurde. Dann ist ein Feuer ausgebrochen, und alles ist verbrannt", erklärte ihr Yangsim.

Ich hockte mich stumm auf die Ruinen nieder und dachte an Gwiok: an seinen geduckten Gang wegen seines krummen Rückens, an sein dunkles Gesicht und die für mangelhaft ernährte Menschen typischen gelblich hervorquellenden Augen, an seine immer schmutzstarrenden Hände, mit denen er die restlichen Maisbrötchen in das Tuch mit den Schulbüchern eingewickelt hat ...: Cheol, laß mich dieses eine Mal bei dir schlafen ... Ich lege mich in die Scheune und gehe wieder, ohne daß es jemand merkt ... *Eu eung.*

„Oh, schau doch mal, Yangsim, hier blüht noch das Springkraut!", rief Eunbun.

Tatsächlich, es war ein Balsam-Springkraut, und Eunbun pflückte eine Blume, die mitten unter den Mauerresten gestanden hatte, und sog den Duft in ihre Nase.

Ich saß im Gras und betrachtete die Reste der verschwundenen Hütten. Die Erinnerung an jene frostige Nacht wurde wieder lebendig: die Graupelschauer am Abend, Mond und Sterne verborgen hinter dunklen Wolken, und der Rücken dieses Jungen, der allein und unter Tränen den weiten Weg durch den Wald gehen mußte. Ich hörte sein Schluchzen wieder, *eo heo heong, eo heo heong ...*

Aach! Warum hat er sein Dorf verlassen, wo war er jetzt, und was war aus ihm geworden? Er hatte die Nase voller Pickel gehabt. Aber wie gerne hätte ich jene Nacht vor drei Jahren noch einmal zurückgeholt! Ich hätte das Hoftor weit geöffnet, wäre ihm nachgelaufen und hätte ihn zum Bleiben eingeladen, während er laut heulte, mit seinem krummen Rücken.

23 Am Grab

In jenem Sommer kam der Vater zum zweiten Mal. Es war an einem Samstag, an dem wir nur am Vormittag Unterricht hatten. Als ich aus der Schule nach Hause kam, saß er auf der Diele und rauchte eine Zigarette. Ich verbeugte mich flüchtig und blieb in einiger Entfernung im Hof stehen.

„Steh hier nicht herum und setz dich", sagte er.

Ich setzte mich auf die Dielenkante, in einiger Entfernung von ihm. Es war merkwürdig, aber mein Herz machte keine Sprünge wie früher, und ich spürte keine Unruhe in mir, obgleich wir uns nach sechs Monaten das erste Mal wiedersahen. Dafür kam ich mir irgendwie leer vor, ich fühlte, daß mir etwas fehlte.

„Du bist ja groß geworden inzwischen. Gehst du jetzt in die fünfte Klasse?"

„In die sechste."

„Ach so! Dann kommst du im nächsten Jahr in die Mittelschule. Lernst du auch fleißig in der Schule?"

„Ja."

Er lächelte geistesabwesend und rauchte weiter. Sein Gesicht war sonnengebräunt, und zweifellos sah er etwas voller und gesünder aus als das letzte Mal. Die dunklen Schatten über seinen Augen waren aber unverändert. Ein Gesicht wie dieses war mir fremd.

„Die Mutter ist in dem Laden am Markt. Sie kommt am Abend zurück ..."

„Ich weiß."

Dann sah ich die Vermieterin aus ihrem Haus zur Wasserstelle gehen, sie holte ein Küchentuch und ging wieder hinein. Wahrscheinlich hatte er es von ihr erfahren. Er schaute auf das Blumenbeet und schwieg. Am Rande des Bettes wuchs eine Lilienstaude mit weißen Knospen. Ob die Vermieterin ihm auch von Eunmae berichtet hat? Während ich verstohlen sein etwas eckiges Profil ansah, wurde ich allmählich unruhig. Vielleicht wußte er noch gar nichts davon? Ich war unsicher, ob ich es ihm sagen sollte oder nicht. Ich konnte mich nur schwer zurückhalten.

„Willst du nicht hingehen?", unterbrach er meine Gedanken.

„Hingehen ... wohin?"

„Na, zu dem *Hanbok*-Laden, in dem deine Mutter anscheinend arbeitet. Sag ihr, daß ich da bin und kurz mit ihr reden möchte. Es dauert nicht lang."

Zögernd stand ich auf und wollte hinausgehen, als ich mich doch noch einmal umdrehte; denn ich hatte das Gefühl, ich müßte es ihm sagen.

„Also Vater, meine Schwester Eunmae ist …"

Mit meiner weinerlichen Stimme kam ich mir ziemlich blöd vor, und ich wollte das eigentlich gar nicht.

„Ich weiß schon … Geh, beeil dich."

Seine ganz sachlich klingende Antwort kam für mich überraschend, und ich wußte nicht warum, aber ich fühlte mich irgendwie bloßgestellt, als ich den Hof verließ.

Im Laden war es gerade ruhig. Die Inhaberin hatte ein Stück Stoff in der Hand und erkannte mich.

„Hallo, Frau aus Wando, Ihr Sohn ist hier."

Die Mutter bügelte gerade und drehte sich um. Als ich ihr leise von Vater berichtete, schrak sie einen Augenblick zusammen. Dann bügelte sie scheinbar gleichmütig weiter.

„Gut … Ich bringe das rasch zu Ende. Dann gehen wir."

Als wir mit der Erlaubnis der Inhaberin nach Hause gingen, sagte sie kein Wort und machte ein bedrücktes und sorgenvolles Gesicht. Als sie in den Hof trat, setzte sie sich jedoch mit einer ebenso entschlossenen wie abweisenden Miene auf die Dielenkante. Ich hockte mich neben das Blumenbeet in den Schatten einer Azalee und fing an, irgendwelche Zeichen in die Erde zu kratzen.

„Was hat dich denn auf diesem weiten Weg bis hierher geführt?", fragte sie höhnisch.

„Hast du etwa dein Zuhause doch noch nicht ganz vergessen, *heo eo?*"

Der Vater sagte nichts.

„Sag doch etwas, antworte mir: Warum bist du hier? Was für schöne Dinge willst du hier erleben? … Mein Gott! Was ist das für ein Vater, der nicht einmal wußte, was mit seinem Fleisch und Blut geschehen ist … *eo heu heu!*"

Schließlich gingen ihre Anklagen in Weinen über. Ich stand schnell auf und verließ den Hof. Draußen auf der Gasse war die Stimme der Mutter nicht zu hören. Mein Herz verkrampfte sich. Ich lehnte mich an die Mauer und pfiff laut vor mich hin.

Drüben jenseits des Feldes, auf dem Chinakohl wuchs, stand ein neues, zweistöckiges Haus, das vor kurzem fertig geworden war, im westlichen Stil, sehr imposant. Es war nach italienischer Art mit roten Ziegeln gedeckt, und es hieß, in dem mit Rasen bewachsenen Hof gab es sogar einen Teich mit Goldfischen. Wie von den Nachbarn zu hören war, sollen die Sachen, die man von dem mehrmals vorgefahrenen Umzugswagen abgeladen hatte, einfach großartig gewesen sein.

Als der Vater langsam auf mich zukam, hörte ich sofort mit dem Pfeifen auf.

„Cheol, zeigst du mir den Weg?"

„Welchen Weg?"

Ich verstand nicht, was er meinte, und blickte ihn zerstreut an. Aus seinem Mund strömte ein leichter Alkoholgeruch. Er hatte wohl etwas getrunken, während er vorhin auf uns gewartet hatte. Soviel ich wußte, vertrug er Alkohol nicht besonders gut. Dennoch hat er immer danach gerochen, wenn er zu uns kam.

„Geh mir voran, zeig mir, wo Eunmae liegt ...", sagte er mit einer Stimme, die nach wie vor ruhig und kühl klang.

Dann ging ich vor ihm her, den Feldweg entlang bis zur Hauptstraße. Er ging ein paar Schritte hinter mir, langsam und mit fest geschlossenen Lippen. Auf der Anhöhe, die zum Friedhof führte, geriet er etwas außer Atem und blieb einen Augenblick stehen.

Auf dem Friedhof drängten sich mehrere tausend Gräber. Das Gelände soll früher einmal eben gewesen sein. Aber durch die Riesenmenge der Grabhügel, alle von verschiedener Größe, eng aneinander gedrängt und alle in beliebiger Lage angeordnet, war daraus ein einziger großer Hügel geworden. Beklommen stieg ich jetzt dort hinauf. Die meisten Gräber waren verfallen und sahen fürchterlich aus. Da und dort lagen verfaulte Sargbretter und zerbrochene Urnen herum.

Schließlich fand ich die Stelle, wo die Mutter ein Holzstück als Zeichen in die Erde gesteckt hatte. Auf dem rundlichen Grabhügel Eunmaes wuchs Beifuß. Ich zeigte mit der Hand darauf.

„Hier ist es ..."

Er blieb stehen und betrachtete die Grabstelle einen Moment bewegungslos. Dann drehte er sich um und setzte sich schwerfällig ins Gras, mit dem Grab im Rücken. Seine Miene zeigte keine Regung. Er holte eine Zigarette aus der Tasche und rauchte eine Weile, ohne ein Wort zu sagen. Plötzlich senkte er den Kopf.

„Heuk heuk."

Er schluchzte leise in sich hinein, und ich sah, wie seine Schultern dabei zitterten. Mit seinem krummen Rücken sah er jetzt klein und gebrechlich aus. Meine Kehle wurde trocken, und ich drehte mich weg von ihm. Der Vater weinte: Warum? Warum weinte er? Ich bemühte mich, unbeteiligt zu erscheinen, und tappte mit ein paar leichten Schritten um das Grab herum. Auf der Rückseite des Grabhügels blühten Veilchen, und während ich die kleinen, violetten

Blüten betrachtete, biß ich mir auf die Lippen. Tränen stiegen auch mir in die Augen, und am liebsten hätte ich losgeheult. Doch ich wußte nicht, was ich eigentlich wollte: Sollte ich ihm um den Hals fallen und mit ihm in den gemeinsamen Tränen baden? Oder sollte ich laut lachen? Nichts von beidem ist geschehen.

Schließlich wischte sich der Vater die Tränen heimlich mit dem Handrücken ab und schluckte den im Hals steckenden Rest hinunter.

Auf dem Rückweg trottete er vor mir, mit hängenden Schultern, erschöpft und kraftlos. Ich folgte ihm wortlos den Hügel hinab. Als wir auf die Hauptstraße kamen, blieb er stehen und drehte sich nach mir um. Aber ich entzog mich dem Blick seiner geröteten, tränennassen Augen.

„Ich habe Eunmae gemacht, ... ich habe sie getötet. ... Ich, ihr Vater. Ich ... euch ...", klagte er.

„Was soll ich denn machen? Wie konnte es nur so weit kommen?"

Wir gingen den Feldweg entlang. In seinem Gestammel vermischten sich der Ausdruck seines tiefen Leids und seiner Verbitterung mit dem noch immer bemerkbaren Alkoholgeruch. Vielleicht war das der Grund für seinen schwankenden Gang und sein Stolpern. Ich zitterte unterdessen am ganzen Körper, und mit einem Male drängte es mich, ihn um die Hüfte zu fassen und ihn festzuhalten: Vater, geh nicht mehr fort, bitte, nicht mehr weggehen! Ich hätte es am liebsten so laut hinausgeschrien, daß mir der Hals geplatzt wäre.

„Cheol, ich weiß, du haßt mich. Du magst mich nicht. Ich verstehe das. Aber warten wir noch ein wenig ab. Gedulden wir uns noch ein wenig. Der Tag wird kommen, an dem wir alle zusammen bleiben können, wir alle vier. Hast du verstanden? Cheol, mein Kind, vergiß das nicht!"

Er ging nicht mehr hinein. Vor dem Tor faßte er mich an den Schultern und wiederholte immer wieder, was er zuvor gesagt hatte. Dabei zog er meinen Kopf so nahe an seine Wangen heran, daß ich fürchtete, in dem Alkoholdunst zu ersticken.

Dann war er wieder einmal verschwunden. Ich hatte ihn noch von hinten mit unsicheren Schritten die Gasse hinunterschwanken gesehen. Die Tränen liefen mir dabei über die Wangen. Nicht weil ich traurig war, und auch nicht weil ich mich nach ihm gesehnt und den Verlust bedauert hätte. Nicht aus Haß und nicht aus Ärger. Die Tränen flossen automatisch, einfach so aus mir heraus.

Zurück im Zimmer, war von der Mutter nichts zu sehen. Nur ein unbekanntes Bündel lag auf dem Boden. Es waren Kleidungsstücke für Eunbun und mich, die der Vater als Geschenk für uns hinterlassen hatte.

24 Diese dumme Ohmok!

„Ach, hallo! Komm bitte herein!"

Sie begrüßte mich freundlich, und dabei hatte sie ein Handtuch um den Kopf gebunden, wahrscheinlich hatte sie sich eben die Haare gewaschen. Ich setzte mich wie immer auf das Sofa im Wohnzimmer. Der taube Großvater saß draußen im Hof auf einem Stuhl und las in der Bibel, und dabei wärmte er sich in der Sonne. Ohmok setzte sich mir gegenüber und trocknete ihr Haar.

„Es ist lange her, daß du nicht bei mir warst. Hattest du viel zu tun?"

„Nein, die Mutter war krank."

„Ach, was hatte sie denn?"

„Sie klagte über große Müdigkeit und starkes Herzklopfen. Dann lag sie zwei Tage im Bett. Heute morgen ist sie wieder zur Arbeit gegangen."

„Ach Gott!", rief Ohmok mit besorgter Miene. „Wahrscheinlich hat sie sich überanstrengt und ist deshalb so oft krank."

Die Nachbarn meinten, sie sei wohl von all dem Kummer und den Sorgen zermürbt, und das habe dann ihr Herz angegriffen:

„Hör zu, Cheol, wenn man zu viele Sorgen hat, dann entzündet sich im Herzen ein Feuer, ein Feuerball. Und wenn der lange brennt, wird er am Ende hart wie Stein, und deshalb kann man dann am Ende nicht mehr atmen."

Das hatten unsere Vermieterin und die Mutter von Deokjae gesagt.

Daß die Mutter unter einer Herzkrankheit litt, wurde bald nach dem Tod von Eunmae festgestellt. Eines Tages kam ein Anruf von der Inhaberin des Hanbok-Ladens: Die Mutter sei plötzlich ohnmächtig geworden, und man habe sie in ein Krankenhaus in der Nähe gebracht. Ich rannte darauf zusammen mit der Vermieterin zum Krankenhaus, und wir holten die Mutter wieder nach Hause. Sie mußte anschließend eine ganze Woche lang im Bett bleiben, und seitdem war ihre Gesundheit deutlich geschwächt.

„Das ist nicht so schlimm. Mach dir keine Sorgen!", hatte die Mutter gesagt.

Eines Morgens nahm sie meine Hand und ermahnte mich sehr ernsthaft, wobei sie schwer atmend nach Luft rang:

„Bitte, geh fleißig zur Schule! Wenn du fleißig lernst und mir keinen Kummer mehr machst, werde ich bald wieder gesund, verstanden?"

Ich kannte sie genau, die dafür verantwortlich waren, daß im Herzen der Mutter ein Feuerball entstanden war: Es waren der Vater, ich und Eunmae, die so erbärmlich gestorben war.

An jenem Morgen habe ich mich jedenfalls entschlossen, nie mehr die Schule zu schwänzen. Wenn der Feuerball, der im Herzen der Mutter glühte, sich wirklich in einen harten Stein verwandeln würde, dann mußte sie am Ende vielleicht sterben. An diesem Tag war es das dritte Mal, daß sie nicht zur Arbeit gehen konnte und zu Hause blieb.

„Ohmok, ich bin gekommen, um Ihnen das Buch zurückzubringen. Haben Sie vielleicht noch andere Bücher für mich?"

Ich reichte ihr das Buch *Die Leiden des jungen Werthers*, das ich bei meinem letzten Besuch mitgenommen hatte. Ich las gerne Bücher, und ich hatte inzwischen schon mehrere von ihr ausgeliehen. In ihrem Zimmer standen viele Bücher, doch darunter waren kaum welche, die für einen Leser in meinem Alter geeignet waren. Deshalb las ich ziemlich wahllos. Eine *Anthologie koreanischer Kurzgeschichten* hatte mir so gut gefallen, daß ich sie zweimal gelesen habe.

„Meine Güte!", rief sie. „Du hast den *Werther* ausgeliehen. War dieses Buch nicht zu schwer und uninteressant für dich? Hast du das wirklich ganz gelesen?"

„Natürlich. Es war schon etwas schwierig, aber einige Passagen waren auch sehr interessant", schwadronierte ich stolz, daß ihre Augen vor Verwunderung immer größer wurden.

Das war eine Lüge, denn natürlich hatte ich es nicht zu Ende gelesen, weil ich zuvor aufgegeben hatte. Nach dem *Gefrierpunkt* der Japanerin Ayako Miura* und *Narziß und Goldmund* von Hermann Hesse* kam mir der Roman von Goethe im Gegenteil ziemlich langweilig und reizlos vor.

„Aha, das ist ja kaum zu glauben. Was fandest du denn besonders interessant?"

„Diese ganze Liebesgeschichte zwischen Werther und Lotte. Ich verstehe aber nicht, weshalb er sich mit der Pistole erschossen hat. Er hätte doch mit ihr glücklich sein können. Dieser Werther ist eben ein Dummkopf."

Ich hatte keine Scheu, Ohmok ganz frech den größten Unsinn aufzutischen, während sie mich dabei ständig mit einem Lächeln belohnte, als ob meine Urteile besonders amüsant wären. Und immer wenn sie lächelte, wurden dabei ihre häßlichen Nasenlöcher unmäßig groß.

„Hallo! Du bist doch erst dreizehn Jahre alt! Großartig, ich habe noch nie ein Kind gesehen, das die Bücher so liebt wie du!"

Bei aller Prahlerei mit meinen Leseeindrücken hatte ich freilich auch Angst, daß meine Lügen entdeckt werden könnten.

„Ja weißt du denn überhaupt, was ‚Liebe' ist?"

„Aber sicher, das weiß doch jeder. Also, Liebe ..., das ist, wenn ein Mann und eine Frau sich mögen."

Ich bin doch nicht so blöd, daß ich mit dreizehn noch nicht weiß, was Liebe ist, dachte ich. Dafür habe ich schon genügend einschlägige Romane gelesen. Und vor allem habe ich mehr als zehn Liebesfilme gesehen.

„Na gut, du willst also sagen: wenn zwei Personen sich lieben, dann ist das Liebe?", fragte sie und lachte mir ins Gesicht.

Damit begann sie mir auf die Nerven zu gehen.

„Nein, die wahre Liebe, das ist ... ach ja, das muß sehr schön sein. Wenn sich die beiden zum ersten Mal treffen, dann haben sie so ein Funkeln in ihren Augen – und dann sind sie eben verliebt. Darauf folgt ein ganzer Haufen glücklicher Momente. Zum Beispiel gehen sie in den Park, um die Tauben zu betrachten, oder sie essen Zuckerwatte oder machen Seite an Seite einen Waldspaziergang. Und dann küssen sie sich schon mal – und in diesem Moment sind die Stars am glücklichsten. Das ist dann super."

„*O hohohoho*, du bist wirklich komisch! Und dann, was gibt es noch?"

Ohmok lachte schallend, nicht ohne dabei den Mund weit aufzureißen. Ich fuhr fort und wurde noch etwas großspuriger.

„Dann aber passieren traurige Sachen, und sie müssen sich wieder trennen. Einer stirbt zum Beispiel an einer Krankheit, und der andere geht in ein fernes Land. Also wissen Sie, der schönste Augenblick für mich ist es, wenn sie auseinandergehen. Wer von beiden weggeht, läßt immer ein Geschenk zurück, eine Brosche, einen Ring oder einen Blumenstrauß mit einem Band drum herum. Wenn Werther stirbt, trägt er das Band um den Hals, das Lotte ihm geschenkt hat. Solche Szenen treiben mir immer die Tränen in die Augen."

In der Tat standen mir immer Tränen in den Augen, wenn ich mich längere Zeit mit solchen Geschichten aufhielt. Natürlich hatte ich die meisten dieser Geschichten aus koreanischen Filmen. Der Meister aller Klassen in den vielen koreanischen Liebesfilmen war Shin Seongil, der Casanova. Er war in neun von zehn Fällen der Held, der sie alle verführte: Eom Aengran und Ko Eunah, Muhwi, Nam Jongim, Yun Jeonghwi und viele andere.

Doch die amerikanischen Filme fand ich noch viel aufregender: wenn in der letzten Szene in *From Here to Eternity** die Hauptdarstellerin mit dem Schiff abfährt und zum Abschied einen Blumenstrauß ins Meer wirft, und wenn auch in der letzten Szene Gregory Peck in *Roman Holiday** Audrey Hepburn die Erinnerungsfotos aushändigen läßt, die auf ihrer geheimen Reise aufgenommen wurden, und sich dann traurig abwendet ... Das seien die schönsten Szenen gewesen, die ich je gesehen hätte, erzählte ich Ohmok mit großer Ausführlichkeit. Und jedesmal, wenn ich von solchen Szenen von Liebe und Abschied in diesen großartigen Filmen sprach, bekam sie große, runde Augen, faßte meine beiden Hände und rief aus:

„Unglaublich! Was in diesem Kopf alles drin ist, wundervoll! Cheol, deine Empfindsamkeit ist toll, einfach großartig! Ein zukünftiger Dichter sitzt auf diesem Sofa!"

Sie wollte nicht aufhören, mir Komplimente dieser Art zu machen. Ich hatte natürlich gleich begriffen, daß sie diese Themen in Aufregung versetzten und daß alle Szenen, in denen es um Leidenschaft und Trennung ging, sie mächtig beunruhigten. Und ich hatte damit also wieder einmal ins Schwarze getroffen. Sie ging in die Küche und kam mit ein paar Äpfeln und Keksen wieder.

„Ja, die Liebe ..., sie ist wirklich etwas Schönes und sehr geheimnisvoll. Sicher, es gibt *happy endings*, aber sind Liebesbeziehungen, die unerfüllt bleiben, nicht noch schöner? Liebe, die man in seinem Herzen verbergen muß, die man nur aus der Ferne erleben darf, ohne jemals gestehen zu können, daß man den Betreffenden liebt? Eine so traurige Liebe ..., ach, du kannst das ja noch nicht wissen, wie man unter der Einsamkeit leidet."

Go Ohmok hatte die Hände gefaltet und sprach wie eine Bühnenschauspielerin in der großen Schlußszene des V. Aktes. Ich kaute geräuschvoll an meinem Apfel, und dabei sah ich, daß ihre Augen hinter den dicken Brillengläsern voller Tränen waren. Und dann fuhr sie fort in ihren Träumereien.

„Meinen Sie die einseitige Liebe wie im *Werther*?", hatte ich eingeworfen.

„Ja ja, das ist doch rührend, nicht wahr? Von allen Liebesromanen ist er das unsterbliche Meisterwerk. Tausende, unzählige Leser haben schon darüber geweint. Ich weiß nicht mehr, wie oft ich ihn verschlungen habe, und jedesmal habe ich Tränen vergossen. Hör zu, was meinst du zu dieser Stelle?"

Mit bebender Stimme schlug sie das Buch auf und las.

*Daß das Leben des Menschen nur ein Traum sei, ist manchem schon so vorgekommen** ... „Ist das nicht schön? Und weiter, hör zu: *Es ist beschlossen, Lotte, ich will sterben ... Wenn du dieses liest, meine*

*Beste, deckt schon das kühle Grab die erstarrten Reste des Unruhigen, der für die letzten Augenblicke seines Lebens keine größere Süßigkeit weiß ... Wenn du hinaufsteigst auf den Berg, an einem schönen Sommerabende, dann erinnere dich meiner, wie ich so oft das Tal herauf kam, und dann blicke nach dem Kirchhofe hinüber nach meinem Grabe, wie der Wind das hohe Gras im Schein der sinkenden Sonne, hin und her wiegt** ... Ah! Das tut so weh, nicht wahr?"

Ich verstand, sie befand sich jetzt auf dem Höhepunkt ihrer Ergriffenheit, und ich reichte ihr ein Taschentuch.

„Danke! ... Du bist wirklich ein Gentleman!"

Ohmok schneuzte sich heftig in das Taschentuch.

„Hör zu, das ist eine tragische Stelle: ... *Es ist Nacht; ... Ich bin allein, verloren auf dem stürmischen Hügel ... Tritt, o Mond, aus deinen Wolken; erscheinet, Sterne der Nacht! Leite mich irgend ein Strahl zu dem Orte wo meine Liebe ruht von den Beschwerden der Jagd ... Aber hier muß ich sitzen allein auf dem Felsen des verwachsenen Stroms. Der Strom und der Sturm saust, ich höre nicht die Stimme meines Geliebten. Warum zaudert mein Salgar? Hat er sein Wort vergessen? – Das ist der Fels und der Baum und hier der rauschende Strom. Mit der Nacht versprachst du hier zu sein. Ach! Wohin hast sich mein Salgar verirrt? ... Salgar! Ich bin's die ruft. ... Salgar, mein Lieber, hier bin ich. Warum zauderst du zu kommen?*"*

Diese unglückliche, verhärmte alte Jungfer las immer weiter vor sich hin. Sie hatte ihre Tränen vergessen und hielt die leicht zitternden Hände auf der Brust gefaltet. Ich dachte bei diesem Anblick, jetzt würde doch tatsächlich Werther in Gestalt dieser traurigen Bohnenstange vor mir sitzen.

Eigentlich war diese Ohmok mit ihren dreiunddreißig Jahren ein junges Mädchen geblieben, und ich mochte sie in diesem Moment sehr und fühlte Mitleid mit ihr. Ich stellte mir vor, wenn ich Regisseur wäre, würde ich bei einem Casting für eine Filmtragödie die Hauptrolle mit ihr besetzen.

Die Schlußszene wäre natürlich am wichtigsten. Ein verlassener Bahnhof an einem einsamen See, ein Schneesturm. Wenn der Zug, in dem Gregory Peck sitzt, langsam anfährt, rennt Ohmok eine Weile hinterher und winkt ihm verzweifelt nach ... Aber der Zug entfernt sich, der letzte Waggon verschwindet, und Ohmok stürzt auf den Bahnsteig wie die Blütenblätter einer geknickten Blume. Dann Schnitt und Nahaufnahme der Augen, die in die Ferne blicken, und auf die über die sommersprossigen Wangen herablaufenden Tränen und die sich blähenden Nasenlöcher ...

In ihrer Aufregung schluchzte sie laut, und ihre Schultern gingen dabei auf und ab. Natürlich war mir bewußt, ich sollte so lange warten, bis sie sich allmählich davon erholen würde.

Als sie dann wieder zur Ruhe gekommen war, machte sie einen unendlich verlassenen und erschöpften Eindruck auf mich. Sie saß unbeweglich da, mit halb geöffnetem Mund, als wäre sie seekrank, und zwinkerte nur mit den Augen. An der Stelle eines von einem Liebestraum berauschten Mädchens saß jetzt eine ziemlich häßliche Frau von etwa dreißig Jahren mit Runzeln im Gesicht vor mir.

Aber auch wenn sie nun das Aussehen eines alten Paars Gummischuhe angenommen hatte, strahlte sie damit für mich doch einen gewissen Charme aus. Ihre Brillengläser wie zwei Lupen, die Augen vom Heulen gerötet, die Wangen übersät mit Sommersprossen und die Schultern mager wie bei einer Strohpuppe – und trotzdem fand ich sie anziehend.

Ja, dieses Gefühl hatte ich zum ersten Mal – sollte das nun Liebe sein? Eine mächtige Welle überlief mich, es dröhnte in meinen Ohren und unten in meinem Bauch kribbelte es angenehm. Im Nu war ich so erschrocken, daß meine Beine zu zitterten anfingen, und ich bekam Angst, meine Blase könnte überlaufen und ich müßte in die Hose pinkeln.

„Waren Sie denn früher auch mal verliebt ..., ich meine in der Vergangenheit?"

Die Frage war mir ganz ungewollt herausgerutscht, besessen von einem unaussprechlichen Drang, wie ich in diesem Moment war.

„Ob ich einmal verliebt war? ... Ich ...?"

Ohmok ging in ihr Zimmer und kehrte mit einer Schachtel Zigaretten zurück. Sie warf einen Blick aus dem Fenster auf den tauben Alten, der auf seinem Stuhl in der Sonne saß und inzwischen eingeschlafen war. Dann zündete sie sich eine Zigarette an.

„Liebe? ... Ja ... Ja, ich habe auch einmal jemanden geliebt, es ist schon lange her", sagte sie leise und blies den Rauch langsam aus.

Irgendwann hatte sie angefangen, ab und zu in meiner Gegenwart zu rauchen. Sie ist es gewesen, die mir die Augen darüber geöffnet hat, daß es weder unmöglich noch befremdlich ist, wenn eine Frau raucht.

„Ja, ich ..., ich habe bis jetzt viele Menschen geliebt. Genauer gesagt, es verging vielleicht keine Sekunde, in der ich nicht geliebt habe."

In diesem Moment fingen ihre großen Augen wieder an, feucht zu werden.

„Aber die Liebe war immer nur einseitig. Vor mir lag ein großer Fluß, und die Menschen, die ich geliebt habe, befanden sich immer auf dem anderen Ufer ..., und ich habe sie immer nur aufmerksam aus der Ferne beobachtet. Und ich war andauernd besorgt, daß sie mich nicht dabei ertappten, wenn ich heimlich an ihnen Anteil nahm ... Aber das kann man vielleicht nicht Liebe nennen. Was soll ich sagen? Vielleicht war es eine Träumerei, ja richtig, so wie von Sternen droben im weiten Nachthimmel, die man nicht erreichen kann. Ein solcher Traum ..."

Ihre großen Augen zogen sich zusammen und wurden schmal, als ob sie wieder träumen würde. Wenn ich sie ansah, kam mir ein herbstliches Ahornblatt in den Sinn, das vom Baum herab auf die Erde taumelte.

„Eines schönen Tages war mir jemand erschienen. Bei einem Begrüßungstreffen der Studenten im ersten Semester sah ich ihn zum ersten Mal ... Ah! Ein Stern war auf die Erde geschwebt, das habe ich sofort gemerkt. Weißt du, wie die Studentinnen ihn nannten? Der Träumer, ... das war dann sein Spitzname. Ahh! Was für eine Ausstrahlung dieser Mensch hatte! Wirklich ..."

Ihre Nasenlöcher blähten sich wieder, als sie mit lautem Stöhnen sprach. Dabei verschwamm ihr Blick, als befände sie sich in einem Traum. Die fleischgewordene Audrey Hepburn.

„Von der ersten Sekunde an war mir klar: Der ist vom Schicksal für dich bestimmt ... Weißt du, jedem von uns ist ein Schicksal bestimmt, wie eine Fessel, von der er sich niemals befreien kann. Es war ganz klar, mein Leben war dazu bestimmt, diesen Mann zu lieben ..."

So sprach das einsame Ahornblatt vor mir und blähte die Nasenlöcher.

„Und dann seid ihr miteinander ausgegangen?"

„Nein. Ich sagte schon: Die ich geliebt habe, lebten immer am anderen Ufer des Flusses ..."

„Und wo lebt der junge Mann jetzt?"

„Das weiß ich nicht. Aber warum möchtest du, daß ich das weiß? Seit wir die Universität verlassen haben, habe ich ihn nicht mehr gesehen. Es gibt ein Gerücht, wonach er eine Medizinstudentin geheiratet habe und nach Seoul gezogen sei. Sie ging mit mir in die Höhere Schule, und ich kannte sie ein wenig. Sie war sehr hübsch und hochbegabt."

Jetzt zeigte mein Herbstblatt ein bitteres Lächeln, ganz so wie die alte Audrey Hepburn.

„Und das soll alles sein? Wo bleibt denn die große Schlußszene?"

„Die Schlußszene? Nein. Du bist wirklich noch sehr jung. Das Leben ist kein Roman, und schon gar nicht ist es wie im Film. Die Liebe geht nicht zu Ende, wenn der andere geheiratet und man sich voneinander getrennt hat. Die echte Liebe dauert ewig. Auf die Zeit kommt es dabei nicht an. Das Gefühl bleibt mit dem Herzen des Liebenden verwachsen bis zum Ende aller Tage. Es gibt etwas Unzerstörbares in der Liebe, ein niemals verlöschendes Licht, eine unerschöpfliche Energie. Verstehst du das?"

Ich spürte, wie der geheimnisvolle Farbstoff dieses Herbstblattes vor mir in mein kleines Herz drang. Aber was war das überhaupt für ein mysteriöser Stoff?

Plötzlich schrak sie zusammen und klatschte in die Hände:

„Ach, du meine Güte! Was mache ich ... Was rede ich da vor einem Kind?! Verzeih mir, wie habe ich mich wieder dumm angestellt und solches Zeug dahergeredet!"

Ich wußte nicht warum, aber ich wollte weg. Ohmok lächelte mich an, verlegen und schlecht gelaunt, schüttelte den Kopf und brachte mich zur Tür.

Enttäuscht ging ich davon. Auf dem Dammweg drehte ich mich um. Von ihr war nichts zu sehen. Die üppige bengalische Quittenhecke war wie ein breiter Fluß. Hatte sie nicht gesagt, alle, die man liebt, sind immer auf dem anderen Ufer? Blödsinn war das. Ohmok war dumm.

In der Gasse lief mir Yangsim über den Weg, die einen Bambuskorb unter dem Arm trug und grinste. Sie ging aufs Feld, um Beifuß zu sammeln. Ich grüßte das Mädchen, das sie begleitete, mit besonderer Höflichkeit.

„Guten Tag, Fräulein Eunha!"

Sie war die ältere Tochter des Vizeschulleiters, hübsch wie ein Filmstar und die einzige Universitätsstudentin in unserem Viertel. Wenn ich sie sah, hatte ich das Gefühl, ihre Haut duftete nach wohlriechenden Blüten.

„Ach, sieh mal, unser Cheol ist ja schon ein richtiger Mann, der weiß, wie man die Damen grüßt!"

Dabei lächelte sie und entblößte etwas von ihren Zähnen, die so weiß leuchteten wie die Blüten des Birnbaums. Ich wurde rot und verschwand rasch in unserem Hof.

25 DER FRÜHLINGSREGEN

Mit den Dingen des Lebens war es tatsächlich nicht so einfach.

Nachdem Go Ohmok mir die Geschichte ihrer unglücklichen, ganz unvermittelt zu Ende gegangenen Liebe erzählt hatte, wie einen nebelhaften Traum, mit Tränen in den Augen, da geschah ein Wunder, und zwar genau einen Monat später.

Der junge Mann, der im Buch ihrer Erinnerung wie ein farbenfrohes Herbstblatt zwischen die Seiten gerutscht war oder als ein funkelnder Stern für immer am Himmel glänzte, er also, den sie den Träumer genannt hatten, war plötzlich aufgetaucht.

Als ich sie eines Nachmittags besuchte, begrüßte sie mich, ganz anders als sonst, in heller Aufregung. Der Stoff ihres farbenprächtigen Kleides war so leicht wie die Flügel eines Schmetterlings, und zum ersten Mal sah ich sie mit sorgfältig geschminktem Gesicht.

„Wow, so schön wie Audrey Hepburn, *ho ho ho!*", beglückwünschte ich sie zu ihrem goldfarbenen Kleid mit dem eleganten Dekolleté.

„Na so was! Mein kleiner Poet! Oh, komm nur herein!", rief sie zur Begrüßung und öffnete ihren lachenden Mund bis zu den Ohren.

„Wirklich, wie Audrey Hepburn, echt?"

„Wirklich. – Haben Sie das Kleid neu gekauft?"

„Nein, das habe ich während der Universitätszeit getragen. Das ist mehr als zehn Jahre her, vielleicht ist es inzwischen schon ein bißchen altmodisch."

„Aber es ist wirklich wunderschön. Ist denn heute ein besonderer Tag?", fragte ich scheinheilig. Denn meine Begeisterung war geheuchelt, das Kleid stand ihr überhaupt nicht. Vor allem fand ich es sehr merkwürdig, daß sie sich so aufgekratzt und ausgelassen benahm. Wie sie ständig strahlte und dabei vor sich hin summte, sah sie wie eine alte Bachstelze aus, die am liebsten wegfliegen möchte.

„Nein, eigentlich nicht."

„Ich wette, heute ist eine Art Glückstag für Sie. Sie sind so schön angezogen, als wollten Sie noch ausgehen?"

„Sehe ich so aus? Ja, doch, du hast recht. Es ist ein freudiges Ereignis eingetreten!"

Dann lief sie mit leichten, tänzerischen Schritten zum Grammophon und legte eine Platte auf. Eine Walzermelodie erklang. Sie öffnete die Glastür zum Hof und führte mich mit beschwingten Schritten über die Diele in den Garten hinaus, *sappun sappun*.

„Schau doch, da drüben! Seit vorgestern steht der Kirschbaum in voller Blüte."

Sie zeigte auf den blühenden Baum in einer Ecke des Hofes. Mit allen Zweigen voller blaßroter Blüten sah der Baum wie eine einzige Blütenwolke aus. Wir setzten uns nebeneinander auf eine Bank unter den Kirschbaum.

„Cheol, erinnerst du dich noch, wovon ich neulich gesprochen habe? Vom Schicksal! Daß man dagegen nichts ausrichten kann. Genau das hat sich wieder einmal als wahr erwiesen. Ach, ich kann es gar nicht glauben, es kommt mir vor, als würde ich noch immer träumen ..."

Sie schüttelte beständig den Kopf und stieß helle Schreie der Verwunderung aus. Dabei saß sie aufrecht auf der Bank und hielt beide Hände wie beim Beten gefaltet.

Ich sah sie unsicher und vorsichtig von der Seite an. War sie etwa krank? Ihre sommersprossigen Wangen erröteten vor Erregung, und die aus dem Haus herausklingenden Takte von Johann Strauss taten das übrige.

„Ach, ich fühle mich gleich besser, wenn du da bist. Mein Herz war nahe daran zu zerspringen. So etwas kannst du wohl nicht verstehen."

„Aber was ist denn los mit Ihnen, was haben Sie denn überhaupt?"

„Ja ja, o.k. Ich will dir alles erzählen. Es ist so: Dieser Mann ist wieder da. Endlich ist er wieder aufgetaucht. Du weißt doch, wen ich meine ...?"

„Ja, sicher. Den älteren Bruder von Byeonggu, diesen Comic-Mann?"

Sofort verzog sie ihr Gesicht, aber dann lachte sie:

„Du willst dich wohl über mich lustig machen?"

„Wer ist es dann?"

„Ich habe dir doch beim letzten Mal von dem Mann erzählt, den ich als Studentin geliebt habe."

„Ah, ich erinnere mich. Sie meinen diesen ‚Träumer'?"

„Richtig! Es ist kaum zu glauben, er wohnt jetzt sogar in unserem Viertel. Meine Güte! Als ich ihn sah, wäre ich fast in Ohnmacht gefallen."

Erregt funkelte sie mit ihren Augen. Was sagte sie? Er sollte in unserem Viertel wohnen?

„Vielleicht kennst du es ja schon: Da drüber das nagelneue zweistöckige Wohnhaus im westlichen Stil, das man von eurer Gasse aus sieht. Wo früher das Haus mit dem Granatapfelbaum gestanden hat."

Mein Mund stand mir offen vor Überraschung. Natürlich, wie sollte ich das neue Haus nicht kennen, das dort auf dem Grundstück mit dem Granatapfelbaum gebaut worden war. Wie schon erwähnt, gab es allerlei Klatsch darüber, und die Nachbarn tuschelten, der Besitzer des luxuriösen Hauses, das hinter einer Mauer aus roten Backsteinen lag, solle steinreich sein. Im geräumigen Innenhof gebe es neben allerlei Pflanzen auch einen Teich, und die Einrichtung sei vom Allerfeinsten. Die Familie, die mit einem großen Auto herumfuhr, hatte mehrere Söhne, die in die Mittelschule und die Höhere Schule gingen. Der Älteste, etwa Mitte dreißig, machte oft einen Spaziergang durch die Felder, in Begleitung eines Schäferhundes.

„Ach, dann war er dieser junge Mann, mit dem Sie vor kurzem auf der Gasse zusammengestoßen sind?"

„Ja, richtig. Der ist es, genau der. Meine Güte ...!"

Ich hatte mich gleich erinnert: Als wir vor ein paar Tagen auf dem großen Platz Fußball spielten, stakste Go Ohmok auf Schuhen mit hohen Absätzen geräuschvoll an uns vorbei, *ppi geog ppi geog,* wie immer mit Geige und Büchern unter dem Arm. Sie wollte gerade um die Ecke biegen, da stieß sie einen Schrei aus und fiel auf den Hintern. Die Geige und die Bücher fielen zu Boden und lagen um sie herum. Da erschien jener älteste Sohn aus dem neuen Haus auf dem Schauplatz, mit dem vorwärts ziehenden Schäferhund an der Leine. Der Mann nahm sie an der Hand und stellte sie wieder auf die Beine. Dann überreichte er ihr die Gegenstände, die er vom Boden aufgehoben hatte, und entschuldigte sich bei ihr. Ohmok machte dabei ein sichtlich verwirrtes Gesicht, wie in Trance ...

„Ja, ich hatte mich fürchterlich erschrocken. Dann aber hätte ich beinahe losgeschrien: *Sie sind doch Yi Honggil!*"

Ich schloß aus ihren Worten, daß sie es hingenommen hätte, wenn ihr der Hund ins Bein gebissen hätte.

„Weißt du, was er gesagt hat? ‚Entschuldigen Sie bitte. Aber keine Sorge, mein Hund beißt nicht.' Dabei nahm er meine Hand und half mir beim Aufstehen. Sehr zuvorkommend! Damals an der Universität war er auch schon ein Gentleman. Dann klopfte er auch den Staub von meinen Büchern. Weißt du, was er dann gesagt hat, mit seiner tiefen Baritonstimme? ‚O, das ist ja ein Gedichtband von Yun Dongju*! Sie mögen Gedichte?' Diese Stimme! Honggil hat auch immer sehr schön gesungen ..."

Diese Go Ohmok, jetzt nannte sie ihn schon beim Vornamen. Irgendwie ging mir das auf die Nerven, und ich wurde innerlich böse auf sie. Ohne auf meine Gefühle Rücksicht zu nehmen, hörte sie gar nicht mehr damit auf, bis mir die Ohren wehtaten: „der wunderbare Honggil" hier, „Honggil der Gentleman" dort, und „meinen Honggil" nicht zu vergessen.

Ich konnte mich nicht zurückhalten und sagte spöttisch:

„Na ja, er wird sich auch gefreut haben. Schließlich hat er eine alte Freundin wiedergetroffen ..."

„Nein, das hat er nicht. Er hat sich nicht an mich erinnert. Nun, das wundert mich nicht; denn wir studierten verschiedene Fächer, und ich verbrachte die meiste Zeit in der Bibliothek. Aber vor ein paar Tagen habe ich ihn auf dem Feld am Waldrand zufällig wiedergetroffen. Er sagte, er sei mit dem Hund unterwegs, weil der sich bewegen müsse. Da habe ich meinen ganzen Mut zusammengenommen und davon angefangen, daß wir doch an derselben Universität im selben Jahrgang studiert hätten. Er war sichtlich erfreut und sagte, es tue ihm leid, daß er sich nicht an mich erinnern könne, offenbar anders als ich an ihn ... *Ayu*, und dabei wurde er rot! Du hättest ihn sehen sollen. Er sah wirklich süß aus!"

An diesem Tag mußte ich wirklich an mich halten, um ruhig zuzuhören, wenn sie alle ihre blöden Geschichten vor mir ausbreitete. Erst als ich sagte, ich gehe jetzt nach Hause, und aufstand, waren die ewigen Geschichten mit Honggil zu Ende.

„Schau, von hier aus kann man sein Haus gut sehen", sagte sie. In der Tat, das imposante Gebäude überragte sowohl das Haus des Vizedirektors der Grundschule als auch unsere Baracken.

Je öfter ich sie an den folgenden Tagen besuchte, desto mehr wurden die Reden von Ohmok zur ermüdenden Leier, die mich zur Verzweiflung trieb, und der Name Honggil war zu ihrem Lieblingsausdruck geworden.

„Cheol, das weißt du noch nicht: Honggil führt den Hund jeden Nachmittag zwischen fünf und sechs spazieren. Aber es gibt eine überraschende Neuigkeit, ach ..., Honggil hat ein schweres Unglück getroffen, den Armen! Vor ein paar Tagen habe ich zufällig von einem früheren Kommilitonen von der Universität erfahren, daß Honggil schon lange geschieden ist! Er soll eine Tochter haben, und die Frau soll nach der Scheidung mit der Tochter ins Ausland gegangen sein. Armer Honggil! Ich wußte ja nichts von seiner schmerzhaften Vergangenheit ..."

„Und du, Cheol", wandte sie sich ausnahmsweise an mich, „hast du denn etwas gehört, was mit seiner Familie los ist? Ich habe ihn jetzt schon seit drei Tagen nicht gesehen. Hat er vielleicht seinen Spaziergang mit dem Hund auf den Vormittag verlegt?"

Jedesmal wenn wir uns trafen, führte sie kein anderes Wort im Mund als ihren Lieblingsnamen. Schließlich hatte ich die Nase voll und nahm mir vor, sie nicht mehr zu besuchen. Aber die Eifersucht! Sie ließ mich nicht ruhen, und so ging ich nach einer Woche doch wieder hin. Beim Wiedersehen wurde mir klar, daß die Symptome ihrer Besessenheit weiterhin deutlich waren.

„Was meinst du zu diesem Vorhang? Vielleicht ist die Farbe etwas zu ausgefallen, oder?"

Anstelle ihres dunklen Vorhangs hatte sie einen neuen, rosafarbenen ans Fenster im Wohnzimmer gehängt. An diesem Tag hatte sie auch eine Schminke in hellen Farben aufgetragen und hatte rosa Kleider an.

„Nein, die Farbe ist wirklich sehr hübsch", beruhigte ich sie mit gespielter Begeisterung und suchte mich ihren Blicken zu entziehen. Wenn ich innerlich empört aus ihrem Fenster sah, wurde meine ganze Aufmerksamkeit von dem Anblick des Hauses dieses Honggil beansprucht. Diesmal führte Ohmok mich in den Garten und lud mich ein, ein von ihr wundervoll gespieltes Violinstück anzuhören. Ich wußte freilich sehr genau, daß diese köstliche musikalische Botschaft nicht an mich, sondern an jemand anderen gerichtet war, der sich hinter den Fensterscheiben in der ersten Etage des drüben stehenden Hauses befand.

Obwohl sie nicht davon sprach, konnte ich mir vorstellen, in welch erregtem Zustand Ohmok ihre Tage verbrachte. Von früh bis spät schaute sie aus dem Fenster auf das zweistöckige Haus, und dabei ging es beständig in ihrem Kopf herum: Von seinem Zimmer aus kann Honggil meinen Vorhang sicher sehen ... Ob er weiß, für wen ich diese Farbe ausgesucht habe? ... Wird er heute auch wieder mit dem Hund an meiner Hecke vorbei ...? Und wenn sie ihn einmal wirklich am Fenster sah und wenn er tatsächlich mit dem Hund vorbeiging, versteckte sie sich hinter ihrem Vorhang und begnügte sich damit, ihre unregelmäßigen Herzschläge zu verfolgen.

Ja, das war unsere Ohmok.

Sie folgte tagaus tagein wie eine Sonnenblume auf ihrem langen Stiel – aber nicht etwa Honggil, sondern nur seinem Schatten.

26 Die Schlußszene

Eines Tages wurde ich in der Rolle des Statisten Zeuge der Schlußszene ihres Traumspiels vom großen Wiedersehen.

An jenem Tag ging ich zu ihr im Auftrag unserer Vermieterin, die gerade das Amt der Sprecherin unseres Viertels ausübte. Ich sollte Rattengift bei Ohmok deponieren.

„Rattengift? Was soll ich damit?"

„Morgen ist doch der Tag der Rattenbekämpfung", erklärte ich ihr. „Deshalb müssen heute Abend alle Haushalte ohne Ausnahme das Gift auslegen. Bitte nicht vergessen."

Go Ohmok warf das Tütchen achtlos in die Ecke und setzte am Fenster ihre Beobachtung der Außenwelt fort.

„Was haben Sie? Sehen Sie jemanden?"

„Komm mal her. Deine Augen sind besser als meine. Kannst du mir sagen, wer da drüben auf der Terrasse von Honggils Haus steht?"

„Ja, das dürfte Honggil sein."

Auf der Dachterrasse aus rotem Ziegelstein jenes Hauses, das hinter dem des Vizedirektors und des unseren lag, stand ganz offensichtlich Honggil, ‚der Träumer'.

„Wirklich? Bist du sicher? Schau lieber noch einmal genau hin ..."

„Er ist es wirklich, und ... er schaut auch gerade in unsere Richtung."

Sie stieß einen hellen Laut aus und fing an, aufgeregt im Wohnzimmer hin und her zu laufen.

„Dann blickt er also jetzt zu meinem Haus herüber?"

Zum Verständnis der Szene muß man wissen, daß sie den Träumer vor etwa zehn Tagen zum ersten Mal auf seiner Dachterrasse stehen sah. Zuerst dachte sie, das sei ein Zufall. Aber so war es nicht. Fast täglich stand er nun immer gegen Abend an derselben Stelle und blickte lange in ihre Richtung herüber. Zwischen seinem und ihrem Haus waren es nicht mehr als 50 Meter. Schließlich wollte sie in seinem Verhalten Absicht erkennen.

„Ja, das ist das Schicksal! Gott hat entschieden, ihn mir zu schikken!"

Seitdem ging Ohmok jeden Tag zu der bewußten Stunde in den Garten, und wie auf Verabredung erschien jedesmal auch er, ging dort oben hin und her, immer mit dem Gesicht in ihre Richtung gewandt. Ab und zu hörte sie ihn auch singen mit seiner tiefen, wohllautenden Stimme. Ohmok schwebte jeden Tag auf einer rosaroten Wolke. Vor ihren verwunderten Augen zeigte sich die Welt in den prächtigsten Farben und bekam für sie einen ganz neuen Sinn.

„Ach ja, damals habe ich ihn auch singen gehört, *O sole mio* … und so weiter. … Genau, bei einem Universitätsfest hat er dieses Lied auf der Bühne gesungen … Er ist ja sehr vielseitig. Auch an einem Preisausschreiben für Literatur hat er teilgenommen damals, und er hat sogar mit einem Gedicht etwas gewonnen. Ich erinnere mich daran immer noch, es wurde damals in der Uni-Zeitung abgedruckt. Warte mal …: *Wenn man jemanden liebt, öffnet sich ein Fenster in der Seele zum Universum hinaus. / Wenn man jemanden haßt, schließt sich das Fenster und man schläft wie eine Seidenraupe in ihrem Kokon* … Diese Stelle hat mich besonders beeindruckt."

Während sie sich weiter über ihr Lieblingsthema ausließ, starrte ich mit meiner Wut im Bauch unablässig aus dem Fenster. Da, plötzlich machte Honggil drüben eine sonderbare Geste.

„Ach, schaun Sie doch! Jetzt winkt er uns zu!"

„Was …? Wirklich, du hast recht!"

Er hob einen Arm, wie wenn er uns grüßen oder uns auffordern wollte, zu ihm herüber zu kommen. Ohmok war kurz vor einem Tränenausbruch.

„Ach, sieh nur, wie schüchtern er ist! Warum traut er sich nicht, einfach zu mir herüber zu kommen? … Damals hat er sich so etwas doch auch getraut. Was soll ich jetzt machen, sag's mir, Cheol!"

„Winken Sie ihm doch zurück. Und ich glaube, Sie sollten zu ihm hinübergehen."

„Meinst du wirklich? … Ja, es ist besser, wenn ich gleich gehe, bevor die Nachbarn mitkriegen, was hier los ist, und mir vorhalten, daß man so etwas nicht tut … *Ahyu*, dieser Spaßvogel.

Cheol, würdest du mich begleiten? Aber warte noch einen Augenblick … Wenn du dabei bist, fühle ich mich sicherer. O.k.?"

Sie verschwand in ihrem Zimmer und kam in dem prächtigen rosa Kleid zurück. Dann verließen wir eilig das Haus. Es war mir klar, was sich jetzt in ihrem Kopf abspielte: Ah! Endlich ist es so weit, die Schicksalsgöttin hat jetzt endlich eine Regenbogenbrücke zwischen uns geschlagen. Jetzt gibt es kein Zögern mehr, ich nehme mein Schicksal an! – Sie nahm meine Hand, und wir gingen durch das Tor hinaus. Als wir über das Feld gingen, winkte er immer noch in unsere Richtung, und als wir in die Gasse einbogen, kamen wir an ein paar Nachbarinnen vorbei, Klatschbasen, die unter dem Vordach vor unserem Tor saßen und sich flüsternd unterhielten. Das neue Haus mit seinen zwei Etagen hatte man von dort aus bestens im Blick.

„He, schaut nur! Was ist denn das jetzt? Ganz schön frech! Die genieren sich wohl überhaupt nicht?"

„Da steckt bestimmt ein Kerl dahinter – ach, diese Männer, so sind sie eben! Aber dieses Weib, in diesem Alter, wedelt noch mit dem Schwanz für einen Kerl. *Aigo!* Aber auf der Straße die Heilige spielen, und voller Stolz darauf, daß sie studiert hat!"

„Ach, die Welt steht auf dem Kopf! Die Jungen haben kein Schamgefühl mehr im Leib."

„*Aigo!* Wenn das ihre Mutter erfährt! Die Frau Gemahlin des Vizedirektors fällt aus allen Wolken."

Als wir haltmachten und hinaufschauten, sahen wir den Träumer nach wie vor seine Handzeichen machen – nur schienen sie mir jetzt in eine etwas andere Richtung zu weisen. Automatisch folgte ich mit den Augen der Richtung, in der Honggil gestikulierte – und was sah ich zu meiner Verblüffung? Neben uns in dem Haus des Vizedirektors schaute ein lächelndes Gesicht aus dem Fenster nach drüben!

Es war Eunha, die älteste Tochter, die die Terrasse von Honggil fest im Blick hatte. Sie suchte jedoch das Lächeln, das auf ihrem frischen, jugendlichen Gesicht strahlte, hinter ihrem schlanken Händchen zu verbergen.

Plötzlich fing es heftig zu regnen an, und es fielen schwere Tropfen vom Himmel. Ich faßte mich wieder und wollte mich zu Ohmok umdrehen, doch sie war verschwunden. Ich ging die Gasse zurück und sah, wie sie über das freie Feld rannte, als würde sie jemand verfolgen. Dabei prasselte der Regen nur noch gnadenloser auf ihren nackten Rücken herab.

O je! Arme Ohmok!

27 Herr Lehrer, die ‚Sardelle'

„*Ayu!* Die Schuluniform sitzt wie angegossen!"

Es war der Tag, an dem ich zum ersten Mal die Uniform für die Abendschule* anzog. Die Mutter hatte die alte Schuluniform des zweiten Sohnes der Hausbesitzer geändert, und sie sah jetzt aus wie neu.

„Also, dann dreh dich einmal um zu mir! *Aigu!* So siehst du ja richtig würdig aus. Ja, mein Cheol ist groß geworden und geht jetzt in die Mittelschule ..."

Der Blick der Mutter ruhte zufrieden auf mir, und ihre Augen wurden feucht. Ihr Gesicht war in letzter Zeit etwas geschwollen, aber nun strahlte es vor Freude. Dennoch war ich beunruhigt.

„Cheol, jetzt gehst du in die Mittelschule. Du bist kein Kind mehr. Du bist jetzt in dem Alter, in dem man alleine zurechtkommen muß. Weißt du das?"

„Ja."

„Ich habe nur einen Wunsch: Ich möchte erleben, daß du in der Schule Erfolg hast und vorwärts kommst. Damit später ein bedeutender Mensch aus dir wird. Wenn du mir eine Freude machen willst, dann mußt du dafür sorgen. Weißt du das?"

„Ja, das weiß ich."

„Ach ..., Wenn ich gesund wäre, würde ich dich nicht in die Abendschule schicken. Aber mein Leben ist eben nicht einfach, und deshalb hast auch du darunter zu leiden."

Die Mutter putzte ihre Nase mit einem Rockzipfel. Sie sah zu dieser Zeit deutlich schlechter aus.

„Ach Mutter! Was ist denn dabei, wenn ich die Abendkurse besuche. Wenn man etwas lernt, ist das doch in Ordnung."

„Ja gut, du bist ja inzwischen zur Vernunft gekommen. Mein Sohn, der Herr Mittelschüler, redet jetzt ja sehr vernünftig."

Ich packte das *dosirak* mit dem Mittagessen in die Schultasche und ging früher als sonst aus dem Haus; denn ich war mit Ilhwan, einem Klassenkameraden, vor dem Zeitungsdepot verabredet, dem Büro, von dem aus die Zeitungen zugestellt wurden.

Ich war es eigentlich gewesen, der darauf bestanden hatte, die Abendschule zu besuchen. Meine Noten waren anfangs nicht ganz schlecht, aber dann wurde die wirtschaftliche Lage zu Hause immer schlimmer. Die Gesundheit der Mutter verschlechterte sich immer mehr und nach einigen Monaten konnte sie nicht mehr zur Arbeit in den *Hanbok*-Laden gehen. Als sie zum zweiten Mal ohnmächtig geworden war, bekamen die Inhaber es mit der Angst zu tun und schickten ihr die Entlassung. Sie solle mit der Arbeit aufhören; denn sie hätten Angst vor dem, was alles passieren könnte. Die Mutter hatte sie angefleht und darum gebeten, ihr zu vertrauen, daß sie die Näharbeiten auch zu Hause erledigen könne, und dann arbeitete sie Tag und Nacht und ruinierte dabei ihre Gesundheit.

Meine große Schwester hatte immerhin das Glück, eine Dauerstellung zu ergattern. Aber ihr Monatsverdienst war so klein wie ein Rattenschwanz und reichte nicht einmal aus, die Medizin für die Mutter zu bezahlen. Deshalb bemühte sich Eunbun auch um die Möglichkeit, zusätzliche Arbeitsstunden in der Nacht zu verrichten. Sie war ohnehin von schwacher Konstitution, und wegen der dauernden Überanstrengung lief sie jetzt immer mit einem gelblich blassen, aufgedunsenen Gesicht und geröteten Augen herum. Immer wenn ich sie so erschöpft sah, hatte ich ein schlechtes Gewissen und schämte mich.

Das Büro der Zeitungszustellung befand sich im *Gyerim*-Viertel an einer Ecke der großen Kreuzung aus fünf Straßen. Bei einem Blick durch das Fenster sah ich einen unbekannten Mann in einer schwarzen Lederjacke, aber Ilhwan war nicht zu sehen. Nachdem ich einen Moment auf der Straße gewartet hatte, kam Ilhwan auf dem Fahrrad.

„Du wartest wohl schon lange? Verdammt, aber ich mußte bei den Abonnenten die Außenstände eintreiben, und dabei habe ich gar nicht gemerkt, wie die Zeit vergeht."

Dabei tippte er auf das Heft mit den Quittungen und wischte sich den Schweiß ab.

„Es reicht nicht, daß du die Zeitungen austrägst – du mußt auch noch das Geld kassieren?"

„Nein, eigentlich nicht. Aber der Oberschüler, der bisher kassiert hat, hat vor ein paar Tagen das Handtuch geworfen. Er hatte Streit mit dem Warzen-Gesicht. Deshalb mache ich jetzt beides, und dabei laufe ich mir die Füße wund."

„Wer ist dieses ‚Warzen-Gesicht'?"

„Das ist der Chef des Zustellungsbüros. Ein echtes Arschloch, du wirst es gleich selber merken ..."

„Ach, ich weiß nicht, ob ich dieser Arbeit gewachsen bin ..."

„Mein Freund, glaubst du denn, ich wußte vorher, wie das geht? Keine Sorge, ich bringe dir schon alles bei, und dann übertrage ich dir alle Abonnements in meinem Zustellungsgebiet. Komm, wir gehen hinein!"

Ich folgte Ilhwan ins Haus. Der Mann in der schwarzen Lederjacke lehnte sich auf seinem Stuhl zurück und warf einen flüchtigen Blick auf mich. Auf seiner Nase prangte eine Warze in der Größe einer grünen Mungobohne.

„Du willst Zeitungen austragen?", fragte er etwas genervt. „Wie alt bist du denn?"

„Vierzehn."

„Bist du sicher? Was für ein winziges Kerlchen, der sieht ja wie ein Grundschüler aus!"

„Halt, Chef! Der geht mit mir in dieselbe Klasse", trat Ilhwan mit diplomatischem Grinsen dazwischen.

„Hast du kein Fahrrad? Dann mußt du alles einzeln zu Fuß herumtragen. Und du, Ilhwan, gibst die Hälfte deiner Adressen diesem Pisser da."

„Also bloß hundert? Chef, Sie können ihm doch alle überlassen."

„Spinnst du? Einem blutigen Anfänger wie dem da gleich zweihundert Exemplare zu geben, ist das nicht zu riskant? Aber meinetwegen ... Doch paß gut auf", setzte er drohend hinzu: „Wenn der das nicht schafft und in ein paar Tagen abhaut, dann bist du dran, verstanden?"

Am Ende erlaubte er mir die zweihundert Exemplare, und wir verließen das Büro. Am nächsten Tag in aller Frühe sollte es losgehen. Zunächst würde ich eine Woche lang Ilhwan begleiten, um mir die Zustellungstour einzuprägen. Innerlich hatte ich zwar Schiß, aber dann war ich doch glücklich, daß ich endlich eine Arbeit gefunden hatte, mit der ich ein bißchen eigenes Geld verdienen konnte.

„Dieser Hurensohn. Jedesmal wenn der das Maul aufmacht, kommt erst einmal eine Beleidigung heraus. Wenn ich die Arbeit als Kassierer nicht übernommen hätte, hätte ich mir anderswo einen Job suchen können. Vielleicht tue ich das später, wir werden sehen. – Komm, steig hinten auf! Ich bringe dich in die Schule."

Sobald ich hinter ihm saß, trat er kräftig in die Pedale. Ilhwan war nur ein Jahr älter als ich, aber er war viel größer und kräftiger und trat auf wie ein Erwachsener. Schon seit drei Jahren trug er Zeitungen aus, er hatte viel Erfahrung, weshalb der Chef ihm auch den Posten des Kassierers anvertraut hatte.

Als wir bei der Schule ankamen, strömten gerade die Schüler, für die der normale Unterricht bei Tage beendet war und die nach Hause strebten, aus dem Gebäude. Sie begegneten den gerade hereinkommenden Abendschülern, die etwas früher da sein wollten, um einen guten Platz zu bekommen.

Kaum befanden wir uns im Klassenzimmer, läutete bereits der Gong zum Unterrichtsbeginn. Die erste Unterrichtsstunde war Biologie, und der Lehrer war zugleich unser Klassenlehrer. Wegen der angespannten finanziellen Lage der Abendschule unterrichtete ein Lehrer häufig zwei Fächer. Der unsere hatte neben Biologie auch Geographie übernommen.

Nachdem er die Namen der Schüler verlesen hatte, schloß er die Anwesenheitsliste.

„Mein Gott! Es fehlen einfach zu viele, heute wieder sechs oder sieben."

Dabei blickte er besorgt auf uns über seine dicken Brillengläser hinweg. Der Lehrer war um die fünfzig, sah aber gut und gerne zehn Jahre älter aus und machte den Eindruck eines alten Mannes. Schon seit Jahren nannten ihn die Schüler ‚Sardelle'. Der Spitzname klang etwas abschätzig, paßte aber unübertrefflich auf ihn. Er war der Musterfall eines Menschen, der nur aus Haut und Knochen besteht. Dürr wie ein Hirsestengel, hatte er eine gelbliche Haut und trug eine schwere Brille mit dicken Gläsern, die die eingefallenen Gesichtszüge noch deutlicher werden ließen. Für mich sah die ‚Sardelle' aus wie die Verkörperung des Elends der ganzen Welt.

Da blieb sein Blick an einem Schüler haften, der seinen Kopf schläfrig hin und her wiegte wie das Pendel einer Standuhr.

„Was hast du denn heute den ganzen Tag gemacht, daß du jetzt sogar im Sitzen schläfst?"

Tschii, schnalzte der Lehrer, als ein anderer Schüler plötzlich sagte:

„Herr Lehrer, er hat einen Job in einem chinesischen Lokal, er liefert Nudelgerichte für sie aus!"

Wir mußten alle laut lachen, *wareureureureu*. Doch dann sah ich, wie sich das Gesicht des Lehrers verfärbte. Das Lachen verstummte, und er blickte uns einem nach dem anderen ins Gesicht. Dann fragte er den Jungen, der in dem Lokal arbeitete:

„Wie heißt du?"

„Ich heiße Bang Hanseong, Herr Lehrer."

„Mein lieber Hanseong, es tut mir leid. Ich entschuldige mich dafür, daß ich deine Probleme nicht beachtet habe. Ich kann es gut verstehen, daß du müde bist, wenn du den ganzen Tag arbeiten mußt. Aber ich möchte dich bitten, gib dir trotzdem ein bißchen Mühe, dem Unterricht zu folgen. Hast du verstanden?"

Der Lehrer hatte uns nicht wenig überrascht. Seiner heiseren Stimme und dem aufmerksamen Blick hinter seiner starken Brille entnahm ich den Ausdruck einer unendlichen Güte und Einfühlsamkeit. Dann fuhr er langsam zu reden fort.

„Ich unterrichte jetzt seit zwanzig Jahren in dieser Abendschule, und es sind mir in dieser Zeit unzählige Schüler in ähnlich schwierigen Verhältnissen begegnet, in denen ihr euch befindet. Ich weiß, die meisten von euch arbeiten wie Bang Hanseong den ganzen Tag und müssen dann gegen den Schlaf ankämpfen, wenn sie abends hier sitzen. Wahrscheinlich haltet ihr euch für die unglücklichsten Jungen auf der Welt, und ihr seid verzweifelt darüber, daß keiner an eurer Seite ist, der euch die Leiden und die Bürde des Lebens abnehmen kann. Und ich muß leider sagen, daß ich euch auch nicht helfen kann. Ich kann euch nur das eine sagen: Das Leben ist ein mächtiger Strom. Ihr glaubt sicher, ihr seid von einer riesigen Mauer eingeschlossen. Aber glaubt mir, keine Mauer und nichts kann die Kraft des strömenden Wassers aufhalten. Ihr seid jung, deshalb gehört euch die Zukunft. Blickt auf und schaut zum Fenster hinaus: Die Zukunft liegt vor euch, und niemand anders als ihr müßt sie aufbauen! Vergeßt das niemals ... Ihr seid wie lauter kleine Bächlein, die sich einmal zu einem Strom vereinigen, der sich ins Meer ergießt. Verliert nicht den Mut! Ihr selbst seid die Herren über euer Leben!"

Im Klassenzimmer herrschte Totenstille. Der Abend dämmerte, und auf dem Schulhof hinter den Fensterscheiben wurde es dunkel. Auf den Straßen da draußen sah es genauso düster aus wie in unseren Herzen. Dennoch merkte ich sofort, daß die leise Stimme des Lehrers, den wir ‚Sardelle' riefen, belebend auf mich wirkte. Ein warmer Gefühlsstrom durchdrang meine Glieder. Ich war mir ganz sicher, ich hatte diesen Lehrer gern.

Der entschloß sich daraufhin, das Lehrbuch aufzuschlagen, und der Unterricht begann. Er nahm ein Stück Kreide und malte die Umrisse eines großen, nackten menschlichen Körpers an die Tafel.

„Schaut her, das ist euer Körper! Im Gegensatz zu der üblichen Meinung, daß das Fach Biologie langweilig und uninteressant sei, möchte ich euch erklären, wie nützlich es ist. Ihr möchtet gerne wissen, wie eure Eingeweide aussehen und wozu sie da sind? Auf wichtige Fragen dieser Art gibt diese Wissenschaft Antworten. Wir haben heute die erste Stunde, und ihr dürft alles fragen, was ihr wissen wollt."

Alle bestürmten den Lehrer mit Fragen: Warum die Haare schwarz sind? Warum kommen Mann und Frau so verschieden zur Welt? und so fort ...

Da ich die ‚Sardelle' nun einmal in mein Herz geschlossen hatte, wollte ich ihm unbedingt auch eine Frage stellen, die aber intelligenter sein sollte als die meiner Mitschüler. So erhob ich nach einigem Nachdenken mutig die Hand.

„Ich auch ..., Herr Lehrer!"

„Ja, bitte, was möchtest du wissen?"

„Beim Pipi-Machen ..., also wenn ich das Wasser laufen lasse, dann kommt das Wasser mal als ein Strahl und ein anderes Mal in zwei Strahlen heraus. Warum ist das so?"

Die Schüler bogen sich vor Lachen, was mich überraschte; denn ich hatte mir die Frage von verschiedenen Seiten genau überlegt. In meinem Alter erregte dieses Instrument ja wie vieles unterhalb der Taille eine besonders lebhafte Neugierde, doch ich mußte zugeben, meine Frage war etwas grenzwertig.

Was aber noch merkwürdiger war, war das Gesicht des Lehrers. Zuerst sah er mich eine Weile etwas verlegen an, weil er keine rechte Antwort zu wissen schien. Dann aber brach er in Gelächter aus:

„Was für eine dämliche Frage! Dein Pimmel wird eben ein bißchen krumm sein! Was soll ich sonst dazu sagen ...?"

Erneut prusteten die Mitschüler vor Lachen und streckten mir die Zunge heraus.

Als letzte Stunde an jenem Abend hatten wir Geographie, und dieses Fach wurde ja ebenfalls von der ‚Sardelle' unterrichtet. Kein Wunder, daß wir um diese späte Stunde so erschlafft waren wie der Porree in einem *Kimchi*-Topf. Der Lehrer hatte Mitleid und las selbst mit lauter Stimme aus dem Lehrbuch vor. Trotzdem waren wir aufmerksam und folgten dem Text mit einiger Erregung; denn in einem Abschnitt über die Produkte der koreanischen Südküste kam der Name eines kleinen Fisches vor: ein Wort aus zwei Silben, *Myeolchi*, das für den Vorleser wie eine Art Falle war; denn es bedeutet nichts anderes als Sardelle. Eigentlich waren also nicht wir es, die ihm eine Falle stellten. Vielmehr war es so, daß er selbst geradewegs darauf losging.

Wir hielten also den Atem an, die Augen auf den Text fixiert, die Ohren auf den Klang der zu erwartenden, so kompromittierenden Silben. Und der arme Lehrer näherte sich dem fatalen Wörtchen mit völliger Arglosigkeit: ... *Und das Meer vor der Südküste ist überreich an Plankton. Deshalb gedeihen darin verschiedene Seepflanzen wie Seetang, Riementang, Agar-Agar usw. besonders gut. Vor allem um die Insel Wando* – und jetzt war er ganz nahe dran! Das Wörtchen *Myeolchi*, die ‚Sardelle' also, war an der Reihe! Jeder von uns suchte das Gesicht hinter seinem Buch zu verstecken, hielt den Atem an und bereitete sich auf das Ausbrechen einer Lachsalve vor.

Aber was war los? Der Herr Lehrer, die ‚Sardelle', stockte einen kleinen Moment, – und dann las er mit seiner hellen Stimme fröhlich weiter, nachdem er die bewußten Silben einfach ausgelassen hatte!

Pahhh! ... Unsere Spannung löste sich auf in einem Seufzer der Enttäuschung, und die Sardelle rief lachend:

„Hahahaha! Ihr Banditen! Ihr habt wohl gedacht, es ist leicht, einen kleinen *Myeolchi* zu fangen!"

Wir wanden uns auf der Erde und hielten uns den Bauch vor Lachen. Es war so laut, daß der Vizedirektor in unsere Klasse heraufkam, um nach dem Rechten zu sehen.

28 Vor jenem Haus

Sieben Uhr morgens. Es nieselte ohne Pause. Aus allen Richtungen strömten Leute durch die Straßen, darunter Kinder auf dem Schulweg und die vielen anderen auf dem Weg zur Arbeit.

Schon seit zwei Stunden trug ich Zeitungen aus, hatte aber heute noch nicht mehr als die Hälfte geschafft. Wenn es nicht geregnet hätte, wäre ich um diese Zeit fast fertig gewesen. Aber bei Regenwetter wurde es gewöhnlich später.

In einer Hand den Regenschirm, unter dem Arm ein Bündel Zeitungen, so trottete ich mit kleinen Schritten die Straße entlang. Es war Spätherbst, und die Temperaturen waren am frühen Morgen bereits frostig. Das stundenlange Laufen hatte die unangenehme Folge, daß ich äußerlich naß vom Regen und dazu noch in Schweiß gebadet war.

Einen „Guten Morgen!" wünschend, öffnete ich die Glastür der Apotheke an der Brücke, über die man zu einer Farm gelangte. Ich überreichte dem jungen Apotheker eine Zeitung.

„*Aigu!* Eine harte Arbeit ist das, was? Aber Kopf hoch, mein Junge!", sagte er wie gewöhnlich mit einem aufmunternden Lächeln.

Ich bedankte mich mit einer raschen Verbeugung und rannte weiter zum nächsten Haus, einer Wäscherei. Unter den zweihundert Abonnenten waren ganz wenige, die sich so freundlich verhielten wie der Apotheker.

„He du, was ist das denn! Die Zeitung ist ja ganz naß. Das soll eine Zeitung sein …!"

Der Inhaber einer Wäscherei schrie mich wütend an.

„Bitte, entschuldigen Sie …, aber es regnet …"

„Dann mußt du eben besser aufpassen, nichtsnutziger Kerl."

„Entschuldigen Sie das eine Mal. In Zukunft gebe ich besser acht …"

Mit höflichen Verbeugungen verließ ich aufseufzend den Laden, als gerade ein Lastwagen mit hoher Geschwindigkeit vorbeifuhr und mich von oben bis unten mit nassem Straßendreck bespritzte. Das bereits nasse Bündel mit den Zeitungen wurde dadurch noch weiter durchnäßt und verschmutzt. Ich war völlig erledigt und versuchte nur, irgendwie den gröbsten Dreck abzuwischen, bevor ich weiter die Gasse entlang rannte.

An Regentagen war diese Arbeit so anstrengend, daß man sie nur mit hängender Zunge erledigen konnte, und das Bündel, das man unter dem Arm trug, wurde einem bald so schwer wie ein großer

Stein. Der Regenumhang aus dünnem Kunststoff wickelte sich beim Laufen um Knie und Beine und behinderte einen zusätzlich. Und wie sehr ich mich auch bemühte, die Zeitungen mit der Plastikfolie zu bedecken, die man mir im Zustellungsbüro mitgegeben hatte – es half nichts, sie wurden immer sofort naß. An manchen Tagen konnte ich die Zeitung durch einen Spalt im Hoftor hineinschieben, aber bei Regen mußte ich jedesmal so lange vor dem Tor warten, bis jemand herauskam. Deshalb dauerte die Zustellung doppelt so lange wie sonst, und wenn die Zeitung dann auch noch naß geworden war, mußte ich gewöhnlich von dem gereizten Kunden auch noch einen strengen Tadel einstecken. Daher kam es, daß ich mir bereits am Abend vor dem Einschlafen Sorgen machte, es könnte nachts zu regnen anfangen und ein Regentag könnte bevorstehen.

Nach mehr als einem halben Jahr war ich an diese Probleme gewöhnt, auch wenn sich an der Mühe und Anstrengung, die das alles kostete, nichts geändert hatte. Es fiel mir noch immer so schwer wie am Anfang. Das Kontingent an Zeitungen, das ich auszutragen hatte, betrug etwas mehr als zweihundert Exemplare und war im Vergleich mit anderen Austrägern meines Alters viel geringer. Trotzdem überstieg diese Menge meine Kräfte; denn ich war verhältnismäßig klein und arbeitete sehr langsam. Vor allem kam noch hinzu, daß die Häuser, für die ich zuständig war, ziemlich weit voneinander entfernt und die Wege in diese hoch gelegenen Viertel sehr steil waren. Deshalb mußte ich viel weitere Wege zurücklegen als andere Zeitungsträger.

Im ersten Monat war ich ziemlich ratlos, weil mir die Stadtviertel fremd waren. Ganz früh am Morgen riß mich die Sirene, die das damals noch bestehende nächtliche Ausgehverbot beendete, aus dem Bett, und ich beeilte mich, zum Zustellungsbüro zu kommen, um mit meiner Tagesarbeit zu beginnen. Darauf lief ich jeden Tag am frühen Morgen drei bis vier Stunden lang prustend und keuchend ohne Pause durch die Gegend.

Nachdem ich in der Nähe der Brücke, die zu der Farm führte und von der oben die Rede war, die Wohnquartiere Nr. 13 und 17 mit insgesamt 25 Adressen beliefert hatte, begab ich mich auf den Weg zum Dongmyeong-Viertel. Das war eines der wohlhabendsten Wohnbezirke der Stadt. Alle Häuser hatten Ziegeldächer und waren großartig im westlichen Stil gebaut, eines neben dem anderen mit hohen Mauern aus roten Backsteinen. Dahinter lagen Gärten voller schöner Pflanzen und bunter Blumen, deren Namen mir unbekannt waren. Je nach der Jahreszeit waren auch prächtige Blütenzweige zu sehen, die über die Backsteinmauern herübergewachsen waren.

Wenn ich dann an eines der gewöhnlich fest verschlossenen Hoftore geklopft hatte, sank mir der Mut. Bei Regenwetter dauerte auch hier alles sehr viel länger, und besonders in diesem Viertel gab es viele Abonnenten, die wegen jeder Kleinigkeit etwas auszusetzen hatten. Auch an jenem Tag war das nicht anders.

„Du Rotznase! Dieses nasse Zeug soll eine Zeitung sein? Das ist doch nichts als ein zerknüllter Waschlappen!" – „Der Kerl ist unfähig! Wo hast du deine Augen gelassen? Zeitungen willst du austragen? Diesen Monat zahle ich nur die Hälfte der Gebühren." – „Verdammter Kerl! Gut daß ich dich erwische! Wie oft muß ich es dir noch sagen, bis du es endlich kapierst: Ich will diese Zeitung nicht mehr lesen! Aber immer wieder kommt dieser kleine Dummkopf und will sie mir aufdrängen." – „Du kleine Mißgeburt, weißt du, wie spät es ist? Jetzt erst kommst du mit der Zeitung? Wenn das so weitergeht, kündige ich sofort mein Abonnement." – „Schon zweimal in diesem Monat ist die Zeitung nicht da gewesen! Was sagst du: Du hast sie durch das Tor in den Hof geworfen? Willst du mich für dumm verkaufen, du kleiner Betrüger!"

Beschimpfungen dieser Art bekam ich immer wieder zu hören, wenn sie mich gereizt und mit bösen Gesichtern anfuhren und mit Verwünschungen überschütteten, und manchmal bedrohten sie mich auch. Einmal schnauzte mich ein junger Mann an, der sich aufführte wie auf dem Kasernenhof und mir eins auf den Kopf gab.

„Stillgestanden, verdammt nochmal! Rühren, du Niete! Und Achtung!"

Jedesmal blieb mir nichts, als mich zu verbeugen und den Kunden um Vergebung zu bitten. Ab und zu gelang mir auch ein unterwürfiges Lächeln, mit dem ich um ihr Mitleid bettelte. Was ich während der wenigen Monate meiner Tätigkeit als Zeitungsausträger vor allem gelernt hatte, war die Einübung solch sklavischer Gesten der Unterwürfigkeit. Widerspruch gab es absolut nicht; denn sie konnten ja jederzeit ihr Abonnement kündigen ... Und wenn eine Kündigung vorkam, brüllte der Chef, die ‚Warze', den Austräger an, als ob er ihn auffressen wollte, und der durch die Kündigung entstandene Verlustbetrag wurde ihm auf Heller und Pfennig von seinem Monatslohn abgezogen. Aus diesem Grund hatten vor allem diejenigen Zeitungsträger, die wie ich in die Abendschule gingen, vor einer solchen Kündigung die größte Angst.

Nachdem ich ein Exemplar beim Badehaus eingeworfen hatte, überquerte ich die Hauptstraße. Gegenüber auf der anderen Straßenseite stand ein zweistöckiges Haus im westlichen Stil. Es war die letzte

Adresse für mich in dieser Gegend, bevor ich anschließend noch die restlichen dreißig Exemplare oben in dem hochgelegenen Sansu-Viertel verteilen mußte.

Der Bewohner des luxuriösen Hauses in diesem wohlhabenden Wohnviertel war ein Polizeikommissar. Als ich vor dem Eingang aus massiven Stahltoren stand, klingelte ich vorsichtig, eingeschüchtert von dem riesigen Schäferhund des Besitzers, der mich schon einmal bedroht hatte. Keine Reaktion. Ich klingelte noch ein paarmal, aber niemand öffnete. Da drückte ich gegen das Hoftor, das unerwartet nachgab, und betrat mit klopfendem Herzen den gepflegten Rasen des großen Innenhofs. Sofort fiel ein Hund von der Größe eines Kalbs über mich her, bevor ich Gelegenheit hatte, ihm auszuweichen. Er hatte wohl hinter dem Tor gestanden.

Eu aak!

Ich wurde zu Boden gerissen und schrie laut um Hilfe. Die eine Wade steckte bereits in seinem riesigen Maul, und um mich herum lagen die Zeitungen verstreut. Leute kamen aus dem Haus und zogen den Hund von mir weg, während ich vor Angst halb bewußtlos war.

„Frecher Bengel, statt zu klingeln, wie es sich gehört, kommst du einfach in den Hof herein. Ich bin sicher, du wolltest etwas mitgehen lassen …"

Ein Mann mittleren Alters in einem weißen Hemd schrie mich an und packte mich am Hals.

„Nein, nein … Ich wollte Ihnen doch die Zeitung bringen, und weil es regnet, wollte ich …"

„Kerl, hör auf zu lügen! Liebling, bist du sicher, daß es dieser Kerl da ist, der uns immer die Zeitung bringt?", fragte er seine Frau, die erschrocken an der Haustür stand.

„Ja, das ist er! Oh oh oh, schau nur her, wie er blutet! Der Biß ist wohl tief ins Fleisch gegangen."

Auch ich sah erst jetzt, was mit meinem Bein geschehen war. Mein Hosenbein hatte einen handtellergroßen Riß und war ganz vom Blut getränkt. Ich richtete mich auf und machte ein paar taumelnde Schritte.

„Ach, was redest du, der wird schon nicht gleich sterben! Da kannst du dir auch die Salbe sparen. Und du, schau daß du wegkommst! Raus aus meinem Hof!"

Hastig sammelte ich die durchnäßten Zeitungen vom Boden auf. Kaum hatte ich, den Packen Zeitungen unter dem Arm, mich umgedreht, als das Tor hinter mir zuschlug, *kung*!, und ich hörte gerade noch, was der Mann mir nachrief:

„Laß es dir gesagt sein: Wenn du noch einmal hier herumschnüffelst, bist du tot!"

Ich rannte davon, und erst als ich auf der Brücke angekommen war, konnte ich mir die Wunde genauer anschauen. Die Bißwunde war größer und ging tiefer ins Fleisch, als ich gedacht hatte. An der Stelle von der Größe eines Daumennagels, an der die Haut abgerissen war, floß noch immer Blut. Ich nahm das Taschentuch, das ich um den Hals gebunden hatte, und verband damit die Wunde. Das Tuch war ein Geburtstagsgeschenk meiner Schwester Eunbun.

Halb bewußtlos schleppte ich mich den Hügel zum Sansu-Viertel hinauf. Immer wieder kamen mir die Angst vor dem riesigen Hund und der Schmerz in dem Moment, als ich von ihm gebissen wurde, in den Sinn, und zitternd fiel ich von einem Schrecken in den anderen. Aber die unmittelbar größte Sorge machten mir die naß gewordenen Zeitungen.

Mein Gang von einem Haus zum anderen führte mich über viele verwinkelte Gäßchen wie durch einen Ameisentunnel, und schon ehe ich ganz fertig war, konnte ich fast nicht mehr vor Erschöpfung. Mein ganzer Körper war naß vom Regen und vom Schweiß, und meine Knie zitterten, als könnte ich mich nicht mehr lange aufrecht halten. Es schwindelte mir und ich sah Sterne vor den Augen, wie es geschehen kann, wenn man ein Mittel gegen Würmer eingenommen hat, und ich mußte immer wieder stehen bleiben und mich zum Atemholen an eine Mauer lehnen. Schließlich waren noch fünf Häuser übrig, die an der höchstgelegenen Gasse standen.

„Bist du krank? Du siehst ganz mitgenommen aus", fragte die Inhaberin eines winzigen Ladens.

„Nein, nein … Wie spät ist es denn?"

„Halb zehn."

„Ach so …"

Ich war erschrocken. So spät war es noch nie geworden. Als ich dann keuchend den steilen Weg zu den letzten vier Häusern hinauf nahm, strömte der Regen immer weiter. Ich spürte, daß mir die Kräfte schwanden, um weiter durchzuhalten. Am liebsten hätte ich mich auf den Boden gelegt und nicht mehr bewegt. Der Weg war steil und schmal, es war dort oben so eng, daß eine einzelne Person zwischen den eng stehenden Hütten gerade noch durchkam. Deren geduckte Dächer waren wie die Schilder von Meereskrabben nebeneinander aufgereiht. Immer wenn ich an diesen Buden vorbeiging, stieg mir der Gestank von Menschenkot und Briketts in die Nase.

Es wurde mir bewußt, daß ich keinen Schritt mehr gehen konnte.

Mir schwindelte, es wurde mir gelb vor Augen, und um nicht taumelnd auf die Erde zu fallen, lehnte ich mich mit dem Kopf an eine Mauer. So stand ich eine Weile mit geschlossenen Augen. Ich hatte noch nicht einmal gefrühstückt. In meinem vom Hunger erschöpften Magen hatte ich schon kein Gefühl mehr. Als ich mich wieder etwas erholt hatte, betrachtete ich die restlichen Zeitungen, die nur noch ein Haufen zerrissenes und nasses Papier waren. Es war besser, mit dem Austragen aufzuhören, dachte ich, und das Zeitungsbündel fiel mir wie ein nasser Lehmklumpen vor die Füße. Als sich die Welt um mich drehte und es mir schwarz vor den Augen wurde, setzte ich mich auf den Boden, mit dem Rücken an die Mauer gelehnt. Mein Gesicht zwischen den Knien, atmete ich mit geschlossenen Augen eine Weile tief ein und aus. Der Regen fiel ununterbrochen auf meinen gebeugten Nacken. Ein Stöhnen kam aus meinem Mund.

„Ich möchte am liebsten sterben ..."

Ich war vierzehn Jahre alt. Vielleicht war es noch zu früh, an den Tod zu denken, aber in diesem Augenblick fürchtete ich mich nicht vor dem Tod. Im Gegenteil, der Gedanke hatte etwas Verlockendes, ein Friedens- und Glücksversprechen. Er war wie eine Decke aus Watte, ganz weich und behaglich. So saß ich zusammengekauert an die armselige Mauer gelehnt, und Verzweiflung diktierte meine Wünsche.

„Ich möchte sterben ... ich möchte sterben! So, mit geschlossenen Augen, möchte ich sterben, damit es keiner merkt!"

Dort ganz weit unten lag die Stadt im aschgrauen Dunst. Die große und prächtige Stadt, die lautlos vom Regen eingehüllt unter mir lag, erschien mir wie eine unendlich weite und fremde Welt. Ich dachte, du bist ein Bastard, ein räudiger Hund, den sie ausgesetzt und aus ihrer großen grauen Welt verjagt hatten. Ich war so erschöpft, daß mir nicht einmal genügend Kraft geblieben war, um meinen kleinen Körper aufrecht zu halten. Es gab offensichtlich in der großen Stadt, auf die ich hinuntersah, für immer keinen Platz für mich. Um durchzuhalten, fehlten mir die Kraft und der Mut. Ich mußte an die Worte des Lehrers denken, der ‚Sardelle', und kicherte unwillkürlich: Keine Mauer soll die Kraft des strömenden Wassers aufhalten können? Und vor uns soll die Zukunft liegen? Und diese Zukunft wartet ausgerechnet auf uns und nicht vielmehr auf die anderen?

Nein, es gab keine Zukunft für mich. In dieser Riesenstadt gab es für mich keine Zukunft, nicht einmal in einer winkligen Gasse. So war das. Und wenn es eine Zukunft gab, dann war sie absolut dunkel. Je mehr ich mich anstrengte, diesem Dunkel zu entkommen, desto unerbittlicher zog mich der Sumpf an den Beinen in die Dunkelheit, wo sie am schwärzesten war ...

Ich bin verlassen, ein Kind, das man ausgesetzt hat ... Ja, ich wurde immer im Stich gelassen. Im Grunde hat man mich in die Welt geworfen wie ein Stück Abfall. Der Vater hat mich im Stich gelassen, aber nicht nur mich, sondern auch die Mutter, und die Schwester Eunbun, sogar die arme Eunmae ...

Noch immer mit dem Kopf auf den Knien und geschlossenen Augen gingen mir alle die Gedanken durch den Kopf, und meine Kehle schnürte sich zusammen: Gedanken an den Vater, der uns sitzen ließ; an die Armut, die meine Familie bis ans Ende aller Tage fest im Griff haben und nie mehr loslassen wird; an die auf unbestimmte Zeit kranke Mutter, an die alte Nähmaschine und an die hohlen Augen und das gelblich aufgeschwollene Gesicht von Eunbun, das die ungesunde Farbe eines eingelegten japanischen Rettichs hatte, und schließlich an Eunmae und ihr Grab auf dem Friedhof.

Und ich, der einzige Sohn, der gar nichts konnte. Ich war nichts als ein kleiner Zeitungsträger, der nicht einmal dazu in der Lage war, sich sein Schulgeld selbst zu verdienen ... Mir war das alles nur allzu bekannt. Das also war unsere Vergangenheit, und das war unsere Gegenwart, die die Schlinge immer weiter zuzog, die sie um unsere Familie gelegt hatte. Es gab also keinen Grund, eine bessere Zukunft zu erwarten.

So hockte ich lange Zeit auf der Gasse, und der Herbstregen fiel unausgesetzt auf meinen Nacken und Rücken, so als ob es weiterregnen würde bis ans Ende der Welt. Und keine Menschenseele kam in dieser Gasse vorbei.

Da hörte ich irgendwann plötzlich von irgendwoher die Töne eines Harmoniums. Sie kamen aus einem niedrigen Haus hinter der Mauer, an der ich lehnte. Das Instrument mußte schon alt gewesen sein, wie man aus den etwas heiseren Tönen und den knirschenden Pedalen schließen konnte. Aber jemand spielte mit geschickten Händen ein Lied – und es war ein Lied, das ich kannte. Ich hörte aufmerksam zu, mit verhaltenem Atem und klopfendem Herzen:

„Im Schatten einer Magnolie lese ich einen Brief von Werther
Auf einem Hügel, auf dem Wolkenblumen blühen, blase ich auf der Flöte.
Ah, in einem weit entfernten, unbekannten Hafen gehe ich an Bord!
Der April ist zurück und entzündet das Licht des Lebens.

Ah, die Jahreszeit, in der die Träume leuchten,
*die Zeit der Regenbogen und der Tränen der Freude!"**

Wer spielte da? Wer spielte auf einem Harmonium? Wie verzaubert stand ich auf und ging auf ein kleines Fenster des Hauses zu, aus dem die Musik kam. Aber obwohl ich versuchte, mich auf die Zehenspitzen zu stellen, war ich zu klein, um die Fensterbank zu erreichen. So lehnte ich meine Stirn an die Mauer und schloß die Augen.

„Ah, die Jahreszeit, in der die Träume leuchten,
die Zeit der Regenbogen und der Tränen der Freude! ..."

Das Harmonium hörte nicht auf ... Irgendwann flossen mir die Tränen ohne Ende herunter. Ich weinte stumm, wie eine Zikade im Schnee, die unfähig ist, die gewohnten Laute hervorzubringen.

29 Ein Zimmer mit Harmonium

Offenbar war ich damals, zusammengekauert am Fuße der Mauer, schließlich eingeschlafen. Erst als mich jemand an der Schulter schüttelte, kam ich wieder zu mir, aber ich sah alles um mich herum noch ganz verschwommen.

„He, Kind! Bist du wieder zu dir gekommen?"

Als ich die Augen aufschlug, sah ich einen grauhaarigen Mann vor mir, der sich über mich beugte und besorgt auf mich heruntersah.

„Hallo, mein Junge! Warum sitzt du hier draußen bei diesem Wetter? *Aigu!* Du bist ja völlig durchnäßt."

Tss, tss, tss, schnalzte er und schüttelte den Kopf. Als ich aufzustehen versuchte, schwankte ich unsicher, und der Alte hielt mich mit beiden Händen an der Schulter fest.

„Meine Güte, geht es denn? Ich glaube, du hast hohes Fieber."

Ich richtete mich mit Mühe auf, indem ich mich an der Mauer abstützte. Die Beine wankten und waren so schwach, daß ich mich beinahe wieder hinsetzen mußte. Dann fröstelte ich, und mein Unterkiefer zitterte stark.

„So geht das nicht. Du bist doch der Junge, der die Zeitung austrägt?", sagte der Alte besorgt, während er mir auf die Beine half. „Wenn du dich in diesem Zustand noch länger dem Regen aussetzt, ist das gefährlich für deine Gesundheit. Komm doch bitte einen Augenblick zu mir herein!"

„Vielen Dank, ich danke Ihnen. Aber das ist nicht nötig, es ist alles in Ordnung ..."

„Nichts ist in Ordnung. Schau doch, deine Stirn ist ganz heiß. Mir macht das nichts aus, komm bitte mit."

Dabei hatte der Alte mich schon durch das Hoftor ins Haus geführt. Kaum hatte ich sein kleines Zimmer betreten, fiel ich sogleich auf den Boden.

„Siehst du! In diesem Zustand kannst du keine zwei Schritte mehr gehen. So geht man doch nicht aus dem Haus, um diesen blöden Job zu machen. Das geht doch nicht! Zuerst einmal mußt du deine nassen Kleider ausziehen."

Er zog mir die Jacke aus und dann auch noch die Socken, während ich nicht einmal mehr meinen kleinen Finger bewegen konnte. Dann schob er mich an die Stelle, wo die Fußbodenheizung besonders warm war, und breitete eine Decke über mich. Als die Wärme mich durchdrang, schüttelte es mich von neuem. Dann holte der Mann eine Schüssel mit heißem Wasser aus der Küche.

„Trink einen Schluck, dann fühlst du dich gleich besser!"

„Es tut mir sehr leid, Großvater ..."

„Aber ich sagte doch schon, es macht mir gar nichts aus. Ich lebe hier allein, du brauchst dir deswegen keine Sorgen zu machen. Trink bitte."

Als ich das warme Wasser spürte, kam ich wieder zum vollen Bewußtsein.

„Mein Junge, hast du denn gefrühstückt? Allem Anschein nach hast du noch nichts gegessen. Bleib liegen! Zufällig ist noch ein Rest Reis von heute Morgen da!"

Er verschwand wieder durch die niedrige Tür in der Küche und brachte ein Tablett mit, auf dem ein kleiner Topf mit Reis und eine Schüssel mit *Kimchi* standen. Er drängte mich zu essen und drückte mir einen Löffel in die Hand. Ich gab nach und aß den warmen Reis hastig auf, bis auf das letzte Körnchen, aber als mein leerer Magen dann mit dem Reis gefüllt war, stieg mir die Schamröte ins Gesicht. Ich dachte, ich sollte jetzt eigentlich aufstehen, aber augenblicklich schlug eine Woge der Schläfrigkeit über meinem Körper zusammen, erschöpft glitt ich wieder zu Boden und fiel in einen schweren Schlaf.

Ich wußte nicht, wie viel Zeit vergangen war, als ich von einem Vogelgezwitscher aus dem Tiefschlaf geweckt wurde und noch ganz benommen die Augen aufschlug. Was ich als erstes sah, war ein gerahmtes Farbfoto an der Wand, auf dem eine Meeresküste zu sehen war, das blaue Wasser und ein Hafen voller Schiffe mit weißen Segeln, alles getaucht in helles Sonnenlicht. Noch immer im Liegen blickte ich langsam im Zimmer umher. Ich sah ein paar Decken, zusammengelegt auf einer schlichten Kommode, an einer Trennwand hingen Hosen und andere Kleidungsstücke. Und dann das Harmonium.

„Na, jetzt hast du dich endlich wieder etwas erholt. Aber warum willst du nicht weiterschlafen?"

Der Alte saß bei der Zimmertür und lächelte. Sein freundliches und sanftes Lächeln verbreitete eine behagliche Stimmung.

„Ich muß einen Augenblick eingeschlafen sein, Großvater."

„Allerdings! Du hast ganz tief geschlafen, und du hast im Traum geredet. Zum Glück ist auch das Fieber zurückgegangen. Wie fühlst du dich jetzt? Geht es dir wieder besser?"

„Ja, es geht mir besser."

„Dann bin ich erleichtert. Als ich dich dort draußen auf der Gasse sah, war ich richtig erschrocken. Zuerst habe ich draußen jemanden weinen gehört. Deshalb bin ich hinausgegangen. Da habe ich dich sitzen gesehen, schlafend im Regen. Mein Gott! Da draußen ist kein Mensch, du hättest sterben können!"

Der Alte stand derweil von mir abgewandt und war mit seinem Vogel beschäftigt. Der Anblick seines ergrauten Kopfes und des etwas gekrümmten Rückens ging mir plötzlich sehr zu Herzen. Es war lange her, daß ich von irgendjemandem eine so liebevolle Zuneigung erfahren hatte. Er redete zu dem Bewohner des Käfigs, als ob er sich mit jemandem unterhalten würde.

„Na, du Schlingel! Hör auf, immer deinen Futternapf umzukippen. So fallen doch die ganzen schönen Körner auf den Boden, und vorbei ist es mit dem Glück!"

Dabei füllte er neues Futter in den Käfig.

„Natürlich, du kannst nicht sprechen, und du bist unzufrieden mit deinem Schicksal, das dich zum Witwer gemacht hat. Ich kann mich gut in deine Lage versetzen. Aber das ist kein Grund, so mit dem Futter umzugehen. Wenn du dich nicht besserst, suche ich dir keine neue Partnerin, hast du verstanden?"

Der Alte redete vor dem Käfig, als würde er mit einem Menschen sprechen.

„Ist das Ihr Vogel, Großvater?"

„Ja, der Bursche ist mein einziger Gesprächspartner. Soll ich dich mit ihm bekannt machen?"

Noch immer lächelnd, stellte er den Käfig vor mich hin. Darin war ein süßer kleiner Vogel mit einem roten Schnabel und gelben Füßen, der sich ständig bewegte mit seinem kleinen grauen Körper. Daß er dabei immer zwitscherte, fand ich besonders putzig.

„Ah! Ein hübscher Vogel. Was ist das für einer?"

„Ach, ich habe den Namen einmal gewußt, aber ich kann mich nicht mehr daran erinnern, wie man ihn nennt. Früher hatte ich keine Lust, so ein Tier aufzuziehen. Aber er kam im letzten Sommer in mein Zimmer geflogen. Jemand hat wohl aus Versehen den Käfig offen gelassen. Ich dachte, das wird eben vorherbestimmt sein, daß er gerade zu mir gekommen ist. Deshalb habe ich den Käfig gekauft und ihn aufgezogen. Und inzwischen ist er mir ans Herz gewachsen und gehört zur Familie."

„Aber warum ist er allein?"

„Ach ja, ich habe auch ein Weibchen gekauft. Aber nun ist es seit einem Monat tot ..."

Er sagte, das Weibchen sei ein paar Tage krank gewesen, und

eines Morgens habe es die Beinchen von sich gestreckt und sich nicht mehr bewegt. Er habe es dann im Hof begraben. Vor allem tue es ihm weh, dem Überlebenden zusehen zu müssen, wie er allein und traurig in seinem Käfig hockt.

„Ob es sich um einen Menschen oder um ein Tier handelt, alle kennen diese tiefe Anteilnahme*. Seit dem Tod des Weibchens hat sich das Verhalten des Vogels verändert. Er hüpft nicht mehr herum wie früher. Ab und zu schlägt er gereizt mit den Flügeln und stößt gegen das Gitter. Manchmal klingt sein Zwitschern zornig. All das zu beobachten, ist mir unangenehm und erregt mein Mitleid. Deshalb habe ich vor, bald wieder eine neue Partnerin für ihn zu suchen."

Der alte Mann sprach darüber mit einem Gesichtsausdruck, als ob es dabei um sein eigenes Kind ginge. Dabei zwinkerte er andauernd mit seinen Augen, die hinter den dicken Brillengläsern nur undeutlich zu sehen waren. Auch die heisere Stimme und die ausgetrocknete und runzlige Haut seiner Hände waren für mich Zeichen dafür, daß er sehr einsam sein mußte.

„Sie haben keine Familie?", fragte ich.

„Doch, doch. Aber es ist genauso, als ob ich keine hätte. Sie sind ganz weit weg."

Ein Schleier aus Traurigkeit legte sich jetzt über sein Gesicht, und ich hatte den Eindruck, daß er über dieses Thema nicht reden wollte. Deshalb schwieg ich. In dem winzigen Zimmer war es ziemlich dunkel. Er hatte ganz wenige Möbel, die Farben der handbemalten Tapete waren verblaßt, und man hatte den typischen Körpergeruch eines alten Mannes in der Nase, der mir vertraut und nicht unangenehm war, auch wenn er etwas modrig roch. Vor allem aber das Harmonium, das am Fenster stand, und der für Seoul typische Akzent, mit dem der Harmoniumspieler sprach, kitzelten meine Neugierde, und ich mußte immer wieder verstohlene Blicke auf ihn richten.

Er stellte mir mehrere Fragen nach meinem Alter, nach meinem Zeitungsjob, der Abendschule und nach der Hütte, in der ich wohnte. Dann kam er zu einer anderen Frage:

„Vorhin im Schlaf hast du nach deinem Vater gerufen. Er lebt weit weg von dir, nicht wahr?"

Das Wort ‚Vater' machte mich wieder beklommen, und ich weiß nicht warum, aber ich hatte in diesem Moment keinerlei Bedenken, ihm einfach ins Gesicht zu lügen.

„Nein", antwortete ich. „Mein Vater … der ist schon lange tot, er ist noch vor meiner Geburt gestorben. Sein Schiff soll in einem Taifun gekentert sei, man hat seine Leiche nicht gefunden, und deshalb habe ich auch sein Gesicht nie gesehen."

„Mein Gott! Ich verstehe. Von so schweren Verletzungen wirst du ja tiefe Narben davongetragen haben. Einen Elternteil zu verlieren, gehört zu den schlimmsten Unglücksfällen in unserem Leben", sagte er mit großem Mitgefühl.

Ich fühlte wieder die Tränen aufsteigen und mußte an das Gesicht meines Großvaters denken, das ich von einem alten Foto her kannte. Er ist es gewesen, der angeblich gestorben ist, bevor ich zur Welt kam, an einer Krankheit während des Bürgerkriegs, wie sie sagten. Immer wenn ich die Erwachsenen nach ihm gefragt hatte, wurden sie verlegen und antworteten ausweichend. Ich stieß immer auf eine Mauer des Schweigens in meiner Familie, wenn die Rede auf ihn kam, und es umgab ihn eine Aura des Geheimnisses. Dabei konnte ich mich an einen weit zurückliegenden Tag erinnern, als mein Vater, der etwas getrunken hatte, auf meine Mutter einschlug mit den Worten:

„Die Quelle allen Übels in meiner Familie bist du! Hast du immer noch nicht begriffen, daß dein Bruder schuld ist am Tod meines Vaters? Wie kannst du es überhaupt wagen, weiter bei uns zu leben?"

Das war sehr lange her. Dennoch war mir das, was der Vater damals gerufen hatte, als ein Rätsel im Gedächtnis geblieben. Ach, dachte ich, wenn nur dieser Alte da mit seinem gütigen Gesicht mein wahrer Großvater wäre ...!

Ich wußte nicht warum, aber dieser plötzliche und alberne Einfall löste den dringenden Wunsch aus, mich zu korrigieren und jetzt gleich alles, was ich auf dem Herzen hatte, vor ihm auszubreiten.

„Nein nein ... was ich eben gesagt habe, war gelogen. Mein Vater ist nicht tot. Er lebt gar nicht weit weg von uns. Mit einer anderen Frau, auch mit anderen Kindern. Aber ich habe beschlossen, daß ich keinen Vater mehr habe. Auch für meine große Schwester, für meine Mutter ..., auch für sie ist er tot. Ich ..., ich kann ihn nicht ausstehen. Wenn er tot wäre, ginge es mir weniger schlecht. Ich ... ich hasse ihn."

Ich sagte das voller Wut, die so stark war, daß sie einen Moment lang meinen Kummer verdrängte, dann auch meine Bitterkeit und schließlich meine Tränen. Der Alte starrte mich eine Weile schweigend an. Ich wischte mir mit den Handrücken die Augen. Der Regen draußen war das einzige Geräusch. Schließlich stieß er einen tiefen Seufzer aus.

„Huuh ... Ich kenne ja nicht alle Umstände, aber als kleiner Junge hast du schon eine schwere Last auf deinen Schultern zu tragen. Muß das Leben so grausam sein? Aber mein Junge, du darfst nicht eine solche Feindschaft gegen deinen Vater hegen."

Seine Stimme klang überzeugend und einnehmend. Er war aus tiefstem Herzen um mich besorgt. Mit gesenktem Kopf saß ich stumm vor ihm. Dann stand ich auf und zog mich an. Er begleitete mich ans Hoftor. Als ich mich verbeugte und gehen wollte, hielt er mich zurück.

„Mein Junge, darf ich dich noch um etwas bitten?"

Ich blieb stehen und blickte ihm ins Gesicht.

„Also, ich würde mich freuen, wenn du mich wieder besuchen würdest, egal wann. Du könntest doch zum Beispiel hier öfter mal eine kleine Pause machen beim Zeitungsaustragen? Irgendwie habe ich den Eindruck: daß wir uns begegnet sind, das ist kein Zufall gewesen."

„Ja, das werde ich machen. Auf Wiedersehen!"

„Auf Wiedersehen! Und paß auf dich auf!"

Als ich mich am Ende der Gasse umdrehte, stand er noch immer da, mit nachdenklichem Gesicht. Doch dann vergingen die Tage, und ich habe mein Versprechen nicht gehalten. Ich gab mich damit zufrieden, ab und zu den Klängen des Harmoniums zu lauschen, wenn ich mit meinen Zeitungen unter seinem Fenster vorbeiging.

30 Eine Vollmondnacht

Vor unserer Zimmertür standen wie immer nur die Schuhe der Mutter. Ich hatte weiche Knie bekommen; aber ich hatte mir schon gedacht, daß ich diesmal wieder vergeblich auf den Besuch des Vaters warten würde. Es war nun drei Tage her, seit ich ihm hinter ihrem Rücken ein Telegramm geschickt hatte.

Ich schüttelte den Kopf. Vielleicht war die Adresse falsch. Das letzte Mal war er vor drei Monaten bei uns vorbeigekommen. Er hatte mir damals einen Zettel mit einer Adresse in die Hand gedrückt und gesagt, ich solle keinen Augenblick zögern und ihm sofort ein Telegramm schicken, falls mit Mutter etwas ist; denn das sei sicherer als im Büro anzurufen, falls er gerade auf dem Schiff unterwegs wäre.

Vorsichtig öffnete ich die Tür. Die Mutter schlief. Ich stellte die Schultasche ab und verfolgte ihr Atemgeräusch, das noch immer unregelmäßig war. Daß sie so fest schlief, erleichterte mich etwas, aber ihr bleiches, eingefallenes Gesicht unter dem trüben Licht der Lampe machte mir Angst.

Als ich die Schuluniform ausgezogen hatte, schlich ich ganz leise in die Küche. Das Brikettfeuer war fast ausgegangen, und ich steckte eilig ein paar Holzstücke in den Ofen, um es wieder anzufachen. Dabei war es in letzter Zeit häufig ausgegangen. Lag das daran, daß der Ofen am Boden naß war? Auch jetzt brannte es nur mit Mühe, und dabei stieg Rauch auf, der mir in den Augen brannte.

Die Mutter hatte sich seit einiger Zeit angewöhnt, draußen Holzabfälle zu sammeln, um sie zum Heizen zu verwenden, obwohl ich und Eunbun sie davon abhalten wollten.

„In deinem Zustand gibst du ein armseliges Bild vor den Nachbarn ab."

Trotzdem war sie aus dem Haus gegangen und hatte Holz gesammelt, als sie allein zu Hause war. Erst seit ein paar Tagen hatte sie damit aufgehört. Ihr Zustand verschlechterte sich so sehr, daß sie kaum mehr alleine auf die Toilette gehen konnte.

Ich legte ein neues Brikett auf das brennende Holz. Dann stellte ich eine Schale mit *Kimchi* auf ein Tablett und ging damit ins Zimmer. Als ich gerade die große Schüssel mit Reis hervorholen wollte, die unter einer Decke an der warmen Stelle auf dem Boden stand, erwachte die Mutter.

„*Eu eung* … Du bist heute früh nach Hause gekommen. Eigentlich sollte ich den Tisch für dich decken …"

„Ach, darum brauchst du dich nicht zu kümmern. Bleib nur liegen. Ich esse schon, Mutter."

„Ja ja, dann iß nur! Du hast sicher Hunger. Ach, diese verdammte Krankheit hindert mich sogar daran, das Essen für mein Kind zu richten", murmelte sie vor sich hin, und in ihre Augen waren Tränen getreten.

„Hast du deine Medizin eingenommen?"

„Aaaah, dieses blöde Zeug taugt doch nichts. Ich nehme sie jeden Tag, und trotzdem hilft es nichts. Ich kenne meine Krankheit. Ein paar Tage Ruhe, und ich bin wieder gesund. Für diese teuren Pillen müssen sogar meine beiden Kleinen hart arbeiten ..."

„Du bist wieder starrsinnig, Mutter. Der Arzt hat doch gesagt, du sollst die Medizin unbedingt einnehmen."

Obwohl ich eben noch hungrig war, schmeckten die Reiskörner jetzt mit einem Mal wie Sand. Die Mutter stöhnte leise und zog ihre Knie bis unters Kinn hinauf. Die Schmerzen waren wieder da. Ich mußte ihren angeschwollenen Bauch betrachten.

„Hast du wieder Schmerzen? Wo ist die Medizin, Mutter?"

„Ich habe doch gesagt, daß ich sie schon genommen habe. Alles in Ordnung, iß nur weiter."

Mit geschlossenen Augen biß sie die Zähne fest zusammen, um die Schmerzen auszuhalten. Auf ihrer Stirn, die geschwollen und gelb wie eingelegter japanischer Rettich war, stand der Schweiß. Alles was ich tun konnte, war mit einem Handtuch ihr Gesicht abzuwischen und abzuwarten, bis die Schmerzattacke wieder nachließ. Schließlich war sie völlig erschöpft und lag mit geschlossenen Augen da, als wäre sie hundert Kilometer gelaufen. Ich nahm wieder den Löffel auf und stopfte mir mit Gewalt den Reis in den Mund, und mein Herz klopfte dabei.

„Ach, mein Kind, ich glaube, mit mir geht es jetzt bald zu Ende", klagte sie laut.

Ich konnte nicht antworten und starrte nur auf meine Reisschüssel.

„Heute Nacht habe ich im Traum deinen Großvater gesehen, meinen Vater ... sehr seltsam. Vor ein paar Tagen auch schon. Als er noch lebte, habe ich nie von ihm geträumt. Er trug einen weißen koreanischen Mantel*, sehr elegant, und kam mit großen Schritten durch das Reisigtor in den Hof unseres Hauses auf der Insel Nagil herein. Mitten im Hof blieb er stehen und blickt sich um. Und dann, auf einmal, nimmt er meine Hand und drückt sie so fest, daß es weh tat und ich erschrocken aufwachte ... Mein Gott, ein merkwürdiger Traum! Zu seinen Lebzeiten hat er niemals die Hände seiner Kinder genommen. Er scheute sich, seine Zuneigung zu zeigen ..."

Ich ließ unwillkürlich den Löffel fallen, so erschreckte mich die böse Vorahnung, die wie ein kalter Luftzug aus diesem Traum an mir vorbeistrich.

„Ach, Mutter, wenn der Körper geschwächt ist, dann sind solche Alpträume normal", sagte ich etwas grob und verschwand mit dem Tablett in der Küche. Das Brikett hatte unterdessen Feuer gefangen, und ich machte deshalb die Lüftung des Ofens zur Hälfte zu. Dann wusch ich rasch das Geschirr ab und ging ins Zimmer zurück, wo ich die Mutter schon wieder schlafend fand.

Ich erinnerte mich, daß Eunbun mir einmal von dem Hinweis berichtet hatte, den sie von der Sergeantin Kang erhalten hatte.

„In dem Medikament, das die Mutter einnimmt, kann ein Morphin, also ein schmerzstillendes Mittel enthalten sein, hat Frau Kang gesagt, und der Arzt hat das bestätigt. Sie soll es aber nur nehmen, wenn die Schmerzen sehr stark sind."

Seither ging Eunbun jeden dritten Tag zum Krankenhaus, um die Medizin zu holen. Und so war es auch: Wie Eunbun gesagt hatte, fiel die Mutter pünktlich in tiefen Schlaf, wenn sie das Mittel genommen hatte, nachdem die Schmerzen wieder einmal besonders stark gewesen waren.

Am nächsten Tag begannen die Jahresabschluß-Prüfungen für dieses Schuljahr. Ich war im dritten Jahr der Mittelschule, und in ein paar Monaten hatte ich sie geschafft. Der Klassenlehrer hatte mir geraten, einen Aufnahmeantrag für die Höhere Schule zu stellen, aber ich fürchtete, das Schulgeld nicht bezahlen zu können, und wenn ich an meine kranke Mutter dachte, fehlte mir sowieso der Mut zu solchen Plänen.

Ich schlug ein Buch auf, aber meine Gedanken waren woanders, wenn ich das Stöhnen hörte, das aus dem Mund der schlafenden Mutter kam. Schließlich schlug ich das Buch zu und stand auf. Es war Zeit, daß Eunbun aus der Fabrik nach Hause kam. Ich zog mir meine Jacke über und verließ leise das Zimmer.

Auf der Hauptstraße kam mir eine Gruppe von Leuten entgegen, die in angeregter Unterhaltung in Richtung auf unser Viertel unterwegs waren, das bereits in tiefer Dunkelheit lag. Sie gingen am frühen Morgen, wenn sie sich noch den Schlaf aus den Augen reiben mußten, zur Arbeit und kehrten erst um diese späte Stunde mitten unter lärmenden Kollegen über die Felder nach Hause zurück. Da war eine Fischhändlerin, die eine Plastikwanne mit Fischen auf dem Kopf trug, die sie für das Abendessen zu Hause zurückgelegt hatte, oder eine Obst- und Gemüsefrau mit Resten von Früchten. Männer kamen mit

Handkarren, die mit Waren beladen waren, die sie nicht verkauft hatten, Süßigkeiten zum Beispiel oder Geschirr und allerlei Trödel. Andere waren Tagelöhner vom Bau, die lärmend und gut gelaunt mit Schweinefleisch in Plastiktüten daherkamen, angetrunken und mit Schwierigkeiten, sich auf dem Beinen zu halten. Alle waren arme Teufel, aber alle lachten sie auf dem Heimweg und machten Scherze. Auch die Frauen ließen ihre heiseren Stimmen hören, nach einem langen Tag, an dem sie aus Leibeskräften schreien mußten, um die Kunden dazu bewegen, ihnen ihre Waren abzukaufen. Auch der alte hinkende Schuster war mit von der Partie. Alle ohne Ausnahme waren sie aufgeregt, und es fiel mir deshalb sehr schwer, sie zu verstehen.

Aber eines konnte ich sicher sagen, nachdem ich sie mir alle genau angesehen hatte: Der Vater war nicht dabei.

Als ich an dem kleinen Laden vorbeikam, winkte mich die freundliche Inhaberin, eine Frau aus Neungju, eifrig zu sich herüber.

„Hallo, Cheol! Komm doch einen Augenblick herein. Wie geht es denn der Mutter?"

„Ich bin eben von ihr weggegangen. Sie ist gerade eingeschlafen."

„*Aigu!* Hoffentlich wird sie bald wieder gesund. Hier, das ist eine Kleinigkeit. Wenn du Seetangsuppe kochst, kannst du das dazugeben."

Sie gab mir eine Papiertüte, in die sie ein paar Eier gepackt hatte.

„Dein Vater hat sich noch nicht sehen gelassen ...?"

Ich schüttelte den Kopf.

„*Tss tss tss,* ist das nicht furchtbar? Ich möchte mich nicht einmischen, aber in einer solchen Lage, da muß doch ein Erwachsener im Haus sein ... Bei diesem Zustand deiner Mutter solltest du gleich deinen Vater benachrichtigen, bevor es zu spät ist. Oder ist er schon wieder auf See?"

„Ich weiß es nicht. Aber ich habe ihm ein Telegramm geschickt. ..."

„Das hast du gut gemacht. Aber er sollte wirklich bald kommen."

Die warmherzige Frau machte eine besorgte Miene, als ob es sich um ihre eigene Familie handelte.

Ich überquerte den leeren Platz, ging den Feldweg entlang und erreichte den Damm neben dem Teich. Dort ließ ich mich in das verwelkte Gras fallen. Man konnte von hier aus auf den Bahnübergang hinunterschauen, und ich wollte hier auf Eunbun warten. Sie hatte es mir zwar nicht gesagt, aber auch sie hatte ihm wohl ein Telegramm geschickt.

„Wir warten noch bis übermorgen. Dann bringen wir sie ins Krankenhaus", hatte Eunbun gestern gesagt, als sie nach dem Nachtdienst nach Hause kam. „Dieses Mal aber in ein anderes Krankenhaus; denn die Ärzte dort taugen doch alle nichts. Trotz all der Medikamente, die sie seit zwei Monaten nimmt, hat sich ihr Zustand nur noch verschlimmert.“

Als ich von unseren Geldsorgen anfing, war sie mir ins Wort gefallen:

„Keine Sorge! Ich habe es dir noch nicht gesagt, aber ich habe ein Sparkonto bei der Bank. Und wenn das nicht reicht, auch die Mutter hat ein Sparbuch!“

„Was sagst du?“

„Ich weiß es schon lange: Um dir die Höhere Schule bezahlen zu können, hat Mutter das ganze Geld, das der Vater gelegentlich geschickt hat, gespart. Nicht einen Cent hat sie davon genommen. Ich habe es durch Zufall beim Saubermachen entdeckt.“

Der Teich war tot. Am Nachthimmel zog eine dünne Schicht aus bleichen Wolken vorüber, hinter der ein trüber Mond stand. Ich warf einen Kieselstein ins Wasser, und ein zischender Laut kam als Widerhall aus der Dunkelheit hervor. Fische gab es in dem Teich schon lange nicht mehr. Der um die Stadt herumfließende Kanal mündete in den Teich, aus dem ein stinkender Abwassertümpel geworden war. Trotzdem lärmten im Sommer die Frösche die ganze Nacht hindurch. Ab und zu sah man auch Enten in einem kleinen Trupp vorbeischwimmen, die offenbar glaubten, sie könnten ihr schmutziges Gefieder in diesem Wasser reinigen. Jetzt, im heranrückenden Winter, war keine Seele mehr hier, und aus dem Dreckloch strömte ein Verwesungsgeruch.

„Arme Mutter …“

Ich drückte das Gesicht auf die Knie und begann zu schluchzen. Ich ahnte es, der Tod der Mutter stand unvermeidlich bevor. Je mehr ich den Gedanken zu vertreiben suchte, indem ich den Kopf schüttelte, desto deutlicher wurde er als ein unabwendbares Schicksal. Und ich saß da, gefangen in meiner Ohnmacht und Hilflosigkeit, und es blieb mir nichts, als auf den tödlichen Ausgang zu warten. Nach außen machte mich diese Lage ungerecht, und der einzige Ausweg war: auf Gott zu schimpfen und, vor allem, den Vater, der uns im Stich ließ, zur Hölle zu wünschen. Sonst konnte ich gar nichts tun.

Auf die dunkle Fläche des Teiches warf das Mondlicht die Schatten der entlaubten Bäume und ihrer untereinander verflochtenen Äste. Diese schmutzige und stinkende Lache, ein rechtes Sinnbild des Todes, mußte warten, bis die Nacht am schwärzesten war, um die Welt zu spiegeln. Hinter den Feldern sah man auf die unendliche Weite der glitzernden Lichter der Großstadt, ein riesiges Ungeheuer, das niemals schläft.

Im zurückliegenden Frühjahr hatte ich nach zwei Jahren den Job als Zeitungsträger aufgegeben. In den letzten paar Monaten, bevor jener Vorfall passierte, hatte ich die Arbeit des Kassierers übernommen. Es gibt nichts Schrecklicheres, als Leute, die aus diesem oder jenem Grund ihr Abonnement gekündigt hatten oder mit ihrer Zahlung in Rückstand geraten waren, zu Hause aufzusuchen, um das Geld einzutreiben. Der Chef, der allgemein ‚die Warze' genannt wurde, preßte das fehlende Geld sogar den jüngsten Austrägern, die noch halbe Kinder waren, von ihrem Lohn ab, um es dann in der Kneipe für Alkohol und Mädchen auszugeben. Wenn ich beim Kassieren nicht erfolgreich war, pflegte er gleich zwei Register zu ziehen: Dann bediente er sich beim Verdienst des Zeitungsboten und zugleich bei meinem, die beide so klein waren wie ein Rattenschwanz. Eines Tages sah ich Hyeja, eine Mitschülerin aus der Mittelschule, die an einer Schuppenflechte im Gesicht litt, mit ganzen zwei 100-*Won*-Scheinen für einen Monat Arbeit weinend aus dem Büro kommen. Als ich das sah, warf ich der Warze einen Packen Zeitungen vor die Füße und lief davon.

Im Sommer darauf versuchte ich mich als Eisverkäufer, aber ich machte den Job nicht länger als einen Monat.

„Eis! Sorbet!"

Den ganzen Tag diese Worte auszurufen und damit durch die Straßen zu laufen, bis die Stimme heiser wurde, obwohl das Zeug niemand haben wollte und das Eis, das ich nicht in der Kühlbox lassen konnte, immer wieder schmolz, – das war einfach zu viel. Von den aufreibenden Touren jeden Tag blieb mir wenig, sie machten mich am Ende nur schlaff wie eine Meeresalge.

Jetzt hörte ich an meinem Platz vor dem Teich jemand kommen und hob den Kopf. Es waren Sunja und Kyeongsun, zwei Arbeitskolleginnen Eunbuns aus der Fabrik, die gerade den Bahnübergang passierten. Ich rannte den Damm hinunter.

„Cheol, Eunbun ist heute früher als wir gegangen, weil sie noch in die Kirche wollte. Sie wird dort Misun getroffen haben."

Ich ging in Richtung der Kirche, die sich auf einer Anhöhe hinter der Kreuzung befand, indem ich den Lichtern folgte. In dem mit Kieselsteinen bedeckten Innenhof stand eine Marienfigur. Sie war von Kopf bis Fuß weiß wie Schnee. Ich ging durch das Blumenbeet zum Kirchengebäude, wo ich, ohne mich auf die Zehenspitzen zu stellen, ohne weiteres durch ein Fenster in das Innere hineinschauen konnte.

„Gott in seiner Liebe hat mich geschaffen und mir eine Seele und einen Körper geschenkt. Gott befiehlt mir, meinen Nächsten in Seinem Namen zu lieben. Selbst wenn ich gesündigt habe, schenke ich Ihm mein Herz und meinen Körper ..."

So beteten die Gläubigen auf Knien im kümmerlichen Licht einer Lampe, alle mit gesenktem Kopf und leichten Bewegungen der Lippen, und von außen klang ihr Murmeln wie das Summen von Insekten. Der Anblick hatte etwas Unwirkliches, und es kam mir vor, als erlebte ich einen Tagtraum. Ich sah auch Eunbun mit einem Schleier auf dem Kopf und gefalteten Händen. Vielleicht weinte sie auch. Ihr mageres Gesicht sah von der vielen Arbeit erschöpft aus und glich einem ans trockene Ufer geschwemmten Kieselstein, der zu lange kein Wasser mehr gesehen hat.

Die wenigen Minuten, die ich in meiner trübseligen Stimmung wie angewurzelt vor dem Kirchenfenster stand, wurden mir sehr lang. Ich betrachtete meine arme Schwester, der es immer an allem gefehlt hatte. Dabei verkörperte sich mein Unbehagen in der Vorstellung, ich wäre ein Blutgerinnsel, das heiß und dickflüssig in meiner Brust herumfuhr. Schließlich hockte ich mich unter einen Baum neben dem Blumenbeet auf die Erde.

Meine große Schwester war einfach dumm. Was wollte sie denn mit all den Gebeten erreichen? Diese ganze Frömmigkeit, das führte doch zu nichts. Dieser blöde Gott, der hat doch von nichts eine Ahnung. Woher weiß sie denn, daß nicht auch Er uns im Stich läßt wie schon die ganze übrige Welt? Niemand würdigt uns eines Blickes. Doch was tut Eunbun, dieser Dummkopf? Sie betet ...

Die Gläubigen in der Kirche stimmten ein Lied an. Ich ließ meinen Blick über die Lichter der Stadt dort unten schweifen. Unzählige glitzernde Lichter ruhten auf einer Nebellandschaft, die aus der sie umgebenden nächtlichen Dunkelheit aufwallte. Diese Welt der grellen Lichter ist mir von jeher verschlossen gewesen. Mit meinen sechzehn Jahren war ich weit davon entfernt, das alles erkundet zu haben. Aber ich war überzeugt, in diese Zone des Lichtes würde ich niemals hineingelangen. Fröstelnd schlang ich die Arme um meinen Körper.

Plötzlich stiegen Bilder auf aus dem funkelnden Schmelztiegel unter mir. Die Visage der ‚Warze', des Chefs des Zustellungsbüros, dann die des Besitzers des großen Schäferhundes, der mich gebissen hatte, und schließlich die anderen feisten Gesichter aller dieser herzlosen und egoistischen Erwachsenen. Darunter auch das meines Vaters, in Begleitung der Gesichter seiner zweiten Frau samt ihrer

Kinder, die ich gar nicht kannte. Alle waren sie Bewohner dieser Stadt der Lichter.

Ich stand langsam auf und blickte in die andere Richtung. Dort lag unser Viertel und die Hütte, in der wir lebten. Man sah dort keine Beleuchtung, alles lag im Dunkeln, in sich zusammengesunken, als ob es den Atem anhielte. Ein schwacher Lichtschein war eben am Erlöschen, wie wenn ein Feuer seinen letzten Schein aussendet, um dann spurlos zu verschwinden.

„Ahh! Mutter!"

Von einer Art Schock erfaßt, stürzte ich auf die Knie und lehnte mich gegen den Baumstamm. Vor mir stand die Marienfigur, und wie unter ihrem Bann faltete ich meine Hände und richtete ein Stoßgebet an die Statue der Immaculata:

„Laß meine Mutter am Leben! ... Noch zehn Jahre, kein Jahr länger. ... Nein, noch fünf Jahre ... Auf keinen Fall jetzt, du kannst sie uns jetzt nicht nehmen ... Oder sagen wir noch drei Jahre, wenn du meinst ... Oder ein Jahr, meine Mutter soll wenigstens ein Jahr lang erfahren, was Glück ist. Dann kann ich alles andere hinnehmen. Und ich werde mein Bestes tun ... Gott! Bitte ...!"

So schrie ich wie ein Idiot. Die Tränen flossen mir herunter.

31 Der Ginkgo

Irgendwoher wehte ein kühler Wind und fuhr in die Zweige des Ginkgobaumes. Von den bewegten Zweigen wehte es goldgelbes Herbstlaub wie in plötzlichen Schauern herunter. Sie kamen über mich wie ein dichter Schwarm gelber Schmetterlinge, der wie ein ausgebreiteter Fächer wirkte, und dazu wirbelten die hellen Samen von Pusteblumen in der Luft umher.

Der Hof hinter dem Krankenhaus war verlassen. Ich saß auf einer Bank und blickte durch das kahle Geäst des mächtigen Baumes zu dem grauen Novemberhimmel mit seinen tiefhängenden Wolken hinauf. Wie lange der Ginkgo wohl schon an diesem Platz gestanden hatte? Es roch durchdringend nach dem verwelkten Laub, das in großen feuchten Haufen auf der Erde lag und vermoderte. Es war der Geruch des Todes.

„Es tut mir leid, ich kann hier keinen Eingriff mehr vornehmen", hatte der Arzt gesagt. „Es ist zu spät dazu. Aber es ist kaum zu glauben, daß die Patientin diese Schmerzen bis jetzt ertragen hat. Sie müssen schon ungewöhnlich sorglos gewesen sein, daß Sie nicht einmal den Namen der Krankheit kennen, an der Ihre Frau leidet ..."

„Ich hatte schon lange gedacht, sie hatte kleinere Probleme mit dem Herzen ..."

„Mit dem Herzen? Das Problem ist nicht das Herz. Die Metastasen haben schon die Leber erfaßt. In diesem Stadium ist die Schmerzen zu lindern das Einzige, was man tun kann. Sonst können wir ihr nicht mehr helfen. Sie können sie mit nach Hause nehmen", sagte der Arzt. Mit teilnahmsloser Miene hatte er sich überaus deutlich ausgedrückt. Mein Vater war leichenblaß und seine Lippen zitterten.

„Nein, bitte, Doktor ... Tun Sie alles, was noch möglich ist für meine arme Frau, bis zum letzten Augenblick ... Sie hat doch ein so unglückliches Leben gehabt ..."

Der Arzt drehte sich um und war verschwunden. Eunbun, meine große Schwester, rannte ans Fenster und heulte. Mein Vater stand mit feuchten, geröteten Augen wie angewurzelt auf dem Flur vor dem Zimmer der Mutter. Er ergriff mit seiner verschwitzten Hand die meine, doch ich entzog sie ihm und drehte mich weg.

„Mein Gott ... wie konnte es so weit kommen ..."

Acht Tage nach der Absendung meines Telegramms war der Vater gekommen. Er sagte, er habe die Nachricht auf dem Schiff erhalten. Dann beeilte er sich, die Mutter in die Universitätsklinik zu bringen, und am Tag darauf teilte uns der Arzt dann mit, daß ihr Tod bevorstand.

Alle unsere Hoffnung war damit vergangen. Es blieb uns nichts anderes übrig, als uns auf ihren Tod vorzubereiten. Auf Anweisung des Vaters schickte ich auch an ihren Heimatort ein Telegramm, und den Abend zuvor war der ältere Bruder der Mutter eingetroffen.

Als er die Patientin besucht hatte, weinte er laut auf dem Flur vor dem Krankenzimmer, stürzte auf den Vater los und packte ihn am Hals.

„Du gefühlloser, grausamer Mensch! Hast du jetzt erreicht, was du wolltest? Antworte mir! Was hat meine Schwester dir getan, daß es so weit kommen mußte? Warum dieser Haß auf unsere Familie? Sag jetzt ja nicht, daß das nicht stimmt! Du sagst nein? ... Aber ich weiß Bescheid. Ich weiß es genau, mein älterer Bruder war die Ursache für den Tod deines Vaters. Deshalb hast du seit diesem Tag nichts als Rache im Sinn und hast deine ganze Wut gegen unsere Familie gerichtet, bis du dann sogar meine Schwester in diese Lage gebracht hast, um es ihr heimzuzahlen. Ein Dreckskerl bist du! Ein Henker! Sie hatte damit überhaupt nichts zu tun. Sie hat nur einen älteren Bruder gehabt, der das Unglück hatte, in einer stürmischen Zeit zu leben, und so wurde er Kommunist und wurde später auch ermordet. Meine Schwester sollte also ihr ganzes Leben lang büßen für das Unglück von damals?“

„Nein, Schwager! So war das nicht! Ich bitte dich, nimm dich zusammen. Es sind doch Kinder hier, die das mithören ...“

Um Luft ringend und totenbleich sagte der Vater immer wieder diesen Satz. Ein herbeigeeilter Krankenpfleger versuchte, die Männer zu trennen. Dann wandte sich der Onkel uns Kindern zu und rief:

„Macht euch keine Sorgen, ihr beide! Ihr seid wie meine eigenen Kinder, ich werde für euch sorgen.“

Am Morgen des folgenden Tages reiste der Onkel zu der heimatlichen Insel zurück, nachdem er die ganze Nacht neben seiner Schwester gewacht hatte. Er sagte, er werde sich um das Begräbnis kümmern. Der Vater wollte den Onkel bis zum Busbahnhof begleiten, kam aber lange nicht zurück.

Wieder schüttelte der Wind die Äste des Ginkgobaums, es raschelte, und kleine gelbliche Blätter schwebten über meinen Kopf auf die Erde. Ein Blatt fiel auf meine Knie. Ich nahm es und roch daran, und ich stellte mir vor, welche Kälte es erlitten haben mußte, bis es sich herunterfallen ließ.

Wenn wieder eine Schmerzattacke kam, wurde der zum Skelett

abgemagerte Körper der Mutter gepeinigt, als wäre er die Beute eines Gewittersturms. Dann rannten Eunbun und ich hinaus, um eine Krankenschwester zu holen. Die Abstände zwischen den Anfällen wurden immer kürzer, und die Dosis der Schmerzmittel wurde immer höher. Keiner von uns wollte es aussprechen, aber wir waren uns bewußt, daß der tödliche Moment immer näher rückte.

Als ich hinter mir Schritte hörte, sah ich mich um. Es war der Vater. Er kam auf den Ginkgoblättern wie auf einem Teppich auf mich zu, *jeobok jeobok*, den weiten Mantel nachlässig aufgeknöpft. Während ich zögernd aufstehen wollte, hatte er sich bereits neben mich auf die Bank fallen gelassen.

„Geh nicht weg, bleib sitzen."

Ich gehorchte.

„...Und deine Mutter?"

„Sie hat eine Spritze bekommen. Jetzt schläft sie."

„Cheol, mein Sohn, was machen wir mit ihr?"

Seine Schultern zitterten. Daß er nach Alkohol roch, war mir unangenehm. Die Haut seiner Wangen und sein Nacken war gerötet. Ich warf einen gleichgültigen Blick auf seinen gebeugten Rücken, während er schluchzte, das Gesicht in den Händen vergraben.

Seltsamerweise verursachte sein Schmerz bei mir nicht die geringste Regung, weder Mitleid noch Erbarmen. Warum weinte er jetzt? Ich blickte auf die kahlen Zweige des Baumes, die Bewegungen machten, als wollten sie den Himmel ausfegen, und es fehlte nicht viel, und ein Kichern wäre mir entschlüpft. Wie die dürren Zweige hatte ich keine Tränen mehr. Ich war zu erschöpft und hatte das Gefühl, mein Herz war so leer wie der rote Lampion einer Zierphysalis.

„Was war denn der Grund, daß du uns so gehaßt hast, Vater?"

Ich war selbst überrascht, daß meine Stimme so kalt und abweisend klang. Man konnte glauben, ich läse einen fremden Text vor.

„Was redest du denn. Ich habe euch nicht abgelehnt."

„Aber die Mutter. Warum hast du die Mutter gehaßt?"

Er streckte sich und zündete sich eine Zigarette an.

„Aus dem Grund, den der Onkel genannt hat?"

„Hör auf! Ihr habt doch keine Ahnung!"

„Aber ich weiß Bescheid. Ich habe es schon lange von der Großmutter erfahren."

Er sah mich kurz an und rauchte weiter.

„Ich schäme mich, vor euch beiden ... Beide Familien haben damals die Heirat zwischen mir und deiner Mutter beschlossen. Ich hatte von Anfang an keine Zuneigung zu ihr. Ich hatte schon eine

Freundin, die ich in Busan kennengelernt hatte, als ich dort zur Schule ging."

„Nein, nicht diese Geschichte ... Ich möchte etwas darüber wissen, was der Onkel gesagt hat", fiel ich ein.

„Gut, dann erzähle ich jetzt alles. Ich wollte das vor euch immer geheimhalten bis zum Schluß. Damals ist ein Unglück geschehen. Mein Vater, also dein Großvater, ist während des Krieges gestorben. Die ganze Welt damals war verrückt. Unzählige Menschen sind ums Leben gekommen. Meinen Vater haben sie mitten in der Nacht aus dem Bett geholt und verschleppt. Der ältere Bruder deiner Mutter war der Anführer der Kommunisten. Ich dachte, er wird meinen Vater natürlich verschonen. Aber als ich zu dem Bruder deiner Mutter ging und ihn anflehte, sagte er zu meinem großen Erstaunen: Er muß sich wie andere auch vor dem Volksgericht verantworten. Es gibt keine Vorzugsbehandlung! Wenn das Volksgericht entscheidet, daß er unschuldig ist, kommt er frei. Am Ende wurde dein Großvater gelyncht, er wurde mit Stockschlägen und Steinen grausam getötet. Man konnte sein Gesicht nicht mehr wiedererkennen. Ich war damals gerade neunzehn Jahre alt. Da ich der einzige Sohn war, hat sich meine Mutter mit meiner Heirat beeilt, die aber nicht geeignet war, mich zu beschwichtigen. Kannst du dir vorstellen, was deine Großmutter und ich während dieses entsetzlichen Geschehens gefühlt haben?"

Ein gelber Schmetterlingsschwarm aus welkem Laub fiel vom Geäst des Ginkgo herunter.

„Ich gebe zu, daß ich deine Mutter eine Zeitlang mißhandelt habe, obwohl ich wußte, daß sie mit der ganzen Sache nichts zu tun hatte. Aber ich konnte nicht anders. Doch nicht nur deshalb, hör mir jetzt gut zu. Es war so ..., es ist damals alles in mir zusammengebrochen, ich war völlig verstört, kaputt, vollkommen ... Aus Verzweiflung ging ich auf irgendwelche Schiffe und irrte ziellos auf den Meeren umher. Bis ich diese Frau wieder traf, und dann ist es eben passiert. Die Würfel sind gefallen. Am Ende war es zu spät. O je! Ich fühlte mich hilflos vor den schrecklichen Dingen, die nun vor mir lagen, und wieder war ich ständig auf der Flucht, wie ein Blöder. Dann habe ich mich in den Alkohol geflüchtet und in Saufereien in allen Häfen, in denen wir angelegt haben. Aber du kannst mir glauben, ich habe bis heute keine Nacht ruhig geschlafen vor lauter Alpträumen. Es gab keine Sekunde, in der ich nicht an euch denken mußte. Nun, nach so langer Zeit hat die Rache des Himmels mich getroffen. Vor dir steht ein Mensch, der zehntausend Tode verdient hat. Aber ausgerechnet sie? Warum mußte es sie treffen?"

Aus seiner zugeschnürten Kehle drang ein verzweifeltes Schluchzen.

Ich ging langsam durch das aufgehäufte, weiche Ginkgolaub über den Hof des Krankenhauses.

„Cheol, wo willst du hin?“

Ich drehte mich nicht mehr um.

32 Die kleine Flamme

Nachdem ich das Krankenhaus verlassen hatte, begann ich, wie verrückt ziellos durch die Straßen zu rennen, mitten im Gewühl all der geschäftigen Passanten. Ich kam mir vor wie ein auf dem Wasser treibendes Blatt, das immer weiter und weiter treibt, irgendwohin, ohne ein Ziel und ohne eine Spur zu hinterlassen.

Als die Nacht hereinfiel, war ich so erschöpft, daß ich keinen Schritt mehr vor dem anderen tun konnte. Da merkte ich plötzlich, daß ich in der Gasse unter dem kleinen, vertrauten Fenster gestrandet war. Und tatsächlich kamen aus dem mit Straßenstaub bedeckten Fensterchen ein schwaches Licht und die Klänge des Harmoniums heraus. Ich klopfte an die Scheibe.

„Wer ist da? Ach, der Junge von damals im Regen! Bitte, komm doch herein!"

Zum Glück erkannte der Alte mich. Er begrüßte mich und führte mich ebenso warmherzig wie damals in sein Zimmer: derselbe muffige Geruch, aber auch dieselbe behagliche Wärme.

Augenblicklich legte ich mein Gesicht auf seine Knie und erleichterte mich in meiner Angst, indem ich meinen Tränen freien Lauf ließ.

„Ja, weine nur! Du hast ganz recht. Wenn es einem nach Weinen zumute ist, soll man die Tränen nicht zurückhalten."

Der ganze Kummer und der Schmerz, den ich so lange unterdrückt hatte, brachen auf einmal wie ein Wasserfall aus mir heraus. Ich weinte lange, und der Alte streichelte mir derweil stumm meinen Rücken und wartete, bis ich mein Herz ausgeschüttet hatte. Danach fühlte ich mich erstaunlich ruhig.

„Ich wußte, daß du irgendwann kommen würdest. Ich sagte dir damals, daß unsere Begegnung kein Zufall gewesen ist."

Dabei sah er mir lächelnd in mein tränenverschmiertes Gesicht. Ich blickte mich im Zimmer um. Keine Spur von dem Käfig ...

„Aber wo ist er ... der Vogel?"

„Er ist fort, er hat anderswo sein Glück gefunden. Und das ist gut so. Eines Tages, als ich weg war, ist der Käfig wohl offen geblieben. Als ich nach Hause kam, war der Vogel ausgeflogen. Eine Zeitlang habe ich ihn vermißt. Aber inzwischen denke ich eher, ich hätte ihn schon früher fliegen lassen sollen."

Dann sah ich das Foto in dem Rahmen an der Wand, es war immer noch da. Der friedliche Hafen in einem fremden Land. Das kobaltblaue Meer mit den vielen Schiffen am Kai, eines neben dem anderen, und darunter die Schrift: *Jetzt sind die Schiffe sicher im Hafen, doch ihre Bestimmung liegt auf dem Meer.* Ich las die Sätze wieder und wieder, und sie regten meine Phantasie an.

„Aber bei dir, da muß etwas Trauriges passiert sein?"

„Meine Mutter ... sie hat nur noch ein paar Tage zu leben. Meine arme Mutter ... Ich glaube, sie konnte in ihrem Leben kein einziges Mal aus vollem Herzen lachen ..., und das meinetwegen. Ich habe ihr nur Kummer gemacht. Auch der Tod meiner Schwester Eunmae ist meine Schuld, ich hätte auf sie aufpassen müssen. Ich bin die Ursache aller Übel. Aber ich kann die Mutter doch nicht so gehen lassen ..."

„Nein, du bist nicht schuld! Schlag dir das aus dem Kopf. Niemand ist schuld, du sollst nicht so denken."

„Doch, Großvater, hören Sie ... Ich hasse meinen Vater, so sehr, daß ich ihn am liebsten getötet hätte. Er hat uns im Stich gelassen, er hat sich nicht um uns gekümmert. Wenn er nicht wäre, dann hätte die Mutter nicht diese Krankheit bekommen ... Auch Eunmae wäre nicht gestorben. Ich kann ihm niemals verzeihen ... Bis zum Tod, niemals."

Zu meinem großen Erstaunen mußte ich feststellen, daß noch immer ein Tränenvorrat vorhanden war. Der Alte saß betroffen vor mir und blickte mir ins Gesicht.

„Ach, mein Junge, ich kann mir vorstellen, wie tief die Wunden sind, die dir geschlagen wurden. Aber, Kind!", fügte er mit zitternder Stimme hinzu. „ist es denn ganz unmöglich, daß du deinen Vater zu verstehen versuchst und ihm verzeihst?"

Ich schüttelte den Kopf.

„Nein. Ich werde mich eines Tages an ihm rächen. Bestimmt!"

Der Alte seufzte lange, ehe er weitersprach.

„Kind, leben – das heißt alleine auf sich gestellt durch die stockfinstere Nacht gehen. In der schwarzen Nacht erkennt man weder das Ziel noch findet man den Weg dorthin. Es gibt ein paar kluge Leute, die das Dunkel besiegen, aber die große Mehrzahl tappt unglücklich im Dunkeln. Dabei geht jeder den Weg, den er für den richtigen hält. Am Ende fallen die einen in den tiefen Sumpf, der ihnen den Tod bringt, sie mögen noch so sehr zappeln und sich winden, um wieder herauszukommen, und ohne daß sie die Möglichkeit hatten, sich selbst zu erkennen; und die anderen, es sind wenige, begreifen, daß sie den ganz falschen Weg eingeschlagen haben, aber dann ist es zum Umkehren zu spät. Diese zuletzt Genannten sind vielleicht am unglücklichsten; denn, von später Reue dazu gedrängt, gelingt es ihnen nicht, diesen vergeblichen Traum zu verabschieden und auf das Unmögliche zu verzichten, nämlich nochmal in die Vergangenheit zurückzukehren und die damals gemachten Fehler zu korrigieren …"

In seinen Augen standen Tränen.

„Um die Wahrheit zu sagen, auch ich gehöre zu dieser Kategorie der Dummen, vielleicht bin ich einer der Allerdümmsten."

Er seufzte tief auf. Dabei sah er mehr als zehn Jahre älter aus als das letzte Mal.

„Ich habe meine Eltern nicht gekannt. Von frühester Jugend an war ich davon durchdrungen, geboren unter einem ungünstigen Stern, sei mein Leben zum Scheitern verurteilt. Das war mein Fehler von Anfang an. Ich wurde ein Künstler, ich prahlte mit meinem Talent und wollte größer als alle anderen werden, aber nicht für einen Traum, sondern aus Habsucht. Dann kamen die Laster und Ausschweifungen und schon in jungen Jahren der Alkohol. Zwar war ich verheiratet, aber die Familie war die geringste meiner Sorgen. Ich mißhandelte mich selbst, und denen, die mich liebten, fügte ich nur Schmerzen zu. Als ich dann mit einem Mal alt und krank war, war um mich herum eine Leere, es war niemand mehr da. Meine Frau starb an Hunger und Krankheit. Meine Kinder haßten mich und wanderten aus, so weit sie konnten …"

Sein trüber Blick war ins Leere gerichtet.

„Als ich mir über das ganze Ausmaß des Schadens klar geworden war, war es längst zu spät. Ich war schon zu weit gegangen, um noch zurück zu können, und ich fand niemanden mehr, den ich um Vergebung hätte bitten können. Schließlich war ich ganz allein, und jetzt habe ich nichts mehr. Ich habe mir den Alkohol abgewöhnt, und die sinnlosen Begierden und der Ehrgeiz, der größte Maler zu werden, sind auch verschwunden.

Ja, so war das. Wenn ich zurückdenke, habe ich zu früh schon geglaubt, mein Leben werde doch nichts anderes sein als eine vorherbestimmte Strafe, und so bin ich dann seit meiner Jugend die ganze Zeit nur in der dunklen Nacht umhergeirrt."

Ein schwerer Seufzer drang aus seinem Mund wie eine Rauchsäule. Aus der Ferne war das Pfeifen einer Dampflok zu hören.

„Erinnerst du dich, wie ich dich weinend draußen auf der Gasse gefunden habe, vom Regen völlig durchnäßt? Ich fühlte mich damals in meine eigene Kindheit zurückversetzt. Bitte, mein Junge, sieh mich an und hör mir genau zu!"

Es gab zwar keinen Grund, aber ich bekam doch etwas Angst beim Blick in sein Gesicht, und was ich sah, war sein schlohweißes Haar, sein abgezehrtes Gesicht, das von tiefen Runzeln durchzogen war, seine tränennassen, geröteten Augen.

„Sieh mich genau an! Du sollst niemals ein so häßlicher Versager werden wie ich."

Seine erloschenen Augen machten mir Angst.

„In deinen Augen kann man schon das Dunkel sehen. Du hast es aufgegeben zu träumen. Du hast nichts im Sinn als den Haß auf deinen Vater. Und du haßt auch dich selbst und all die Lebenszeit, die du noch vor dir hast."

Ich ließ den Kopf hängen, und der Alte verstummte. Nur die Uhr tickte laut. Es war Zeit zu gehen. Tränen liefen ihm über seine Wangen aus Pergament. Ich konnte nicht anders, als ihn zu umarmen, und er klammerte sich an meine Schulter.

„Großvater! Ich glaube, ich verstehe dich gut ..."

Sein Herz klopfte. Ich jedoch hatte das Gefühl, als ob sich in mir eine kleine Flamme entzündet hätte, und eine unbestimmte Heiterkeit stieg in mir auf.

„Du stehst gerade an der Schwelle zu deinem Leben, und die Zeit, die vergangen ist, kehrt nicht mehr zurück, hast du verstanden?"

„Ja."

„Und vergiß das nie: Nur die Träumer finden ihren Weg auch in der Dunkelheit. Es liegt an dir, die Bedeutung deines Traums herauszufinden."

Das war seine letzte Botschaft, die er mir vor dem Tor mit auf den Weg gab.

Als ich die Gasse hinunterging, begleiteten mich die sich entfernenden Töne des Harmoniums.

33 Adieu!

Am letzten Novembertag schloß die Mutter für immer die Augen.

Den ganzen Tag war Schneeregen gefallen, der alle Wege mit einer Schicht aus glitschigem Matsch überzog. Am Ende eines deprimierenden Nachmittags verabschiedeten wir uns von ihr. Der Tod der Mutter war ruhig und friedlich. Vielleicht hatte Gott ja ein Einsehen und erlaubte dieser Frau, die ihr ganzes Leben lang mit nackten Füßen über steinige Wege gehen mußte, eine kurze Rast vor dem Eingang zur ewigen Ruhe.

Nach den letzten Wellen besonders grausamer Schmerzen hatte sie den ganzen Nachmittag geschlafen, ehe sie noch einmal die Augen öffnete und den Vater, Eunbun und mich an ihrem Bett versammelt fand.

„Ah ..., ich muß geträumt haben ...", sagte sie mit tonloser Stimme und halb geöffneten Lidern. „Ich habe Eunmae gesehen. Sie lächelte mir von Ferne zu ..."

Eunbun sagte etwas zu ihr mit lauter Stimme, aber die Mutter schien nicht zu hören.

„Ach, ich bin so müde. Warum nur muß ich immer schlafen ..."

Wieder fielen ihre Augen zu.

„Nein, Mutter nicht einschlafen!"

Eunbun und ich packten sie an den Handgelenken, die so dünn wie Strohhalme waren, und schrien verzweifelt auf sie ein. Sie hielt die Augen geschlossen, aber ihre Lippen bewegten sich leise.

„Es macht nichts ... Kinder, ihr braucht euch keine Sorgen zu machen ..."

Das waren die letzten Worte, die sie der Welt hinterließ.

Ihre Leiche wurde verbrannt. Über die schlichte Totenfeier in der Leichenhalle des Krankenhauses und die Verbrennung hatte der Vater ganz alleine entschieden. Wir standen im schattigen Hinterhof des Krematoriums. Einzelne dünne Schneeflocken fielen vom Himmel, und wir sahen zu, wie von der Mutter ein paar Rauchschwaden aus dem Schornstein stiegen.

Der Vater konnte sein Schluchzen nicht zurückhalten, Eunbun bekreuzigte sich, und ich wischte ständig mit den Handrücken die Tränen ab, um das Weinen zu unterdrücken. Der Rauch trieb einen Augenblick lang in der feuchten Luft umher, dann verschwand er spurlos im aschgrauen Himmel.

Man sagt, man sollte die Toten in der Erde begraben, so wie die

Erinnerung in die Herzen der Lebenden eingegraben wird. Aber ich teile diese Ansicht nicht. An jenem Tag, als wir auf der nassen, dunklen Erde vor dem Schornstein standen, wurde mir klar, daß wir unsere Erinnerungen hinter uns lassen müssen. Nicht einmal ein Stückchen von ihrem Leid sollte in dieser wüsten und trostlosen Welt zurückbleiben. Sie sollte von nun an frei davon sein.

Mein Entschluß stand fest: Ich wollte nicht mehr um sie weinen. Die Mutter war in den Himmel gegangen, in die Ewigkeit, wo Eunmae schon auf sie gewartet hat. Daß sie dort mit Sicherheit als ein unbekannter Stern glücklich an der Seite von Eunmae leben würde, bestärkte mich in meinem Entschluß.

Im Taxi, das in unsere Heimat fuhr, hielt ich die Urne auf meinen Knien. Den unbeugsamen Willen des Onkels, der auf dem Begräbnis der Asche in unserem Heimatort bestand, hatte der Vater nicht brechen können. Eunbun saß neben mir, ließ die vertraute Landschaft hinter der Scheibe an sich vorbeiziehen und weinte ununterbrochen. Ich erkannte die Landschaft vom Tag unseres Umzugs auf der Pritsche des klappernden Lastwagens wieder, wie sie im Straßenstaub gelegen hatte wie in einem Nebel …

Fünf Jahre! Bloß fünf Jahre waren seither vergangen. Alles war wie damals, es hatte sich gar nichts verändert: die unendliche Allee entlang der ungeteerten Straße, die trostlosen Felder, die niedrigen Hütten in den Dörfern, das Schilfrohr am Ufer der Bäche, die winkenden Dorfkinder …

Das ganze Schauspiel wiederholte sich, sogar die Route, die wir fuhren, sogar die Jahreszeit … Nur die Mutter und Eunmae waren nicht mehr dabei. Doch wo waren alle die Tage geblieben?

Ich ließ meinen Kopf nach hinten auf die Sitzlehne sinken und schloß die Augen. Unablässig hörte ich Geräusche: das dumpfe Brummen des alten Lastwagens, *bureung bureung*, das Muhen des Kalbs, und dann das Quengeln Eunmaes: „Mama … Reis“, und mein Geruchssinn erinnerte mich an den ständigen Uringestank des pissenden Tieres. Dann plötzlich die Stimme, die mich zusammenzucken ließ: „… Keine Sorge! Ihr braucht euch keine Sorgen zu machen!“ Erschrocken blickte ich umher. Niemand da. Ich drückte die Urne noch fester an mich.

Die Mutter wurde auf einem Hügel begraben, von dem man einen Blick auf das Meer hinunter hatte. Am folgenden Tag fuhren wir wieder nach Gwangju zurück, und der Vater wollte uns beide zu sich nach Hause mitnehmen.

„Heute haben wir Sonntag, und übermorgen zieht ihr dann um.

Ihr braucht nur das Nötigste mitzunehmen, nicht alles. Ich komme mit einem Wagen und hole euch ab", sagte er.

Er sagte es noch einmal, da wir nicht geantwortet hatten.

„Ich weiß, was euch beunruhigt. Aber keine Sorge, ihr werdet es nach und nach merken, die Frau, mit der ich lebe, ist kein schlechter Mensch. Wahrscheinlich hat sie schon ein Zimmer für euch hergerichtet."

„Ich gehe hier nicht weg. Ich habe mich entschlossen, ich übernachte im Fabrikwohnheim", erklärte Eunbun kühl.

„Seid doch nicht so stur. Tut, was ich sage. Ich komme dann übermorgen."

Nachdem der Vater gegangen war, heulte Eunbun im Zimmer, in dem noch der Geruch der Mutter geblieben war.

„Cheol, du gehst zum Vater. Du hast im Moment keine andere Wahl."

„Nein, lieber krepiere ich."

„Wohin willst du sonst gehen?"

„Ich gehe nach Seoul. Ich werde dort schon klarkommen."

Dann packten wir schließlich doch unsere Sachen, wie der Vater es gewünscht hatte, und zwei Tage später stiegen wir in den kleinen Lieferwagen, mit dem er gekommen war.

Bevor wir unser Viertel verließen, besuchten wir noch das Grab von Eunmae. Der Vater sagte, er habe vor, im kommenden Jahr dieses Grab neben das der Mutter zu versetzen. Als das Auto losfuhr, vergossen auch einige Nachbarn, die unseren Abschied bedauerten, ein paar Tränen.

Die Besitzer unseres Hauses zogen in die Innenstadt. Die Familien von Deogjae, von Won und von Yangsim waren weggezogen. Frau Kang, die Sergeantin, und ihr Mann, Herr Ahn, hatten ein Baby aus einem Waisenhaus adoptiert. Seitdem hielt der Barbier Ahn jeden Tag das Baby in den Armen und war glücklich. Die Alte, die neben der Eisenbahn gewohnt hatte, war gestorben, und der Großvater von Ohmok auch. Eunha, die schöne Tochter des Vizedirektors, hatte, oh weh, tatsächlich den ‚Träumer' aus der Villa im westlichen Stil geheiratet, und Ohmok war nach dem Tod des Großvaters zu ihrem Onkel nach Amerika ausgewandert.

An dem Tag, an dem sie nach Amerika abreiste, hatte sie mich benachrichtigt und mir eine Harmonika geschenkt.

„Cheol, ich werde auch drüben noch oft an dich denken. Ich werde dort wieder mit der Geige anfangen. Ich hoffe, es geht dir gut und du wirst einmal ein berühmter Dichter!"

Als der kleine Lieferwagen dann schwankend über die Bahngleise fuhr, *dwittung dwittung*, verabschiedete ich mich von Eunmae und unserem Wohnviertel.

„Leb wohl, Schwester Eunmae! Leb wohl, Viertel der Clowns!"

Eunbun verließ vor mir das Haus des Vaters. Nachdem sie in das Fabrikwohnheim gezogen war, blieb ich noch etwa einen Monat länger beim Vater. Die Frau, die Eunbun immer die helle Füchsin genannt hatte, war jung und hübsch. Sie benahm sich freundlicher gegen mich, als ich erwartet hatte, und meine beiden Halbbrüder, Byeongjin und Byeongsu, waren ebenfalls sehr nett zu mir. Aber es war eben ihre Familie und nicht meine. Damit ist alles gesagt. Deshalb gab es für mich keinen Grund, mich dort länger aufzuhalten, und so verließ auch ich eines Tages das fremde Haus.

Ich begab mich zu der Fabrik, um Eunbun Adieu zu sagen, aber sie war nicht da.

„Ich habe heute ihr Haus verlassen. Ich gehe nach Seoul. Sobald ich dort eine Bleibe gefunden habe, besuche ich dich. Auf Wiedersehen, meine große Schwester!"

Ich bat den Pförtner, Eunbun meinen Zettel zu geben. Dann ging ich zum Bahnhof und kaufte ein Billet für den Nachtzug.

Da der Zug erst eine Stunde später abfuhr, war gerade noch Zeit, dem alten Harmoniumspieler auf dem Hügel Lebewohl zu sagen. Er war mir plötzlich in den Sinn gekommen, und ich wollte mich unbedingt auch von ihm noch verabschieden. So kroch ich, als es bereits dunkle Nacht war, mit meinem Gepäckbündel unter dem Arm die steilen Gassen hinauf, bis ich vor dem Haus stand – und eine kleine Totenlampe im Hof brennen sah, die im Wind schwankte.

Durch das angelehnte Hoftor drangen einzelne Gesprächsfetzen an mein Ohr. Sie stammten aus Unterhaltungen der Nachbarn, denen man auch entnehmen konnte, daß sie schon etwas getrunken hatten.

„Seine Kinder sollen irgendwo in den U.S.A. leben", sagte einer.

„Bevor er starb, soll er einem Kim einen Brief anvertraut haben, mit der Bitte, ihn nach seinem Tod abzuschicken."

„Zum Glück hat ein Neffe den Alten noch besucht. Deshalb konnte man die ganzen Formalitäten leicht erledigen. Ich konnte ja nicht in ihn hineinschauen. Aber ich habe nie verstanden, warum der Mann, der doch mehrere Kinder hatte, allein lebte."

„Mein Gott ... Von allem, was er besaß, ist am Ende nur dieses alte Harmonium geblieben, sonst nichts."

Während dicke Schneeflocken, die weißen Baumwollblüten glichen, sanft herunterschwebten, stand ich noch eine Weile wie erstarrt auf der Gasse. Schließlich ging ich auf das kleine Fenster zu und stellte mir dabei das folgende Zwiegespräch vor:

„Großvater ..., ich bin gekommen, Ihnen Adieu zu sagen, und ich wünsche ihnen eine ewige Ruhe."

„Ach, du willst wirklich fortgehen?! Ich dachte mir schon, daß du gehen wirst. Geh schnell und laß dich nicht aufhalten! Viel Glück! Und hör niemals auf zu träumen!"

Dann ging ich gefaßt und in gemessenen Schritten die Gasse hinunter. Dabei drehte ich mich immer wieder um und hielt kurz inne, um die Harmoniumklänge besser hören und mir das Lächeln des alten Mannes im Licht der Laterne vorstellen zu können.

Schließlich mußte ich mich beeilen, um noch rechtzeitig zum Bahnhof zu kommen.

34 Fünfzehn Jahre später

Welch ein heiteres Erlebnis kann es doch sein, im bunten Herbstwald in Ruhe seiner Wege zu gehen!

Auf einem Weg, der in einem Tal durch üppigen Mischwald führte, tauchte weit hinten ein zweistöckiges Gebäude mit blauem Dach auf. Es stand alleine mitten im Wald. Ein hölzernes, mit Kosmeen umsäumtes Schild trug die Aufschrift: *Willkommen im Heim der Hoffnung.* Von da an war der Weg asphaltiert.

Von Eunbun, die ich ein paar Tage zuvor in ihrem Kloster besucht hatte, war ich zu diesem Aufschub meiner Pläne gedrängt worden.

„Du willst schon wieder an Bord gehen?", hatte sie gefragt und mir streng in die Augen geblickt. „Ich dachte, du fängst endlich ein anderes, seßhafteres Leben an. Habe ich mich da getäuscht?"

„Na ja, vielleicht irgendwann einmal. Aber jetzt noch nicht."

„Ich möchte dich wirklich bitten, den Vater noch zu besuchen, bevor du abfährst. Es könnte das letzte Mal sein. Er ist alt geworden, und mit seiner Gesundheit steht es nicht zum Besten."

Während der ganzen Busfahrt von Seoul hierher plagten mich Zweifel, ob es richtig war, Eunbun nachzugeben. Wozu sollte es gut sein, ihn jetzt zu besuchen, welchen Sinn konnte dieser Schritt haben? Meine Zurückhaltung gegenüber einem Wiedersehen ging ja nicht etwa auf irgendeine spezielle Meinungsverschiedenheit zurück, die es etwa zwischen uns gegeben hätte, sondern auf die ganze schmerzhafte Geschichte so vieler Verletzungen in der Vergangenheit. Es war, als wäre eine alte Krankheit wieder aufgebrochen und hätte sich bei mir gemeldet. So wie der Soldat, dessen Arm amputiert wurde, von stechenden Phantomschmerzen in seinem nicht mehr vorhandenen Körperteil heimgesucht wird.

Warum nicht einfach kehrtmachen?, fragte ich mich, als ich vor der Hinweistafel stand. Ich zögerte einen Augenblick, von Schuldgefühlen unsicher geworden und von Gewissensbissen geplagt. Dann verließ ich den Weg und stieg zu einem Bach hinunter, der zwischen Felsbrocken dahinfloß. Nichts war dort unten zu hören als das Rauschen der mir unbekannten Bäume, durch deren Laub der Wind fuhr, und das helle Summen des fließenden Wassers. Ich stellte mich auf einen flachen Stein und zündete mir eine Zigarette an.

Fünfzehn Jahre ... Ich habe nicht gemerkt, wie die Zeit verging. Wie viele Tage sind vergangen, seit ich in jener verschneiten Nacht in den Zug nach Seoul gestiegen bin? Es war die Nacht, in der ein ganzes Kapitel in meinem Leben zu Ende ging und ein neues begann. Und dieses neue erschien mir immer wie ein wüster Haufen, als etwas Unbestimmtes, wie ein Traum ohne Zusammenhang.

Die Jahre, die ich in Seoul verbrachte, bedeuteten nichts als Erschöpfung und Verlassenheit. Nudelgerichte ausfahren, im Laden helfen, Laufbursche für einen armen Verlag, Verkäufer auf dem Markt, und dann das Abschlußzeugnis einer Höheren Abendschule. Das war alles, was ich aus den gefährlichen Fangarmen dieser Stadt für mich retten konnte. Ich träumte dort stets von Flucht, und ich sammelte heimlich Tabletten, dir mir helfen könnten, mich umzubringen.

„He, du Armleuchter! Als junger Kerl heulst du wie ein Mädchen?"

Als mich am Kai der Südküste bei Sturm ein betrunkener Matrose anhielt und mir auf die Schulter haute, hatte ich meinen letzten Willen an meine Schwester Eunbun und eine Handvoll Pillen in der Tasche. Der Mann war ein Bote des Schicksals. Er hatte mich gefunden, ich ging an Bord eines Schiffes, und seit diesem Tag habe ich mich zehn Jahre als Seemann auf den Meeren herumgetrieben.

Wie viele Sonnenaufgänge und -untergänge habe ich erlebt? Und wie viele Vollmonde? Ich kann sie kaum zählen. Die Überfahrten dauerten immer sehr lang. Alle Ozeane auf diesem kleinen Planeten habe ich durchquert, und wie ein Strohhalm habe ich nirgends die geringste Spur hinterlassen. An den Landurlauben alle zwei Jahre hatte ich kein Interesse, nicht deshalb, weil ich sie nicht haben wollte, sondern weil es keinen Ort und kein Quartier gab, zu dem ich gehen konnte. Ich hatte auch keinen Traum mehr, weder von einem Bodenkontakt noch davon, wieder irgendwo auf Dauer seßhaft zu werden. Nur die Fahrt auf dem Meer, wenn man den Anker gelichtet hatte, verschaffte mir das Gefühl der Freiheit, so als stünde ich am Ruder eines Gespensterschiffs. Das Meer ist ein Raum, in dem man keine Spuren hinterlassen kann. So wurde ich zu einem Menschen ohne Vergangenheit und ohne Erinnerungen.

Vor drei Jahren nahm ich zum ersten Mal einen Landurlaub und habe Eunbun einen Besuch abgestattet. Sie war von Kopf bis Fuß in ihr schweres, bis zum Boden reichendes Nonnenhabit gehüllt und machte einen gelassenen Eindruck.

„Oh, Dank sei Gott! Ich habe nie daran gezweifelt. Jeden Tag habe ich beim Gebet an Dich gedacht und Gott darum gebeten, daß er dich schützt. Nicht zu glauben, was für ein stattlicher Mann aus dir geworden ist."

„Schwester! Dein Traum, Nonne zu werden, ist also in Erfüllung gegangen!"

„Gott sei Dank. Und du, hast du geheiratet?"

„Nein."

„Ach so ..."

Sie nahm meine Hände und begann zu weinen. Wie es nicht anders sein konnte, haftete an ihren Tränen noch die Asche unserer schmerzhaften Erinnerungen. Ich vergoß keine Tränen; denn wer seine Träume vergißt, der hat auch seine Sensibilität eingebüßt. Doch Eunbun, die auf diese Weise in der Lage war, ihre Gefühle zum Ausdruck zu bringen, war sicher viel glücklicher als ich, und ich dankte ihrem Gott dafür aus vollem Herzen.

Ein paar Tage vor meinem zweiten Besuch trafen wir uns wieder. Es war eine niedliche kleine Kirche am Rande von Seoul. Eunbun war gerade dabei, den Altar mit rosa Gladiolen zu dekorieren, und schloß mich zur Begrüßung fest in ihre Arme. An diesem Tag sah sie viel gesünder und zufriedener aus als bei meinem ersten Besuch drei Jahre zuvor.

„Hast du es noch nicht geschafft ..., ich meine, unserem Vater zu vergeben?"

Sie fragte fast beiläufig, während sie mit den frischen Gladiolensträußen beschäftigt war. „Inzwischen ist doch er es, dem es am schlechtesten geht. ... Vielleicht haben wir ja nicht das Recht, das Wort ‚Vergebung' in den Mund zu nehmen, schließlich sind wir seine Kinder ... Aber Cheol, ich wäre wirklich sehr froh, wenn du ihn nun endlich gelten lassen könntest! Glaube mir, auch du wärst danach glücklicher. Ich bitte dich, versuch es!"

Ich schwieg lieber und beschränkte mich auf ein verlegenes Lächeln.

„Mein Gott! Weißt du denn noch, wie es dir damals ergangen ist? Mir bricht jedesmal das Herz, wenn ich daran denke, wie verzweifelt du gewesen sein mußt! Ach, wenn es dir nur möglich wäre, die Liebe kennenzulernen, die Gott uns gesandt hat!"

Sie stand noch lange auf dem Platz vor der Kirche und sah mir nach, als ich mich entfernte.

Dol dol dol dol klang das Dauergeräusch des zu meinen Füßen vorüberfließenden Gewässers, das aus Millionen blitzender und durchsichtiger Glaskügelchen zu bestehen schien. Ich hockte mich nieder, legte meine beiden Hände zu einer Schale nebeneinander und füllte sie mit Wasser, um damit mein Gesicht zu kühlen.

Der Wasserspiegel war so kristallklar, daß ich ohne weiteres auf dem Grund die Felsbrocken und bemoosten Steine erkennen konnte. Kleine Zweige und Blätter in allen Farben sah man unter dem dichten, im Wasser gespiegelten Geäst der am Ufer stehenden Eschen dahinschlittern … Ganz hingerissen von der Empfindung dessen, was sich mir dort unten bot und was sich so schwer überblicken und beschreiben ließ, hielt ich den Atem an. Mir wurde ein Schauspiel vorgeführt, das mich in regelrechte Entzückung versetzte.

Eine andere Welt öffnete mir beim Hineinsehen ins Wasser ihre Tore. Der blaue Herbsthimmel ruhte in den Baumkronen. Die Bäume und mit ihnen das karminrote und goldene Laub zogen und dehnten sich träge über den Wasserspiegel hin.

Was war das, was hier vor sich ging? Hier geschah … ein Wunder, nein ein Spektakel spielte sich wahrhaftig unter meinen Augen ab. Träumte ich? War das alles ein Traumbild, ein geträumtes Gemälde? Ja, alle diese Reflexe im Wasser waren wohl nichts anderes als virtuelle Bilder, irreale Spiegelungen. Aber zugrunde lag ihnen dennoch eine reale Schönheit.

Regungslos nahm mich die Betrachtung der Szene eine Zeitlang gefangen. Das Bild der Eschen, aus unzähligen, zitternden Wasserteilchen zusammengesetzt, war das Ergebnis des Zusammenwirkens des Bachs mit den Bäumen an seinem Ufer. Das Wasser aber kann nichts festhalten, denn seine Bestimmung ist es, einfach zu fließen, während es das Schicksal des Baumes ist, eingewurzelt bis zum Tod an derjenigen Stelle im Erdboden zu verharren, an der sein erster Trieb ihn aufwachsen ließ.

Eine Metapher des menschlichen Lebens war das: Die Zeit fließt unablässig und endlos dahin, und der Mensch wirft darauf so lange seinen brüchigen, zitternden Schatten, bis er selbst wieder verschwindet, und das ist es dann, was man das Leben nennt.

Hat er eine andere Wahl? Das Wasser hält keine Erinnerung fest und fließt spurlos vorüber. Schon morgen nehmen andere Bäume meinen Platz ein. Bis dahin sind wir dazu verurteilt, an einem Ort Wurzeln zu schlagen und verwurzelt zu bleiben und dabei unseren Schatten auf den ewigen Wasserspiegel zu werfen, während wir uns krümmen unter der Last unserer Sorgen. –

Mit solchen frivolen Überlegungen war ich beschäftigt, als ein Windstoß, ich weiß nicht woher, kleine Ahornblätter auf mich herabwehte. Ich stand langsam auf und lenkte meine Schritte in Richtung auf das zweistöckige Gebäude mit dem blauen Dach.

„Sind Sie ein Verwandter von Herrn Pak Ingu?", wurde ich von der schon etwas rundlichen Direktorin, die in den Fünfzigern sein mochte, befragt.

„Ja, das kann man sagen … Ich gehöre beinahe zur Familie … Ich komme durch Zufall hier vorbei."

„Ah, dann sind Sie wohl dieser Freund von Pak Byeongjin? Ich erinnere mich vage ...Waren Sie nicht schon mal hier?"

Da ich davon gesprochen hatte, „beinahe zur Familie" zu gehören, verwechselte sie mich wohl mit einem von ihnen. Ich erinnerte mich, Byeongjin hieß einer meiner Halbbrüder mit Vornamen, und er war etwa in meinem Alter.

„Kommen Sie, folgen Sie mir. Er muß gerade im Garten sein. Professor Pak Byeongjin geht es gut? Ich habe selten einen jungen Menschen getroffen, der seinen Eltern gegenüber so viel Zuwendung zeigt."

So plauderte sie weiter, während sie mir voranging.

„Auch wenn er sich nicht mehr so gut bewegen kann, ist er doch bei guter Stimmung, und er hat jetzt auch ein paar Freunde gefunden. Wie Sie sehen, hat unser Haus ein höheres Niveau als andere Einrichtungen dieser Art. Natürlich sind wir etwas teurer, aber unsere Einrichtungen und der ganze Betrieb hier kann den Vergleich mit europäischen Verhältnissen aushalten. Die meisten unserer Patienten kommen aus besseren Kreisen und sind sehr gebildet. Unter den Ärzten haben wir Spezialisten für Alkoholkrankheit, und deshalb ist Herr Pak Ingu hier sicher am richtigen Ort. Ah! Hier ist er schon!"

Auf einem weitläufigen Rasen, der einen kleinen Teich umgab, standen Bänke, auf denen acht oder neun Personen saßen, alle weiß gekleidet wie in Uniformen, von ihren erhöhten Plätzen mit den raschen und scheuen Kopfwendungen von Kranichen herunterblickend. Als wir näher kamen, folgten sie unseren Bewegungen mit langsamen und müden Blicken und betrachteten uns prüfend.

Die Direktorin ließ mich allein, und ich ging langsam auf einen Rollstuhl zu, der etwas abseits von den anderen in einem Winkel des Hofes stand. Darin saß schlafend ein Greis, der sich wie eine Sonnenblume an der milden Herbstsonne wärmte. Ich trat einen Schritt zur Seite, um die Sonne nicht zu verdecken, und blickte auf den Schlafenden im Rollstuhl hinab. Er saß in einer unbequemen Körperhaltung, mit dem Kopf leicht zur Seite geneigt. Die wenigen Haare ganz weiß, das Gesicht übersät von Altersflecken, und der halboffene Mund, der an eine nicht ganz geschlossene Schublade erinnerte, ließ das unansehnliche Zahnfleisch um die ausgefallenen Vorderzähne erkennen. Der Anblick verwirrte mich: Dieser mir unbekannte Greis, der da vor meinen Augen schlief, sollte wirklich mein Vater sein? Mit diesem kümmerlichen Leib von gelblich wächserner Farbe, der so zerbrechlich aussah, daß er unter einem Faustschlag in Scherben zerfiele, dieser wie Dörrobst vertrocknete alte Mann? Ich war ratlos und weigerte mich, es zu glauben. Nein, sagte ich immer wieder, dieser Mensch ist nicht mein Vater, der sich niemals, wirklich nie und nimmer, in eine so schwache und erbärmliche Gestalt verwandelt haben konnte.

Die Erinnerung an die vergangenen Jahre überschwemmte mich wie eine riesige Flutwelle. Meine Irrfahrten durch die Straßen von Seoul, wo ich mich herumtrieb wie ein herrenloser Hund, besessen von der Versuchung zum Selbstmord; meine ziellosen Fahrten über die Weltmeere, immer mit dem Gefühl, ein Staatenloser zu sein, ein Obdachloser, wie ein kleines verwelktes Blatt hin und her geschleudert von den Wogen und Stürmen, und hoffnungslos allein …

Wenn ich die Jahre meiner Kindheit mit einer Farbe versehen sollte, würde ich grau wählen; denn ich konnte niemals den Fluch vergessen, der auf mir lastete, an welchem Ort auch immer ich mich befunden habe. Und vergraben im sumpfigen Bodensatz dieser Erinnerung, dort wo er am tiefsten war, lag der Vater. Wie oft habe ich nicht die Steine meines Hasses auf ihn geschleudert? Er ist unauflöslich mit meinem Leben verknüpft, aber eher so wie ein Häftling an eine Fußfessel gekettet ist.

Wie er jetzt aber, in der Sonne dösend, vor mir saß, war er auf ein Wrack geschrumpft. Eine Art Schockstarre hatte mich erfaßt, und ich hatte Mühe, meine Empfindungen zu bestimmen. Es war weder Mitgefühl noch war es Haß. Oder war es einfach Schwäche? Jedenfalls konnte ich meinen Blick nicht vom Gesicht dieses erbärmlichen Alkoholkranken vor mir abwenden. Warum konnte ich mir eigentlich nie vorstellen, daß auch er, mein Vater, aschgraue Erinnerungen mit sich herumgeschleppt und wie ich an dieser schmerzhaften Vergangenheit gelitten haben könnte?

„Wer ist da? Cheol, bist du es wirklich?"

„Ja, ich bin es, Vater."

„Danke, daß du mich nicht vergessen hast. Aber ich habe es nicht verdient, dir unter die Augen zu kommen."

„Du bist ziemlich dünn geworden. Beinahe hätte ich dich nicht erkannt."

„O ja, ich sehe nicht gut aus. Aber du, aus dir ist ein prächtiger Mann geworden! Was hast du seither gemacht?"

„Ich habe mich herumgetrieben, da und dort, auf allen Ozeanen und Weltmeeren bin ich zu Hause. Sobald ich irgendwo an Land gehe, fehlt mir die Weite und ich bekomme Brechreiz."

„Du bist Seemann geworden?"

„Ja, ich gehe auf große Fahrt. Welcher Zufall, nicht wahr. Jetzt habe ich den gleichen Beruf wie du damals!"

„Das ist Schicksal. Wer auf den Inseln geboren ist, kann auf den Geruch des Meeres nicht verzichten."

„Warum bist du hier draußen? Ist es dir nicht kalt?"

„Nein, die Sonne scheint heute recht warm. Aber willst du mir nicht ein paar Geschichten erzählen, sonst werde ich gleich wieder schläfrig."

„Gut! Hör zu. Warst du schon einmal in der Antarktis? Mein Schiff ist schon mehrmals zwischen den Eisbergen hindurchgefahren. Trotz der großen Kälte und Einsamkeit waren diese Fahrten keineswegs eintönig. Hörst du mir zu?

„O ja, ich höre."

„Der Frühling beginnt dort erst im Oktober. Wenn der Frühling anfängt, versammeln sich dort als erste die Pinguine, um Eier zu legen. Hast du gewußt, daß sie sich von Krill ernähren, den Krebstieren der Antarktis? Im März, am Ende des dortigen Sommers, kehren sie in den wärmeren Norden zurück; denn der antarktische Winter ist sehr streng, und die Polarnacht nimmt kein Ende. Nur die Kaiserpinguine bleiben auch im Winter."

„Ja, sie sind außergewöhnlich mutig; denn die Kälte kann extrem sein."

„Die Weibchen legen ihre Eier auf dem Eis ab. Das männliche Tier brütet, während das Weibchen die Nahrung herbeischafft. Stell dir vor, bei minus 30 Grad flüchtet sich das Kleine zwischen die Beine des Vaters, der es dann auf seine Füße stellt und großzieht. Während der Brutzeit frißt der Vater fünfzehn Tage nichts und bleibt unbeweglich sitzen wie eine Statue. Gewiß, von Zeit zu Zeit verliert der eine oder andere die Geduld, wenn er den Hunger nicht mehr aushalten kann, und läßt das Ei im Stich, das dann von den Weibchen zertrampelt oder von den Polarmöwen gefressen wird."

„Bitte, schweig! Hör auf damit! Ich merke doch, daß du mich noch immer haßt. Ich weiß, ich habe es nicht verdient, dein Vater zu sein, ich habe mich dafür disqualifiziert. Ich habe schwere Fehler begangen, für die ihr Drei und deine Mutter die Folgen getragen habt."

„Vater, das sollst du nicht sagen, hör auf."

„Ich will dich nicht darum bitten, mir zu verzeihen – aber wenn du mich wenigstens nicht mehr hassen würdest ... Ich flehe dich an! ... Sogar wenn ich getrunken habe, habe ich immer an euch gedacht ..."

„Ich hasse dich nicht. Glaub mir, und weine nicht. Die Zeit, in der ich dich gehaßt habe, ist vorüber, und du weißt, die Vergangenheit kommt nie mehr zurück."

„Ja, ich weiß. Aber wenn ich die Uhr zurückdrehen könnte, dann würde ich ein guter Vater und ein guter Ehemann sein."

„Natürlich, das weiß ich. Aber reden wir über etwas anderes. Eines Nachts auf einem Frachtschiff, das Eisen und Stahl geladen hatte und von Hamburg nach Argentinien unterwegs war, das Meer war ruhig und spiegelglatt, und ich blieb noch lange alleine auf Deck, unter einem mit Sternen übersäten Himmel ... Kennst du die Geschichte von den Sternen, die Großmutter uns immer erzählt hat? Jeder von uns war einmal ein Stern, und nach unserem Tod gehen wir alle in den Sternenhimmel zurück. Was für ein wundervolles Märchen! Damals in jener Sternennacht an Deck hatte ich einen Augenblick den Eindruck, sie kamen wirklich herunter und immer näher, bis ich merkte, daß es die Lichter einer Flotte von Thunfischfängern waren."

„Ja, das kann ich mir vorstellen. Mitten in der Nacht einer ganzen Flotte aus mehreren Schiffen zu begegnen, ist ein großartiger Anblick."

„Als ich damals die Lichter sah, kam mir in den Sinn, daß wir uns eigentlich doch alle auf einem Schiff befinden, das unaufhörlich auf einem riesigen, dunklen Ozean dahintreibt. Und wenn es dunkel wird, zünden wir die Positionslichter an, um mit unserer Einsamkeit fertig zu werden. Aber das weißt du schon lange, nicht wahr?"

„Gewiß. Und nur die Seeleute wissen darüber Bescheid, die diese entsetzliche Situation, die Nacht an Bord eines Schiffes, durchgemacht haben."

„In der stockfinsteren Nacht plötzlich die fernen Lichter eines anderen Schiffes zu sehen, das ist genauso tröstlich, wie wenn man einen Stern am Himmel stehen sieht, der gerade über dem Meer erschienen ist, um sich ein wenig auszuruhen."

„Mein Sohn, wie gut du erzählen kannst! Man könnte meinen, du trägst ein Gedicht vor."

„So ist es, Vater. Ich möchte auch ein Dichter werden. Wir alle sind einsame Sterne, manchmal strahlen wir sehr hell, aber meistens verbreiten wir eher das trübe Licht einer alten Laterne. Aber so unfähig, zerbrechlich und hoffnungslos wir immer sein mögen, so haben wir doch die Pflicht, wie ein Leuchtturm denen Orientierung zu geben, die sich in Seenot befinden."

„Da hast du recht. Nachts auf der See kann noch der flüchtigste Lichtschein, und sei er meilenweit entfernt, eine Beruhigung sein."

„Richtig. Auf die Stärke des Lichtscheins kommt es nicht an. Für einen, der leidet, ist er in jedem Fall ein Halt. Solche Fernbeziehungen werden das bevorzugte Thema meiner Dichtungen sein. Ich möchte Geschichten von unzähligen traurigen Gestirnen erzählen, wie auch

Sterne ohne Namen besingen, die es ohne Richtung und Ziel einsam durch die Nacht treibt. Das habe ich mir vorgenommen. Und von jetzt an fühle ich mich auch wieder imstande, meine Erinnerungen zu schätzen. Sie sind nämlich trotz ihrer aschgrauen Farbe und ihrer düsteren und trostlosen Seiten ein Halt und eine Orientierung für andere Sterne, denen es genauso schlecht geht wie mir."

„Das freut mich. Und am Ende kannst du mir verzeihen?"

„Sag bitte dieses Wort nicht, Vater. Ich bin dein Sohn. Du und ich, Mutter und meine beiden älteren Schwestern, wir sind alle zusammen in derselben Lage: arme Kinder, die rettungslos auf dem Meer treiben bis in alle Ewigkeit."

„Ich danke dir."

„Bleib gesund, Vater! Ich komme wieder."

Ich drehte mich um und verließ den Hof auf Zehenspitzen. Ich wollte den gleich darauf in Schlaf gesunkenen Vater nicht wecken. Auf seinem Gesicht lagen Ruhe und Frieden.

Eine strahlende Herbstsonne begleitete mich auf meinem Rückweg.

35 Epilog

Die Zeit ist gekommen, diese Schublade wieder zu schließen, die übervoll ist mit Bruchstücken aus trüben Erinnerungen und altem Gerümpel, mit dem feuchtem Schimmelgeruch eines historischen Möbelstücks, in dem allerlei Trödelkram durcheinander liegt: verrostete Schlüssel, Postkarten und verblaßte Fotografien, ein roter Knopf, eine Sicherheitsnadel, ein altes, zerlesenes Buch, aus dem schon die Seiten herausfallen, ein paar Schallplatten, ein einzelner Handschuh oder ein kleiner Kieselstein … Für den Besitzer der Schublade ist jedes einzelne Objekt der Träger einer bestimmten Botschaft, für die anderen aber ist es ohne Bedeutung und nichts als verschimmelter Müll.

Nachdem ich das Altenheim verlassen hatte, nahm ich den Nachtzug. Nach der Ankunft am frühen Morgen schlang ich eine Suppe mit Reis hinunter und kaufte mir eine Flasche starken Schnaps, bevor ich mich auf den Weg zum Leuchtturm machte, dem Ort, an dem ich vor mehr als fünfzehn Jahren nur um ein Haar den Versuch überlebt hatte, meinem Leben ein Ende zu setzen.

Hier saß ich den ganzen Tag nur faul herum, mit dem Rücken an den Leuchtturm gelehnt, und war der einzige Mensch weit und breit, da auch kein Fischer vorbeikam. Ein streunender Hund schnüffelte an mir herum, mit unglücklichen Augen, mager mit hervorstehenden Rippen, wahrscheinlich herrenlos. Ich warf ihm ein Stück Brot hin, er stürzte sich darauf und verschwand dann in Richtung Hafen, weil er offenbar der Meinung war, daß er mehr nicht erwarten konnte. Ob er sich dafür schämte, daß er die kurze Bekanntschaft auf diese Weise beendet hatte? Oder erwartete er, ich würde ihn schon wieder herbeirufen, um die Fütterung fortzusetzen? Jedenfalls kam er immer wieder zurück und schaute mich erwartungsvoll an. Schließlich hatte ich den Eindruck, er hätte mein Doppelgänger sein können.

Dann kam die Nacht. Der Leuchtturm wurde eingeschaltet und sandte alle 15 Sekunden ein Lichtsignal für die Schiffe, die sich etwa näherten, um im Hafen anzulegen. Es überkam mich ein zwanghaftes Bedürfnis, eine Zigarette zu rauchen. Aber die Schachtel war leer, ich hatte kurz zuvor die letzte gequalmt.

Vor ein paar Tagen, kurz nachdem ich heimgekehrt war, hatte mich ein junger Journalist besuchte und einige Fragen gestellt.

„Wie soll ich sagen …, Ihre Texte sind ziemlich eigensinnig, ich möchte sagen autistisch, ausschließlich der Vergangenheit zugewandt. Was ist der Grund dafür?"

„Nun, ich bin die letzten fünfzehn Jahre zur See gefahren. Für Menschen, die so lange vom Festland abgeschnitten sind, kann die Vergangenheit und die Erinnerung daran schließlich zur einzigen Realität werden ..."

Ich suchte mich hinter dieser ausweichenden Auskunft zu verstekken, war aber dann doch überrascht, daß meine unbeholfenen Gedichte zum Thema eines Zeitschriftenartikels werden konnten.

Auf dem Schiff schrieb ich gelegentlich, wenn ich mich in meiner freien Zeit an Deck aufhielt, und als ich die Sachen an jene Zeitschrift geschickt hatte, erwartete ich eigentlich nicht, daß man sie drucken würde. Die Nachricht erreichte mich, als das Schiff in Málaga anlegte. Vier Monate später, in San Francisco, hielt ich die Gedichtsammlung in Händen. Bei meiner Rückkehr erfuhr ich, daß sich das Bändchen mit dem Titel *Begegnungen unter dem Leuchtturm* erfolgreich verkaufte.

Ehrlich gesagt, ich schäme mich etwas und fühle mich schuldig, weil ich den Lesern etwas vorgemacht habe. Ja, wirklich, ich hatte mich ja eine ganze Ewigkeit lang in eine Höhle voller Spinnweben geflüchtet und war blind geworden für das gesellschaftliche Spektakel und taub für den Anruf meiner Mitmenschen, völlig versunken in Grübeleien über meine trübselige Vergangenheit. Und je mehr ich zappelte, um mich aus diesem Netz zu befreien, desto fester zogen sich die Maschen zusammen. Bis ich aufgegeben habe. Ich war wie eine Larve in einem Kokon gesessen, und alles, was ich zu Papier brachte, war nichts als Quengelei über das armselige Ich meiner eigenen Person.

Und gestern Nachmittag nun, als ich dem erbarmungswürdigen Gesicht meines Vaters im Rollstuhl gegenüberstand, da fiel ein Stück von der dunklen Wand, die meinen Blick versperrt hatte, geräuschlos zu Boden. Es ist schon merkwürdig! Zweiunddreißig Jahre lang trieb es mich wie einen Verrückten auf allen Weltmeeren umher, auf der Suche nach Liebe, – doch ich habe mich der Liebe immer verweigert. Erst jetzt, wo ich hier in der Nacht alleine sitze, habe ich entdeckt, daß es jemanden gab, dem die Asche meiner traurigen Erinnerung das Herz erwärmen konnte. Seither träume ich davon, anderen Menschen Hoffnung zu verschaffen.

Es sind keine Tränen, die mir jetzt die Wangen herablaufen, es ist vielmehr das Wasser von dem geschmolzenen Eis in mir. Von Glück zu reden, wäre zu früh. Es handelt sich eher um ein ‚Vorgefühl des Glücks'.

Die Lichter des Hafens spiegeln sich auf der von Öllachen verunreinigten Wasseroberfläche und zittern genauso wie die Bilder meiner Erinnerung. Das Meer wirft mir das auf dem Kopf stehende Gesicht meiner Mutter zurück, dann die Gesichter von Eunmae, von Eunbun und anderen Personen, die ich nicht vergessen kann, und schließlich auch das verkehrte Spiegelbild des meinen, des trübsten von allen.

Ich richte mich auf. Ich bin zu lange auf dem Boden gesessen, mein Rücken tut mir weh und die Beine sind schon ganz taub. Morgen in aller Frühe gehe ich zum Büro der Reederei und reiche die Kündigung ein, sicher zur allgemeinen Verwunderung, so kurz vor der Abfahrt. Aber trotz meiner Entscheidung, auf dem Land zu bleiben, bin ich voller Sorge. Werde ich es denn überhaupt schaffen, zu schreiben und zugleich für meinen Unterhalt aufzukommen, also vom Schreiben zu leben?

Im selben Augenblick höre ich hoch über meinem Kopf eine Botschaft, von einer laut krächzenden Stimme, *karang karang*, übermittelt: „Keine Sorge, Kind! Du brauchst dir überhaupt keine Sorgen zu machen!"

Ich blicke verblüfft nach oben in den Sternenhimmel. Kein Zweifel, unter den unzähligen Sternen befindet sich die Mutter, die auf mich herabschaut.

Zufrieden pfeifend, *hwik hwik*, gehe ich in Richtung des beleuchteten Hafens.

Der Autor an den Leser

Dieses Buch hat eine besondere Bedeutung für mich. Es steckt darin meine leibhaftige Kindheit, und das ist es auch, was mich vor anderen meiner Werke gerade mit diesem Buch verbindet.

Gleichwohl würde ich es weder als eine Autobiographie noch als Memoiren bezeichnen. Ich habe dem dürftigen Knochenskelett meiner Kindheit und Jugend etwas romanhaftes Fleisch zugesetzt und das Ganze notdürftig mit ein paar aschgrauen Kleidungsstücken meines Schuldbewußtseins verhüllt. Und ich bestreite nicht, daß darin auch eine beträchtliche Dosis Selbstmitleid mit verwoben ist.

Als der Roman unter dem Titel *Pfeifend unter dem Leuchtturm* herauskam, erhielt ich überraschenderweise eine ganze Menge Briefe und Telefonanrufe von unbekannten Lesern, die mir erfreut mitteilten, daß sie in diesem Roman ihre eigene Geschichte wiedererkennen würden. Darunter waren zwei Anrufe von einem U-Bahn-Fahrer Ende dreißig, die ich nicht vergessen kann. Der Mann vertraute mir unter Tränen an, er liege seit langem mit seinem Vater im Streit und habe die Beziehung schon vor mehr als sieben Jahren abgebrochen. Jetzt aber wolle er am Wochenende nach Mokpo fahren, um seinem Vater wieder die Hand zu reichen. Es war zu dumm, aber ich war genauso bewegt wie er; denn ich hatte verstanden, daß seine Tränen weniger die Versöhnung mit dem Vater als diejenige mit sich selbst bedeuteten.

Ich habe damals zum ersten Mal erfahren, daß eines meiner bescheidenen Werke einem Leser Trost verschaffen konnte. Offen gesagt: Das machte mir Angst, und es freute mich zugleich. Hat er seinen Vater besucht oder nicht? Ich weiß es nicht. Er sagte mir, er habe von mir ein großes Geschenk erhalten. Doch eigentlich ist es umgekehrt: Ich wurde von ihm beschenkt. Er hat mich dazu angeregt, eine neue Ausgabe dieses Buches in Angriff zu nehmen.

Nach einigem Nachdenken habe ich ihm einen veränderten Titel gegeben: *Der Leuchtturm.*

Für die Erlaubnis zur zweiten Geburt dieses Werkes gilt mein lebhafter Dank dem Verlag Moonji und seinem Leiter Chae Hogi.

Lim Chul Woo, im Mai 2002

Worterklärungen und Sacherläuterungen

Prolog

S. 9 *peolong, peolong* ...: Diese lautmalenden Silben, hier für die flügelschlagenden Möwen, sind auch im Deutschen nicht unbekannt (das *wauwau* für den bellenden Hund ist ein Beispiel). Gewöhnlich handelt es sich um die Wiedergabe von Gefühlsäußerungen und Geräuschen, – so wie sie von koreanischen Ohren gehört werden. Daß diese Ohren manchmal etwas anders hören als z.B. deutsche, ist zu erwarten, und so entspricht etwa dem deutschen *wauwau* ein koreanisches *meongmeong*.

Angemessen lesbar sind diese lautmalenden Silben natürlich nur mit Grundkenntnissen über die Aussprache der koreanischen Laute und deren Darstellung in der hier verwendeten Umschrift. Dennoch versuchen wir sie wiederzugeben, weil die graphische Darstellung dieser Töne in koreanischen Erzähltexten sehr geläufig ist und weil sie eigentlich auch nicht ‚übersetzt' werden können. Für die Lektüre weiterer solcher lautmalender Silben hier eine Auswahl der häufigsten koreanischen Laute in der Umschrift, daneben die annähernden Entsprechungen in der deutschen Aussprache:

eo = kurzes, offenes o (wie in wollen)
o = meist kurzes, geschlossenes o (wie in kommen oder vor)
eu = kurzer, dumpfer Vokal zwischen o und a
ae = Umlaut ä
y = j
j = dsch
ch = tsch (schärfer artikuliert)

Kap. 1–35

13 *Aigo!*: Sehr häufig begegnender koreanischer Klagelaut, mit Betonung am Wortende. Neben anderen Formen oft auch in der Form *aigu!* oder *ahi-go!*

15 *Gwangju:* Sprich Gwangdschú, ist die Hauptstadt der Provinz Jeolla-Süd (Joellanam) im äußersten Südwesten der koreanischen Halbinsel, zu der auch mehrere davorliegende Inseln gehören. Sie zählt heute ca. 1,5 Millionen Einwohner. Mit der großen Stadt, an deren äußerstem Rand die von der Insel Nagil

(Nagildo) zugezogene Familie lebt, ist in diesem Roman immer Gwangju gemeint. Es handelt sich um 5 Jahre etwa zwischen 1967 und 1972, noch nicht 20 Jahre nach dem Ende des Koreakrieges (im Juli 1953).

16 *tteok:* Koreanischer Kuchen aus Reismehl, in verschiedenen Formen. Die traditionelle koreanische Süßspeise.

16 *Chuseok:* Der wichtigste der traditionellen koreanischen Feiertage (neben dem Neujahrsfest *Seollal* Mitte Febraur), nach dem Mondkalender in der Mitte des 8. Monats (d.i. 2018 der 28. September nach dem Sonnenjahr). In erster Linie entspricht *Chuseok* dem Erntedankfest, es ist aber ebenso der Tag des Gedenkens an die Verstorbenen und daher der wichtigste Tag im ganzen Jahr für Familientreffen überall im Land.

16 *Jesa-Tage: Jesa* heißt der jeweilige Gedenktag für einen individuellen Toten in der Familie.

39 *Anchae:* Das Wohnquartier der Frauen, der Frauenbereich in einem traditionellen Anwesen.

39 *Haengrangchae:* Das Wohnquartier der Dienstboten im Anwesen einer wohlhabenden Familie.

44 *doe:* Mengenmaß, 1 *doe* = 1,8 Liter.

45 *hanbok:* Die traditionelle Kleidung der Koreaner, die aus zwei Teilen besteht: bei den Männern aus einer Art Pluderhose mit Jacke bis zur Taille, bei den Frauen aus einem langen, weiten Rock und einer dem Bolero ähnlichen Jacke mit langen Ärmeln (*jeogori*). Dabei beginnt der Rock (*chima*) über der Brust und reicht von dort bis zum Boden, während das Oberteil, der *jeogori*, über die hohe Taille hinweg bis unter die Brust reicht. Im Alltag wurde ein *hanbok* aus einfacher Baumwolle getragen, an Festtagen tragen ihn vor allem die Frauen auch heute noch aus kostbaren farbigen, auch bestickten Seidenstoffen. Am *hanbok* befinden sich keine Knöpfe, vielmehr nur Bänder und Schleifen.

56 *Farn:* Die jungen, noch nicht entfalteten Blätter werden in Korea als delikates Gemüse geschätzt. Wegen des leichten Giftgehalts werden sie jedoch zuvor blanchiert, noch lieber getrocknet.

65 *Pyeongsang*: Eine quadratische oder auch rechteckige Plattform aus Holz auf vier kurzen Beinen, in verschiedenen Größen, oft mit einer Fläche von 2 x 2 Metern oder größer, beliebig zu plazieren und von allen Seiten zugänglich. Ein *Pyeongsang* steht in der Regel im Freien und wird vor allem in der warmen Jahreszeit im Hof oder Garten benutzt. Man kann sich daraufsetzen wie auf eine niedere Bank, man kann sich darauf legen wie auf eine

Holzliege und man kann etwas darauf ablegen oder stapeln usw. Es fehlt im Deutschen ein passender Name für dieses vielseitig verwendbare Möbelstück.

75 *Türfüllung:* In traditionellen Häusern (*hanok*) sind die Zimmertüren mit durchbrochenem Holz gefüllt, hinter dessen Zwischenräume das altehrwürdige, aus der Rinde des Maulbeerbaumes gewonnene, sehr haltbare Papier (*hanji*) geklebt wurde. Es ist meist von heller Farbe.

83 *soju:* Koreanischer Kornschnaps.

84 *der Gesetzlose der Wildnis*: Gemeint ist der berühmte Italo-Western von Sergio Leone von 1964, *Per un pugno di dollari* (A Fistful of Dollars), mit Clint Eastwood, Marianne Koch, Gian Maria Volonté, der in Deutschland unter dem Titel *Für eine Handvoll Dollars* in die Kinos kam.

84 *Kimbap-Rolle:* In eines der papierdünnen Seetangblätter werden fertig gekochter, gewürzter Reis, Gemüse und Fleisch eingerollt und dabei fest zusammengedrückt. Wenn man die so entstandene längliche Rolle in gleich große Teile zerschneidet, ergeben sich die typischen runden, zylinderförmigen *Kimbap*-Rollen, ähnlich oder fast gleich den jedem Sushi-Esser vertrauten japanischen Maki-Stücken. Eine solche Kimbap-Rolle kann einem dicken Zigarrenstummel durchaus ähneln, trotz ihrer grünen Farbe.

85 *Lehrkurs:* Gemeint ist ein Kurs in der Abendschule für Kinder aus armen Familien, die das Schulgeld für den gewöhnlichen Unterricht während des Tages nicht aufbringen konnten.

92 *Beamter des 5. Grades:* Das zentralistische, auf die konfuzianische Tradition zurückgehende System der Staatsbeamten umfaßt eine Hierarchie von 9 Graden, vom untersten 9. bis zum höchsten 1. Grad. Der 5. Grad ist also ein guter Mittelplatz.

92 *pyeong:* Koreanisches Flächenmaß, 1 pyeong entspricht ca. 3,3 m^2.

94 *sake:* Japanischer Reiswein.

96 *li:* Längenmaß, 1 li entspricht ca. 400 m.

106 *Denkmal-Pagode für den 19.04.1960:* Das Denkmal soll an den sog. „Blutigen Dienstag" am 19. April 1960 erinnern, an dem mehr als 30.000 Studenten aus mehreren Universitäten Südkoreas in Seoul zum Amtssitz des Präsidenten marschierten. Als die Polizei zu schießen begann und 21 Personen ums Leben kamen, geriet die Demonstration außer Kontrolle und die Regierung verhängte in mehreren Städten das Kriegsrecht. Mehr als 120 Menschen fanden an diesem Tag alleine in Seoul den

Tod. Der Präsident Rhee Syngman trat am 26. April zurück und wurde vom CIA nach Hawaii ausgeflogen. Zwar hatte die südkoreanische Zivilgesellschaft mit der Verhinderung einer vierten Amtszeit des Präsidenten ihren ersten Sieg gegen ein autoritäres, von den U.S.A. gestütztes Regime errungen, jedoch stand dem Land die Herrschaft einer Reihe von weitaus grausameren Militärdiktatoren während der folgenden gut zweieinhalb Jahrzehnte erst noch bevor.

107 *jeogori:* Eine kurze Jacke mit langen Ärmeln, das bei Frauen bis knapp über die Brust reichende Oberteil der koreanischen Traditionskleidung des *hanbok* (vgl. die Anm. zu S. 30).

127 *masigi:* Koreanisches Flächenmaß, 1 masigi entspricht 150–300 pyeong (vgl. Anm. zu S. 64).

145 *A-Rahmen:* Traditionelle Tragevorrichtung aus Holzlatten in Form eines großen „A" bzw. einer sich nach oben verjüngenden Leiter, die man als Stütze für die zu transportierenden Gegenstände auf dem Rücken trug.

160 *gojaengi:* Eine wärmende Hose, die von Frauen zwischen der Unterwäsche und dem Rock, auch dem *Hanbok*, getragen wird, früher eine Art weite Pluderhose, heute an Hüfte und Beinen anliegend. Man könnte sie ‚Zwischenhose' nennen.

184 *Ayako Miura:* Japanische Schriftstellerin (1922–1999). Von ihrem 1964 erschienenen Roman *Hyōten* (Gefrierpunkt), ihrem ersten erfolgreichen Werk, scheint es keine deutsche Übersetzung zu geben.

184 *Hermann Hesse:* Deutscher Schriftsteller und Maler (1877–1962), Literaturnobelpreis 1946. Sein Roman *Narziß und Goldmund* erschien 1930 in Berlin bei S. Fischer.

185 *From Here to Eternity:* Hollywood-Film von 1953, Regie: Fred Zinneman. Deutsch als *Verdammt in alle Ewigkeit* (1954). Hauptdarsteller: Deborah Kerr, Donna Reed, Montgomery Clift, Burt Lancaster, Frank Sinatra.

186 *Roman Holiday:* Hollywood-Film von 1953, Regie: William Wyler. Deutsch als *Ein Herz und eine Krone* (1953). Hauptdarsteller: Audrey Hepburn, Gregory Peck.

186 *… manchem schon so vorgekommen: Werther*, I, 22. Mai 1771, Originalwortlaut nach der Ausgabe im Deutschen Klassikerverlag / Insel Verlag 2007, S. 14.

187 *… hin und her wiegt:* Ebd., II, *Der Herausgeber an den Leser*, S. 85f.

187 *Warum zauderst du zu kommen?:* Ebd., II, *Colma* (Ossian-Passagen), S. 89.

193 *Yun Dongju:* Koreanischer Dichter (1917–1945), der seit seinem frühen Tod, vielleicht mehr noch als der jugendliche Avantgardist Yi Sang (1910–1937), zu den wichtigsten Autoren des Widerstands gegen die japanische Kolonialherrschaft zählt. Grundlage ist die posthume Publikation seiner Manuskripte im Januar 1948 in einem Band u. d. T. *Haneulgwa Baramgwa Byeolgwa Si* (Sky, Wind, Star, and Poem), herausgegeben von dem nicht weniger berühmten Dichterkollegen Jeong Jiyeong (1903–ca. 1950), der am Beginn des Koreakriegs vermutlich in einem Gefängnis in Pyeongyang gestorben ist. Vgl. Lee Namho u.a.: *Koreanische Literatur des 20. Jahrhunderts*. Übers. von Young-Sun Jung u. Herbert Jaumann. München: Iudicium 2011, S. 19, 50ff. (zu Yun Dongju) u. S. 18, 52ff. (zu Jeong Jiyeong).

199 *Abendschule:* Für Kinder aus armen Familien, die das Schulgeld nicht aufbringen und tagsüber arbeiten mußten, ein abendlicher Unterricht anstelle des während des Tages stattfindenden Unterrichts in der Mittelschule und der Höheren Schule.

213 *... und der Tränen der Freude!“: ...* (wie Anm. zu S. 193). Koreanisches Lied nach einem Gedicht des Schriftstellers Pak Mokweol (1916–1968), Musik von Kim Sunae. Zu Pak Mokweol vgl. Lee Namho u.a.: *Koreanische Literatur des 20. Jahrhunderts*, 2011 (wie Anm. zu S. 135), S. 68ff. – Auch in diesem Gedicht eine Anspielung auf *Werther*: Dazu muß man wissen, daß Goethes *Werther* im frühen 20. Jh. unter koreanischen Lesern offenbar von besonderem Reiz gewesen ist. Denkwürdig auch die Tatsache, daß *Lotte* bis heute der Name des bekannten (1948 allerdings in Tokio gegründeten) Kaufhaus-Konzerns in Seoul ist. Ausdrücklich ist damit Werthers Geliebte aus Goethes Roman gemeint, einer Lieblingslektüre des Unternehmensgründers Shin Kyukho.

217 *Anteilnahme:* Im koreanischen Original *jeong*, ein Grundbegriff der koreanischen Gefühlskultur, nicht weniger als der Komplementärbegriff des *han*. Dieser meint die dunklen Wolken des Kummers und der Sorgen, des Leidens am Unrecht, während *jeong* für Liebe, Verbundenheit und tiefe Anteilnahme steht, Emotionen, die sich nicht nur auf andere Menschen, sondern auch auf Dinge richten und sogar, wie im vorliegenden Fall, auf die Vorstellung, die man sich vom Verhältnis von Tieren untereinander macht.

221 *einen weißen koreanischen Mantel:* Gemeint ist der *durumagi*, ein weißer, von Frauen und Männern getragener Umhang oder Mantel der traditionellen koreanischen Kleidung.

Nachwort der Übersetzer

Während sowohl im *Prolog* als auch im *Epilog* zu diesem Roman die Stimme des Erzählers namens Cheol zu vernehmen ist,[1] wendet sich der Autor erst im Anschluß an die 36 erzählten Kapitel an den Leser. So sehr man oft versucht ist, beide Rollen, die des meist allwissenden Erzählers Cheol und die des Autors Lim Chul Woo, einfach miteinander zu identifizieren, so ist der Unterschied doch nicht zu übersehen. Er entspricht exakt der Differenz, die der Autor Lim gleich am Anfang seines *Nachworts* „Der Autor an den Leser" festhält, wenn er betont, es handele sich nicht einfach um eine Autobiographie oder um seine Memoiren. Vielmehr habe er „dem dürftigen Knochenskelett" seiner Kindheit und Jugend „etwas romanhaftes Fleisch zugesetzt". Und für Letzteres vor allem ist der Erzähler zuständig, seine Rolle ist Teil dieses fiktionalen Überschusses, mit dem der Autor die Erzählung seiner frühen Jugend ausdrücklich versehen hatte. Freilich dürfte es in der Literaturgeschichte landauf landab keine Autobiographie geben, die ohne Fiktion auskommt, ohne etwas, das man hinzuerfindet, um der Erzählung der eigenen Lebensgeschichte eine gattungsgemäße Struktur zu geben – genau genommen wäre sie sonst gar nicht erzählbar. Nur wo die Grenzen verlaufen, ist in der Regel, wie auch im vorliegenden Fall, weniger leicht auszumachen, als das Bild nahelegt, das Lim Chul Woo für das Verhältnis zwischen Beidem verwendet. Wo das „Knochenskelett" der eigenen Lebensgeschichte aufhört und das „romanhafte Fleisch" beginnt, ist nicht ganz leicht zu erkennen und läßt sich meistens nur vermuten.

Wie auch immer sich das im einzelnen verhält, der Autor Lim Chul Woo läßt sein Alter Ego Cheol, den Ich-Erzähler, von seiner frühen Jugend bis hin zur Schwelle zum Erwachsenenalter berichten. Den Schwerpunkt des Romans bilden die ersten 5 Jahre, die Cheol und die Seinen nahe bei der Bahnlinie am Rande von Gwangju, der Hauptstadt der Provinz Jeolla-Süd, verbringen, einer vernachlässigten

---

[1] Der Name *Cheol* ist der Aussprache nach (sprich: *Tscholl*) identisch mit der ersten Silbe des Vornamens des Autors, Chul Woo (sprich: *Tschoru*), er wird hier nur nach den Regeln der sog. ‚Revidierten Romanisierung' geschrieben, derjenigen Umschrift des Koreanischen, die heute in Südkorea die offiziell übliche ist und der wir uns auch in den Übersetzungen desto lieber anschließen, als damit viele Inkonsequenzen, ja Absurditäten älterer Umschriften endlich vermieden werden; *eo* gibt in *Cheol* nach dieser Umschrift ein *offenes o* wieder, während das *u* in *Chul* den nämlichen Laut nach einer älteren Umschrift meint.

Gegend, die man, von heute aus gesehen, als Elendsviertel bezeichnen kann. Der Zeitraum dieser 5 Jahre reicht von dem im 1. Kap. geschilderten Umzug, als die Mutter mit den drei Kindern als geduldete Passagiere samt dem Hausrat und einem pissenden Kalb auf der Ladefläche eines Pritschenwagens mitfährt, nachdem man von der vor der Südwestspitze Koreas gelegenen Heimatinsel Wando aufs Festland übergesetzt ist, bis zum Abschied aus dem Wohnviertel an der Peripherie der Großstadt, im 33. Kap. („Adieu!"), nach dem Tod der seit einem ärztlichen Behandlungsfehler hirngeschädigten und schwerbehinderten Schwester Eunmae und nachdem schließlich auch die Mutter an Krankheit und Entkräftung gestorben ist. Nach den ersten 12 Lebensjahren auf der kleinen Insel, in die auch der Besuch der Grundschule fällt und die nur in wenigen Bemerkungen Erwähnung finden, handelt es sich dabei um die ersten 5 Jugendjahre Cheols, die er mit der Mutter und seinen etwas älteren Schwestern Eunbun und Eunmae verbringt, das heißt, er lebt von seinem 12. bis zum 17. Lebensjahr mit der Familie am Rande von Gwangju – kein Kind mehr, aber auch noch nicht erwachsen. Die folgenden 15 Jahre verbringt er, der nach dem Tod der Mutter und der Auflösung der Familie dann wohl zu früh erwachsen sein mußte, bis zu seinem 32. Lebensjahr zuerst unter miserablen Umständen im Seoul der frühen 70er Jahre (so ist anzunehmen, Jahreszahlen werden in dem Roman nicht genannt) und anschließend etwa ein Jahrzent lang als Matrose auf hoher See. Darauf wird im 34. Kap. („Fünfzehn Jahre später") summarisch zurückgeblickt, mit dem Besuch im Kloster bei der Schwester Eunbun, die inzwischen katholische Nonne geworden ist, und vor allem mit dem am Ende versöhnlichen Wiedersehen im Pflegeheim mit dem alten Vater, der noch in jenen frühen Jahren auf der Insel die Familie verlassen hatte, der sie alle so enttäuscht und den Cheol einst dafür so gehaßt hatte.

So sehr der Roman sein Zentrum in dieser Erzählung von den 5 Jugendjahren hat, ein Lebensabschnitt, der für den Jungen gewiß nicht gesichert oder gar glücklich gewesen ist, so ist er doch entschieden vom Ende her erzählt, nach all den Jahren, nach „dreißig (Jahren), sogar noch zwei dazu", wie es am Beginn des *Prologs* heißt, aus einer offenbar konsolidierten, fast heiteren Situation heraus. Zwar von der Erinnerung ernüchtert, aber doch gelassen lehnt sich der Erzähler bereits im *Prolog* an den festen Betonsockel des riesigen Leuchtturms an, und an diesem Platz finden wir ihn auch im *Epilog* wieder, nachdem er „die Schublade der Erinnerung" wieder geschlossen hat: Hier sitzt er, so heißt es, „den ganzen Tag nur faul herum, mit dem

Rücken an den Leuchtturm gelehnt", ehe er am Ende „zufrieden pfeifend, *hwik hwik*", aus dem Blickfeld des Lesers verschwindet, „in Richtung des beleuchteten Hafens." So betrachtet, ist der ursprüngliche Titel *Pfeifend unter dem Leuchtturm*, unter dem der Roman 1993 zuerst erschienen ist, durchaus plausibel. Daß wir den für die zweite Ausgabe (von 2002) leicht veränderten Titel *Der Leuchtturm* für die deutsche Übersetzung nun nicht übernehmen konnten, geht auf urheberrechtliche Bedenken zurück. Der mit Einverständnis des Autors statt dessen gewählte neue Titel *Das Viertel der Clowns*, wie die Gegend, in die die Familie Cheols gezogen ist, von den Bewohnern der besseren Wohnbezirke verächtlich genannt wurde (s. Kap. 4), ist hoffentlich insofern eine glückliche Entscheidung, als er immerhin den zentralen Schauplatz des Romans und zugleich dessen farbige wie manchmal auch komische Züge, die gewiß auch dazu gehören, direkt in den Mittelpunkt rückt.

Wie in seinen früheren Werken läßt Lim Chul Woo hier seine Hauptfigur exemplarische Ereignisse, eigene Erfahrungen und Erlebnisse sowie solche seiner Familie und seines Umfelds in einer Reihe von Episoden erzählen, und inerhalb dieses episodischen Aufbaus der Erzählung können sich dann einzelne Episoden zu regelrechten Miniromanen auswachsen, die man sich ebenso als selbständige Geschichten vorstellen kann: wie etwa die von Ohmok, der in die Jahre gekommenen, schwärmerischen Tochter aus gutem Hause (bes. Kap. 16, 18, 24, 33), die Geschichte von dem in dem Viertel plötzlich aufgetauchten Liebespaar, dessen Glück in die von der Familie des jungen Mannes verursachte Katastrophe mündet; die von dem toten Baby auf dem verpesteten Teich (Kap. 14, 15) oder jene von der alten Mutter in der kleinen Hütte am Bahndamm und deren so grausam enttäuschte Hoffnung auf den (ebenfalls von der Seefahrt) zurückgekehrten Sohn, der sie endlich aus ihrem Elend befreien und am folgenden Tag heiraten wollte (Kap. 19, 20).

Eine Kindheit und Jugend, die schwer belastet ist durch die unglücklichen Eltern, durch deren gescheiterte Ehe und die zerbrochene Familie sowie generell durch die von den politischen und sozialen Katastrophen bedingten traumatischen Schuldkomplexe[2] – Kinder und Jugendliche werden auf ihrem Weg in eine bessere Zu-

---

[2] Lim Chul Woos Literatur hat die traumatischen Folgen der Geschichte Koreas seit der japanischen Herrschaft (1910–1945), dem Krieg von 1950–53 und der koreanischen Teilung schon seit 1945 und erneut und bis heute seit 1953, also bereits seit dem beginnenden 20. Jahrhundert, auch deshalb so

kunft schwer gestört und oft genug aus der Bahn geworfen, alle leiden sie unter den Folgen von Verletzungen und Schuldkomplexen anderer, der Älteren, die sie selbst nicht zu verantworten haben, und die Älteren die ihren oft ebenso wenig: All das gehört zu den bevorzugten Themen, auf die dieser Autor seit seiner frühesten Erzählung immer wieder rekurriert: Nachdem der Vater „mit der hoch erhobenen Mistgabel in der Hand meine Mutter durch das ganze Dorf jagte, um sie zu töten, verließ sie das Haus und kam nie mehr zurück", heißt es in der Erzählung *Der Hundedieb* von 1981; und als er den Vater kurz darauf betrunken „als gefrorene Leiche im Dorfbach" gefunden hatte, steckte man ihn, mit einem Mal zum Waisenkind geworden, „in die Familie des Onkels, der selbst acht Kinder hatte (...). Seitdem bin ich immer allein gewesen."[3] Ganz ähnlich erlebt auch Cheol seine Kindheit und frühe Jugend als von der Entzweiung der Eltern – hier ist es der abwesende und nur zu gelegentlichen Besuchen von wenigen Stunden auftauchende Vater, die jedesmal den Haß nur noch verstärken – nicht nur überschattet, sondern regelrecht vergiftet, von der Armut ganz abgesehen, in der die vierköpfige Familie ohne den ‚Ernährer' ihr Leben fristen muß: von dem mageren Verdienst aus der Fabrikarbeit der Schwester Eunbun, die deshalb die Mittelschule nicht besuchen kann, und vor allem von den Einkünften der Mutter, die Tag und Nacht an der Nähmaschine arbeitet, „dieser Frau, die ihr ganzes Leben lang mit nackten Füßen über steinige Wege gehen mußte", wie es Cheol durch den Kopf geht, als er im Schneeregen zusammen mit dem traurigen Rest der Familie auf dem Hinterhof des Krematoriums steht, wo man sich von den Überresten der Mutter verabschiedet hat.

Die gerade etwas mehr als ein Jahrzehnt zurückliegende Kriegskatastrophe ist hier nicht wie in manchen anderen Erzählungen dieses Autors nur stummer, unausgesprochen präsenter Erfahrungshintergrund. Vielmehr wird in knappen Hinweisen begreiflich zu machen versucht, in welcher Weise diese Ereignisse direkt zu den traumati-

---

eindrucksvoll zum Ausdruck gebracht, weil er auf unvermittelte Kausalbeziehungen zwischen militärisch-politischer Katastrophe, ggf. persönlicher Schuld und individueller Biographie verzichtet. Deshalb ist er auch weniger ein politischer Schriftsteller in einer vordergründigen Bedeutung, dessen Engagement sich darin erschöpfte, in seinen Texten unmittelbar für die ‚richtige' Seite einzutreten.

[3] *Der Hundedieb*, in: Lim Chul-Woo: *Das rote Zimmer. Erzählungen.* Übersetzt und mit einem Nachwort versehen von Jung Young-Sun und Herbert Jaumann. Bielefeld: Pendragon 2003, S. 93–111, hier: 106.

schen Belastungen von Cheols Kindheit und Jugend und den Leiden der Mutter und der beiden Mädchen beigetragen haben. Beide, der Vater und die Mutter, stammen aus Familien, die sich, im selben Dorf auf der Insel, im Bürgerkrieg als Todfeinde gegenübergestanden hatten, und die väterliche Familie machte (und macht noch immer) die der Mutter für den Tod des Vaters verantwortlich. Der Bruder der Mutter, damals ein kommunistischer Funktionär, hatte die Exekution von Cheols Großvater zumindest nicht verhindert. Der Sohn kann sich von dem Vorwurf nicht freimachen und seine Ehe davor schützen, und seine Frau, die Tochter der feindlichen Familie, ebenso wenig. Doch sie wurde gar nicht gefragt und von ihrer Familie nur dafür verachtet, daß sie den Sohn der Feinde geheiratet hat, – und Cheol, der Enkel, den man nie darüber aufgeklärt hatte, hat bis zuletzt Mühe zu begreifen, worum es überhaupt geht. Im übrigen werden, wie auch sonst bei Lim Chul Woo, Themen und Probleme der Geschichte und Politik beider Teile Koreas nicht explizit aufgerufen, besonders Nordkorea liegt nicht nur geographisch fern, obgleich andererseits der sozial zurückgebliebene Südwesten (Jeolla mit der Hauptstadt Gwangju) traditionell, schon seit den Wirren in der Zerfallszeit des alten Korea im späten 19. Jahrhundert und erneut in den Jahrzehnten des Kalten Krieges, in den Sechzigern bis in die frühen 80er Jahre des vorigen Jahrhunderts, notorisch sozialrevolutionär gesinnt war, stets mit einem großen Anteil von Kommunisten, die der Volksrepublik im Norden nahestanden.

Doch um dies nochmals zu betonen: Es ist unseres Erachtens typisch für diesen Autor, und es zeichnet ihn als Schriftsteller gerade aus, daß sich sein Interesse nicht in vordergründigem Engagement für die Sache und die Partei der jeweils ‚Guten' erschöpft. Es geht ihm nicht um die einseitige Fortschreibung von Schuldvorwürfen, so eindeutig in der Vergangenheit die Verteilung der Schuld und der Verantwortung für die bekannten Untaten auf seiten der beteiligten Parteien zunächst sein mochte, und es geht nicht einmal in erster Linie und ausschließlich um Verständnis und Empathie für die Opfer und ihre Leiden, oder anders gesagt: Opfer gibt es auf allen Seiten, nicht allein auf der Seite der Gequälten und Unterlegenen. Es geht vielmehr um die Folgen der traumatischen Erfahrungen und der resultierenden Leiden und Schuldkomplexe auf allen Seiten, die dieser Autor seit vielen Jahrzehnten mit großer Geduld und Beobachtungsschärfe auf unterschiedlichen Bedeutungsebenen seiner Erzählungen begreiflich zu machen versucht, und zwar so, daß nicht nur koreanische Leser sie verstehen. Dies kommt bereits in der 1988 erschienenen und hierzulande vielleicht zu wenig bekannten dystopischen Erzählung *Das rote Zimmer* zum Ausdruck. Darin wird neben allem anderen gerade diese Intention mit der größtmöglichen Drastik deutlich, wenn dem aktivsten Folterknecht Choi Dalsik und den Deformationen seiner individuellen Geschichte ebenso viel Aufmerksamkeit zuteil wird wie seinem unschuldigen Opfer im verborgenen Folterkeller am Rande der Stadt.[4]

Doch wie oben schon erwähnt: Vielleicht ist die positive Zukunftsperspektive, nennen wir sie die Perspektive des Leuchtturms, in diesem Roman noch stärker ausgeprägt als in anderen Werken Lim Chul Woos, wie dies ein letztes Mal im *Nachwort des Autors* durch die Erwähnung eines dankbaren Lesers noch einmal unterstrichen wird, und am versöhnlichen Ende des Gesprächs mit dem alten Vater im 34. Kap. lesen wir, nachdem der erwachsene Cheol von seinem Wunsch gesprochen hat, Schriftsteller zu werden:

„Aber so unfähig, zerbrechlich und hoffnungslos wir immer sein mögen, so haben wir doch die Pflicht, wie ein Leuchtturm denen Orientierung zu geben, die sich in Seenot befinden."

Schon im *Prolog*, einem Teil des Erzählrahmens, aber auch bereits in den vielen entlastenden und ermutigenden Erfahrungen Cheols, von denen wir in seinem Bericht von den Jahren im „Viertel der Clowns" unterrichtet werden, wird diese Umkehrung der Perspektive angesprochen. Es handelt sich dabei in der Regel um unwahrscheinliche Begegnungen, teils um reine Zufälle. Dazu gehört die herzliche Beziehung zu Yangsim, einer als Dienstmädchen im Nachbarhaus arbeitenden jungen Frau, die immer so gerne singt (Kap. 6), vor allem aber die Freundschaft mit Ohmok und die völlig unwahrscheinliche Bekanntschaft mit dem alten Harmoniumspieler aus-

[4] Diese Intention wird in dem knappen Nachwort zu dem verdienstvollen Band *The Red Room. Stories of Trauma in Contemporary Korea* (Honolulu: University of Hawaii Press 2009, Modern Korean Fiction) nicht hinreichend deutlich. Lim Chul Woos Dystopie wird darin als Titelerzählung neben Erzählungen von Pak Wanseo und O Cheonghui zu Recht als exemplarischer Text für jene „literature on trauma" vorgestellt, die für die koreanische Literatur des späten 20. Jhs. so außerordentlich charakteristisch ist. Lesenswert auch, neben dem Nachwort des Hrsg.s und Übersetzers Bruce Fulton (Vancouver, University of British Columbia), das Vorwort des Historikers Bruce Cumings (Chicago), der auch auf offizielle Lügen sowie die gewöhnlich verleugnete Mitschuld der U.S.-Armee am Verlauf und Ausgang des Koreakrieges hinweist. – Vgl. auch: *Remembering the „Forgotten War": The Korean War as Seen through Literature and Art.* Hrsg. von Philip West und Suh Ji-moon. Armonk, NY: M. E. Sharpe 2000.

gerechnet in einem Moment, in dem die einsame Verzweiflung des kleinen Jungen einen ihrer Tiefpunkte erreicht hat (Kap. 29, 32); auch das verständige Verhalten einzelner Nachbarn, mit denen man besonders eng zusammenlebt, zählt dazu und schließlich jener Lehrer in der Abendschule, den sie die „Sardelle" rufen und dessen Einsicht und Güte für Cheol die Leiden der vorausliegenden Schultragödie fast vergessen läßt (Kap. 27). Hinzu kommen auch die Naturerscheinungen mit Symbolwert, die die glückliche Wendung vorausdeuten und die jedenfalls nie durch die Verhältnisse selbst oder gar geplante Leistungen der handelnden und mehr noch leidenden Personen sich einstellen. Für Cheol beginnt der Entschluß zur Einnahme einer selbstbestimmten Zukunftsperspektive – ausgerechnet, möchte man sagen – unmittelbar nach dem Tod der Mutter, als er mit der Schwester und dem Vater auf dem Hof des Krematoriums steht:

„An jenem Tag, als wir auf der nassen, dunklen Erde vor dem Schornstein standen, wurde mir klar, daß wir unsere Erinnerungen hinter uns lassen müssen. Nicht einmal ein Stückchen von ihrem Leid sollte in dieser wüsten und trostlosen Welt zurückbleiben. Sie sollte von nun an frei davon sein. Mein Entschluß stand fest: Ich wollte nicht mehr um sie weinen."

Psychologisch ist dies gewiß kein Aufruf zur Verdrängung, so wie auch das Vertrauen auf den Leuchtturm keine Entschuldung bedeutet, sondern die Wendung des Blickes in die Zukunft. Eine Perspektive, die zwischen Schicksal, Vergebung, vielleicht auch Fatalismus angesiedelt ist, aber auch – man denke an die Option Eunbuns für das Kloster – einer religiösen Einstellung nahesteht, hier besonders der christlichen (die vielleicht als einzige der großen Religionen die von Gott gebotene unterschiedslose Vergebung von Schuld kennt). Doch ebenso wenig bedeutet diese Perspektive eine Aufgabe der Pflicht der Literatur, „gegen das Vergessen anzuschreiben", die Lim Chul Woo in den Nachworten zu seinen Romanen nicht müde wird zu betonen. Aber wie ohne Mut zur Zukunft der Blick in die Vergangenheit seinen Sinn verliert, so zielt dieser Mut ins Leere, wenn er seine Kraft nicht aus der Durchdringung dessen schöpft, was hinter uns liegt. Denn was wir waren, ist bis auf weiteres das, was wir sind.